La Fille sauvage

Jim Fergus

La Fille sauvage

Traduit de l'anglais (États-Unis)
par Jean-Luc Piningre

Cette édition de *La Fille sauvage*
est publiée par les Éditions de la Seine
avec l'aimable autorisation du Cherche Midi Éditeur

À Guy

« J'aime trois choses. J'aime un rêve d'amour que j'ai fait un jour, je t'aime, toi, et j'aime ce lopin de terre.

– Et qu'est-ce que tu aimes le plus ?

– Le rêve. »

Knut Hamsun, *Pan.*

« Des communautés peuvent-elles se comprendre lorsque leurs interprétations de la condition humaine se contredisent à tous les points de vue ? Une culture donnée peut-elle parler d'une autre dans ses termes à elle, sans se croire obligée de se l'approprier brutalement, sans lui renvoyer son image en la refusant tout bonnement ? [...] Saurons-nous jamais échapper à nos îlots de province et naviguer d'un monde à l'autre ? »

Paul B. Armstrong,
« Play And Cultural Differences »,
Kenyon Review NS 13 (hiver 1991).

« Jusqu'à l'âge d'environ dix ans, je ne savais pas qu'on pouvait mourir autrement que de mort violente. »

James Kaywaykla (Apache de la tribu
des Warm Springs) et Eve Ball,
In The Days Of Victorio.

Prologue

À l'automne 1999, la galerie *Beaux-Arts* du quartier de Soho, à Manhattan, présentait une courte rétrospective d'un obscur photographe du Nouveau-Mexique, Ned Giles, et surtout ses clichés de la crise de 1929. *Beaux-Arts* étant une galerie en vogue, l'exposition suscita une vague de curiosité pour son œuvre, et plusieurs articles élogieux parurent dans la presse généraliste. Il y eut même des collectionneurs influents pour acquérir à haut prix certaines de ses épreuves.

Ned Giles n'a jamais joui d'un succès comparable à celui d'autres photographes de sa génération, comme Dorothea Lange ou Walker Evans, dont les images révélatrices de ces années pénibles font aujourd'hui partie intégrante de l'histoire américaine. Si, du point de vue technique et artistique, les siennes n'ont rien à leur envier, elles ont longtemps été ignorées du « beau monde », pour la raison entre autres que Giles a pris beaucoup de ses premières photos dans les réserves indiennes du sud-ouest des États-Unis. À la fin du XXe siècle, ni la région ni le sujet ne présentaient grand intérêt pour le public américain, et on ne parlera pas de la communauté artistique new-yorkaise. L'un et l'autre préféraient fermer les yeux sur la réalité tiers-mondiste du peuplement indien actuel, au profit d'une version plus sentimentale, idéalisée, du passé indigène. Comme un critique ne put s'empêcher de le remarquer, « il manque aux photographies de Ned Giles la splendeur, le romantisme, voire un certain mysticisme présent dans celles qu'Edward Curtis a consacrées aux Amérindiens ». Lorsque Ned faisait ses débuts, Curtis avait pourtant terminé son étude monumentale depuis plus de dix ans, et Ned n'a jamais eu l'intention de se consacrer à la culture indienne, d'ailleurs pratiquement éteinte à l'époque.

En 1999, âgé de plus de quatre-vingts ans et divorcé deux fois, Giles vivait de sa maigre pension au Nouveau-Mexique, à Albuquerque. Il était en mauvaise santé. Et il avait toujours détesté New York. S'il avait accepté de s'y rendre, ce n'était pas parce que la ville, pour la première fois, lui consacrait une exposition exclusive, mais parce que la galerie lui avait envoyé le billet d'avion et lui payait une chambre d'hôtel. En outre, malgré son peu d'expérience du « monde des arts », il se doutait, après une longue carrière de photoreporter, qu'il lui serait plus facile de collecter sa part des gains, en liquide avec un peu de chance, s'il se trouvait sur place.

L'aspect financier mis à part, Giles était alors si proche de la fin de son existence que, pour lui, cette brève escapade médiatique était foncièrement vide de sens, voire un rien agaçante.

Une fois le pays sorti de la dépression, il avait gagné modestement sa vie quelques années comme photographe pour différents journaux et magazines, avait servi à l'occasion de correspondant local, travaillé dans plusieurs villes d'un bout à l'autre des États-Unis. Pour *Associated Press*, il était parti sur le front européen pendant la Deuxième Guerre mondiale, avait accompagné en France les troupes américaines, avait été nommé pour le prix Pulitzer pour le portrait d'une famille qui, dans son village de Normandie, attaquait gaiement un copieux déjeuner dans sa salle à manger. La table croulait sous les fromages, les viandes, les vins et les pâtés, seulement la maison n'avait plus ni murs ni toit. Ceux-ci, bombardés, s'étalaient sur le sol sous forme de gravats. Et, cette année-là, le Pulitzer avait finalement été attribué à Robert Capa.

De retour aux États-Unis après la guerre, Ned Giles avait retrouvé son Sud-Ouest où la presse quotidienne régionale l'avait régulièrement employé pendant plusieurs dizaines d'années. En refusant obstinément d'habiter New York, Los Angeles ou une autre ville influente, il s'était plus ou moins replongé dans l'anonymat. Il se moquait aujourd'hui pas mal de la gloire, et il regrettait surtout de ne pas avoir touché ce blé quarante ou cinquante ans plus tôt, car il aurait alors vraiment su quoi en faire.

En sus de quelques échantillons de son travail sur les réserves, il y avait parmi les photos exposées à New York une série consacrée aux Indiens bronco-apaches, prise au début des années 30 dans les montagnes de la Sierra Madre, au Mexique. Ces images n'avaient jamais été présentées au public, personne n'en connaissait l'existence et, bien plus qu'aux autres, c'est à elles qu'on devait l'intérêt soudain pour l'œuvre de Ned Giles. L'une d'elles représentait une jeune Apache en détention dans la minuscule ville de Bavispe, dans l'État du Sonora. Intitulée la *niña bronca, 1932*, cette photo était effrayante, sinistre : allongée sur le sol en position fœtale, une jeune Indienne semblait attendre la mort dans la moiteur obscure de sa cellule et, comble de l'ironie, l'ombre des barreaux dessinait l'uniforme d'un forçat sur sa chair dénudée.

Ce 24 octobre 1999 à New York, Giles la regardait à nouveau aux *Beaux-Arts*. Il buvait à petites gorgées un mauvais vin blanc dans un gobelet en plastique. Retrouvant la fille devant lui, il se souvint de ce moment unique, galvanisant, comme si ç'avait été hier. Il se revit en train d'installer l'appareil sur son trépied ce matin-là, plus d'un demi-siècle auparavant, puis d'inonder la pauvre créature d'une lumière artificielle fournie par un vieux générateur à essence. Frêle et mourant de faim, elle se lovait par terre dans sa cellule. Il se rappela l'odeur de l'endroit ; mêlée aux échappements du générateur, la puanteur répugnante de la souillure humaine agressait ses narines, comme chaque fois qu'il posait les yeux sur cette photo. Il entendait encore le vacarme de la vieille machine à essence, qu'il avait dû chasser de son esprit pour travailler – avec une froideur et un détachement dignes d'un professionnel, alors qu'il avait dix-sept ans. Il se revit en train de faire le point sur sa Deardorff 8 × 10, se rappela précisément l'objectif utilisé, un Zeiss Tessar f/4,5. Il avait exposé deux plaques, puis il avait déplacé son trépied, arrangé l'éclairage, refait le point, et procédé à trois autres prises de vue. Son travail terminé, il s'était enfin détaché de l'appareil photographique et il avait senti une telle honte s'emparer de lui – brutale, écœurante – que sa vie devait en être à jamais changée.

« Je suppose que c'est vous, le photographe ? » dit l'homme à ses côtés.

Giles avala une nouvelle gorgée de vin. Il avait hâte de quitter cette galerie et tous ces gens, d'aller retrouver seul le bar de son hôtel et de commander enfin quelque chose de bon. Il avait dû arrêter de boire quelques années plus tôt, pour des raisons de santé, mais il s'était dit, finalement, et alors ? Déjà vieux, il n'avait de toute façon plus grand temps à vivre.

« Qu'est-ce qui vous fait dire ça ? répondit-il.

– Votre costume. Je n'ai rien vu d'aussi démodé depuis trente ans. Il n'y a qu'un artiste pour s'en tirer avec ce genre d'accoutrement. »

Giles observa son costume froissé, taché, élimé, lustré même. Il hocha la tête. Il ressemblait à un vieux clochard et il le savait. Cela étant, il ne se prenait certainement pas pour un artiste. Même dans sa jeunesse, et plus encore lorsqu'il s'était entiché de socialisme, il avait préféré se voir sous les traits d'un ouvrier, au mieux d'un artisan. « Je ne suis pas ce qu'on appelle dans le vent, dit-il. J'ai acheté ce costume en 1953. Rassurez-vous tout de suite : je ne cherche pas à faire "genre", même artistique. »

L'homme se présenta et Ned reconnut son nom : c'était un célèbre créateur de mode. Pas étonnant qu'il ait remarqué le costume.

« Intéressante, celle-là, dit l'homme en se tournant vers la photo. Bien qu'un peu lugubre sur les bords. Bon, je pense réellement à l'acheter. Il y a une histoire derrière ? »

Giles comprit que son interlocuteur tenait à avoir la version de « l'artiste » avant d'ouvrir sa bourse. « Elle n'est pas *réellement* à vendre », dit-il. Le type lui avait déplu d'emblée, et il était rare que son instinct le trompe sur ces choses-là.

« Bien sûr que si, rétorqua le styliste, en montrant le mur au-dessus. Ne faites pas le malin, le prix est affiché. Ce n'est pas donné, en plus, si je peux me permettre. D'autant moins que l'auteur est encore vivant. »

Giles s'esclaffa ; il lui revenait à l'esprit que les riches et les puissants s'indignent quand on leur refuse ce qu'ils veulent. En fin de compte, la vie aux États-Unis était avant tout régentée par l'argent et, dans l'esprit de ces gens-là, tout s'achète, tout se vend. « Vous n'aurez pas à vous inquiéter bien longtemps, dit le photographe. La plus-value posthume est pour bientôt.

– Qui était cette fille ? »

Giles regarda le couturier en se demandant s'il méritait des explications ; puis il but une autre gorgée du misérable pif, et contempla sa photographie un très, très long moment. « L'une des dernières Bronco Apaches du Mexique, lâcha-t-il finalement. Traquée dans la Sierra Madre par un certain Flowers, chasseur de pumas de son état, et ses chiens. C'était en 1932, au printemps. Il l'a trouvée presque nue et à moitié morte de faim. Comme il ne savait pas quoi en faire, il l'a escortée au village le plus proche, à Bavispe, dans le Sonora.

Elle était tellement enragée que les Mexicains l'ont attachée à une corde sur la place du village. Ils lui ont jeté de la nourriture comme à une bête fauve. Et ils ont fini par l'enfermer dans la prison. Évidemment, ils ne pouvaient pas savoir son nom, puisqu'elle ne disait rien, alors ils l'ont appelée la *niña bronca*. La petite sauvage. »

Il finit son vin blanc d'une seule gorgée. « Et c'est à peu près tout. Il se trouve que j'étais aussi au Mexique à ce moment-là, alors j'ai pris la photo. Je n'étais qu'un gamin. Ça fait longtemps. Très longtemps. C'était pratiquement dans une autre vie. » Il se détourna. « Je crois que je vais leur demander encore un verre. Si vous voulez bien m'excuser. »

Le styliste le retint par le coude. « Attendez une minute. Ça veut dire quoi : "C'est à peu près tout" ? Combien de temps l'ont-ils gardée en prison ? Qu'est-ce qu'ils en ont fait, ensuite ? D'ailleurs, pourquoi vous ont-ils permis de la photographier ? Racontez-moi tout ça. »

Giles fixa l'homme jusqu'à ce qu'il lui lâche le coude. Ned était vieux, certainement pas au meilleur de sa forme, mais ça n'était pas encore aujourd'hui qu'il allait se laisser malmener par un inconnu. Il savait que le styliste désirait obtenir ces détails pour pouvoir briller devant ses invités lorsqu'ils verraient le cliché au mur de son manoir de Long Island.

« OK, répondit-il sèchement. Facile. J'ai donné de l'argent au shérif pour avoir l'autorisation. Le bruit avait couru très vite dans toute la région qu'on venait de capturer une Apache, alors les gens ont parcouru des kilomètres pour la voir en chair et en os. En os, plutôt. C'était devenu un pèlerinage. La *niña bronca* faisait office d'attraction touristique. Les commerçants avaient monté des stands devant la prison pour vendre leurs tortillas et leurs tamales. C'était la fête en ville, voyez, un vrai carnaval. Le shérif laissait entrer les visiteurs par groupes de trois ou quatre pour qu'ils reluquent la fille. Évidemment, il fallait se fendre d'une petite contribution pour ce genre de privilège. C'était bon pour les affaires, tiens. Tout le monde s'y retrouvait.

– Fabuleux ! s'exclama le styliste. Et qu'est-ce qu'elle est devenue ?

– On ne pouvait pas la toucher, parce qu'elle essayait aussi sec de vous mordre. Elle refusait de manger ou de boire. Elle s'est couchée dans la position du fœtus. » Il montra la photo d'un geste : « Comme ça, voilà. Elle s'est laissée mourir de faim et de soif. Ça lui a pris cinq jours. Ils lui ont creusé une tombe anonyme, juste au bord du cimetière. Du mauvais côté de la clôture car, bien sûr, elle ne croyait pas en Dieu. » Il voulut boire une dernière gorgée de son verre, mais il était encore vide, alors il regarda la photo, hocha la tête et conclut à voix basse. « Cette fois, c'est bien tout. L'histoire se termine là. » Puis, se retournant : « Maintenant, excusez-moi, je vous prie. »

Le couturier signa au propriétaire de la galerie un chèque de trente mille dollars pour l'agrandissement – vieux de soixante-sept ans – de la « petite sauvage », et l'on colla une pastille rouge dans un coin du cadre pour signaler la vente. Cette épreuve était la dernière en possession de Ned Giles ; il ne faisait plus aucun tirage, n'avait même plus de studio, et tous ses négatifs avaient été détruits, quelques années auparavant, car ses produits avaient pris feu dans son vieil atelier d'Albuquerque. Il avait au départ hésité à exposer cette photo, et il avait maintenant honte de l'avoir cédée. L'idée de la savoir, si intime, si intense, accrochée à un mur chez ce type pour être livrée en pâture à une bande de connards maniérés, bavant sur leur cocktail, était à la limite du tolérable. Mais Giles avait besoin de cet argent pour pouvoir mourir tranquille, du moins ne pas subir l'ultime affront de partir aux frais de l'État. Et de ça aussi, il avait honte.

Bien sûr, l'histoire de la *niña bronca* ne s'était pas arrêtée là. Pour trente mille malheureux dollars, le riche créateur de mode, propriétaire d'un hôtel particulier dans les Hamptons [1], en sus d'une résidence d'hiver à Palm Beach et d'un ranch dans le Montana, ne pouvait quand même pas s'attendre au récit intégral. À quoi Ned Giles se serait-il raccroché, autrement ? C'était son histoire et celle de la *niña*. La seule chose que son cœur pût encore protéger.

1. Quartier chic de Long Island. *(Toutes les notes sont du traducteur.)*

LA *NIÑA BRONCA*

Au commencement était Ishtun-e-glesh, Femme-Peinte-en-Blanc. Elle n'avait ni mère ni père, mais Yusen avait eu le Pouvoir de la créer et il la fit descendre au monde, où elle logea dans une caverne.

Il fut un temps où Femme-Peinte-en-Blanc vécut seule. Elle voulut tellement avoir des enfants qu'elle dormit avec le Soleil et, peu après, elle donna naissance à Tueur-de-Monstres. Puis, quatre jours plus tard, Femme-Peinte-en-Blanc tomba enceinte de l'eau et elle accoucha d'Enfant-de-l'Eau. Tueur-de-Monstres et Enfant-de-l'Eau grandirent, et elle leur apprit les choses utiles de la vie. Ils quittèrent leur foyer et, suivant le conseil de leur mère, débarrassèrent la Terre de la plus grande partie de ses maux. Femme-Peinte-en-Blanc ne devint jamais vieille. Atteignant un certain âge, elle chemina vers l'est, et elle vit au bout d'un moment qu'une autre elle-même venait à sa rencontre. Elles ne formèrent à nouveau qu'une personne, qui prit l'apparence d'une jeune fille.

D'après le mythe apache de la création.

Bien avant de les voir, elle les entendit, une frénésie de jappements aigus qu'elle aurait pu reconnaître si elle avait su ce qu'était une meute. Pour qui était capable de les interpréter, ces abois révélaient une piste fraîche. Elle ne se doutait pas que cette piste était la sienne, que son odeur ressemblait trop à celle d'une bête sauvage, du puma par exemple que les chiens croyaient prendre en chasse, pour qu'ils renoncent à leur traque. Mais, d'instinct, tout être vivant perçoit le danger dans ce genre de tapage et, comme les aboiements semblaient se rapprocher, la jeune fille dévala le lit du torrent.

Sec à ce moment de l'année, il ne méritait vraiment son nom qu'après les violents orages de l'été. Les collines étaient jonchées de mesquites tortueux et de chênes noueux, bientôt relayés par les grands pins droits des plateaux élevés. Plus loin, les vastes plaines étaient parsemées de figuiers de Barbarie, de cactus-raquettes et de fourrés impénétrables de griffes-de-chat. Au fond du ravin, une luxuriance incongrue suivait le lit de la rivière, ruban vert pâle et printanier d'herbes et de fougères. Les immenses peupliers et les sycomores blancs arboraient leurs premières feuilles. C'était une oasis pour toute vie alentour ; les animaux venaient y boire, trouver ombre et abri ; semblables aux jointures, aux veines et aux doigts ouverts d'une main d'homme, les canyons rocheux, les gorges minuscules et les autres reliefs s'épanchaient là naturellement. Au-delà, dominaient les immenses pics dentelés de la Sierra Madre, légèrement effacés par les brumes de poussière que les vents chauds soulevaient en tourbillons au-dessus des plaines.

La jeune fille gardait dans un petit sac de coton quelques racines arrachées plus tôt. Elle n'avait mangé que ça depuis trois ou quatre jours qu'elle arpentait les collines et les montagnes à la recherche du Peuple. Elle portait une robe en daim, en deux pièces, et des mocassins hauts à la pointe relevée, distinctifs des Apaches, encore lacés au-dessus des genoux. Mais les semelles étaient presque trouées. Un mince filet de sang menstruel avait coulé et séché le long de ses cuisses, tachant le cuir des chaussures jusqu'au cou-de-pied.

Quelques matins auparavant, son costume avait été superbe, soigneusement confectionné des semaines durant par sa mère, pour la cérémonie traditionnelle de la puberté qui célèbre les premières règles des filles. Tannée et douce, retournée avant d'être cousue, la robe avait été teinte en jaune pour symboliser le pollen fertile, puis on l'avait ornée des signes distinctifs de Femme-Peinte-en-Blanc, mère de tous les Apaches : un arc-en-ciel, l'étoile du matin, un croissant de lune, les rayons du soleil. Elle était joliment décorée de perles, de franges, de clous d'argent et de petits cônes d'étain qui avaient produit un léger tintinnabulement accompagnant chaque geste. La plupart ayant été depuis arrachés, la robe n'était plus qu'une guenille dont certains lambeaux arboraient encore une étoile ou un cône, flottant et cliquetant misérablement. Et, plus la jeune fille courait, plus ce qui lui restait de robe faisait le jeu des épines acérées des griffes-de-chat. Elles dégarnirent peu à peu sa frêle silhouette, de sorte qu'à la place du daim retourné, c'est sa peau brune qui, bientôt nue, se couvrit lentement d'entailles et d'écorchures.

Comme le printemps était sec, les chiens n'avaient pas grand-chose à flairer, ce qui aurait dû être un avantage pour la petite. Mais le sang de ses règles constituait une piste, même infime, qui, s'insinuant comme un vague parfum dans l'air du désert, excitait la meute. L'Indienne courait avec agilité, silencieuse comme une âme, ses pieds effleurant seulement les rochers, ses pas projetant de courts jets de sable dans le ravin, tandis que son épaisse chevelure noire, emmêlée, ondulait dans son dos. Bien qu'épuisée, affaiblie par la faim, elle avait encore tout son souffle, car elle était une *In'deh*, une Apache. Elle aurait pu continuer à ce rythme jusqu'à la fin de la journée.

Elle se demandait quelle erreur terrible on avait commise au cours de la cérémonie pour qu'une telle calamité s'abatte sur le Peuple. Elle n'avait pas fréquenté de garçons avant ses premières règles, ce qui l'aurait empêchée d'incarner Femme-Peinte-en-Blanc. Sa tante Tze-gu-juni, qui avait été sa suivante, l'avait baignée avant l'aube le premier matin, lui avait lavé la tête avec des racines de yucca, avait enduit de pollen jaune la raie de ses cheveux en continuant jusqu'à l'arête du nez, puis elle l'avait revêtue de son costume de fête, les mocassins d'abord, la belle robe ensuite. Et, pendant qu'on avait cousu celle-ci, Dah-tes-te, l'aïeule, était venue chanter les chants rituels, c'est pourquoi tout était parfaitement conforme à la tradition.

Courant maintenant, la jeune fille n'avait plus guère le temps de réfléchir, de penser à sa mère, à sa sœur, à tous ceux qui étaient morts quand on avait attaqué le camp ce matin-là. Elle ne voulait pas se rappeler non plus que, depuis sa cachette dans les rochers, elle avait vu trois *vaqueros* mexicains violer les femmes l'une après l'autre, sous le regard de leurs pairs, fumant et riant nonchalamment. Lorsqu'ils eurent fini, que la mère de l'Indienne s'efforçait de consoler son autre fille déshonorée – ce sort-là étant la pire chose qui puisse arriver à une Apache, la mort étant de loin préférable –, deux des trois hommes étaient revenus derrière elles avec leurs machettes et leur avaient asséné à chacune un bon coup sur la nuque. S'affalant en hurlant, la mère avait aveuglément tenté de prendre sa fille dans ses bras pour la protéger. Mais les hommes avaient continué un temps infini à les taillader avec leurs hachoirs, jusqu'à ce qu'elles ne bougent plus. Du tout.

Ils s'étaient ensuite affairés à décapiter les morts à l'aide de couteaux de chasse, œuvrant avec la même efficacité brutale que pour le gibier, lorsqu'il faut seulement garder la carcasse. Une fois terminé cette macabre chirurgie, ils avaient piqué les têtes sur des branches de mesquite, taillées en pointe, et ils étaient partis à cheval encaisser les primes, vouant ces *In'deh* à vivre éternellement sans tête au pays de la Joie.

Non, elle n'avait pas le temps d'y repenser. Cela n'était d'ailleurs pas bon de s'étendre sur les morts. Il ne faut jamais prononcer leurs noms, sous peine d'invoquer leurs esprits, parce qu'ils viennent ensuite tourmenter les vivants. Elle comprenait cependant, avec la certitude innée d'une espèce précipitée vers son extinction, que Yusen, le créateur de toute vie, avait abandonné le Peuple, et que, de quelque façon, c'est elle qui lui avait valu ce terrible désastre. Elle n'avait pas été à la hauteur, elle n'avait pas su incarner Femme-Peinte-en-Blanc, et, faute de détenir le Pouvoir, elle avait trahi les siens.

Lorsqu'elle atteignit le lit de la rivière, les aboiements des chiens se firent plus pressants, leurs jappements plus résolus. Elle aperçut le chef de meute, qui gagnait du terrain le long du ravin. Il aurait pu la voir, pourtant il ne leva pas les yeux. La truffe au ras du sol, il traçait une route régulière, bien que sinueuse, mais précise et inexorable. L'eau de la rivière était basse et limpide, et la jeune fille courut sur les rochers glissants pour gagner l'autre rive. Elle savait que le chien la rattraperait, c'est pourquoi, arrivée à mi-hauteur de la berge, elle grimpa sur un chêne et s'accroupit sur une branche fourchue.

À peine pris au dépourvu, l'animal longea la rive dans un sens, dans l'autre, retrouva la piste, puis franchit à son tour la rivière sur les mêmes rochers. Son flair le guida jusqu'à l'arbre où il leva finalement la tête et afficha une sorte de perplexité canine. Se demandant quelle proie se trouvait au-dessus de lui, il émit un grognement guttural. Alors il se tapit sur son arrière-train, comme on comprimerait un ressort, et il s'élança avec une force surprenante dans le but, apparemment, d'y regarder de plus près. Ses griffes cherchèrent prise sur l'écorce de l'arbre. Mais, retombant, il s'étala gauchement par terre et se redressa en produisant un gémissement plus grave, indiquant au reste de la meute et au chasseur lui-même qu'il avait acculé la bête.

Billy Flowers cheminait depuis plusieurs heures, cherchant quelque trace d'un puma, lorsqu'il avait entendu ses chiens glapir, indiquant qu'ils avaient trouvé une piste fraîche et qu'ils allaient la suivre. Il savait que sa meute ne prenait jamais en chasse de grandes bêtes, les daims par exemple, ni de menues comme les lapins, mais uniquement des prédateurs. Il avait toutefois perçu une différence subtile dans les jappements, une vague confusion lui suggérant qu'il ne s'agissait pas forcément d'une panthère. Ils avaient peut-être débusqué un jaguar, pensa-t-il, bien que les territoires habituels de ceux-ci fussent quand même un peu plus au sud. Mais il était toujours possible qu'un de ces félins s'égare au nord de la Sierra Madre, et Flowers s'en serait réjoui, car le jaguar appartenait à l'une des rares espèces fauves qu'il n'avait pas encore tuées dans sa longue carrière de chasseur distingué.

Billy Flowers avait trouvé sa vocation très tôt, la Voix lui ayant dicté d'écumer les recoins sauvages de son Mississippi natal et d'abattre la faune des forêts et des prés. Et la Voix ne lui avait pas permis de se reposer, même lorsque, ayant atteint l'âge d'homme, il s'était marié pour donner vie à trois enfants. Il n'avait eu d'autre choix qu'obéir. Alors il avait abandonné sa famille (après toutes ces années, il envoyait toujours de l'argent à sa femme, et à ses enfants devenus grands). Parcourant le Sud son fusil à la main, il avait pratiquement, à lui tout seul, exterminé l'ours noir de Louisiane avant de rejoindre les cannaies du Texas, où, à l'automne 1907, dans la fleur de l'âge, il avait été engagé comme grand veneur au service de Teddy Roosevelt, lors d'une chasse à l'ours de deux semaines dont les journaux avaient beaucoup parlé. Dans un reportage écrit sur le safari présidentiel, le soi-disant « fanatique religieux » Roosevelt avait cité Flowers car celui-ci, après avoir refusé de chasser ou de prêter ses chiens le jour du Seigneur, avait, pour compenser, offert un genre de trophée au chef de l'État – une oursonne efflanquée, dont la photo, partout reproduite, allait lancer la mode du *Teddy Bear*[1] dans le monde entier.

Après le Texas, Flowers avait continué de dériver vers l'ouest, en quête de nouveaux horizons et de nouveaux trophées, pour finalement s'établir dans le Sud-Ouest, bien que le terme pût difficilement s'appliquer à un homme sans maison qui se déplaçait la majeure partie de l'année. C'est surtout les montagnes qu'il habitait avec ses chiens, même si, parfois, il acceptait d'être logé temporairement, l'hiver, dans les dépendances d'un *ranchero* à qui il louait ses services.

Les années passant, Billy Flowers était devenu un vieil homme, aux cheveux et à la barbe longs et blancs. Il avait fini par ressembler à un prophète de l'Ancien Testament, à moitié fou par-dessus le marché, avec des yeux bleus et brûlants. Il tenait son tableau de chasse à jour dans de petits carnets à partir desquels, fort de cette arrogance typique des excentriques, des fanatiques et des solitaires endurcis, il se proposait le moment venu de rédiger son autobiographie. Comme s'il se trouvait quelqu'un pour s'intéresser à l'existence violente et esseulée d'un exterminateur de fauves, voire au récit de celle-ci. Depuis son arrivée dans le Sud-Ouest, il avait tué cinq cent quarante-sept pumas et cent quarante-trois ours. Quelques années plus tôt, il avait abattu ce qui avait certainement été le dernier grizzly de la région, une énorme et vieille bête aux canines usées

1. Notre nounours, ou ours en peluche.

jusqu'aux gencives, et à qui il manquait deux orteils à une patte. Il l'avait traquée pendant trois semaines, depuis le talon du Nouveau-Mexique jusqu'aux montagnes du Sonora et du Chihuahua. L'animal avait fini par se laisser prendre à un piège à loups, qu'il avait traîné au bout d'une patte, rebroussant chemin jusqu'à la frontière où Flowers l'avait rattrapé et achevé. Il avait envoyé la dépouille et le crâne au National Museum à Washington. Le dernier grizzly du sud-ouest des États-Unis.

Assis sur sa mule grise en surplomb de la rivière, Flowers entendit aboyer Monk, le chef de meute, un croisé grand et maigre de walker et de blue-tick. Le ton indiquait que sa proie s'était réfugiée dans un arbre. Flowers fit demi-tour sur Jean-Baptiste, sa mule, l'éperonna gentiment puis se cala sur la selle, laissant l'animal négocier la pente escarpée à son gré. Jean-Baptiste, qui était malin et avait le pied sûr, descendit rapidement et adroitement de rocher en rocher, pliant à l'occasion ses membres antérieurs pour mieux glisser sur l'éboulis. Arrivé au bas du talus, Flowers comprit aux aboiements de la meute qu'elle venait de rejoindre Monk – son ton, identique, conformait le diagnostic.

Il claqua la langue et, au petit trot, la mule traversa la rivière peu profonde. Sur l'autre rive, disposés dans une parfaite symétrie biblique, les sept chiens étaient là qui jappaient furieusement devant un chêne, à mi-chemin du versant. Campés sur leurs pattes arrière, ils grattaient sauvagement l'écorce de l'arbre, bondissaient et tournoyaient comme des animaux de cirque, en poussant d'incessants hurlements de dépit.

Flowers ne distinguait pas encore, dans le feuillage épais, quel genre de proie ils avaient acculée mais, approchant, il entendit la créature siffler et cracher. Comprenant aussitôt que ce n'était pas un puma, il se demanda alors quoi ? Un son pareil était totalement étranger à ses oreilles. Il tira sur la bride, mit pied à terre, sortit son fusil du fourreau. La frénésie des chiens redoubla à l'approche du maître. Il allait maintenant tuer l'animal et ils anticipaient leur récompense. Une fois la proie achevée, il les laissait lui déchirer la panse et se régaler de ses entrailles.

S'il n'était plus très jeune, le chasseur était encore agile et fort, et il ne craignait ni homme ni bête. Il avait combattu au corps à corps les alligators des marais de Louisiane, il avait étouffé à main nue des crotales et des mocassins d'eau, il avait tué des grizzlys et des pumas en combat rapproché, avec son couteau pour seule arme. Il pensait avoir vu à peu près tout ce que la nature avait à lui montrer, et il s'attendait à n'importe quoi sauf à cette créature qui, sur le chêne, sifflait, grondait et tentait d'érafler les chiens, comme si elle avait des griffes au bout de ses doigts minces. Il se demanda un instant si ce n'était pas le diable en personne, venu enfin le mettre à l'épreuve sous la forme de cet être sauvage, mi-homme, mi-animal, accroupi presque nu dans l'arbre, avec ces cheveux sales et hirsutes, et des lambeaux de vêtement sur un corps filiforme. Cette chose avait le visage peint de bandes grossières, jaunes et crasseuses, qui cernaient des yeux noirs et sans fond comme le temps lui-même, et, prise d'une rage bouillante, elle grognait et crachait en repoussant la meute.

Soulagé malgré lui, Flowers comprit que ce n'était pas Satan, tout au plus un de ses avatars femelles, à savoir une sauvage, et d'une saleté spectaculaire avec ça. À son arrivée au Mexique, on l'avait prévenu qu'une petite troupe de violents Apaches résidait encore dans les canyons et les vallées secrètes de la Sierra Madre, dans ces hauteurs inaccessibles et déchiquetées que peu d'hommes blancs avaient contemplées, et où les Mexicains, pour la plupart, avaient peur de s'aventurer. Mais il avait toujours voyagé seul et ne redoutait pas plus les barbares que les hommes ou les animaux, les premiers étant, selon lui, un hybride des deux autres. Il vit que celui-ci, sous ses haillons et son masque de crasse, était en fait une fille, à peine plus qu'une enfant, et il fit taire les chiens. Obéissant immédiatement, ils se mirent à tourner autour de l'arbre, haletant, bavant, geignant, les côtes palpitantes, en attente de leur légitime curée. Et la fille se figea, muette et attentive.

« *Tu paîtras les païens avec une verge de fer* », lâcha Flowers, incantatoire, en calant son fusil contre son épaule. « *Tu les briseras comme le vase d'un potier.* » Dévisageant la fille, il ne lut aucune peur dans son regard fier et étrangement calme. Il n'y avait pas trace non plus d'une humanité commune. C'était exactement comme fixer un puma ou un ours, ce qu'il avait fait tant de fois au moment décisif où, maître tout-puissant, il allait les achever. Ici encore ces yeux impénétrables, étincelants, ne renvoyaient que son image.

Il baissa malgré tout son arme, la remit dans le fourreau accroché à la selle, et hocha la tête en bougonnant, dépité. Car ce qu'il venait de voir s'appelait sa propre peur, car Satan avait pris le visage d'une enfant, de cette fillette. Flowers savait que le gouvernement mexicain, voulant se débarrasser une bonne fois du fléau infernal qui empoisonnait le pays depuis des générations, avait recommencé à échanger des primes contre des scalps d'Indiens. Le meurtre de cette barbare serait sûrement considéré légal, mais Flowers n'attentait jamais à la vie des humains. Ça n'était pas maintenant qu'il allait commencer, même avec une païenne, car de toute évidence c'en était une.

Il fouilla dans la sacoche au flanc de sa mule et en sortit un petit emballage de papier paraffiné. L'ouvrant, il révéla une tortilla enroulée sur un rayon de miel, prélevé plus tôt dans une ruche. Flowers emportait très peu de nourriture lorsqu'il partait chasser, car il mangeait essentiellement ses proies, convaincu que la chair des pumas et des ours transmettait à ses chiens et à lui-même la force de l'animal vivant. Mais il avait un faible pour les sucreries et il n'avait jamais résisté à un pot de miel.

Il refit un pas vers l'arbre, déroula la tortilla et vit la fille qui la dévorait des yeux. Les chiens observaient la scène avec attention. « Est-ce qu'on aurait faim, sauvage ? » dit-il d'une voix sans méchanceté. Il découpa un morceau de la tortilla, y versa une goutte de miel en pressant le rayon comme une éponge. « Ben tiens, mam'zelle », poursuivit-il, mordant dans la galette et mâchant lentement, avant de se lécher les doigts avec délectation. « Je serais porté à croire que tu as diablement faim, moi. » Il découpa un autre morceau et le lui tendit. « Allez. Vas-y. Viens le prendre. »

Impassible, la fille le regardait sans bouger.

Le vieil homme l'étudia un instant, et finit par hocher la tête. « Je ne te ferai pas descendre de ton arbre avant d'avoir attaché les chiens, hein ? »

Il remit tortilla et rayon de miel dans le papier paraffiné, et fourra le tout dans la poche de sa chemise. Se retournant vers sa mule, il sortit les chaînes de la sacoche, entraîna ses bêtes au bas du talus, puis vers de jeunes bosquets de mesquite auxquels il les attacha l'une après l'autre.

« Bien, ma petite demoiselle, dit-il en revenant, descends-moi voir de cet arbre, maintenant. Les chiens ne te feront rien. » Il ressortit la tortilla de sa poche et l'agita à l'intention de la sauvage, en lui faisant bien comprendre que, si elle la voulait, il fallait qu'elle vienne la chercher.

Elle regarda la nourriture, le chasseur, puis les chiens en contrebas. Il agita de nouveau la tortilla. « Allez, viens casser une petite croûte », dit-il, pour le seul bénéfice, semblait-il, d'entendre sa propre voix. De la même façon, il parlait souvent à ses chiens, qui étaient parfois ses seuls compagnons pendant des mois. Il s'adressait à eux comme si c'était des êtres humains, capables de saisir le sens de ses paroles. Pour ce qui était de la fille, en revanche, il était sûr qu'elle ne comprenait rien. « Je les ai attachés, drôlesse. Et je ne te ferai pas de mal, moi. »

Sans le quitter des yeux, elle entreprit de descendre vers la branche la plus basse d'où, silencieuse comme une ombre, elle se laissa tomber par terre. Les lambeaux de sa robe produisirent un léger froufrou qui pouvait faire penser à un battement d'ailes. Flowers, dont les sens étaient aiguisés par une longue observation de la nature, ne put s'empêcher de remarquer la grâce étrange de ses mouvements. Cette petite semblait appartenir à un autre monde, aussi nettement que les coyotes et les loups se distinguent des chiens domestiques. Il suffit de regarder.

« Inutile d'essayer de fuir, prévint-il. Parce que, si je les lâche maintenant, mes bons toutous, ils t'arrachent le cœur. » Il tendit la tortilla à la fille, mais elle ne fit aucun mouvement.

« Je vais te trouver une chemise, mam'zelle », dit-il, un rien incommodé par le spectacle de ses petits seins bruns, visibles sous les hardes. « Tu es quasiment à poil. Et, bon sang de bon Dieu, il paraît que je fouette déjà pas mal, à ce qu'on dit, vu les baignoires que je trouve en chemin, mais alors toi, ça confine au surnaturel. Pas étonnant que les chiens t'aient prise pour une vermine. »

Elle le regardait de ses yeux qui paraissaient entièrement noirs. La cornée était elle-même café au lait, une différence anatomique qui, chez les Apaches, avait valu son surnom à l'« Œil-Blanc ». Des Apaches, Billy Flowers en avait rencontré quelques-uns au fil des ans, il avait traqué du gibier dans leurs réserves de l'Arizona et du Nouveau-Mexique, et, la plupart du temps, il les avait trouvés sordides, indolents, portés sur le jeu et sur la boisson. C'était pour lui une espèce qui n'avait pas de salut à espérer. Mais cette enfant indomptée, différente, était issue d'une race d'hommes beaucoup plus ancienne, un vrai vestige de temps immémoriaux.

« J'ai bien peur que le bon Dieu ait encore de l'ouvrage avec toi, ma petite. »

Cela dit, il se retourna vers sa mule et tenta de trouver quelque chose pour couvrir cette foutue sauvage.

LES CARNETS DE NED GILES, 1932

Introduction

7 décembre 1999

Albuquerque, Nouveau-Mexique

La mémoire est l'instrument le plus imparfait qui soit ; le souvenir se transforme aisément en révision ; l'âge et la distance le ternissent, faisant le jeu du chagrin, de la déception et de l'orgueil. Et l'espoir entêtant de transformer le passé, de l'habiller à notre guise, sera toujours contrarié. Voilà pourquoi une mémoire d'homme est, par définition, suspecte. En revanche, une photographie ne ment jamais. C'est la raison pour laquelle, je pense, cette forme d'expression m'a attiré au départ. Ma propre mémoire est avant tout visuelle. D'année en année, de décennie en décennie, ma vie s'est définie par des images, des centaines de milliers de prises de vue couvrant le demi-siècle échu. Je suis incapable de dire, pour la plupart, ce qu'elles sont devenues. Cela n'a plus guère d'importance ; je n'ai pas besoin de les regarder pour accéder au souvenir ; mon esprit les a gardées bien vivantes. Leur lumière, leur composition, l'expression unique d'un visage, le mouvement d'un paysage, la vérité nue d'une pièce vide, ou le soleil éclaboussant l'embrasure d'une porte – ni vraiment ouverte, ni totalement fermée –, tout cela ne m'a jamais quitté.

Fermant les yeux, je revois parfaitement une fille brune, jeune comme moi, dévalant un ravin vers le lit asséché d'une rivière. Elle est tout à la fois frêle et forte et farouche, sa peau a une teinte de châtaigne, ses cheveux sont noirs et drus comme la crinière d'un cheval. Je veux la figer dans le viseur de mon appareil, mais elle a la mobilité des rêves et elle refuse que je la prenne. Bien des gens retiennent d'une photo son caractère figé, arrêté dans le temps et l'espace. C'est une illusion. L'image photographique incarne un moment spécifique entre ce qui vient d'être et ce qui suit aussitôt, c'est un court instant de vie qui circule sans arrêt entre le passé et l'avenir.

Je ne fais plus de photos. Inutile de me créer de nouveaux souvenirs, j'en ai plus qu'il n'en faut. J'ai une petite santé, et des troubles cardiaques ; je me réveille parfois essoufflé au milieu de la nuit, je sens mon cœur palpiter mollement dans ma poitrine comme un oiseau blessé. Mes jours sont comptés ; contre les recommandations du médecin, j'ai recommencé à boire, et même récemment à fumer, alors que j'avais arrêté il y a bien des années. Et alors ? Je suis un homme âgé et, de toute façon, condamné.

L'imminence de la mort ne m'empêche pas d'entendre continuellement le ressort de l'obturateur, de voir mes vieilles photos défiler mentalement comme un diaporama. Bien au contraire. On dit souvent qu'à la fin de notre vie on ne sait plus si on a pris ses comprimés cinq minutes plus tôt, mais on se souvient avec une netteté éclatante de ce qui s'est passé il y a soixante ou soixante-dix ans. C'est d'une vérité affligeante.

Pendant plus de cinquante ans, j'ai tenu à jour des journaux détaillés de mes activités. Je ne suis pas assez narcissique pour croire que leur lecture puisse intéresser quelqu'un ; c'était tout simplement un moyen de vérifier si je progressais en tant que photographe, ou si je stagnais. Comme, de plus, je crois que nos efforts, nos métiers et nos accomplissements rendent compte de nous-mêmes, ces carnets suivent aussi mon évolution d'être humain. Sinon mes régressions. Une fois de plus, ceci n'a sans doute d'intérêt que pour moi.

Les premiers de ces écrits datent de 1932, de ce que nous autres Américains appelons la Grande Dépression, et plus qu'une lointaine époque, c'était une autre vie. Ils relatent un voyage que j'ai entrepris à travers les États-Unis puis dans la Sierra Madre, au Mexique, à l'âge de dix-sept ans. Je crois également que notre caractère prend forme à un âge très précoce, et que, même si les circonstances affectent profondément le cours de notre existence, nous restons fidèles à notre nature profonde. Quoi que nous essayions – bilans de compétence, perfectionnements divers, neuroleptiques et thérapies –, nous restons finalement à peu près la même personne. Mes carnets en disent long sur l'innocence, l'immaturité, voire les prétentions d'un adolescent. Toutefois en les lisant plus d'un demi-siècle plus tard, je ne puis que reconnaître, stupéfait, à quel point ce gamin-là, désolé, stupide, mais plein d'espoirs, fait encore partie de moi. Je suis frappé de constater que, hormis l'inévitable déclin du corps et de l'esprit – soixante-sept ans ont passé –, j'ai en réalité peu changé. C'est finalement ce jeune homme qui avance aujourd'hui vers la tombe et, à elle seule, cette révélation vaut largement la peine d'avoir conservé tout ça. Le vieillard que je suis trouve extraordinaire de retrouver sa jeunesse, d'autant plus que, dès le premier paragraphe, l'adolescent d'alors pense déjà à ses vieux jours. C'est un peu l'impression qu'on a en regardant notre image se refléter dans deux miroirs opposés, en contemplant cette structure en abyme.

Bien que les protagonistes de mon histoire soient maintenant décédés pour la plupart, j'ai préféré changer leurs noms. Les morts aussi, et peut-être surtout, ont le droit d'être protégés. Certains passages sont datés, d'autres pas. Je ne me rappelle pas exactement pourquoi. Je suppose que, pendant la courte période où nous étions confrontés aux Bronco Apaches de la Sierra Madre, je n'avais plus aucune idée du jour qu'il était. Nous étions immergés dans une réalité tellement différente, autre, que cela ne semblait guère avoir d'importance.

Il y avait des photos aussi, bien sûr, collées ou insérées entre les pages.

Pour le reste, tout ce qui suit est vrai. Ce ne sont pas des souvenirs vieux de soixante-sept ans, tributaires des incertitudes du temps et de la mémoire, racontés par un homme soucieux de se grandir devant la mort. C'est exactement ce qui est arrivé à Ned Giles, âgé de dix-sept ans en 1932. Il y a bien longtemps.

Les Carnets de Ned Giles, 1932

PREMIER CARNET

Bye, bye, Chicago

5 janvier 1932

Chicago (Illinois)

Je quitte Chicago demain et je souhaite garder une trace de mon voyage grâce à ce journal. C'est une aventure qui m'attend, et peut-être qu'un jour, mes enfants et mes petits-enfants auront envie de la connaître. Peut-être que moi aussi, quand je serai vieux, j'aurai envie de la lire, assis sur le perron dans un rocking-chair. Je suis excité à l'idée de partir, pourtant je dois admettre que j'ai un peu peur. J'ai l'estomac noué et je n'arrive pas à m'endormir, alors autant commencer par raconter tout de suite pourquoi j'ai décidé de m'en aller.

Après la mort de mes parents, il y a trois mois passés, je suis resté seul à la maison. Je sais que ça peut paraître bizarre, mais personne ne s'est rendu compte de rien jusqu'à il y a environ une semaine. Je crois que les gens sont assez perturbés par la crise qui continue, qu'ils ont assez de problèmes de leur côté. De toute façon, ça représenterait quoi, un orphelin au chaud, pour des familles qui vivent dans la rue ?

Ma mère est décédée à l'hôpital presbytérien Saint Luke à l'automne dernier. Elle avait un cancer depuis plus d'un an. Sa maladie a durement touché mon père. Je n'en savais rien à ce moment-là, mais il avait déjà pas mal de tracas avec ses affaires. Papa était le premier concessionnaire Studebaker à Chicago, mais les gens n'ont pas dû acheter beaucoup de voitures depuis deux ans, et il commençait à avoir de sérieux problèmes d'argent. Juste avant de mourir, ma mère m'a dit une dernière chose : « Prends soin de ton père, Neddy. Il va être perdu sans moi. »

Nous avons enterré maman au cimetière d'Oak Park. C'était un matin d'octobre, le froid était glacial. Il y a eu une cérémonie, mais je ne me souviens que du cortège. Ils étaient tous emmitouflés dans de gros manteaux d'hiver, et le vent emportait les feuilles mortes. Dix jours plus tard, papa a mis un pistolet dans sa bouche et s'est fait sauter la cervelle. Dans la salle de bain. C'est là que je l'ai trouvé en revenant des cours, plié en deux sur le siège des toilettes. Il avait posé une enveloppe avec mon nom sur la tablette du lavabo. Il y avait à l'intérieur sa prime d'assurance, mais aussi les clefs et le titre de propriété de son nouveau *roadster* « Commander Eight ». Il avait écrit un petit mot, expliquant que j'aurais au moins ça, la voiture, l'argent, et qu'il regrettait de ne pas pouvoir m'en laisser plus. « Désolé, fils, disait-il, mais je n'arrive plus à vivre sans ta mère bien-aimée. Tu as toujours été un bon garçon. Je sais que tu aimes prendre des photos. Pourquoi ne pas t'acheter un bel appareil ? Bonne chance, Ned. Je t'aime, papa. » C'était tout. Oui, ce dernier conseil : *Pourquoi ne pas t'acheter un bel appareil ?*

Je dois avoir l'air de raconter ça froidement. J'adorais mes parents, et pourtant je n'ai pas encore réussi à pleurer. Je crois que, quand maman est morte, je m'en faisais vraiment pour papa. Il était dans un sale état, il buvait tout le temps et il se couchait en larmes chaque soir. Je n'aurais jamais cru qu'il finirait par se suicider. Et, autant dire la vérité, je lui en veux comme un fou. Quel genre de père abandonne son enfant, son seul enfant, comme ça ? Je l'aimais beaucoup, mais je me rends compte qu'il était faible. Pour moi, c'était son devoir de rester là et de prendre soin de nous deux.

Mon oncle Bill, le jeune frère de papa qui est célibataire, est venu de Californie pour s'occuper de l'enterrement. Je ne le connaissais pas très bien, mais c'est un bon gars. Je n'avais pas envie de repartir là-bas avec lui, et je pense qu'il n'y tenait pas non plus. C'est pourquoi j'ai menti et je lui ai dit que j'allais vivre chez ma tante, la sœur de ma mère, à Cincinnati. Oncle Bill a paru assez soulagé. Et ma mère n'a pas de sœur dans l'Ohio.

« N'oublie quand même pas de m'envoyer une carte avec ton adresse quand tu seras là-bas, hein ? m'a-t-il demandé. Tu sais que, si tu as jamais besoin de quelque chose, tu peux toujours compter sur ton vieux Bill. » Il a souri comme s'il était vaguement gêné de dire ça, parce que, bien sûr, nous savions tous deux qu'il n'en était rien.

Je suis en avance dans ma scolarité. J'ai déjà commencé un semestre d'études, en première année, à l'université de Chicago. J'ai aussi un job à mi-temps, ou du moins l'avais-je jusqu'à récemment, au Chicago Racquet Club. C'est un club privé du centre, réservé aux hommes, où j'ai travaillé plusieurs étés. J'ai débuté comme ramasseur de balles pour les tennismen professionnels, et ensuite on m'a pris à l'intérieur. J'ai fait un peu de tout là-dedans. La vaisselle, laver les courts de squash et les vestiaires, et j'ai servi à la salle à manger. Les membres m'ont toujours bien aimé. Ils m'ont vu grandir et, comme je suis discret et poli, ces riches messieurs ont fini par oublier ma présence et parler aussi librement que si je n'étais pas là. J'aimais bien mon travail, et je sais que c'était une chance d'avoir un job alors que tant de gens n'en ont plus. La plupart des membres n'ont pas l'air touchés par la crise. Toutes les vieilles familles fondatrices de Chicago ont leurs entrées au Racquet – les Swift, les Armour, les Cudahy, les Meer, les McCormick et les autres. On dirait une mini-citadelle pour grands enfants, où les bourgeois peuvent se réfugier et faire comme si les privations et les épreuves subies au-dehors par les citoyens les plus humbles n'existaient pas vraiment. Je suppose que ça sert à ça, de toute façon, un club, non ? C'est un monde à part, et j'en ai le sentiment distinct chaque fois que je passe la porte. Des peintures de chiens de chasse et de concours hippiques ornent les murs lambrissés de bois sombre. Toujours cirés, les meubles de chêne et d'acajou sont garnis de velours ou de cuir épais. Les parquets miroitants sont recouverts de magnifiques tapis d'Orient. C'est difficile à expliquer, mais il règne à l'intérieur un calme rassurant qui semble aller de pair avec les arômes flottants des meilleurs whiskys, avec la fumée des havanes, et l'odeur du filet de bœuf – de Chicago bien sûr – qui grille à la cuisine. La sueur imprégnée d'after-shave des joueurs de squash, juste sortis des courts, n'a évidemment rien à voir avec la transpiration acide des ouvriers, réunis devant une pinte de bière dans les débits clandestins.

J'irai même jusqu'à dire que ces dernières années, malgré la crise, les membres ont paru plus gais que d'habitude. C'est soirée privée après soirée privée, ils picolent sans arrêt et, plus ils sont saouls, plus ils trinquent à la santé de Hoover, le président. D'origine ouvrière, ma famille a toujours penché du côté des démocrates, ce que papa m'a souvent conseillé de ne pas mentionner au club. Non que les riches s'inquiètent des penchants politiques de leurs employés, ça non.

Quelques membres ont vu la nécrologie de mon père dans le *Chicago Tribune* (c'est moi qui l'ai écrite), et ils ont été depuis très prévenants avec moi. Certains m'ont même glissé une enveloppe avec de l'argent. J'ai eu une impression étrange en acceptant leurs dons. Avais-je un pourboire parce que mes parents étaient morts ? Mais le plus curieux était de rentrer chez moi ces dernières semaines, mon travail terminé ou après les cours, dans cette bâtisse vide et sombre. Bien sûr, tous les biens de papa et maman sont là, je n'ai touché à rien et leur odeur s'est maintenue, comme s'ils étaient partis en vacances en me confiant la maison. Une des chemises de nuit de maman est restée accrochée derrière la porte de la salle de bain, et le rasoir, le cuir et le savon de mon père n'ont pas bougé sur la tablette du lavabo. Je me surprends encore à penser qu'ils les ont oubliés en faisant leurs bagages.

Après la mort de papa, j'ai fait des heures supplémentaires au club. L'évidence s'imposait que je n'aurais plus les moyens de poursuivre mes études. Je dois dire que les cours ne m'intéressent plus beaucoup, d'ailleurs. Et l'université, c'est un peu comme si on disséquait le crottin des dinosaures pour savoir ce qu'ils ont pu bouffer. Ce qui m'intéresse vraiment, c'est apprendre la photographie. Papa m'a acheté mon premier appareil il y a quelques années, un box Kodak rudimentaire, et depuis je ne pense qu'à ça. Je suis inscrit depuis deux ans à un club-photo amateur en ville, dont je suis le plus jeune membre. On se réunit une fois par semaine pour confronter nos idées, parler technique, et comparer nos travaux. Le jour où l'argent de l'assurance est arrivé, j'ai quand même suivi le conseil posthume de papa. Je me suis acheté une chambre Deardorff 8 × 10, avec trépied et porte-plaque. Le plus beau mécanisme que vous ayez jamais vu.

Le dernier dimanche avant Noël, je venais de terminer le service du déjeuner et c'était une de ces journées d'hiver grises et sombres dont Chicago a le secret, quand la nuit tombe à quatre heures de l'après-midi, que le vent fouette la surface du lac en déversant des torrents de neige à moitié fondue. J'étais sur le point de rentrer quand j'ai remarqué l'imprimé que le patron avait épinglé sur le tableau d'affichage.

Grande expédition apache

En mal d'aventure ?
Joignez-vous à notre expédition au Mexique !

Objet

Sous le haut patronage des villes de Douglas (Arizona) et d'Agua Prieta (Sonora), un groupe de négociants et de notables met sur pied une expédition dans les montagnes de la Sierra Madre, entre les États mexicains du Sonora et du Chihuahua, afin de retrouver le fils de Monsieur Fernando Huerta, ranchero de la bonne ville de Bavispe, Sonora. Le petit a été capturé il y a quatre ans, le 26 octobre 1928, par des Indiens apaches qui ont tué sa mère sous ses yeux. Nous avons bon espoir de constituer une force armée qui obtiendra la reddition des Indiens et la restitution de l'enfant, dont nous savons qu'il est toujours vivant.

Engagez-vous ! Engagez-vous !

Grande expédition apache

Départ de Douglas (Arizona) le 1er avril 1932, pour Bacerac (Sonora) et le canyon des Grottes. Pour tout renseignement sur l'identité des organisateurs, s'adresser aux études Broadstreet ou Dun. Le comité garantit un escadron de la trempe des Rough Riders et l'entreprise laissera à chacun des souvenirs impérissables. Notre expédition vous conduit au cœur des extraordinaires forêts vierges du continent américain, pour l'ensemble inexplorées, car peu d'hommes blancs s'y sont aventurés. Chasse et pêche à profusion. Laissez-vous tenter, engagez-vous, et à cheval !

INSCRIVEZ-VOUS SANS ATTENDRE !

Engagez-vous ! Engagez-vous !

LES CANDIDATS SONT INFORMÉS *qu'ils doivent pourvoir à leurs propres besoins et qu'ils ne seront d'aucune façon rémunérés. L'expédition a pour but de prêter main forte à Monsieur Fernando Huerta qui veut délivrer son fils de sept ans, kidnappé par des Apaches en 1928. Une participation de* **30 $** *par jour sera demandée aux volontaires pour* *couvrir une partie des frais. Ne seront acceptés que des hommes de bon rang ; sérieuses références exigées; aventuriers et mercenaires s'abstenir. Une compagnie sera détachée de l'armée mexicaine au titre de milice bénévole. Les candidats peuvent apporter leur concours pendant une semaine minimum ou jusqu'au succès total de l'entreprise.*

Vous imaginez sans doute l'effet qu'a eu cette affiche sur moi par un sinistre après-midi d'hiver à Chicago. *L'Arizona, le Nouveau-Mexique, la Sierra Madre, des Indiens apaches, chasser, pêcher.* Avant de rentrer à la maison ce jour-là, j'ai recopié l'avis entier sur un de mes cahiers d'étudiant. Sans oublier l'adresse à Douglas, dans l'Arizona, où il fallait se porter candidat. Tandis que je remplissais ma page, monsieur Frank Dulaney, le directeur du club, s'est approché de moi. C'est un gros Irlandais roux que le personnel n'apprécie pas beaucoup. Il traite les membres avec une sorte de respect onctueux, et reporte à demi-mot toutes ses frustrations sur les employés. « Tu ferais mieux de ne pas y penser, ricana-t-il en me voyant. Tu ne sais pas lire ? Il n'y a pas d'argent à gagner : ils cherchent des *gentlemen*, des gens d'un certain *rang*. Au cas où tu ne comprendrais pas ce que ça veut dire, c'est pour les *membres* du club, pas pour la main-d'œuvre. »

J'ai répondu : « Oui, j'ai bien compris, monsieur Dulaney. Mais vous savez comme moi qu'ils auront besoin de personnel pour s'occuper de ces messieurs. Je peux toujours postuler. Vous ne voudriez pas m'écrire une lettre de recommandation, par hasard ? »

La nuit était presque tombée quand je suis rentré à pied au milieu de l'après-midi. Les gens faisaient déjà la queue devant les abris, ou pour la soupe de la Croix-Rouge. Blottis, accroupis les uns contre les autres devant les immeubles, le col du manteau relevé pour se protéger des rafales. Dans les allées, certains essayaient de se réchauffer devant les feux allumés sur les barils, aux flammes rabougries par le vent. Je me hâtais de descendre la rue, feignant de ne pas voir ces infortunés. Nous avons tous appris à le faire, car ils sont trop nombreux et l'aide que nous pourrions leur apporter est bien limitée. Je n'avais de toute façon qu'une idée en tête, je pensais égoïstement à fuir.

Ce soir-là, il y a eu une panne de courant dans toute la ville. J'ai bourré la chaudière de charbon, nourri le feu dans la cheminée et j'ai veillé tard pour écrire ma lettre au comité de la Grande expédition apache, à la lumière de la bougie. Dehors, la neige s'amoncelait sur les fenêtres pendant que le vent glacial s'infiltrait jusqu'aux fondations de la maison familiale.

Il est tombé plus de soixante centimètres de neige dans la nuit, et le *Chicago Tribune* n'est sorti que tard le surlendemain, avec la manchette : « CHICAGO PRISONNIÈRE DU BLIZZARD ». Le journal rapportait que des dizaines de personnes étaient mortes dans la rue pendant la tourmente. C'était, paraît-il, l'une des pires tempêtes de neige que la ville ait connues. Je n'oublierai jamais cet autre article, sur la première page, à propos du discours que le président venait de prononcer à Washington. Hoover déclarait qu'une intervention du gouvernement fédéral dans les affaires économiques du pays serait contraire aux « idéaux et aux institutions américains », et que la crise devrait se résorber d'elle-même. Selon lui, il revenait aux entrepreneurs de combattre la faim et la souffrance en prenant spontanément des mesures pour maintenir les salaires et les emplois, tandis que tous les Américains, « mus par la charité, iraient volontairement se porter au secours les uns des autres ». C'est ça, va dire ça à ceux qui, expulsés de chez eux, sont morts de froid dans la rue.

Ça ne m'avait pas effleuré l'esprit, mais je parierais maintenant que les gamins qui travaillent comme moi dans un club huppé ont tous postulé pour un job auprès de la Grande expédition apache, dès qu'ils ont lu l'avis. Bon, les semaines ont passé et je n'ai pas reçu de réponse du comité.

Il y a quelques jours, un homme et une femme des services sociaux ont frappé à la porte. Ça me pendait au nez, je le savais et, quand ils ont demandé qui s'occupait de moi, j'ai menti. Je leur ai dit que mon oncle Bill de Californie était venu vivre à la maison, mais qu'il était sorti pour le moment. Ils ont paru en douter, et ils ont voulu entrer pour jeter un coup d'œil à l'intérieur. J'ai refusé en expliquant que Bill n'aimerait pas ça, seulement ils ont promis de rappliquer avec la police et un ordre de perquisition. Ils m'ont laissé leur carte en affirmant que mon oncle devait prendre contact avec eux, d'urgence, afin de remplir les papiers pour ma tutelle. S'il ne se manifestait pas dans les trois jours, ils revenaient me chercher et ils me plaçaient dans une famille d'accueil jusqu'à mes dix-huit ans. Alors j'ai décidé pour de bon de quitter la ville. Je suis presque majeur et cela fait un moment que je me débrouille seul ; pas question d'aller vivre chez des inconnus. J'ai encore quelques mois devant moi avant le départ de l'expédition pour le Mexique, le temps de descendre tranquillement dans le Sud, et de voir un peu le pays.

Plus tôt, ce soir, j'ai dit au revoir à Annie Parsons, ma petite amie, une jolie étudiante de première année. Je lui ai dit que je lui écrirai, que je rentrerai probablement cet été, alors que je savais bien que non. Elle devait s'en douter elle-même quand je l'ai embrassée devant la porte de son dortoir, où je l'ai raccompagnée, car son dernier mot a été : « Prends bien soin de ta vie, Ned. »

J'ai fait mes bagages et, à la première heure demain, je n'aurai plus qu'à les mettre dans le coffre du *roadster* de papa, qu'à fermer la maison et laisser la clef sous le paillasson. Pour la banque. Ensuite, bye bye Chicago. Qui sait, peut-être ne reviendrai-je jamais ? Je vais partir, je suis emballé et en même temps j'ai peur.

23 janvier 1932

Kansas City (Missouri)

Eh bien, pour ce qui est de tenir un journal, j'ai encore des progrès à faire. Il y a déjà presque trois semaines que je suis en route, et je n'ai pas pris une seconde pour écrire. Je ne suis pas allé plus loin que Kansas City. Comme je ne veux pas gaspiller mes économies, ni l'argent de l'assurance de papa, je me suis arrêté ici deux semaines et je travaille dans une ferme d'éleveurs, propriété des Armour, membres du Racquet Club. Ils m'ont pris pour la seule raison que je suis arrivé avec une lettre de recommandation de monsieur Armour lui-même. Ce qui n'a pas empêché le gros Earl Bimson, le patron, de me refiler le job le plus mal payé, tout en bas de l'échelle – au nettoyage des corrals. Après avoir pelleté de la bouse pendant quinze jours, je trouve que mon petit train-train au Racquet était drôlement peinard. Le travail est dur, salissant, et ça ne me rapporte qu'un dollar par jour. Seulement ils refusent chaque matin une bonne douzaine de gars qui ne demandent qu'à prendre ma place. J'ai cru au début étouffer dans cette puanteur, mais à la fin de la première semaine, je n'y prêtais pratiquement plus attention.

Je ne me suis pas fait un seul ami là-dedans. Ma lettre de recommandation m'a valu l'aversion de monsieur Bimson, et en plus tous les employés se méfient de moi. Ils pensent que, soit je suis un parent venu apprendre le métier, échelon après échelon, soit la famille a envoyé un espion. Peut-être les deux, même, tant qu'ils y sont. Quand j'essaie de leur faire comprendre que, comme eux, j'ai été embauché comme ouvrier, ils répondent : « Ouais, alors qu'est-ce que tu attends pour la vendre, ta jolie Studebaker, Giles, et changer de boulot ?

– Non, c'est un cadeau de mon père », je répète à chaque fois.

À cause de ça, j'ai fini par me battre, hier, avec Tommy Lindquist. C'est le fils d'un fermier norvégien, arrivé du Minnesota. Je suis plutôt poids moyen, mais je faisais partie de l'équipe de boxe au lycée, et, quand je m'énerve, j'ai un méchant crochet du gauche. Tommy est un gros costaud, assez lent, et je suis sûr que les autres l'ont poussé à en découdre avec moi. Il a pris un air effaré quand je lui en ai collé une, ensuite il s'est mis à pleurer parce que son nez saignait. Je m'en veux de lui avoir fait mal, mais au moins ils me ficheront la paix, maintenant. Je suis prêt à mettre les bouts, de toute façon.

13 février 1932

Omaha (Nebraska)

J'ai poussé jusqu'à Omaha, où j'ai trouvé un travail franchement moins pénible. Les propriétaires du *Chicago Tribune*, eux aussi membres du club, m'avaient donné une lettre de recommandation pour le *Omaha Daily Star*, où on m'a engagé temporairement comme assistant du photographe maison, Jerry Mackey. C'est mon premier vrai job dans ma branche, et, même si je sers surtout de factotum, j'apprends des quantités de choses, alors c'est fichtrement mieux que remuer la bouse des vaches à longueur de journée.

Mackey est un sacré blagueur qui parle à toute vitesse et fume comme un sapeur. Il a sa carte du Parti communiste. Ce qui me vaut non seulement d'être initié au photojournalisme, mais également à la doctrine marxiste. Il m'a déjà emmené à plusieurs réunions du Parti, chez d'autres journalistes ou chez des artistes qu'il fréquente. Ils fument, boivent du whiskey et fustigent la classe dirigeante, puis ils s'enflamment sur le rôle de l'art, de la littérature et du journalisme dans la « cause ». Ce qu'ils disent me dépasse pour beaucoup, mais certaines choses tombent sous le sens. Comme je suis bien plus jeune que tout le monde, on ne fait pas très attention à moi, et je me contente d'écouter silencieusement. Quoique, l'autre soir, Kevin

Anderson, un éditorialiste qui travaille avec Mackey, m'ait drôlement mis dans l'embarras.

« Jeune camarade Giles, a-t-il commencé, tu n'ouvres pas souvent la bouche. Si tu nous disais ce que tu apporteras à la révolution ? »

Je n'ai pas très bien compris la question. J'ai bafouillé : « Je ne sais pas. J'apporterai peut-être... mon appareil photo. » Tout le monde s'est esclaffé, et j'étais maintenant rouge (si l'on peut dire !) comme une pivoine.

« Comment ton appareil servira-t-il la cause, alors ? a continué Anderson.

– Je ne sais pas vraiment, monsieur.

– En d'autres termes, toi le photographe en herbe, quelle est ta responsabilité première dans les bouleversements sociaux que nous traversons ? »

J'ai bégayé : « Je ne sais pas. Ça peut être d'ouvrir l'œil, je suppose. » Tout le monde s'est remis à rire, et Anderson m'a donné une rude tape dans le dos.

« Bonne réponse, mon gars, m'a-t-il dit. Bonne réponse ! »

19 février 1932
Omaha (Nebraska)

Eh bien, ça n'aura pas duré longtemps. J'avais à peine posé mes valises dans une pension en ville que Jerry Mackey s'est fait renvoyer du journal avec une demi-douzaine d'autres reporters. La direction dit que, avec la baisse de la diffusion et des revenus publicitaires, le licenciement était inévitable. Mackey est convaincu, lui, qu'on l'a viré à cause de son attachement au marxisme, et aussi parce que ses photographies, pour ne pas parler de son discours, sont de plus en plus politisées.

Il déclame avec véhémence : « Salopards d'exploiteurs ! Le système est pourri, corrompu, et ils le savent : alors ils s'y accrochent des deux mains. Ils sont à bout, ça se voit ; le mouvement leur fait peur et ils veulent l'étouffer. Mais on ne réduit pas au silence Jerry Mackey ! Personne ne m'empêchera de photographier le déclin du capitalisme. Rappelle-toi bien ce que je te dis, petit, les travailleurs américains – tous les affamés, les opprimés, ces millions de héros qui souffrent en silence – vont bientôt se lever pour reprendre le pays, car il leur appartient. Et je serai sur la ligne de front pour couvrir la révolution avec mon appareil ! »

J'ai beaucoup de respect pour Jerry Mackey et je lui suis reconnaissant de m'avoir tant appris, ces dernières semaines. Mais, plus j'y réfléchis, et plus je me rends compte que nous avons des conceptions très différentes de notre métier. Pour moi, un appareil photo n'est ni une arme ni un instrument au service d'une cause, aussi juste et noble soit-elle. Depuis que Kevin Anderson m'a épinglé là-dessus, l'autre jour, je n'ai cessé de ruminer ça, pour trouver la réponse que j'aurais aimé lui donner. J'aurais dû lui dire que la seule responsabilité d'un photographe est de consigner la vérité. Bon, c'est un peu présomptueux, quand même.

Toujours est-il que, Mackey étant parti, le journal n'a plus besoin de personne pour l'assister, et j'ai été viré moi aussi. Je reprends la route dans quelques jours, direction le sud.

29 février 1932

Dans le coin d'Oklahoma City

Quelques mots sur la situation ici... Avant de partir, je n'avais presque jamais quitté Chicago, sinon pour un ou deux séjours dans le Wisconsin, l'été avec mes parents, et une fois aussi dans le Michigan. J'admets que je me sens seul, que ce voyage est beaucoup moins romantique que je l'espérais. C'est l'hiver, et pourtant il semble y avoir des foules de gens sur les routes. Un grand nombre s'est certainement retrouvé dehors à cause de la crise. Curieusement, ils ont tous l'air isolés, détachés les uns des autres. Ils se croisent sans se regarder, ils pressent le pas comme s'ils avaient honte. Je me sens moi-même déboussolé, déraciné, sans rien qui me retienne nulle part. Après la mort de maman et de papa, pendant les mois où j'ai vécu à la maison, rassuré finalement par leurs affaires et leurs odeurs, j'ai dû finir par croire qu'ils allaient revenir. Et il a fallu que je m'en aille, que je parcoure les routes pendant ces quelques semaines pour comprendre réellement que je ne les verrai plus.

Ça me gêne de circuler dans une belle voiture comme ça. Alors je fais des détours pour aider les vagabonds. C'est parfois des familles entières, et il faut les caler, avec leurs quelques biens, et un enfant ou deux, sur l'étroite banquette arrière de la Studebaker. Ils me regardent avec méfiance, comme si c'était moi, l'ennemi. Presque tous ont les yeux enfoncés, un air épuisé et perdu. On dirait qu'ils s'excusent de ne pas avoir d'argent, comme s'ils étaient responsables de la débâcle, comme si c'était leur faute si, du jour au lendemain, ils se retrouvaient à la dérive.

Hier, près de Wichita, dans le Kansas, je me suis arrêté pour prendre une dame qui cheminait seule avec sa fille. C'était l'après-midi, il y avait un vent froid, et une neige poussiéreuse qui virevoltait au-dessus des champs en friche. La petite était emmitouflée dans le manteau de sa mère, en laine, beaucoup trop grand pour elle. Et la dame n'était pas suffisamment couverte. À peine une robe de coton imprimé sous un cardigan gris troué aux coudes. Elles se tenaient au bord de la route avec une seule valise, bosselée, et deux sacs en papier, pleins à ras bord. Je les ai installées sur le siège de droite, j'ai posé leurs affaires sur la banquette, puis j'ai tendu une couverture à la maman et j'ai réglé le chauffage au maximum. Au bout d'un moment, la petite m'a regardé d'un air grave par-dessus ses joues sales. « On habite à la ferme, monsieur, m'a-t-elle dit. Mais j'ai ma chambre à moi. Et mon papa, il a un camion, seulement il a dû s'absenter. » Peut-être étaient-elles parties le retrouver, ou voulaient-elles se faire héberger par d'autres parents. Je n'ai pas voulu savoir. J'ai appris à ne pas poser cette sorte de question sur la route. La seule chose décente à demander, c'est : « Vous allez vers où ? »

« Tais-toi, a dit la mère. Ça n'intéresse pas ce gentil garçon.

– Mais si, ma petite, ai-je répondu en caressant la joue glacée de l'enfant. De quelle couleur il est, le camion de ton papa ? »

La mère s'est alors penchée au-dessus de sa fille pour me murmurer à l'oreille une chose qui m'a fait rougir. Même dans mon propre journal intime, je n'ose pas répéter ce qu'elle m'a dit. Elle pleurait de honte, d'en être réduite à proposer ça pour nourrir son enfant. J'ai bredouillé : « Oh non, non merci, m'dame. Mais j'ai quelques dollars dont je n'ai pas besoin, que je peux bien vous donner. Et, si vous avez faim, avec la petite, on s'arrêtera au prochain café pour manger un morceau. Je vous invite. Peut-être que vous me laisserez vous prendre en photo, pour la peine. »

Voilà la route dans ce pays, maintenant. Il y a de quoi transformer un jeune gars comme moi en chien de communiste.

12 mars 1932

Goodnight (Texas)

J'ai fini par arriver au Texas où je travaille depuis deux semaines au ranch Circle-J, à proximité d'Amarillo. Il appartient à Monty McGillivray, un riche éleveur écossais qui a aussi une maison à Chicago. Encore un membre du Racquet Club, auquel je dois tant depuis mon départ. J'avais vu monsieur McGillivray pendant les fêtes de fin d'année, et il m'avait dit de passer chez lui quand je partirais dans le sud, comme quoi il me trouverait un job. C'était un des membres que je préférais. C'est un bon gars costaud, avec une veste en tweed et des culottes de golf, une épaisse moustache noire et les cheveux peignés en arrière. Il a un caractère joyeux, il avait toujours un mot agréable à glisser aux employés, et c'était l'un des rares membres qui avait l'air de s'intéresser à eux.

Je ne connais pas grand-chose aux chevaux et j'ai pensé que j'aurais peut-être plus de chances d'être accepté pour la Grande expédition apache si au moins je savais monter. J'ai donc essayé d'apprendre depuis que je suis là. Monsieur McGillivray sait que je m'intéresse à la photo, aussi il m'a laissé faire des portraits de sa famille et des invités.

J'aime cette partie de l'ouest du Texas, ses collines et ses plaines, les canyons rocheux parcourus de longues stries et les prairies qui s'étendent à perte de vue. Le ranch abrite un des derniers troupeaux sauvages de bisons d'Amérique. L'hiver venu, les McGillivray invitent leurs amis sportifs à la chasse au bison, bien que le terme de « chasse » soit ici un rien exagéré. On transporte ces messieurs élégants vers le troupeau, dans les voitures du ranch avec tout l'équipement, et les employés portent pour eux les fusils et les trépieds. Lorsqu'ils repèrent un mâle en train de brouter paisiblement dans la prairie, ils lui tirent dessus et voilà. Ils pourraient aussi bien tirer sur les vaches, je ne vois pas ce que ça a de sportif, mais le troupeau compte trop de bêtes, et les riches en temps de crise ont l'air de goûter ces distractions.

J'ai aussi pour mission de m'occuper des hôtes, ce à quoi mes années au club m'ont largement formé. On me demande de les prendre en photo avec leurs trophées de chasse. Je développe les plaques moi-même dans une chambre noire improvisée à côté des granges, puis je donne les tirages à ces messieurs-dames en souvenir de leur visite. Monsieur McGillivray, qui paraît très satisfait de mon travail, m'a proposé l'autre jour de m'engager à plein temps au ranch. « Je te considère presque comme un fils, m'a-t-il dit. Tu pourrais rester à mon service, et oublier cette affaire d'expédition. Tu ne le regretteras pas, Ned, j'y veillerai. »

Je dois admettre que son offre est alléchante. J'ai répondu : « Je me plais beaucoup chez vous, monsieur, mais j'ai vraiment à cœur de partir au Mexique. Peut-être que, s'ils ne veulent pas me prendre pour l'expédition, je reviendrais vous voir. Ou quand ça sera fini, si vous avez toujours une place.

– Il y aura toujours une place pour toi au Circle-J », m'a-t-il dit.

À la vérité, même si je l'aime bien, si j'apprécie sa gentillesse, j'en ai un peu assez de travailler pour les riches. C'est peut-être parce que j'ai beaucoup écouté Jerry Mackey et ses camarades parler des classes dirigeantes, ou alors j'ai passé assez d'années au club comme ça. Sans compter les gens si nombreux rencontrés sur la route, ces dernières semaines, qui n'ont plus d'emploi et sont obligés d'errer comme des vagabonds. C'est difficile à expliquer, mais j'ai l'impression que, depuis plusieurs mois, rien n'est plus comme avant... Mais bien sûr, enfin, *tout* a changé. J'ai beaucoup repensé à papa, récemment, et je me suis rendu compte que, jusqu'à la fin de sa vie, il n'avait fait que flatter les rupins. Il avait mis une croix sur ses opinions politiques et renié ses origines ouvrières, tout ça pour se conformer à l'image du capitalisme triomphant. Son propre père était mort d'épuisement pour qu'il puisse étudier et monter une affaire à son nom. Mon grand-père qui tuait les bœufs à coups de merlin dans les parcs à bestiaux de Chicago – mon Dieu, s'il savait que la cervelle de son fils s'est retrouvée en miettes sur le mur de la salle de bain... Ça fait drôlement réfléchir, non ?

À propos de rupins, voici une drôle d'histoire... Cette semaine, un certain Tolbert Phillips de Philadelphie, dont la famille a fait fortune dans les chemins de fer, est arrivé ici avec son fils Tolbert junior. Tolley, c'est comme ça qu'on l'appelle, doit avoir deux ans de plus que moi. Dégingandé et maniéré, c'est un pur produit des grandes universités, et il me rappelle les jeunes héritiers dont je ramassais les balles, pendant qu'ils apprenaient le tennis au club. Sauf que ce Tolley a franchement des manières de gonzesse. Son père, à l'évidence un vieil ami de monsieur McGillivray, a voulu que son fils l'accompagne au ranch pour lui faire passer une sorte de rite initiatique, à la manière des riches, à savoir tuer un bison.

Tolley est arrivé affublé de pied en cap d'un costume de safari kaki Abercrombie & Fitch, avec le casque colonial en prime ! Et de me glisser à l'oreille : « Alors, jeune homme, le prestige de l'uniforme, hein ? » Il n'avait pas l'air de se rendre compte à quel point il était ridicule, il paraissait même fier de lui, contrairement à monsieur Phillips, un gars rude et autoritaire, qui ne cachait pas son embarras. Tolley a abattu son bison, et le père nous a laissés tous deux dans la prairie, pendant que j'installais ma chambre pour le portrait. Examinant la bête, Tolley a soulevé une des pattes arrière.

J'ai demandé : « Mais qu'est-ce que vous faites ?

– Je regarde comment il est monté, tiens.

– Et pour quoi faire, bon Dieu ?

– Pour comparer avec les gnous, dit Tolley. C'est que je suis allé en Afrique, moi !

– Ah oui ? C'est formidable, ça.

– Mon père m'envoie chasser aux quatre coins du globe parce qu'il veut absolument faire de moi un homme. Au cas où vous n'auriez pas deviné, Giles, je préfère les garçons. »

Je n'avais encore jamais entendu quelqu'un avouer une chose pareille. « Euh, non, je n'aurais pas deviné.

– À vrai dire, tâter du fauve n'est pas franchement ma tasse de thé, dit Tolley. Mais il y a des quantités prodigieuses de garçons charmants à Nairobi. Même pendant le safari, j'avais un boy affecté à ma tente. »

C'était plus que je voulais apprendre sur la vie sexuelle de Tolbert Phillips junior. « OK, l'ai-je coupé. Je suis prêt. Occupons-nous de votre portrait.

– Je vais poser avec la verge du bison en main.

– Je vous demande pardon ?

– Vous avez très bien entendu, vieux frère.

– Mais pourquoi voulez-vous faire ça ?

– Pourquoi ? Pour amuser mes bons amis, bien sûr. Si vous voyez à quoi je fais allusion.

– Non, je ne vois pas du tout. Je ne comprends rien à vos histoires, et je ne veux m'en mêler pour rien au monde.

– Ah, ne faites pas votre mijaurée, mon vieux. On appellera ça le *gland chasseul de bisons*. Ah, ça va lendle papa fulieux !

– Pourquoi tenez-vous tant à le mettre en colère ? » ai-je dit.

Tolley m'a regardé d'un air indulgent. « Vous ne seriez pas un peu naïf, Giles ?

– Sans doute que si.

– Bon, aucune importance, vieux frère. Tout ce que vous avez besoin de savoir, c'est que je suis l'invité d'honneur, et vous un employé. Maintenant, prenez ma photo, voulez-vous ? »

18 mars 1932

Goodnight (Texas)

Alors j'ai fait le portrait de Tolley Phillips selon son bon vouloir, ce qui m'a valu d'être convoqué ce matin dans le bureau de monsieur McGillivray.

« Assieds-toi, Ned », m'a-t-il dit sans quitter son fauteuil. J'ai compris aussitôt que j'étais mal parti. « Je te connais depuis longtemps, mon petit. Tu as toujours été un bon garçon, et je t'ai considéré comme un fils. » Il m'a montré la photo de Tolley, et il l'a posée devant moi. « Cela ne te ressemble guère d'épater la galerie avec ce genre de chose.

– Je suis navré, monsieur, mais c'est ce que Tolbert m'a demandé de faire. J'ai cru à une plaisanterie de sa part.

– Une plaisanterie de fort mauvais goût, dit monsieur McGillivray. Je dirais même que c'est pervers, écœurant.

– En effet, ai-je reconnu. Je n'ai pas trouvé ça très drôle non plus.

– Mais tu as bien pris cette photographie, Ned ?

– Oui, monsieur. Parce que Tolley me l'a demandé et parce que c'est votre invité.

– Son père et moi sommes des amis de longue date, de grands amis. Ce portrait douteux de son fils ne l'amuse pas le moins du monde.

– Cela n'a rien pour me surprendre, ai-je déclaré.

– Je vais être obligé de te mettre à la porte, m'a dit McGillivray.

– À la porte ? ai-je répété, interloqué. Mais je n'ai fait qu'obéir aux volontés de votre hôte.

– Il faut que tu comprennes, jeune homme, que je ne peux tolérer qu'un employé humilie de cette façon mes invités. »

On ne m'avait encore congédié de nulle part et j'ai senti le sang me monter à la tête. J'avais honte, mais j'étais surtout révolté par la nonchalance avec laquelle les nantis chassent les gens de leur vie. Comme ça. « Je n'ai voulu humilier personne, monsieur McGillivray. J'ai seulement fait ce qu'on m'a demandé.

– Il fallait refuser, mon garçon. Tu as sérieusement manqué de jugeote.

– Je ne suis qu'un employé, monsieur. On m'a appris qu'il fallait obéir aux ordres du patron et des invités. Ç'a toujours été ça, mon travail.

– Ce sera tout, Ned. Je te serai reconnaissant de préparer tes bagages ce soir et de partir à la première heure demain. Tu prendras ton salaire en passant chez monsieur Cummins. » Et McGillivray de se plonger dans ses papiers, me signifiant ainsi que l'entretien était terminé.

Je restai assis un instant, sonné, incapable du moindre mouvement. Puis je repris la parole : « Monsieur ? »

Il releva les yeux en feignant d'être surpris, voire un tantinet irrité de me voir encore là.

« Vous m'aviez pourtant dit que j'étais un fils pour vous, monsieur. »

Il soutint mon regard, fronça songeusement les sourcils, puis il hocha la tête d'un air péremptoire. « Non, mon garçon. » Il recula sur sa chaise et se leva. « J'avais dit : "*presque* un fils". »

Ç'a été une bonne leçon. De toute façon, il est temps d'aller voir ailleurs.

26 mars 1932

Dans l'est du Nouveau-Mexique

J'ai quitté le Texas en direction du sud-ouest, à travers les dunes mouvementées de l'est du Nouveau-Mexique – un pays aride, grand et vide. Désertées pour la plupart, les villes sont minuscules et rarissimes, tout est fermé, les vitrines sont recouvertes de planches, et l'on voit affiché : À VENDRE ; FAILLITE ; RENDEZ-VOUS EN CALIFORNIE... Le vent froid de l'hiver gémit à travers les fenêtres brisées des corps de ferme. Dans les champs, les tiges desséchées des récoltes oubliées de maïs et de blé s'affaissent en brunissant sur la terre lézardée. Paysage solitaire où me voilà bien seul.

Je me suis arrêté pour la nuit dans une ferme abandonnée, couverte de clins de bois, non loin de Pep. Je ne pense pas que les précédents occupants m'en voudront. Et pourtant, je n'arrive pas à m'ôter de l'idée qu'ils vont brusquement revenir et découvrir mon intrusion. Aussi prudemment qu'un voleur, j'ai visité les pièces vides et silencieuses en essayant d'imaginer qui habitait ici. J'entendais leurs voix et leurs rires. Ici et là on voit par terre des traces de leur vie, un crayon de couleur, une poupée borgne dont un bras est parti, le catalogue Montgomery Ward de l'année dernière, aux pages cornées par la convoitise... une bouteille de whiskey dont il ne reste rien, un avis de saisie de la banque... Tant qu'il y avait un peu de lumière, j'ai monté ma chambre sur le trépied pour impressionner quelques plaques à l'intérieur de la maison, en espérant que, le jour où je les développerai, les épreuves révéleront les fantômes de ces lieux... J'ai bien cru, après tout, que mes parents reviendraient sur terre. Comme par magie.

Les fermiers ont laissé leur fourneau à la cuisine, sans doute parce qu'il est très lourd, et, comme les nuits sont froides, j'y ai fait du feu. J'ai ramassé des bouts de bois dans le poulailler effondré, au fond du jardin, et j'ai pris quelques branches d'un orme mort. J'ai trouvé une chaise vétuste sur le perron et un vieux banc qui me sert de table. Ensuite j'ai rangé la maison comme si j'étais le nouveau locataire, et, avec un balai au manche cassé, j'ai nettoyé les crottes de souris. Puis j'ai déroulé mon sac de couchage par terre, et j'ai allumé ma lampe à pétrole.

J'avais appris des rudiments de cuisine quand ma mère est tombée malade. Papa n'y entendait rien et, sinon, on n'aurait mangé que ces sandwiches qui ne nourrissent pas son homme. J'ai emporté un petit nécessaire – poêle, casserole, cafetière, une assiette, un gobelet, plus quelques ustensiles et des produits de base, du sel, du sucre, de la farine et du café – tout ce qu'il faut. J'ai mis des fayots à réchauffer sur le fourneau, et j'avais acheté une petite tranche de steak chez un boucher à Portales, ce matin. Je la ferai griller avec des oignons, je mangerai le tout avec les tortillas fraîches que m'a vendues la Mexicaine là-bas. J'ai aussi une précieuse tomate, toute petite, que j'ai prise à l'épicerie, et que j'émincerai sur le steak. Elle ne paie pas de mine, ratatinée comme ça, mais son rouge est éclatant dans la grisaille de l'hiver.

Voilà, je me suis fait comme qui dirait un chez-moi. Grâce au fourneau, il fait bon dans la cuisine, et l'endroit est presque devenu confortable. J'entends quand même le vent tourbillonner autour de la maison comme un vagabond impatient et, par la fenêtre, je distingue la campagne qui étale sa solitude dans le couchant.

4 avril 1932

Douglas (Arizona)

C'est aujourd'hui mon anniversaire et je suis enfin rendu. Me voici à Douglas, où je me suis garé dans Main Street pour écrire. L'air des hauteurs est frais et immobile, c'est une de ces journées incertaines qui n'appartiennent plus à l'hiver mais n'annoncent pas le printemps. Le soleil bas sur l'horizon projette ses couleurs pâles sur les montagnes à l'est, sans les réchauffer vraiment. La ville semble plongée dans cet état visible de semi-abandon qui m'est devenu si familier depuis des semaines. C'est un poste frontière miteux et sale, avec des devantures abandonnées, des vitres cassées et des rues vides.

Cela fait plus de deux mois que j'ai quitté Chicago, et maintenant que je suis arrivé, j'ai l'impression de n'avoir jamais été aussi seul et mélancolique de toute ma vie. Le désert que je viens de traverser, sur des centaines de kilomètres, m'a paru sauvage et hostile. Je suis un étranger en pays inconnu. Plus loin au sud, derrière la frontière du Mexique, j'aperçois les sommets dentelés de la Sierra Madre, qui s'élèvent, monstrueux, au-dessus de la plaine. Sous cette lumière de fin d'après-midi, ces montagnes n'ont pas les allures romantiques que j'aurais imaginées ; elles ont l'air revêche, rocailleux, repoussant...

J'ai peur. Voilà, c'est dit. Je pense même à faire demi-tour et à revenir au point de départ. Mais tout ce qui m'était cher a maintenant disparu... mes parents, la maison, ma chambre... Plus rien ne m'attend là-bas. Bon, alors restons un moment ici et essayons de retrouver un peu de courage. Je ne sais pas ce qui m'arrive. Le soleil se couche et l'air froid du désert me tombe sur les épaules comme des pierres jetées du haut du ciel. Ce que j'aimerais que papa et maman soient encore là. Ç'aurait été bien de rester à Chicago, de décrocher mon diplôme, de trouver un métier. J'aurais peut-être pu travailler au garage avec papa et il ne se serait pas suicidé. Et puis j'aurais épousé Annie Parsons et on aurait fondé une famille... « Prends bien soin de ta vie, Ned », m'a-t-elle dit.

C'est un comble... Le jour de mon dix-septième anniversaire, j'aurai chialé comme un môme, enfermé dans la voiture dans la grand-rue de Douglas. C'est la première fois que j'ai pleuré en pensant à mes parents... et à moi... Je suis complètement vidé.

5 avril 1932

Douglas (Arizona)

Je relis mes dernières lignes et j'ai honte de m'être apitoyé sur mon sort. Enfin, pleurnicher comme ça. Tant de choses sont arrivées en vingt-quatre heures à peine que tout a changé ! Je ne sais par quel bout commencer. Si je ne m'étais pas promis de tenir honnêtement ce journal, je bifferais tout ce que j'ai noté hier.

Après ma petite crise de larmes, j'ai redémarré et je suis parti dans le centre. Comme c'était mon anniversaire et que j'étais vraiment déprimé, j'ai décidé de m'offrir un hôtel, un bain et un bon steak pour le dîner. Il ne fut guère difficile de repérer l'hôtel Gadsden à l'autre bout de Main Street. C'est un bâtiment prestigieux de cinq étages, parfaitement déplacé dans ce qui n'est finalement qu'un gros village.

C'est encore plus grandiose à l'intérieur, et j'ai compris en entrant que la moindre chambre serait largement au-dessus de mes moyens. Je suis resté un instant dans le hall dominé par une série de balcons, de chaque côté d'un escalier massif en marbre italien blanc. Il conduisait à un entresol, flanqué aux quatre coins d'énormes colonnes incrustées de feuilles d'or, et d'une peinture sur verre Tiffany, au fond, d'une douzaine de mètres de longueur. J'ai appris que l'hôtel avait été complètement remis à neuf il y a quelques années, avant l'effondrement du marché du cuivre, quand l'argent de la mine Phelps-Dodge, voisine, coulait encore à flots. Ce qui reste de vie et d'énergie ici, par ces temps difficiles, semble concentré dans l'hôtel.

Avec tous ces gens récemment arrivés pour l'expédition, il y avait une certaine effervescence dans le hall. Les « bénévoles », affairés, bavardaient dans les boudoirs aux canapés de velours rouge, sous l'œil vigilant du réceptionniste, un gars mince et coquet, arborant costume noir et nœud papillon. Comme je portais une salopette et un maillot de coton, il a froncé les sourcils en me voyant. En bon professionnel, il a eu vite fait de me jauger puisque, évidemment, ma tenue faisait tache dans ce cadre luxueux. Je connais ce regard-là, et mon expérience au club m'a appris qu'en matière de dédain, les employés valent souvent leurs patrons.

Lorsqu'il s'est adressé à moi, j'ai eu la surprise de constater qu'il avait l'accent britannique. « Que puis-je faire pour vous, monsieur ? » demanda-t-il, d'un ton qui laissait entendre la réponse : rien.

« J'aurais voulu une chambre, s'il vous plaît, dis-je en essayant de paraître plus vieux que mon âge et, par l'opération du Saint-Esprit, mieux habillé.

– Avez-vous réservé, monsieur ?

– Pas précisément.

– Veuillez m'excuser, monsieur ?

– Non, je n'ai pas réservé.

– Hmm. C'est regrettable. » Les lèvres pincées, il consulta son registre d'un air affecté, passant rapidement un doigt mince et sec le long des pages. « C'est que nous sommes débordés, monsieur. Voyez-vous, les bénévoles de la Grande expédition commencent à affluer.

– C'est aussi la raison pour laquelle je suis là. J'ai lu l'avis au club, à Chicago, et j'ai pensé à venir m'inscrire sur place.

– Seriez-vous vraiment membre d'un club de gentlemen, monsieur ? demanda-t-il en levant les sourcils une fois de plus.

– Pas exactement, ai-je admis. J'ai travaillé au Chicago Racquet Club. J'espère trouver une place d'employé dans l'expédition. »

Il sourit d'un air entendu. « Ah, évidemment, oui. Comme la moitié de la ville. J'ai peur de ne pas avoir de chambre de libre, monsieur.

– Vous êtes vraiment complet ?

– Il semblerait, monsieur.

– Mais vous auriez une chambre si j'étais membre d'un club et pas simple employé ?

– C'est affreusement injuste, monsieur, je le reconnais. J'ai toutefois pour consigne de réserver les dernières chambres aux bénévoles.

– D'où elles viennent, ces consignes ? ai-je lancé. Mon argent a moins de valeur que celui des autres, peut-être ?

– C'est la direction qui veut ça, monsieur. Je ne suis que l'employé. »

Derrière moi, retentit alors une voix vaguement familière. « Browning, mettez monsieur Giles dans la chambre inoccupée de ma suite. Il n'y a que mes affaires de sport, pour l'instant. »

Me retournant, je trouvai devant moi Tolbert Phillips junior, en chemise de polo, un maillot rayé de tennisman sur les épaules, et qui me souriait gracieusement.

« Ce vieux Giles ! dit-il. Tolley Phillips ! Le Circle-J Ranch à Goodnight, au Texas ! Oublié ?

– Comme si j'avais pu ! Que faites-vous là, Tolley ?

– Je rejoins la Grande expédition apache, évidemment. Encore une des idées de papa pour que je devienne un homme. Ce qui, comme vous le devineriez, a tout d'une cause perdue. Ah, vous auriez vu sa tête quand il est tombé sur votre photo, Giles. C'était parfaitement délicieux !

– Ouais, ben, ça l'était moins pour moi, Tolley.

– Je sais, et je m'en veux terriblement, vieux frère. Vraiment navré. Surtout que je suis le seul responsable, en fait.

– Pour ce que ça a changé... Je me suis fait virer, moi, avec vos plaisanteries.

– Je l'ai appris, Giles. Vous avez morflé à ma place, quoi. C'est bien comme ça que vous dites à Chicago, hein, sacrés gangsters ! C'est que vous êtes un chic type, mon vieux. Mon père non plus ne demanderait pas mieux que se débarrasser de moi. Il n'attend qu'une nouvelle guerre pour m'envoyer combattre au nom de la démocratie. « Ça fera de toi un homme ! », voilà ce qu'il dit. Ou un cadavre, plutôt, quoiqu'il aimerait mieux ça qu'avoir un fils pédé. Bon sang, courir après les Apaches ! Vous en connaissez d'autres, vous, des absurdités de ce genre ? Mais, dites-moi, Giles, qu'est-ce que vous faites là ?

– Je cherche une place dans l'expédition.

– Fabuleux ! dit Tolley. Quelle coïncidence extraordinaire que ces retrouvailles, vraiment ! C'est l'occasion rêvée de vous dédommager pour les menus embarras qu'ont pu vous causer ma petite plaisanterie. » Claquant ses doigts avec empressement, il se tourna vers le réceptionniste. « Monsieur Browning, mettez monsieur Giles sur ma note. Demandez au groom de monter ses valises dans ma suite.

– Fort bien, monsieur.

– Où elles sont, ces valises, vieux frère ?

– Écoutez, j'apprécie votre geste, Tolley. Sincèrement. Mais vous ne me devez rien. Je dormirai dans ma voiture, j'ai l'habitude. Merci quand même.

– Fadaises ! s'exclama Tolley. Ne dites pas un mot de plus. J'ai une chambre de libre là-haut, et elle est à vous, Giles. N'ayez crainte, je ne vous poursuivrai pas de mes ardeurs, si c'est ça qui vous inquiète. D'ailleurs, vous n'êtes pas du tout mon type.

– Ouais, ben c'est tant mieux, Tolley, parce que j'aime les filles, moi. »

Il poussa un hennissement suraigu. Ça lui sert apparemment de rire. « Mais bien sûr, Giles, je n'en doute pas. C'est sûrement pour ça que vous manquez de charme, d'ailleurs. »

Le réceptionniste posa un formulaire devant moi sur le comptoir. Bien souvent immiscé dans les conversations au club, j'étais passé champion dans l'art de la discrétion, et je ne pus qu'apprécier l'impassibilité totale de l'employé ; rien dans son expression n'indiquait qu'il ait entendu un seul mot de Tolley. « Voilà, monsieur, si vous voulez bien remplir ceci et signer en bas.

– Vous arrivez à pic, Giles, reprit Tolley. Une réunion est organisée ce soir pour que le maire de cette charmante bourgade nous expose les tenants et les aboutissants de leur Grande expédition. Nous irons de conserve et nous verrons sur place comment vous faire engager. Qu'en pensez-vous, monsieur Browning, ils trouveront bien une place pour mon jeune ami ?

– Difficile à dire, monsieur, répondit froidement l'employé. Les candidats sont apparemment plus nombreux qu'on n'en peut accepter. Et les gens du pays auront priorité.

– Bon, enfin, nous verrons cela. Le nom de Phillips a un certain poids dans la région, figurez-vous. Allons, sans ma famille, le train ne serait jamais venu dans ce trou perdu. Bien, Giles, je ne saurais trop vous conseiller de monter dans votre chambre pour vous débarbouiller. Nous nous retrouverons au bar. » Il me fit un clin d'œil et étudia le hall d'un air conspirateur. « La prohibition est peut-être toujours au menu, mais moi, j'ai un petit quelque chose pour réveiller la citronnade. »

Je me suis donc installé dans la suite de Tolbert Phillips. J'ai pris une douche brûlante, je me suis changé et je l'ai rejoint en bas. Le bar était bruyant, bondé de nouveaux arrivants ; une certaine excitation était sensible, et l'atmosphère à la fête. Tolley commanda deux citronnades, dans lesquelles il versa en douce une rasade de tequila. « Trouvé ça de l'autre côté de la frontière, expliqua-t-il en me montrant rapidement le flacon. Déjà goûté la margarita, Giles ? »

Avec mes copains de l'université, j'ai fréquenté quelques débits clandestins de Chicago, où nous avons bu du whiskey de contrebande et divers tord-boyaux maison, mais je n'avais encore jamais essayé la tequila. Tolley leva son verre : « J'ai idée qu'on va devenir les meilleurs amis du monde, mon vieux. Dans le sens platonique du terme, bien sûr. À nos aventures dans le vieux Mexique ! »

Nous avons trinqué et j'ai bu une gorgée. « Ça n'est pas mauvais.

– Pas mauvais ? Mais un peu, mon neveu, que c'est bon ! Cela étant, j'ai sérieusement réfléchi à votre situation, Giles. Et j'ai décidé de faire de vous mon valet pour l'expédition. Les volontaires ont le droit d'emmener chacun un domestique.

– Moi, un *valet* ? Ouh-là, c'est que je ne suis pas sûr de...

– Allons, ne vous laissez pas impressionner par les mots, vieux frère. Tout ça n'est qu'affaire de sémantique. J'ai eu un valet dès mon plus jeune âge, voyez-vous ? Il préparait ma toilette le matin, m'aidait ensuite à m'habiller. C'est ainsi que j'ai ressenti une certaine suavité au contact des hommes...

– Mettons les choses au clair tout de suite, Tolley, il n'est pas question que je vous habille. »

Il se remit à rire. « Mais bien évidemment. Je ne vous demanderai pas ça. Je suis parfaitement capable de m'en occuper tout seul. Et nous pouvons peut-être vous appeler mon assistant, plutôt que mon valet. Cela vous convient-il mieux ?

– Pas tant que ça, je dois dire.

– Alors vous serez mon Vendredi, si vous préférez. Entre assistant, valet, palefrenier...

– Palefrenier ?

– Oui, le comité souhaite que les volontaires viennent avec leurs bestioles. Père a donc envoyé trois de ses poneys de polo, des chevaux d'écurie, pour que je les monte au Mexique, si on peut dire. Seulement il a fallu que je donne congé à mon lad à Saint Louis. Le gars avait comme un penchant pour la bouteille. Vous vous y connaissez en chevaux, Giles ?

– À peine. Je sais seulement ce que j'ai appris au ranch. J'ai grandi à Chicago, Tolley. Je ne suis vraiment pas qualifié pour prendre soin de vos poneys de polo. En fait, votre job d'assistant m'intéresse de moins en moins.

– Je traite très bien mes employés, dit-il, un rien vexé. Et, si je puis me permettre, vous n'avez pas les moyens de faire le difficile. Vous voulez partir avec l'expédition, ou pas ?

– Je ferais n'importe quoi pour qu'on me prenne. Seulement je ne suis pas sûr d'avoir envie d'être *votre* employé. J'espérais plutôt me faire embaucher comme photographe.

– Oh, je vous en *prie*, Giles, répondit-il, moqueur. Et pourquoi diable vous prendraient-ils comme photographe ? Ça ne vous viendrait pas à l'esprit qu'il y aura un professionnel pour un événement comme ça ? Ils ne vont quand même pas confier cette fonction à un gamin imberbe.

– Dans ce cas, je proposerai mes services à leur photographe. »

J'ai laissé Tolley au bar du Gadsden et je suis parti en avance à la mairie. Le personnel était encore en train d'y disposer les chaises, de monter l'estrade et la table du *speaker*. J'avais apporté ma chambre et le trépied pour au moins avoir l'air de ce que je veux être. Et j'ai remarqué qu'un autre photographe avait commencé à installer son matériel.

Je l'ai rejoint pour me présenter. Négligé, débraillé, mal peigné, le gars avait aussi un certain embonpoint. Son ventre pendait carrément au-dessus de sa ceinture. Et il avait un mégot de cigare coincé entre les dents.

« Enchanté, mon petit, m'a-t-il dit en me tendant une main aux doigts épais comme des saucisses de Milwaukee. Wade Jackson, illustrateur distingué de sa majesté le *Douglas Daily Dispatch*. Tu roules pour qui, toi ?

– Je suis indépendant, m'sieur. Je m'étais dit qu'on me prendrait peut-être pour l'expédition. Mais j'ai idée que la place est prise. »

Jackson braqua sur moi un regard incrédule, puis lâcha un rire énorme et ravi. Il sortit un Zippo de sa poche, l'ouvrit, l'alluma et, les paupières plissées, colla la flamme sur son mégot en tirant de grosses goulées jusqu'à ce que le bout rougisse. Il recracha une énorme bouffée de fumée et leva les yeux au ciel. « Merci, mon Dieu, je ne sais pas encore ce que j'ai fait pour mériter ça, mais merci quand même. » À moi ensuite : « C'est quoi, cet appareil d'opérette que tu traînes avec toi, petit ?

– Une Deardorff, ai-je répondu. Une chambre, format 8 × 10.

– Ouais, ouais, je *sais* ce que c'est. Mais c'est pas la question. Ce que je veux savoir, c'est à quoi te sert ce foutu machin ?

– J'aime les grands formats.

– Il *aime* les grands formats ! fit le gros homme, moqueur. T'as pas d'autre appareil, gamin ?

– Non, m'sieur, pourquoi ? Il ne va pas bien, celui-là ?

– C'est du bon matériel pour les portraits et les *artistes*, m'apprit Jackson sur un ton méprisant. Quand on a une éternité pour l'installer et faire le point. Pas vraiment ce qu'on appelle un appareil automatique. Ça pèse dans les combien, ça, avec le pied et les porte-plaque, vingt-cinq kilos ?

– Sans doute.

– Écoute-moi, petit, si tu ignorais qu'il n'y a pas un seul photographe de presse en Amérique qui utilise un 8 × 10, je te l'apprends, moi. Je te prêterai un de mes Speed Graphic. Oui mieux encore, le nouveau Leica. Tu l'as déjà pris en main ?

– Non, m'sieur.

– Léger, rapide, ça t'ira comme un gant, là-bas. »

J'étais plus perplexe que jamais. « Je ne suis pas sûr de comprendre, m'sieur. Où ça, là-bas ?

– La Sierra Madre, dit-il, agacé. T'as quoi, dans la cervelle, du bouillon de poule ?

– Enfin, je croyais que vous étiez le photographe en titre pour le journal local ? Ce n'est pas vous qui couvrez l'expédition ? »

Wade Jackson ouvrit grand ses bras et ses mains. « Regarde-moi bien, petit. Est-ce que j'ai l'air d'un type qui s'amuse à chasser l'Apache à dos de cheval dans cette putain de Sierra Madre ? Ou plus exactement, est-ce que j'ai l'air *encore* de pouvoir le faire, même si j'avais envie ? »

Eh bien, à proprement parler, non, seulement je ne voulais pas paraître impoli et j'ai donc répondu : « Est-ce que je sais, moi, m'sieur ?

– Enfin, t'as pas fini avec tes *m'sieur*, là ! Appelle-moi Big Wade et remballe tes politesses. Écoute, le maire et cette andouille de rédac-chef me rebattent les oreilles pour que je me tape cette expédition à la con. Ils veulent des photos. J'arrête pas de leur dire que je vais y laisser ma peau ; on est à quoi, là-bas, deux mille, trois mille mètres, non ? J'arrive déjà pas à respirer au niveau de la mer. » Jackson prit son cigare du bout de ses doigts et le regarda tristement. « C'est que je fume un peu trop de ces saletés. Seulement qu'est-ce qu'ils en ont à foutre, de ma pauvre santé ? Que dalle, tiens. Tant pis pour ta gueule, qu'y disent, tu fais un peu de sport, Big Wade, et t'y vas. Et voilà que tu descends du ciel, mon petit, parachuté comme un ange. Le teint frais, les yeux brillants, passionné, ambitieux, peut-être même talentueux, m'enfin ça, on s'en fout un peu. C'est presque trop beau pour être vrai. »

J'ai demandé : « J'aurais la place, alors ? Comme ça, c'est tout ? » Puisque c'était trop beau pour être vrai.

« Pas encore, mon petit gars. Faut un peu arranger les choses. D'abord, j'ai besoin de te présenter à mon rédac-chef. Ensuite, s'agira de lui faire croire que c'est son idée et pas la mienne. On a la chance que ça soit un des plus grands abrutis de planète Terre, donc ça devrait pas être trop dur. Quel âge as-tu, au fait, gamin, douze ans ?

– Dix-sept.

– Bon, en ce qui nous concerne, t'en as vingt. Tu fais plus jeune, et puis voilà. M'est avis que t'as aucune expérience, hein ?

– Euh, j'ai fait partie d'un club d'amateurs à Chicago, ces deux dernières années, j'ai même gagné un prix pour... »

Big Wade leva la main. « Stop. Tu me sors ça de ton curriculum. Tu crois impressionner le patron parce que ton vase de fleurs était mieux cadré que celui des petites vieilles de Chicago ? Avec leur Brownie[1] ? Alors, quoi d'autre ?

– J'ai travaillé deux semaines comme assistant du photographe maison au *Omaha Daily Star*. Mais le gars s'est fait virer, alors ils m'ont lourdé aussi.

– C'est déjà mieux, dit Big Wade. Je peux m'arranger avec ça. Et comment qu'il s'appelait, ce gars-là ?

– Jerry Mackey.

– Mackey, Mackey, bien. Tu sais écrire ?

– Écrire ?

– Ouais, tu sais écrire ou pas ? demanda-t-il, irrité. Tu vois, ils m'aiment bien parce que je fais le boniment en plus des photos. Ça leur coûte pas plus cher. Au cas où tu l'aurais pas eu entre les mains, mon petit, le *Douglas Daily Dispatch*, c'est pas exactement le *New York Times*. Chez nous, il y a pas de budget pour des dizaines de gars dans chaque département.

– Je tiens un journal personnel, ai-je dit à Big Wade. Mais ça ne va pas plus loin.

1. Un des premiers Kodak.

– A-ha, ben va falloir faire avec ça... Bon, écoute-moi, gamin, quand je te présente au chef, tu me laisses parler, hein ? Et, quand je te sonne, tu fournis à la demande. » Puis, levant un doigt boudiné : « Et ton foutu club amateur, tu oublies. T'es un pro, maintenant.

– OK, bien sûr, Big Wade. »

Quelques personnes étaient arrivées dans la salle, et les membres du comité s'asseyaient à leur table en bavardant gaiement. Pendant qu'il installait son matériel, Big Wade m'a gardé près de lui, aux premières loges. Il m'a aussi expliqué qui était chacun.

« L'enrobé aux airs angéliques, là, c'est A. G. Cargill, le maire, me dit le photographe en voyant les quatre hommes qui entraient ensemble. À côté, c'est Fernando Huerta, le père du gamin disparu. L'espèce d'échalas patibulaire derrière eux, ç'ui qui marche comme s'il avait un fusil dans le cul, c'est Leslie Gatlin, le chef de la police. Et tu vois le *Federale* à la moustache, avec les trois cents médailles sur le plastron, qui ressemble un chouïa à Valentino ? C'est le colonel Hermenegildo Carillo, le commandant de l'expédition.

– Vous croyez qu'ils vont réussir à le récupérer, le gamin ? »

Jackson m'a regardé comme si j'étais le deuxième abruti en chef de « planète Terre », juste derrière son patron. « T'as quand même pigé que c'était rien d'autre que de l'esbroufe, toute cette histoire, non ?

– Je ne vois pas ce que vous voulez dire ?

– Je veux dire que les membres du comité font tous partie de la chambre de commerce de la communauté de Douglas, expliqua Jackson. Ils ont inventé cette affaire d'expédition pour faire parler de leur ville. Ils en ont rien à foutre du gamin Huerta. C'est un alibi, un prétexte fallacieux pour emmener une bande de richards se payer une bonne partie de chasse et pêche dans la Sierra Madre, voilà. La ville a durement souffert de la crise, surtout après la fermeture de la mine de cuivre, l'année dernière. »

Un homme muni d'un bloc-notes arriva à grands pas dans la salle de réunion. « OK, petit, tiens-toi prêt, dit Jackson en lui faisant signe de nous rejoindre. À nous de jouer. » Puis : « Eh, Bill, je voudrais te présenter quelqu'un. Ned, voici Bill Curry, l'illustre rédacteur en chef du *Douglas Daily Dispatch*. Bill, Ned Giles. Ned a fait ses classes chez un vieil ami, Jerry Mackey, du *Omaha Daily Star*. Il pige pour le *Chicago Tribune* en ce moment. »

Curry m'a serré la main. « Vous me paraissez drôlement jeune pour un grand quotidien local, m'a-t-il dit.

– Carrément *précoce*, même, rectifia Big Wade. Ce petit a du talent. J'ai appris aujourd'hui seulement qu'il était dans le coin. J'ai réussi à le trouver, et je lui ai demandé si ça lui dirait de passer voir, peut-être de me remplacer une semaine ou deux pendant que je file au Mexique avec l'expédition. Vous me croyez peut-être pas si indispensable que ça, mais il vous faudra bien quelqu'un pendant que je serai pas là. Ce petit gars écrit à merveille en plus, il signe sa copie pour le *Trib*. Bon, il a pas dit oui, hein. Mais c'est pas encore non, non plus. Ça serait une sacrée veine de l'avoir chez nous, ce monsieur de la ville. Je me sentirais moins coupable de vous laisser seuls. »

Bill Curry s'esclaffa. « Et pourquoi diable un photojournaliste aussi précoce que ce jeune homme voudrait quitter le *Chicago Tribune* pour prendre ta place dans notre feuille de chou ? »

Je n'ai jamais très bien su mentir, mais j'ai regardé l'homme sans défaillir : « Eh bien, m'sieur, c'est grâce à Big Wade que je suis rentré dans le métier. Alors, je lui dois bien ça. » C'était un peu prématuré, mais finalement pas faux.

« Et vous travailleriez pour nous, demanda Curry, sans renoncer à vos photos pour le *Chicago Tribune* ?

– Rien ne m'en empêche. Je ne suis pas encore permanent, je suis pigiste pour le moment. » Encore un demi-mensonge seulement. « Je peux travailler pour qui je veux, il me semble. »

Curry réfléchit un instant. « Ça vous plairait de partir au Mexique, jeune homme ?

– Oui, certainement, mais je croyais que Big Wade était déjà sur l'expédition.

– Ne vous inquiétez pas pour ça, mon gars, dit Curry. Big Wade n'a aucune envie d'y aller. » Il ajouta pour ce dernier : « Jackson, tu crois vraiment que je vais coller ce petit aux chiens écrasés et envoyer une arsouille délabrée comme toi couvrir l'événement du siècle ? »

Big Wade était arrivé à ses fins, et pourtant la remarque désobligeante du rédacteur en chef parut sincèrement l'attrister. « Ah, non, Bill, dit-il, je n'aurais pas cru ça, non.

– Bon Dieu, c'est formidable, reprit Curry. Exactement le genre d'espoir qu'on caressait. Une tribune nationale pour la Grande expédition apache. Ça ne pouvait pas tomber mieux. Je vais tout de suite en parler au maire. Il aura peut-être envie d'annoncer sans attendre qu'on a ici un reporter envoyé par le *Chicago* rien que pour l'expédition. Nous nous reverrons très vite, jeune homme. Enchanté d'avoir fait votre connaissance. »

Hochant la tête, Wade Jackson regarda son supérieur hiérarchique se hâter vers la table des officiels pour claironner la nouvelle. Il commenta à voix basse et d'un air songeur : « Comme je te disais, mon petit, l'un des plus grands abrutis qui aient jamais mis les pieds sur planète Terre. »

A. G. Cargill, le maire, est un individu amène et grassouillet, au visage poupin, rose et rond. Sa petite bouche semble en permanence dessiner un sourire prévenant. Il s'affairait à la table des officiels, échangeait en riant quelques propos confidentiels avec les hommes autour de lui, leur tapait sur l'épaule, leur chuchotait à l'oreille. Il prit finalement place au milieu de la table sur le podium et donna plusieurs coups de marteau pour que la foule se taise.

« Mesdames et messieurs, commença-t-il. Aujourd'hui est un jour historique pour notre grande ville et notre grande nation. » Il faisait chaud dans cette salle bondée et le maire essuya sa bouche et son nez avec son mouchoir. « Vous connaissez, pour la plupart, l'histoire du pauvre petit Heraldo Huerta, brutalement arraché à sa famille à l'âge de trois ans à peine, par ces Indiens apaches, violents et sanguinaires, qui ont assassiné sa mère avant de l'enlever. » Il s'interrompit et pinça les lèvres.

« Derrière moi est assis le père du petit Heraldo. Le *señor* Fernando Huerta – le maire se retourna vers lui – est venu ce soir, en dernier recours, demander aux vaillants citoyens de Douglas de l'aider à retrouver son fils bien-aimé. » Cargill baissa un instant la tête comme pour prier silencieusement. Puis il se retourna vers le *ranchero*. « Je crois parler en notre nom à tous, monsieur, en affirmant que la grande ville de Douglas ne peut plus accepter que votre enfant soit toujours prisonnier des Indiens. N'est-ce pas, mesdames et messieurs ? » La salle enthousiaste applaudit et siffla.

« Absolument ! renchérit le maire. Absolument ! Le peuple de Douglas a parlé. Merci, mesdames et messieurs ! »

Il attendit que son public revienne au calme, et il reprit son discours. « J'ai le grand honneur, ce soir, d'annoncer officiellement l'expédition héroïque, mexicaine *et* américaine, qui s'enfoncera dans le vieux Mexique pour récupérer Heraldo. Et je prédis qu'un jour, dans leurs livres d'histoire, vos petits-enfants et arrière-petits-enfants trouveront le récit glorieux de la Grande expédition apache ! » S'interrompant de nouveau, il afficha un léger sourire pour faire comprendre à ses administrés qu'il fallait applaudir encore. Ils s'exécutèrent respectueusement.

« Merci, merci beaucoup à tous. Maintenant, avant d'aborder le détail de cette formidable aventure, laissez-moi vous présenter le commandant suprême de notre détachement, le colonel Hermenegildo Carillo ! » Rayonnant, le maire se tourna vers le militaire, assis directement à sa droite.

Acclamé, le colonel Carillo se leva, fit une révérence étudiée, avec un ample geste du bras, tout le long du corps. Mince et élégant, il portait un uniforme cintré, bien coupé, bardé de médailles, de rubans, avec des épaulettes à franges dorées. Sa moustache était soigneusement taillée, ses cheveux noirs brillantinés et, de fait, il ressemblait à Rudolph Valentino, l'acteur des films muets.

« Merci, mon colonel, merci », dit le maire, au visage rougi et couvert de sueur. Il fit semblant d'applaudir en frappant mollement la paume d'une main avec deux doigts de l'autre. « Le seigneur soit avec vous et vos hommes courageux.

« Un grand nombre d'entre vous aura pris connaissance des avis affichés en ville, poursuivit Cargill, une fois le colonel rassis et la foule revenue au calme. En revanche, vous ne savez peut-être pas que le comité a joint par courrier les clubs de gentlemen de plus d'une vingtaine de villes importantes des États-Unis. Nous avons reçu, en réponse, des dizaines de lettres, et plus de cent soixante candidatures pour la Grande expédition apache, provenant de tout le pays. Laissez-moi vous en lire un ou deux extraits, très représentatifs des réactions que nous avons suscitées. » Il se racla la gorge. « En voici une du Dr R. G. Davenport, du Denver Country Club, dans le Colorado : "Messieurs, Si vous comptez vraiment tâter du sauvage comme vous le dites, cela serait pour moi un grand privilège de me joindre à vous. J'ai beau avoir chassé le fauve en Afrique et dans plusieurs régions des Amériques, je suis sûr d'avoir plus de plaisir à abattre un Apache que tout autre animal." » Le maire releva les yeux avec un de ses sourires pincés. « Voilà donc un médecin qui sait guérir toute chose ! », dit-il en brandissant triomphalement le poing. Il choisit une autre lettre. « Celle-ci est de monsieur Ellsworth Q. Drazy, de l'Illinois. "Auriez-vous une petite place pour un gars qui a servi neuf ans dans la marine, dont six comme fusilier ? Je n'ai jamais combattu d'Indiens, mais j'ai traqué d'autres faces de terre cuite à Haïti, au Nicaragua, et j'en étais aussi lors du débarquement à Vera Cruz. Je crois donc avoir suffisamment d'estomac pour vos Apaches..." » Le colonel Carillo réagit à l'injure raciste en braquant sur le maire un regard d'étonnement outré, mais Cargill, tout à son enthousiasme, ne prêta attention ni à l'une ni à l'autre. « Cela n'est-il pas merveilleux ? demanda-t-il. De vivre dans un pays magnifique comme celui-ci, et de voir que, partout, le sort terrible de ce pauvre enfant serre le cœur des Américains ? » S'interrompant de nouveau, il baissa la tête, comme terrassé par l'émotion.

Il retrouva ses esprits et la parole en même temps : « Je tiens à faire savoir aux honorables citoyens de Douglas que cette expédition n'a rien d'une aventure improvisée, que nous avons trié sur le volet des hommes de caractère, disposant tous de références irréfutables. Comme vous l'avez certainement lu dans les éditions récentes du *Douglas Daily Dispatch*, nous recrutons aussi parmi les familles influentes du pays. Beaucoup de volontaires étant déjà arrivés, j'aimerais leur souhaiter la bienvenue dans notre bonne ville. » Le maire scruta la salle. « Oui, il me semble reconnaître monsieur Tolbert Phillips junior, des Chemins de fer de Philadelphie. Monsieur Phillips, voudriez-vous vous lever et saluer le public, s'il vous plaît ? »

Parfaitement habitué au décorum, Tolley s'exécuta, tendant le bras vers les uns et les autres comme le pape devant les fidèles, place Saint-Pierre à Rome.

Cargill poursuivit : « Sur proposition du comité, monsieur Phillips, comme un grand nombre de nos illustres invités, est venu avec des chevaux de son écurie de polo. Le colonel Carillo, lui-même écuyer accompli, a formé une unité de cavalerie spécialement pour l'expédition. À titre d'entraînement, nous allons organiser des matches de polo dans les enclos de rodéo, entre les volontaires américains et les soldats du Mexique. Ça nous fera une belle attraction et nous comptons sur vous pour venir encourager les équipes. »

Il prit alors un ton confidentiel : « Vous aurez tous remarqué, j'en suis sûr, que le trafic aérien a plus que doublé récemment, dans le ciel de notre bonne ville. C'est que certains de nos volontaires se rendent à Douglas dans leurs *aéroplanes privés*. Eh si, m'sieursdames ! C'est pourquoi le colonel Carillo a constitué une escadre aéroportée pour ceux qui souhaitent rejoindre le Mexique à bord de leurs machines. »

Laissant son appareil, Wade Jackson s'était glissé près de moi. « C'est pas magnifique, ça, mon gars ? chuchota-t-il gaiement. Des richards qui viennent courser les Apaches sur leurs poneys de polo ! Et même en avion, par-dessus le marché ! Tudieu, c'est trop beau pour être vrai. Tu as pris le maire, petit ? Quel incorrigible moulin à paroles, ç'ui-là !

– Ouais, je l'ai pris, Big Wade. »

Et Cargill de poursuivre : « Une excellente nouvelle, maintenant, qui vient de m'être communiquée par notre ami Bill Curry, rédacteur en chef du *Douglas Daily Dispatch*. Nous avons la grande chance de compter parmi nous un jeune reporter du nom de Ned Giles, qui vient d'arriver à Douglas où il a été dépêché par le *Chicago Tribune* !

– Oh non, ai-je marmonné.

– Bingo, commenta Big Wade.

– Ned Giles va suivre les troupes dans la Sierra Madre en tant que photographe officiel de l'expédition, dit le maire. Monsieur Giles, voulez-vous s'il vous plaît vous présenter ?

– À toi, mon gars, lança Big Wade qui commença à applaudir à tout rompre. Bon sang, j'ai l'impression d'être le papa le jour de la naissance. »

Je levai la main et, embarrassé, saluai la foule qui, enthousiaste, imitait Big Wade. Je ne pus faire autrement que croiser le regard de Tolley qui me dévisageait d'un air ahuri.

La séance fut levée et, tandis que nous autres photographes rangions le matériel, le maire et plusieurs membres de la chambre de commerce vinrent nous trouver.

« Ravi de vous avoir à bord, jeune homme, dit Cargill. Laissez-moi vous présenter quelques-uns de mes collègues du comité. Voici Rex Rice, le chef des transports. Notre ami Rex est aussi agent immobilier. »

C'était un gars coquet, souriant, vêtu d'un blazer bleu marine du dernier chic, avec un nœud papillon. « Enchanté, jeune homme, m'a-t-il dit. Si, par hasard, vous pouviez glisser dans un de vos articles qu'il y a de très beaux ranches à acheter dans la région de Douglas, je ne vous en voudrais sûrement pas. »

Un bonhomme rondelet à lunettes, en bretelles, s'avança : « T. T. Schofield, dit-il en prenant ma main.

– T. T. est le responsable de l'équipement, expliqua le maire. C'est aussi le directeur des magasins J. C. Penney en ville. Et voici le chef de la police, Leslie Gatlin, qui sera notre chef du personnel. »

Celui-ci m'étudia avec ses petits yeux durs. « Si je peux permettre, mon garçon, vous me paraissez bien freluquet pour représenter un quotidien national », dit-il en gardant ma main dans la sienne plus longtemps que nécessaire. Il me vint à l'esprit qu'il suffirait de téléphoner au *Chicago Tribune* pour découvrir la supercherie.

« Je travaille en free-lance, monsieur, dis-je, la main toujours prise. Je ne suis pas sur les registres, comme les employés réguliers.

– Même les grosses feuilles fichent leurs gars à la porte en ce moment, intervint Big Wade. Ça leur coûte moins cher de prendre des pigistes prêts à tout, comme Ned. »

Tolley Phillips nous rejoignit alors, et je le remerciai intérieurement car sa présence fit diversion. Toujours obséquieux, le maire présenta tout le monde ; monsieur Rice proposa à Tolley de lui montrer des terrains à bâtir à la périphérie de Douglas ; T. T. Schofield l'invita à passer dans son magasin pour vérifier sur place s'il avait bien tout l'équipement pour l'expédition ; et, quand ce fut le tour du chef de la police, celui-ci inspecta Tolley de pied en cap avec un dédain non feint. « Alors, vous vous sentez de taille contre les Apaches, monsieur Phillips ? »

Tolley est peut-être une vraie tata, mais il a cette maîtrise de soi qui, je l'ai remarqué, est le propre des gosses de riches – élevés avec la certitude que le reste du monde travaille pour eux. Ignorant les sarcasmes de Gatlin, il rétorqua : « Si c'est vous, le chef du personnel, vous tombez à pic.

– À votre service, monsieur Phillips.

– Parfait. Parce que je vais avoir besoin d'un valet pour mon entretien, là-bas dans ces terres vierges, voyez. J'espère que vous serez en mesure de me présenter quelques candidats.

– Je suppose qu'on peut arranger ça, ricana Gatlin. Bon, le personnel spécialisé est peut-être difficile à trouver en ce moment...

– Les débutants sont acceptés, chef, dit Tolley, de préférence jeunes et séduisants, quand même. Un bon gaillard des fermes fera parfaitement l'affaire. » Il leva un sourcil évocateur : « Je le formerai moi-même. »

Gatlin rougit de colère et le maire pouffa nerveusement.

« Euh, eh bien, certains membres du comité projettent de passer la frontière, ce soir, pour se rappeler le bon temps des libations légales, dit Cargill. Dans une petite *cantina* qui porte le doux nom de *Las Primorosas*. Nous vous y retrouverons peut-être, gentlemen. » Et il pressa sa cour de le suivre.

Je demandai à Tolley : « Qu'est-ce qui t'a pris ?

– J'aime bien incommoder messieurs les mâles virils, comme ce Gatlin, là. C'est ce que j'appelle la revanche du petit-bourgeois pédé. »

Je présentai Tolley à Wade Jackson.

« Si je peux te donner un conseil, mon gars, lui dit Big Wade, le maire est tout à fait inoffensif. Maintenant, je sais pas qui c'est ton père, mais fais pas le con avec le pandore. Il est malin et méchant comme une teigne.

– Merci, monsieur Jackson, dit Tolley. Je m'en souviendrai.

– Maintenant, si vous voulez bien m'excuser, les jeunes, moi aussi, j'ai à faire de l'autre côté de la frontière, ce soir. J'ai rendez-vous avec une bouteille de mescal et une charmante *señorita*. » Puis à moi : « Viens au journal demain ou après-demain, mon gars. Je te ferai visiter, et je te passerai le Leica.

– Il me plaît, celui-là, admit Tolley tandis que nous regardions Wade s'éloigner à pas lourds. Et toi, vieux frère, on peut dire que tu as pris du grade ! Qu'est-ce que c'est que cette histoire de *Chicago Tribune* ? Enfin, il n'y a même pas une heure, nous discutions de ton embauche.

– *Tu* discutais de mon embauche. Je t'ai bien dit que j'allais trouver une place de photographe dans l'expédition, non ?

– C'est vrai, Giles, convint Tolley, et je me demande comment tu as fait pour y arriver. Il faut fêter ça, de toute façon. Je te paie un verre à *Las Primorosas*. Tu sais au moins ce que ça veut dire en espagnol, mon vieux ?

– Non. »

Il leva les sourcils d'un air entendu : « Les jolies filles !

– Je croyais que tu n'aimais pas les filles, Tolley ?

– Je n'y toucherais pas, même avec un bâton. Mais on ne sait jamais ce que l'amour, qui est grand et généreux, nous réserve dans les ruelles sombres de ce bon vieux Mexique. »

En parcourant avec Tolley la grand-rue de terre battue d'Agua Prieta, je me rendis compte que c'était la première fois que je sortais des États-Unis. La frontière avait beau ne se trouver qu'à une centaine de mètres, j'avais déjà le sentiment d'être en pays étranger. C'était vendredi soir et la ville grouillait de marchands ambulants, proposant casse-croûte et breloques, filles et combats de coq. Mais aussi d'Indiens vêtus de couleurs vives, de mendiants, certains malades ou amputés, de chiens émaciés et furtifs, et de gamins des rues. À chaque croisement, les bars, les *cantinas* et les dancings, aux portes souvent ouvertes à l'air frais de la nuit, répandaient la musique flottante des *mariachis*, avec un mélange d'odeurs chaudes de tequila, de fumée et de parfums féminins.

Un jeune garçon nous aborda : « Hey, gringos, glissa-t-il discrètement en anglais, vous cherchez un bordel, pour voir les jolies filles ?

– Ah, pas ce soir, dit Tolley. Une autre fois, peut-être. »

Il se mit à marcher derrière nous. « Vous aimez voir jolies filles baisées par un âne ? »

Tolley s'arrêta. « Quelle honte ! En voilà des propos pour un gamin de ton âge ! » Mais il fit semblant de réfléchir. « Un âne, tu dis ? Hmmmm... »

Malin, le garçon lui emboîta le pas et murmura : « *¿Fifis?* Vous aimez garçons ?

– À la bonne heure ! approuva Tolley.

– Parle pour toi, Tolley, coupai-je. Moi, je vais à *Las Primorosas.*

– Plus tard, hélas, jeune homme, dit Tolley au gamin. Pour l'instant, on a un besoin urgent de se rafraîchir.

– Pour un dollar américain seulement, je vous emmène à *Las Primorosas.*

– On trouvera tout seuls, mon garçon, dis-je.

– Pour un dollar américain, je vous montre toute la ville, insista-t-il en faisant un grand geste du bras.

– Jamais à court, petit galopin, hein ? répondit Tolley. Je te le file, ton dollar, mais tu nous fiches la paix. »

Le garçon tendit la main.

Tolley sortit un billet de son portefeuille et lui donna.

« Suivez-moi, *señores*, je vous emmène à *Las Primorosas.*

– Eh, une seconde, protesta Tolley, je croyais qu'on était d'accord.

– Comment t'appelles-tu, petit ? demandai-je.

– Jesus.

– Eh bien, Jesus, montre-nous donc la voie. »

L'entrée de *Las Primorosas* était baignée d'une douce lumière jaune. À l'intérieur, les planchers à grandes lattes, soigneusement polis et patinés, reflétaient les lueurs de l'âtre et des lampes à pétrole. Un orchestre de *mariachis*, composé de cuivres et de cordes, jouait au fond de la *cantina* derrière quelques couples de danseurs. De nombreux hommes étaient accoudés au bar, parmi lesquels beaucoup d'Américains. D'autres étaient attablés avec des prostituées mexicaines aux robes de couleurs gaies, aux corsages décolletés, aux cheveux garnis de fleurs en papier rouge. Je fis un signe à Wade Jackson, assis avec une jolie Mexicaine dans un coin à l'écart.

Nous avons pris une table à un angle, commandé de la bière et du mescal. Quand les verres sont arrivés, Tolley a levé le sien. « Eh bien, Giles, à ton succès.

– Tu sais quoi, Tolley ?

– Non ?

– C'est mon anniversaire, aujourd'hui.

– C'est maintenant que tu le dis, vieux frère ? Ça mérite pourtant d'être fêté dignement ! Même si je doute un peu de trouver du champagne français dans cet établissement.

– Le champagne, je m'en fiche, Tolley. Mais j'ai quand même un service à te demander.

– Ce que tu voudras, *mi amigo*.

– *Arrête* de m'appeler vieux frère, veux-tu ? Pour commencer, je suis plus jeune que toi.

– C'est une façon de parler, Giles, répondit-il, feignant d'être vexé. Tout le monde dit ça aujourd'hui dans les grandes facs de l'Est. Tu n'as pas lu *Gatsby* ?

– Si, mais c'était ironique chez Fitzgerald.

– Oh, pour l'amour de Dieu, Giles, ne me fais pas un chiadé sur l'ironie chez Fitzgerald. J'ai une licence de littérature, figure-toi. » Il leva son verre. « À la tienne, vieux frère. Bon anniversaire et toute cette sorte de chose ! Mes félicitations pour ton nouvel emploi ! »

Je bus le petit verre de mescal, d'une traite, comme j'avais appris à Chicago avec les *shots* de whiskey. C'était la première fois que je goûtais cet alcool mexicain, et j'en sentis la chaleur brutale se répandre dans ma gorge, puis dans mon estomac, comme une petite grenade. Elle monta ensuite au cerveau. Dire qu'à peine quelques heures plus tôt, prêt à toucher le fond, je m'apitoyais sur mon sort et je pensais presque à retourner à la maison. Maintenant j'avais mon premier vrai job, c'était mon dix-septième anniversaire, et j'étais assis dans une *cantina*, dans un monde nouveau et exotique de couleurs, de lumière et d'odeurs, à écouter l'orchestre de *mariachis*, à regarder les jolies filles, les couples qui dansaient et les hommes qui riaient au bar.

Deux demoiselles nous rejoignirent et prirent place à notre table.

« À moins que tu aies un frère, mon petit cœur, dit Tolley à la première, j'ai peur que notre relation soit de courte durée. »

Celle qui était de mon côté était vraiment charmante. Elle avait un visage large, les pommettes hautes, la peau lisse et mate, et ses cheveux noirs étaient coiffés en arrière. Ses grands yeux bruns scintillaient vivement à la lumière des chandelles. Elle se pencha vers moi et je crus sentir sur mon bras la peau de sa poitrine... en même temps que son odeur de fleurs. Elle murmura quelque chose en espagnol.

« Désolé, je ne comprends pas votre langue, dis-je. Mais je vais apprendre.

– Je peux te donner beaucoup de bonheur contre cinq dollars », répondit-elle en anglais.

Je ne suis sorti qu'une fois avec une fille, et c'était Annie Parsons. Certains de mes copains de faculté faisaient parfois une descente dans le quartier chaud de Chicago, mais moi, je n'ai jamais aimé l'idée de payer pour coucher – je suppose que je suis un peu bégueule. Alors là, brusquement, la timidité m'a envahi. « On pourrait peut-être commencer par danser ? » ai-je proposé. Me levant, j'ai tendu ma main à la fille.

Je compris aussitôt que les pas de danse que je connaissais déjà – comme à peu près tout ce que je savais dans ma « précédente » existence – ne me serviraient à rien sur cette musique-là. Seulement j'aime bien danser et j'aime aussi apprendre. Sans arrêter de jouer, les musiciens me sourirent en hochant la tête, amusés par mes efforts maladroits pour suivre ma cavalière. Je lui ai demandé : « Hey, je crois que j'ai pigé le truc, non ? »

Elle rit, s'empara de mes mains et me tira vers elle. Je sentis une chaleur parfumée rayonner de son corps comme un matin de printemps. « Oui, j'ai bien l'impression que c'est ça, hein ? »

Elle s'arrêta de danser et resserra son emprise sur mon bras. « Je suis nouvelle ici, dit-elle. Si aucun homme ne vient dans ma chambre, le patron me flanquera dehors. S'il te plaît, tu viens avec moi à la fin de la chanson ? Pour cinq dollars, tu auras beaucoup de plaisir. »

Le morceau terminé, je partis avec elle au fond de la *cantina*, qui donnait sur une cour intérieure. À l'autre bout se trouvait un second bâtiment, plus bas et en adobe, avec de nombreuses portes, chacune d'une couleur différente. La jolie Mexicaine ouvrit celle peinte en jaune, entra dans la pièce minuscule, alluma la lampe à pétrole sur la petite table verte. La faible lueur de la lampe laissait juste entrevoir le lit étroit au cadre en fer, le mince matelas de paille, la couverture de laine écrue et le coussin avachi dans une taie de jute. Pas vraiment romantique, comme décor. La fille prit place sur le lit et m'invita à m'asseoir près d'elle.

« Je ne sais même pas ton nom, lui dis-je.

– Isabel.

– C'est très joli. Moi, c'est Ned.

– Il faut que tu me donnes les cinq dollars maintenant, Ned. Et moi, je dois aller les donner au patron, ensuite je reviens.

– Bien. » Je lui tendis un billet, elle sortit et je me retrouvai seul dans la chambre. À son retour, je la vis qui passait les mains derrière le dos pour dégrafer sa robe. Je me levai et l'arrêtai. « Non, ça n'est pas la peine. Asseyons-nous et parlons une minute, plutôt. Après, on peut peut-être repartir au bar et danser un peu.

– Tu ne me trouves pas jolie ?

– Oh que si, je te trouve jolie. Mais je préfère qu'on discute une minute ou deux. D'ailleurs, où as-tu appris à parler si bien l'anglais ? »

Assis côte à côte sur le lit, nous nous sommes confiés l'un à l'autre. Bientôt Isabel redevint une fille et non plus une putain. Et moi un gars tout simple et non plus un client. Nous étions deux gamins en train de discuter. Elle m'apprit qu'elle avait grandi dans un petit village du nom de Bavispe, dans le Sonora. Que ses parents étaient péons dans une hacienda dont les propriétaires passaient l'essentiel de leur temps à Paris, et que Paris – m'expliqua-t-elle très sérieusement – était une ville lointaine à l'autre bout de l'océan. Les *hacendados*[1] n'avaient pas souffert quand Pancho Villa avait mis leur propriété à sac en 1913, car ils n'étaient pas au pays pendant la

1. Propriétaires fonciers.

révolution. Puis, en 1920, le président Obregon leur avait restitué leurs terres, quoique en se servant largement au passage, en application des nouvelles lois. Mais ils étaient toujours d'importants propriétaires fonciers, et ils avaient régulièrement agrandi leur domaine une fois la révolution terminée. C'était actuellement leur fils qui, revenu de Paris avec une épouse française, tenait les rênes de l'affaire. Isabel me dit aussi qu'elle avait trois frères et quatre sœurs. Que son père était le forgeron du village, que sa mère était domestique au service des *hacendados*. Petite, Isabel avait aidé sa mère à faire le ménage dans la hacienda, et c'est là qu'elle avait appris l'anglais et le français, car la femme du propriétaire avait bien voulu l'initier. Mais il n'y avait pas toujours assez de travail pour les enfants des péons et, à partir d'un certain âge, on encourageait les filles à se marier ou à chercher un emploi, en ville sinon près de la frontière. Un jour, le *padre* était venu au ranch et les parents d'Isabel lui avaient dit de faire ses valises, car le prêtre lui avait trouvé quelque chose. Il était reparti avec elle et il l'avait emmenée ici, à *Las Primorosas*. On avait fait affaire, l'argent avait changé de main. Bien sûr, les parents d'Isabel ne savaient rien de son métier, et elle ne le leur révélerait jamais. D'année en année, le *padre* avait de la même façon envoyé ici quantité de jeunes villageoises, dont la honte assurait le silence. Isabel m'apprit qu'elle avait commencé quelques semaines plus tôt seulement. Elle craignait qu'on se débarrasse d'elle car elle ne rapportait pas autant que les autres filles, plus expérimentées.

« Oh, tu finiras bien par piger le truc », lui ai-je dit, comprenant aussitôt ce que ma remarque avait de stupide – comme si on parlait encore de danses mexicaines. « Tu es vraiment jolie, Isabel. »

Elle éteignit la lampe et posa un baiser sur ma joue. « Merci. Tu es sûr que tu ne veux pas t'allonger avec moi ?

– Non, non. Une autre fois, peut-être. » Je lui donnai cinq dollars de plus, mais à garder pour elle.

Je revins à la *cantina* trouver Tolley avec qui je bus encore quelques verres de mescal, avant de le laisser et de repartir à Douglas. Cela avait été une longue journée, j'étais fatigué et brusquement très saoul. Dehors, l'air était froid, et la lune décroissante, tardivement levée au-dessus des montagnes, baignait la plaine d'une lumière diaphane. Les quelques buissons d'ambroisier ou de mesquite projetaient leurs ombres grêles dans le désert. Tandis que je m'éloignais d'Agua Prieta et de ses lueurs jaunes, les coyotes se mirent à hurler, et leurs modulations aiguës s'ajoutèrent à la cacophonie des *cantinas*.

Titubant, je rentrai à l'hôtel avec la sensation étrange, à la fois grisante et vertigineuse, que la porte de mon enfance venait d'être claquée une bonne fois, et que rien ne serait plus jamais pareil.

LA *NIÑA BRONCA*

Billy Flowers cherchait dans ses sacoches une chemise pour couvrir la sauvage. Lorsqu'il se retourna, il comprit ce qui venait d'agiter ses chiens. Ils avaient recommencé à gémir, à aboyer, à tirer sur leurs chaînes. Et pour cause : la fille était partie. Flowers n'avait rien vu, rien entendu, pas le moindre froufrou de la robe en lambeaux, qui formait maintenant un petit tas par terre, comme si l'Indienne s'était purement désintégrée.

L'espace d'une demi-seconde, il se demanda si, finalement, elle n'avait pas été une sorte d'esprit. Certes, il s'était imaginé trouver Satan devant lui, mais il ne croyait guère en vérité aux manifestations surnaturelles. Il préférait penser que Dieu et Diable s'affairaient en silence dans l'âme des hommes. Il n'accordait vraiment de crédit qu'à l'ordre élémentaire du monde physique, et il savait mieux que quiconque observer et comprendre le comportement animal. Chasseur avant tout, il doutait sincèrement qu'on pût être meilleur que lui dans son domaine. Dans le journal qu'on découvrirait à sa mort, dans la corbeille à pain du chalet en adobe où il vivrait ses derniers jours, Billy Flowers allait écrire avec la suffisance d'un vieillard acariâtre : « Ni douze hommes réunis ni encore moins un seul ne sauraient prendre d'aussi gros risques que moi. J'ai décimé sans aucune aide les espèces les plus massives et les plus résistantes. J'en ai même tué tellement que, si elles avaient eu le temps de se reproduire, j'en aurais abattu dix fois plus. »

Il comprit immédiatement, à la posture de ses chiens, vers où la fille était partie. Scrutant rapidement les environs, il perçut un infime mouvement dans la rocaille au-dessus de la rivière, si léger que cela en faisait à peine un souvenir. Mais c'était suffisant. Flowers envisagea un instant de lâcher la meute, mais il se ravisa. Cette fois, s'ils la rattrapaient, ils la tueraient assurément, et c'était assez pour faire de lui un assassin. Il se contenta de détacher Queenie, une petite chienne à la robe blanche et brune, puis il noua l'extrémité de la chaîne à son ceinturon. Il ramassa ensuite la robe de la sauvage, un petit tas de peau qu'il frotta sur le museau de l'animal. « Allez, Queenie, tu vas me retrouver la demoiselle. » Il souleva la chienne par le collier et la plaça, dans un bruit de ferraille, devant le pommeau de la selle, où elle trouva adroitement son équilibre. Jean-Baptiste, qui avait l'habitude de transporter les chiens, ne moufta pas. Flowers monta derrière.

Il savait qu'avec son avance, la fille pouvait lui échapper à pied. Il n'essaya pas de la suivre dans la roche escarpée où, à l'évidence, la mule ne passerait jamais. Il partit donc le long de la rivière, jusqu'au premier torrent asséché, où il entama son ascension à flanc de colline.

Jean-Baptiste, la meilleure mule que Flowers ait eue, semblait savoir où se diriger avant son cavalier, et elle devinait mieux que lui comment arriver à bon port. C'était une bête vigoureuse qui, connaissant ses limites, allait toujours aussi loin et aussi vite qu'elle pouvait. Elle dépassait parfois les espérances de son maître, sinon son esprit d'aventure. En revanche, elle lui faisait comprendre, et de manière définitive, quand c'était impossible de continuer. Flowers respectait son courage et son bon sens, et il ne lui avait jamais ordonné de poursuivre contre son instinct.

Au sommet de la colline, le lit du torrent était tellement abrupt que la mule, en grognant, dut pousser par à-coups sur ses membres postérieurs, s'élancer plusieurs fois pour ne pas dévaler la roche dans l'autre sens, car elle était glissante. Voûté sur la selle, Flowers maintenait la chienne sur le garrot de Jean-Baptiste, en s'efforçant d'équilibrer leur double poids. « Bon gars, ce J.-B., murmura-t-il à l'oreille de la mule, comme un amoureux implorant. On y est presque, mon grand, bravo, mon beau. »

D'une dernière poussée, et dans un bruit de chaîne épouvantable, Jean-Baptiste se hissa finalement sur la crête, trotta quelques secondes et grogna, les flancs gonflés par l'effort. « Bien joué, dit Flowers en tapant affectueusement sur le cou écumant de l'animal. Bien joué, mon gars. On va te laisser ici, maintenant. » Il mit Queenie à terre, descendit à son tour, entrava deux pattes de la mule. Puis il détacha les lanières qui maintenaient son lasso et son fouet, enroulés sur les flancs. « Attends-nous là, J.-B., on revient avec la petite. »

Il pensait se trouver à présent au-dessus d'elle, car elle avait sûrement cheminé de biais, à flanc de roche, en quête d'une crevasse ou d'une grotte pour se cacher. Il doutait qu'elle eût grimpé jusqu'en haut. Elle avait certainement cherché un endroit inaccessible aux chiens, d'où elle pouvait faire le guet et tendre l'oreille. Une proie ne court que si elle est poursuivie – c'est une loi fondamentale de la chasse. Si Flowers s'était lancé tout droit à ses trousses, la meute en éclaireur, la fille aurait escaladé la rocaille jusqu'au sommet. Mais il était plus malin que ça. Anticipant ses mouvements, il était sûr de l'avoir forcée à se réfugier quelque part, ce que les animaux font naturellement. Elle attendrait la nuit pour se remettre en marche, et il avait donc près de deux heures pour la traquer. Tout à son excitation, à ce plaisir qui ne lui avait jamais fait défaut depuis plus de seize ans, il ne prit pas le temps de se demander pourquoi il voulait tellement la capturer, ni ce qu'il en ferait exactement, quand elle serait sa prisonnière.

Couchée dans une étroite caverne au milieu de la rocaille, elle écoutait. Elle entendit les chiens aboyer, à l'endroit où, sans doute, ils étaient encore enchaînés, car le bruit ne se rapprochait ni ne s'éloignait. Elle entendit les sabots de la mule claquer dans le ravin, buter contre la pierre, se réverbérer sous terre jusqu'à sa cachette, et vibrer dans ses os. Elle entendit le bruit métallique de la chaîne, qu'elle associerait à jamais aux chiens. Elle comprit que le vieil Œil-Blanc la cherchait à nouveau, qu'il était arrivé en haut du canyon, qu'il avançait à pied au-dessus d'elle, qu'il avait au moins un chien avec lui.

Elle était à présent quasiment nue, il ne lui restait que ses mocassins, et le pagne qui couvrait son sexe. Elle avait perdu son sac de racines. Elle savait qu'elle pouvait tenir une nuit ; la caverne était petite, abritée, mais il y ferait très froid. Elle ne pensait pas que le vieil Œil-Blanc la trouverait, du moins pas avant la tombée de la nuit. La roche ne conservait pas les empreintes de pas, et elle avait pris soin de reformer le tas de sable et de gravier qu'elle avait aplati en entrant. Mais les chiens finiraient par la débusquer, et, si elle attendait la nuit pour repartir, elle n'aurait rien pour se protéger du froid. Il fallait réfléchir.

Il y avait à l'intérieur une vague odeur de pisse. Trouvant près d'elle un bout de crotte desséchée, elle comprit qu'un puma femelle était venu ici mettre bas. C'était une miette d'excrément laissée par un des petits. En général, la mère pousse à l'extérieur les rejets de la portée, et celui-ci avait dû lui échapper. La jeune Apache espéra que le fauve ne reviendrait pas à la nuit tombée. Cette éventualité lui faisait beaucoup moins peur, pour l'instant, que le vieil Œil-Blanc.

Elle se recroquevilla sur elle-même et, épuisée, finit par s'assoupir. Se réveillant en sursaut, elle resta immobile, sur le qui-vive, quelques minutes à écouter. Elle jeta prudemment un regard au-dehors mais, de l'ouverture de la caverne, elle ne pouvait pas voir l'arête du canyon. À condition de rester baissée et de faire très attention, elle arriverait à masquer sa progression derrière les rochers. S'il se trouvait à proximité, elle entendrait très certainement le vieil homme, ou bien la chaîne du chien trahirait sa présence. Contrairement au Peuple qui, depuis des siècles, arpentait ce pays comme un souffle de vent, les Mexicains et l'Œil-Blanc étaient maladroits et bruyants.

Se glissant hors de la caverne, elle partit en direction du torrent qu'avait remonté le chasseur. S'il cherchait à l'intercepter, c'était plutôt la paroi ou l'arête du canyon qu'il devait scruter. Jamais il ne penserait qu'elle allait emprunter le même chemin que lui.

Elle atteignit le lit desséché et commença à le gravir, courant d'un pas léger de rocher en rocher. Ses pieds semblaient à peine effleurer le sol. Presque arrivée au sommet, elle s'immobilisa, s'attendant à repérer la mule de l'Œil-Blanc. Elle était bien là, tranquillement assoupie sous le soleil déclinant, la tête basse, les paupières tombantes et les oreilles couchées, un sabot arqué au repos. Mais la mule sentit également une présence, ou peut-être l'odeur, car elle releva la tête et dressa les oreilles en ouvrant de grands yeux. Alertée, elle lâcha un court braiment.

Pour ne pas qu'elle s'inquiète, la petite se montra tout entière. Elle avait une grande expérience des chevaux et des ânes. À peine avait-elle su marcher qu'elle avait aidé sa tribu à en voler aux Mexicains, et elle était devenue experte dans cet art. Sûre d'elle, elle s'approcha à pas lestes de l'animal et lui parla doucement, comme si elle avait toutes les raisons de se trouver là. Restant sur ses gardes, la mule se détendit un peu car le danger prenait une forme particulière, reconnaissable – celle d'une créature marchant sur deux jambes.

Arrivée devant l'animal, l'Apache lui caressa le menton pendant qu'elle empoignait les rênes, le plus près possible du mors. Elle continua de lui parler dans ce langage qu'il ne connaissait pas, mais sur un ton qu'il comprenait. Elle passa la main sur sa gorge et il releva légèrement la tête, les naseaux épatés pour bien recueillir son odeur. Il pressa son museau contre sa poitrine et expira sur sa peau nue une bouffée d'air chaud et humide. La mule étant maintenant apaisée, la fille la libéra de son entrave, posa les liens par terre, saisit l'extrémité des rênes sur le pommeau de la selle et, d'un bond gracieux, se hissa sur celle-ci.

Le fouet de Flowers mesurait au moins dix mètres, disait-on, avec un manche gros comme son avant-bras et une mèche qui, lorsqu'elle claquait, faisait un bruit de tonnerre. Comme la voix de Dieu, ce bruit-là réveillait la terreur sans distinction dans le cœur des hommes et des bêtes. À cet instant précis, c'est Jean-Baptiste qui s'immobilisa. Le deuxième coup suivit aussitôt, et cette fois la lanière, s'enroulant sans claquer sur l'épaule de la fille, entailla la chair et désarçonna la cavalière. Le fouet l'arracha à la selle comme une marionnette au bout de son fil. Elle culbuta par terre et, sans lui laisser le temps de se relever, Flowers s'assit sur elle, le lasso prêt.

Il ne s'attendait pas à une telle force, à une telle sauvagerie de la part de la petite. Elle se débattait comme une panthère, mordant, frappant, griffant, ses membres fins et rapides menaçant chaque instant d'échapper au chasseur. Seulement, malgré son âge, Flowers était musclé et vigoureux. Il avait lutté plus d'une fois avec de vraies panthères, avait même combattu les ours au corps à corps. Bien sûr, il avait toujours eu un fusil pour administrer le coup de grâce, ou au moins un couteau à plonger en plein cœur. Mais il n'avait jamais eu besoin d'attacher les fauves.

La fille avait beau se battre férocement, jusqu'au sang, elle n'était tout de même pas de taille à lui résister. Il réussit à lui lier les bras, puis à enrouler la corde autour de sa tête, serrant bien dans sa bouche ouverte pour l'empêcher de se servir de ses dents. Il déroula son lasso le long du dos, sangla fermement les jambes et se dégagea d'un bond comme un champion de rodéo. À bout de souffle, couchée sur le flanc, la sauvage avait quitté son masque impassible et le regardait avec les yeux furieux et terrifiés d'un animal pris au piège.

« J'espère que tu n'as pas la rage, ma petite », déclara Flowers, lui aussi essoufflé, en étudiant ses plaies. Encore une chance qu'elle n'ait pas eu le temps de me planter ses crocs dans la gorge, pensa-t-il.

« C'est que tu as failli y arriver, dit-il avec un respect mêlé d'une certaine aigreur. À quelques secondes près, tu jouais la fille de l'air. Et moi, je me serais retrouvé à pied, sans ma mule préférée. Seulement je m'étais dit que je faisais une bêtise en laissant Jean-Baptiste tout seul, tu vois, et c'est pour cette raison que je t'ai eue. Depuis le temps, j'en ai traqué, de la vermine, et j'en ai couru du pays, mam'zelle. Mais je n'avais encore jamais vu de bestiole revenir sur ses pas pour me piquer une mule. Tu as commis une erreur, parce qu'il fallait le faire plus tôt. »

Il ramassa son vieux feutre taché de sueur, le fit claquer sur son genou pour ôter la poussière, et le remit sur sa tête. « Quant à toi, J.-B., tu me fais honte, fiston. Te laisser débaucher comme ça par une sauvage toute nue... *"Revêtez-vous de l'armure complète de Dieu, afin que vous puissiez tenir ferme contre les artifices du diable."* La ruse est son alliée et tu as failli le rejoindre dans son cœur de ténèbres. Il paraît que les barbares chevauchent leurs montures jusqu'à ce qu'elles tombent d'épuisement. Ensuite ils leur tranchent la gorge, ils se taillent des steaks dans l'arrière-train, ils les font griller et ils les bouffent aussi sec. Voilà ce qui t'attendait, J.-B., si je n'étais pas revenu au bon moment. Voilà où il t'emmenait, le diable. À rôtir sur une broche dans les feux de l'enfer. »

Il posa un instant les yeux sur la fille, entravée par terre. Il l'avait capturée, ça, il n'y avait pas de doute. Il comprit cependant, une fois l'excitation passée, que seule la chasse l'avait amusé, pas le résultat. Et il se demanda ce qu'il allait bien pouvoir faire de cette prise-là.

Les Carnets de Ned Giles, 1932

DEUXIÈME CARNET

La Grande expédition apache

« Nous avons toujours su qu'il y avait des In'deh a*u Mexique. Certains pensent que ce sont les esprits d'anciens guerriers et, pour cette raison, ils les appellent le peuple fantôme. Ceux des réserves les craignent. Il est arrivé, dans le temps, que des jeunes s'échappent pour les rejoindre. De ceux-là, on n'entendait plus parler. Parfois des femmes ou des enfants disparaissaient. Ils s'évanouissaient dans la nuit et on raconte que les esprits les avaient capturés pour les ramener au vieux Mexique. Personne n'a jamais su si c'était vrai, car personne ne les a jamais vus, ces* In'deh*-là. C'était comme des fantômes circulant parmi nous, dont tout le monde avait peur. »*

Joseph Valor, Apache chiricahua

18 avril 1932

Douglas (Arizona)

Presque deux semaines ont passé, déjà, sans que j'écrive une ligne. Beaucoup à faire, le départ à préparer... quelques loisirs aussi... et tant à raconter.

Les volontaires pour l'expédition ont continué d'affluer à Douglas : de riches messieurs venant des quatre coins du pays, arrivant en automobile, à bord de trains spécialement affrétés, et avec, comme Tolley, leurs poneys de polo, leurs cannes à pêche en bambou, et leurs fusils anglais à deux coups. Certains débarquent même de leur aéroplane privé. La campagne de publicité pour la Grande expédition a porté ses fruits au-delà des attentes les plus folles. Le comité croule sous les candidatures au point qu'il a dû afficher d'un bout à l'autre de la ville qu'on n'en accepte plus. Douglas, pleine à craquer, héberge un vaste échantillon d'humanité : il y a des vétérans de la Grande Guerre, d'anciens soldats de Pershing, ceux qui ont combattu pendant la révolution mexicaine, mais aussi des mercenaires, des aventuriers et des cow-boys, et puis des rouliers, des guides de chasse et des cuisiniers de métier. Sans compter toute une classe de criminels de droit commun, des prostituées, tous aussi peu ragoûtants les uns que les autres. La racaille des villes frontières, quoi. On a également deux scouts indiens, recrutés dans la réserve des Apaches mescaleros au Nouveau-Mexique, qui serviront de guides dans la Sierra Madre. L'un d'eux est un très vieil homme qui, paraît-il, a été l'un des éclaireurs du général George Crook en 1883.

Une Hooverville [1] animée a poussé autour des terrains de rodéo, à l'est de Douglas, pour loger les nouveaux arrivants. Gatlin, le chef de la police, et ses shérifs y ont fort à faire. Chaque soirée ou presque est marquée par de nouvelles nuisances – vols, pugilats, querelles d'ivrognes, coups de feu...

L'après-midi, des matches de polo ont lieu sur les terrains, opposant les réguliers de l'armée mexicaine aux volontaires américains, et ensuite c'est l'instruction militaire des troupes de Carillo. Tolley se joint à ces bousculades et, si le polo n'est pas son fort, il possède de bons chevaux et s'enorgueillit d'être le joueur le mieux vêtu – toujours tiré à quatre épingles, avec sa culotte d'équitation en cuir blanc, et ses bottes marron qu'on lui cire chaque soir à l'hôtel.

Pour ma part, je me suis familiarisé avec le Leica que m'a prêté Wade Jackson. Même s'il est loin d'offrir la profondeur de champ et la netteté de ma 8 × 10, c'est un petit appareil merveilleux, léger, avec des vitesses rapides. Épatant, vraiment. Il convient parfaitement au travail d'un journaliste, et mes photos des matches de polo, ou des préparatifs de l'expédition, sont reproduites régulièrement par le *Daily Dispatch*. Big Wade m'a fourni une aide précieuse. Il est vrai qu'il boit trop mais, à jeun, c'est un vrai pro. Il se moque sans cesse de ce qu'il appelle « la photo d'art faux cul », et « le cliché politicard ». Il plaide pour la plus grande simplicité et il se définit lui-même, tout bonnement, comme un adepte du « droit au but ». Il vaut pourtant mieux que ça.

« Comment avez-vous fait pour vous retrouver à Douglas, finalement, Big Wade ? lui ai-je demandé un soir alors que nous buvions une bière, de l'autre côté de la frontière, à *Las Primorosas*.

– J'ai roulé ma bosse dans tout le pays, mon gars, m'a-t-il dit. J'ai travaillé plusieurs années pour le *New York Daily News*, pour la *Phoenix Gazette*... Avec quelques arrêts-buffets au milieu. Ça a été une longue désescalade avant d'arriver au *« Douglas Palace »*.

– J'ai du mal à comprendre. Avec un curriculum comme ça, vous pourriez travailler pour qui vous voulez.

– J'aurais pu. À une autre époque. Mais c'est fini, mon petit, j'ai une réputation de merde, maintenant. » Il leva sa bouteille de bière mexicaine à la lumière, regarda à travers le verre dépoli. « J'ai pas pu

1. Après la crise de 1929, les bidonvilles américains sont surnommés hoovervilles, en référence au président Hoover, devenu impopulaire.

décrocher de la gnôle. J'ai renoncé à arrêter, et j'ai pris mes cliques et mes claques pour arriver ici. Puisqu'il suffit de passer la frontière pour boire un coup en toute légalité. » Il fit signe au serveur. *« Dos mescals, Miguel, mi amigo, por favor. »* Quand les verres sont arrivés, Jackson leva le sien à ma santé et dit : « Que je te serve d'exemple à ne pas suivre, mon gars. C'est le meilleur conseil qu'un vieux pochetron puisse donner à un jeune photographe. Regarde-moi bien et enfonce-toi dans le crâne que, dans vingt ou quarante ans, tu ne voudras pas me ressembler, ni finir à ma place. Crois-moi sur parole. » Il vida son verre. « Cela étant, le *« Douglas Dégueulasse »* a un autre avantage. Non seulement on est tout près du Mexique, mais un vieil alcoolo comme moi est encore à la hauteur de la tâche. »

Je suis à la fois triste pour Big Wade et tellement reconnaissant de tout ce qu'il fait pour moi. Il a la chance d'avoir une jolie amie mexicaine, Maria, qui veille sur lui. Je ne sais pas ce qu'il éprouve de son côté, mais elle prend vraiment soin de lui ; elle s'assure qu'il rentre le soir après la tournée des bars, et qu'il rende son travail à l'heure, même si, il faut bien le dire, on ne lui demande pas la lune.

Avec son aide, j'ai aussi écrit des brèves sur ce qu'il se passe en ce moment en ville, et j'ai rédigé le portrait de plusieurs volontaires. Du moins, je prends les informations, je couche ça dans un premier jet, et Wade réécrit le tout. En vérité, je crois qu'il profite un peu de moi puisque, pour une bonne part, c'est son boulot que je fais. Ça m'est égal.

La semaine dernière, le chef officiel de l'aviation, Spider King, m'a rejoint à ma table dans la salle à manger de l'hôtel, au petit déjeuner. King fait de la voltige aérienne, il se produit dans les foires et les salons spécialisés de tout le pays, c'est pourquoi le comité a fait appel à lui pour diriger « l'escadrille » de l'expédition. C'est un gars sympathique, exubérant, il porte des lunettes d'aviateur et une longue écharpe blanche qui semble toujours flotter au vent.

« J'ai ordre de te promener dans les airs, Giles, m'a-t-il dit. J'étais censé prendre Big Wade, mais il s'est fait excuser, comme quoi il avait peur de vomir tripes et boyaux... M'a dit de venir te voir plutôt. Ce n'est pas plus mal parce que, vu ce qu'il doit peser, celui-là, je me serais sans doute retrouvé en surcharge. On fait un tour au-dessus du vieux Mexique. Rejoins-moi dans une heure à l'aérodrome et n'oublie pas ton appareil. Il faut que je te montre quelque chose, et le journal veut absolument les photos. »

C'était un matin clair, sans vent, et nous avons mis cap au sud. Comme c'était la première fois que je montais en avion, je dois admettre que j'étais un peu inquiet. Mais King fait partie de ces bonshommes dont l'assurance naturelle vous inspire confiance. Après avoir survolé les plaines du nord du Sonora, nous avons pris de l'altitude à l'approche des contreforts de la Sierra Madre. Voilé par les brumes matinales, l'éventail de montagnes au loin semblait s'étendre à l'infini, se chevaucher à perte de vue à l'ouest et au sud. Couverts de hauts sapins, les sommets imposants, les arêtes déchiquetées et les à-pic rocheux sont parcourus d'un labyrinthe de canyons et de vallées fluviales ; c'est un pays magique qui, d'en haut, semble immaculé, intact, avec quelque chose de préhistorique. Se tournant vers moi avec un grand sourire, Spider m'a lancé : « Tu sais ce qu'il a ressenti maintenant, le bon Dieu, quand il a ouvert les yeux sur la Création. »

Un peu plus tard, il m'a averti : « Accroche-toi ! », et l'aéroplane, virant sur l'aile, s'est mis à plonger, pendant que mon estomac restait dans les hauteurs. Nous nous sommes engouffrés au bas d'un canyon et nous avons commencé à slalomer au-dessus de la rivière, si près du sol qu'on voyait l'ombre de l'avion glisser sur les parois. J'avais l'impression de pouvoir les toucher rien qu'en tendant le bras.

« Regarde ça, Ned », dit King en montrant un ensemble de cavernes reliées les unes aux autres par un jeu de couloirs rocheux, creusés par l'homme à différents niveaux. Ça ressemblait presque à un alignement de maisons. « Ce sont des troglodytes précolombiens, bâtis par une civilisation ancienne qui vivait là il y a plus de mille ans. C'est ici que se dirige l'expédition. Les Mexicains pensent que les Apaches se cachent là. Regarde bien et tu verras qu'on a récemment fait du feu, devant certaines des habitations. Il y a aussi des ustensiles de cuisine et des couvertures. Je reviens survoler ça de plus près. » Remontant en haut du canyon, il a fait demi-tour pour redescendre dans l'autre sens. En examinant attentivement ce qui se présentait de mon côté, j'ai cru voir quelque chose bouger, une silhouette dans la rocaille. Ça n'a duré qu'un instant, mais sans le moindre doute, j'ai vu que c'était un être humain. J'avais la chair de poule et les cheveux qui se hérissaient sur ma nuque. Une seconde plus tard, la silhouette avait disparu, ne me laissant qu'une image rétinienne.

« Tu as vu ça, Spider ? Tu as vu ça ?

– Quoi, ça ?

– Je crois que j'ai aperçu quelqu'un.

– Où ?

– Là. En bas.

– Voyons ça. »

Nouveau demi-tour, nouveau survol. Cette fois il n'y avait plus rien, plus personne. J'ai douté de mes propres yeux. « C'est peut-être seulement mon imagination, pourtant j'aurais juré qu'il y avait quelqu'un.

– Tu n'as rien imaginé, dit Spider. Il y a du monde ici. »

Il est repassé encore au-dessus des troglodytes, dans plusieurs directions, pour que je puisse les photographier. Je n'avais jamais pris de vues à bord d'un avion, et cela n'était pas facile de faire le point et de régler l'exposition. Au tirage, certaines images ont malgré tout révélé de bonnes surprises. Elles ont une sorte de grain qui leur confère un aspect mystérieux, et l'on croit distinguer sur l'une ce qui pouvait bien être une forme humaine, tapie sur les rochers. Le *Daily Dispatch* l'a imprimée le lendemain sur la manchette, avec en grandes lettres ce titre aguicheur : « TROUVÉ ? »

Nous avons maintenant parmi nous une jeune étudiante en anthropologie de l'université de l'Arizona. Elle s'appelle Margaret Hawkins et elle écrit une thèse sur les Bronco Apaches. C'est pour ça qu'elle a été invitée à suivre l'expédition – pour ajouter à l'aventure un peu de bla-bla scientifique, comme dit Wade Jackson avec son cynisme habituel. C'est une grande femme, élancée et gracieuse, aux cheveux blonds et courts. Elle a beaucoup de personnalité, une silhouette fine et athlétique, un rire grave et profond, et son sourire radieux vous donne l'impression d'avoir de la chance. Tant chez les volontaires que chez le personnel, plus d'un est déjà amoureux d'elle. Je l'ai interviewée et photographiée pour le journal dès son arrivée, et nous sommes aussitôt devenus amis, avec cette aisance spontanée qu'on a parfois en présence de certains.

Aussi souvent que possible, je file au Mexique pour prendre des photos. Quel pays bouillonnant, plein de vie, d'énergie et de couleurs ! Jesus, le gamin des rues que nous avons rencontré, Tolley et moi, lors de notre première virée à Agua Prieta, est devenu mon guide officiel. Mais aussi mon assistant et mon professeur de langue. Eh oui, j'ai commencé à apprendre un peu d'espagnol. Quand il m'a vu arriver là-bas à bord du *roadster*, il l'a regardé, les yeux écarquillés, et il a passé une main hésitante sur la carrosserie.

« Vous devez être très riche, *señor* Ned, m'a-t-il dit.

– C'est ça, mon gars, tu as raison. »

Je dors toujours au Gadsden, dans la chambre libre de la suite de Tolley. Il refuse que je le dédommage, ce qui m'arrange évidemment. Le soir, nous traversons souvent la frontière pour boire et danser dans les *cantinas* d'Agua Prieta. *Las primorosas* est devenu la buvette officieuse où se retrouvent l'équipe et les volontaires. Bien qu'il soit sûrement plus riche que la plupart de ces derniers, Tolley leur fait l'effet d'un mouton noir, et il paraît plus à son aise avec les « employés ». Margaret, qui nous rejoint fréquemment au bar, semble indifférente aux autres hommes, toujours prêts à se disputer ses faveurs. Elle préfère s'asseoir avec Tolley et moi, et elle décline une par une leurs invitations à danser.

« Dis-moi, ma chérie, lui a demandé Tolley un soir. Serais-tu saphiste ? »

Elle a éclaté de rire. « Oh, bon Dieu, non, Tolley. Qu'est-ce qui te fait penser ça ?

– Eh bien, tu as l'air de vraiment te foutre des avances de tous ces messieurs.

– C'est parce que je suis venue travailler, ici, expliqua Margaret. Ce serait une grave erreur de mélanger le plaisir et les affaires. Sur le terrain, il n'y a rien de plus gênant qu'une aventure sentimentale. Sinon peut-être une aventure sentimentale qui tourne mal.

– On a l'impression que tu parles d'expérience, Mag », lui ai-je dit.

Elle fit un sourire grimaçant. « Disons que j'ai appris à choisir mes amis un peu plus soigneusement. Pour l'instant, je crois pouvoir affirmer sans risque que Tolley et moi n'allons pas tomber amoureux.

– Ah si, tu prends des risques, là, contra Tolley. Je suis sûr qu'il y a déjà des paris de faits sur nous. Bon, d'accord, à dix mille contre un.

– Et en ce qui te concerne, petit frère, dit-elle en tapant gentiment sur ma main, je ne suis plus de ton âge. D'ailleurs, tu es amoureux. Tu crois que je n'ai pas remarqué tes œillades langoureuses pour la jolie *señorita* ?

– Ah, tu l'as dit, ce qu'il est rasoir ! s'exclama Tolley. Se languir comme ça de la première catin venue dans une *cantina* mexicaine. Pathétique, vraiment !

– Non, je trouve ça délicieux, moi, dit Margaret.

– Oh, je t'en *prie*, continua Tolley. Ce garçon est un cliché ambulant. L'adolescent amouraché dans toute sa splendeur. Le pire, c'est qu'il ne la saute même pas.

– C'est encore plus charmant, dit Margaret.

– Tu sais, Tolley, tu ne serais pas pédoque, je te ficherais mon poing dans la figure.

– C'est ça qui me plaît chez toi, Giles. La plupart des bonshommes ici veulent me taper dessus *parce que* je suis pédoque.

– Dansons, Margaret, proposai-je.

– Je me demandais si tu allais te décider un jour. »

J'aime danser et je connais bien maintenant les différents pas mexicains. J'irais même jusqu'à dire que je suis devenu un des partenaires favoris des filles de la maison. Tout le monde sait que j'ai le béguin pour Isabel, seulement, comme le patron refuse que les *señoritas* engagent des relations personnelles, je ne peux pas très souvent la prendre pour cavalière. Alors je danse avec toutes.

« Je crois que ta petite amie est jalouse », dit Margaret. Il n'y avait pas beaucoup de monde et Isabel était assise à une table avec deux autres filles. « Elle me regarde avec des poignards dans les yeux.

– Tu es sûre ? »

Brusquement, Gatlin, le chef de la police, arriva sur la piste et me tapa sur l'épaule. « Je te l'enlève, mon garçon, dit-il en désignant Margaret.

– Pour ça, il faut demander la permission de la dame, chef. »

Il m'a dans le nez depuis le début, pour la raison sans doute que je suis souvent avec Tolley. Coupable par assimilation, quoi.

« J'ai remarqué que vous ne dansiez qu'avec des tapettes, mademoiselle Hawkins, dit Gatlin. Je me suis dit que vous voudriez peut-être essayer avec un homme pour changer.

– Une tapette, moi ? dis-je. Non, mais ça va pas ? »

Margaret s'esclaffa. « Merci beaucoup, chef, dit-elle. Mais moi, *je les aime bien*, les tapettes.

– Bien, m'dame, lui dit Gatlin, saluant d'un doigt sur le bord du chapeau. Comme vous voudrez. Si vous changez d'avis, vous saurez où vous adresser, en tout cas. » Il partit vers la table des filles et tendit sa main à Isabel. Elle le regarda craintivement, mais elle finit par se lever à contrecœur et l'accompagna sur la piste.

« Merci quand même », ai-je dit à Margaret. Je remarquai qu'elle observait le chef de la police d'un air pensif, bizarre même.

« Pourquoi merci, mon petit chéri ? Parce que je n'ai pas pris ta défense quand il t'a insulté, ou parce que je l'ai précipité dans les bras d'Isabel ? »

J'ai réfléchi une minute : « Les deux, sans doute. Tu ne l'aimes pas, ce type, hein ?

– Qu'est-ce qui te fait dire ça, Neddy ?

– Je ne vois pas ce qui pourrait te plaire chez lui. »

Elle haussa les épaules. « Il me rappelle mon père, je suppose.

– Ça devait être un vrai flic, alors.

– Oh oui, dit-elle.

– Isabel a peur de Gatlin. »

Margaret se tut un instant. « Ouais, lâcha-t-elle finalement. Elle n'a pas tort. »

24 avril 1932

Je suis parti ce matin photographier les scouts apaches pour le journal. C'était le travail de Big Wade mais, comme il s'est réveillé une fois de plus avec la gueule de bois, il m'a envoyé à sa place. Ils campent à l'écart de tout le monde, devant un bois de sycomores, sur une petite falaise non loin de la ville. Tout porte à croire qu'ils sont venus à pied depuis la réserve des Mescaleros au Nouveau-Mexique.

J'avais pris la voiture pour transporter mon matériel et j'étais en train de le décharger, devant leur camp, quand l'un des deux, le plus jeune, est arrivé avec une lueur hostile dans les yeux.

« Qu'est-ce que vous voulez ? » demanda-t-il. Âgé d'une bonne vingtaine d'années, il avait un visage large, ferme, et la peau sombre. J'étais un peu déçu par ses vêtements – salopette, chemise d'ouvrier, bottes de cow-boy. Ses cheveux noirs étaient coupés court comme ceux de la plupart des gens. À quoi pouvais-je bien m'attendre ? À des peintures de guerre et un tomahawk ? Oui, peut-être.

J'ai répondu : « Je travaille pour le *Douglas Daily Dispatch.* Ils m'ont envoyé prendre des photos.

– C'est ça qui ne va pas chez vous, les Œil-Blanc, dit l'homme. Vous êtes mal élevés, vous arrivez sans qu'on vous invite et vous vous servez sans demander.

– Ça n'est pas une raison pour me recevoir comme ça. Vous ne m'avez pas laissé le temps de vous expliquer quoi que ce soit. » Cela étant, j'avais en tête, je le reconnais, les conseils de Big Wade : *« Ne demande jamais-jamais aux gens si tu peux les prendre en photo. C'est la première des règles du photojournalisme. Si tu veux passer pro, il faut te mettre dans la tête que c'est ton droit le plus absolu de photographier qui tu veux, quand tu veux, où tu veux. »*

« Bon, alors, vas-y, demande », dit l'homme.

Je lui tendis la main. « Je m'appelle Ned Giles, je travaille pour le *Douglas Daily Dispatch.* Je souhaiterais vous prendre en photo. »

Il s'approcha tout près. « Non, dit-il. Et, si tu ne repars pas tout de suite, je te casse ton appareil.

– Essayez un peu et je vous fiche mon poing dans la figure. »

Il me dévisagea un instant, puis il se mit à rire.

« Qu'est-ce qu'il y a de drôle ?

– À l'époque, on se faisait un plaisir de tuer les Œil-Blanc parce que c'était des lâches, dit l'Indien. On s'amusait à les torturer, à les tuer à petit feu pour qu'ils souffrent plus longtemps. Tu as de la chance, toi. Tu es trop bête pour avoir peur de moi.

– Pourquoi j'aurais peur de vous ?

– Tu n'as pas appris grand-chose, hein, Œil-Blanc ?

– Je ne sais pas. Je suis de Chicago, moi.

– Excusez mon petit-fils », dit l'autre Indien qui nous rejoignit. C'était un petit homme vif et âgé, au torse large, plus photogénique que le premier. Son visage avait la couleur et l'aspect d'un vieux cuir fendillé, et ses longs cheveux blancs, nattés, lui tombaient dans le dos. Il était coiffé d'un grand chapeau de paille à bords larges, attaché au menton par un cordon. On aurait dit un fermier japonais. Il était vêtu d'un blue-jean aux jambes retroussées sur les chevilles, et d'une chemise de travail délavée, boutonnée jusqu'au col. Il avait une poche de cuir brut attachée à son ceinturon, et une grande médaille en argent pendait à son cou. Ses mocassins en peau, aux pointes relevées, lui donnaient un air de bouffon, et sa démarche était curieuse elle aussi – chaloupée, les jambes arquées et les pieds en dedans. « C'est un jeune révolté, m'expliqua le vieil Apache. Parce qu'il a vécu toute sa vie dans une réserve, où il n'y a pas grand-chose à faire de ses journées, sinon détester les Blancs. Mais il peut dire ce qu'il veut, il n'en a jamais tué aucun. » Il me tendit sa main. « Je m'appelle Joseph Valor, et voici mon petit-fils, Albert.

– Enchanté, monsieur. Le journal m'a envoyé prendre votre photo et vous interviewer. On dit que vous avez été scout pour le général Crook.

– On a déjà pris mon portrait bien des fois », dit le vieil homme, non sans un certain orgueil. Il ouvrit sa poche de cuir et en sortit une feuille de papier jaunie et froissée, qu'il déplia délicatement. Sans doute arrachée à un livre, c'était une vieille reproduction d'un daguerréotype pâlot. On y voyait le général Crook et d'autres soldats, assis à même le sol avec plusieurs Indiens. « Cette photographie a été prise au Mexique dans l'année 1883 de l'Œil-Blanc, dit Joseph Valor, quand Geronimo s'est rendu pour la première fois au Nantan Lupan. C'est ainsi que nous appelions votre général Crook. » Il montra l'un des protagonistes. « C'est moi. À cette époque, mon nom était Goso. Là, c'est le Nantan Lupan. Et là, Geronimo.

– Est-ce que je pourrais vous l'emprunter ? Le journal serait ravi de la publier. Je vous promets de vous la rapporter. »

Le vieil homme était déjà en train de replier soigneusement sa photo. « Non, cela n'est pas possible », dit-il en la rangeant dans sa pochette.

Albert poussa un rire moqueur. « Mon grand-père est très fier de cette photo. Ce n'est qu'un bout de papier arraché dans un livre, pourtant. Montre ta médaille à l'Œil-Blanc, maintenant, grand-père. De ça aussi, il est très fier.

– J'ai voyagé jusqu'à Washington pour rencontrer votre président », dit le vieil homme.

J'ai demandé : « Herbert Hoover ?

– Grover Cleveland.

– C'était en quelle année, monsieur ?

– 1886, répondit Joseph Valor. Et le Grand Père Blanc m'a remis la médaille de la paix. » Il me la présenta dans le creux de sa main pour que je puisse l'admirer. Elle était frappée de l'image du président, et la gravure était usée par cinquante ans de manipulations.

Mais, à moins que je me trompe gravement, et je connais l'histoire de mon pays, ça n'était pas Cleveland.

« Ça ne serait pas plutôt Chester A. Arthur ?

– Si, c'est ça, dit Joseph Valor. C'était lui, le Grand Père Blanc, avant le président Cleveland. »

Albert se remit à rire. « Ça devait traîner à la Maison Blanche, et le gouvernement suivant était trop radin pour en frapper de nouvelles. Parce que c'est ça, leur truc, ils massacrent les barbares, ils leur volent leurs terres et ils mettent les survivants en prison. Alors après, pour leur peine, ils leur donnent des médailles périmées.

– Mon petit-fils ne connaît que la haine », dit le vieil homme.

J'ai mis ma chambre sur son trépied et j'ai fait un portrait de Joseph Valor. Ensuite, assis autour du feu, nous avons bu du café pendant que je l'interviewais.

« Je suis un Chokonen, commença-t-il sur ce ton curieusement oratoire qu'il affectionnait. Les Chokonens sont les seuls vrais Chiricahuas. Je suis le neveu du grand Cochise. L'Œil-Blanc ne voit en nous qu'un peuple, les Apaches, mais il commet une erreur. Car parmi les Chiricahuas, nous étions plusieurs tribus. Nous vivions séparément au départ, sur des terres distinctes, même si nous nous retrouvions pour les célébrations ou simplement pour entretenir les liens. Mais aussi pour les raids et pour mener la guerre. Les mariages étaient fréquents d'une tribu à l'autre. C'est ainsi que j'ai épousé une N'dendaa et que je suis parti vivre avec le peuple de Juh au Mexique. J'ai eu en tout quatre femmes, et de nombreux enfants et petits-enfants. Ceux qui vivent encore aujourd'hui sont disséminés sur cette terre comme les graines au vent.

– Les lecteurs du *Douglas Daily Dispatch* voudront savoir comment vous êtes devenu scout pour les Blancs.

– Quand nous nous sommes rendus au Nantan Lupan, on nous a conduits à l'agence de San Carlos où nous devions rester. C'était un endroit affreux. Nous avons tous détesté ce pays. Il y faisait très chaud, très sec, il n'y avait pas de gibier, et les rations promises par votre gouvernement ne sont jamais arrivées. Un grand nombre d'entre nous a choisi de devenir scout. Le Nantan Lupan a pris grand soin de ceux-là. C'était le seul moyen de rester un homme, un guerrier. Nous ne savions rien faire d'autre. Nous pouvions conserver des armes et quitter l'agence avec les soldats pour repartir dans les montagnes, dans le pays que nous aimions.

– Oui, et traquer ton propre peuple », commenta amèrement Albert.

Je n'avais pas voulu le dire et pourtant j'y pensais, même si le mépris ouvert du jeune homme me chagrinait.

Joseph Valor regarda durement son petit-fils. « Tu n'as pas idée de ce que nous avons enduré, dit-il à voix basse.

– Non, mais je sais que Geronimo et quelques autres n'ont jamais travaillé pour l'Œil-Blanc, rétorqua Albert.

– Mon petit-fils me prend pour un traître. Comme beaucoup à la réserve. Il croit que Geronimo était un grand homme, un grand héros du Peuple. Mais d'autres savent que Geronimo ne nous a apporté que des ennuis. Il n'avait pas de parole, et on sait que ses mensonges, son penchant pour l'alcool et ses évasions n'ont fait qu'aggraver notre situation. C'est pour cette raison que nous avons été plus d'un à faire scout. Le Nantan Lupan nous a dit que, si nous l'aidions à capturer Geronimo et les guerriers libres, les choses s'arrangeraient pour tous les Apaches. Et que les Chiricahuas auraient leur propre agence.

– Ouais, dis-lui, à l'Œil-Blanc, comment on t'a remercié pour tes services dévoués auprès de l'armée américaine. » Albert montra mon carnet d'un geste de la main. « Peut-être qu'il mettra ça dans son article, aussi. »

Joseph fixa un moment Albert en hochant tristement la tête. « La haine dévore mon petit-fils au point qu'il déteste son propre grand-père. »

Et c'était manifeste, Albert respirait la haine et la colère comme l'air autour de lui.

« Lorsqu'ils ont emmené Joseph à Washington en 1886, avec certains des autres scouts, le *Grand Père Blanc* – Albert prononça son nom avec une ironie cruelle – leur a promis une vaste réserve rien que pour eux. Seulement, au lieu de les renvoyer dans leur pays, le président les a mis dans un train pour la Floride. On les a bouclés dans un fort militaire près de Saint Augustine. Quand, ensuite, à l'automne, Geronimo s'est rendu une dernière fois au général Miles, lui et les siens se sont aussi retrouvés là-bas. Évidemment, ils ont traité mon grand-père et les autres scouts avec le plus grand mépris, puisque c'était des traîtres, pour eux. Mon grand-père et Geronimo sont restés prisonniers de guerre pendant vingt-sept ans, d'abord en Floride, puis dans un autre fort en Alabama, et enfin dans l'Oklahoma. Mon grand-père était considéré comme un paria par son propre peuple. Il a fallu attendre 1913 pour qu'un petit nombre de Chiricahuas obtiennent la permission de réintégrer leurs terres. Et on ne nous a jamais donné la réserve promise, puisqu'on nous a envoyés chez les Mescaleros, apaches comme nous. Voilà comment l'Œil-Blanc a récompensé monsieur pour ses services. Il porte toujours la médaille que le *Grand Père Blanc* lui a donnée et il est toujours proscrit chez les siens. »

Ma dernière question coulait de source. « Qu'est-ce qui vous a décidé à redevenir scout, monsieur Valor, et à venir ici ? Et vous, Albert ? Si vous détestez les Blancs à ce point, pourquoi leur apporter votre aide ?

– Je ne suis pas venu aider l'Œil-Blanc, dit Albert. Je suis ici parce que ma mère m'a demandé de veiller sur mon grand-père. »

Joseph sourit. « Je n'ai pas besoin qu'on veille sur moi. Encore moins par un blanc-bec qui n'a jamais quitté la réserve.

– Cet hiver, des Œil-Blanc de Douglas sont venus à Mescalero, dit Albert. Ils ont mis un avis sur le panneau de la communauté, comme quoi ils cherchaient des scouts apaches pour une expédition au vieux Mexique. Ils ont demandé partout dans la réserve s'il restait des anciens. On a bien quelques vieilles qui ont vécu autrefois dans la Sierra Madre – que nous appelons, nous autres, les Montagnes-Bleues. Certains d'entre nous étaient à peine des enfants, ou des bébés, à l'époque de la reddition. Mais mon grand-père est le dernier survivant des vieux scouts. Il a insisté pour qu'on le laisse partir. Impossible de le faire renoncer. Et il ne veut pas nous dire pourquoi il y tient tant. »

J'observai le vieil homme qui, immobile, contemplait le sud. À l'évidence, il n'avait pas l'intention de s'expliquer.

30 avril 1932

Dans la plaine d'Agua Prieta, dans le Sonora

J'écris ce soir dans un lit de camp. C'est notre première nuit en plein air, dans la plaine qui s'étend au-delà d'Agua Prieta. La Grande expédition apache a quitté officiellement Douglas ce matin, avec tambours et trompettes. Une tribune était montée devant le magasin J. C. Penney, où le maire a pris place avec les membres du comité pour nous tenir un discours enflammé. La boursouflure habituelle. J'ai bien sûr monté ma chambre sur son trépied, dans un angle de la tribune, pour immortaliser la scène.

La fanfare du lycée, à pied, menait la parade le long de Main Street, où une foule bruyante et réjouie agitait de petits drapeaux américains en jetant des confettis. La fanfare était suivie par le détachement de la cavalerie mexicaine, en uniforme de cérémonie, conduit par le flamboyant colonel Carillo qui, sur un fringant cheval blanc, saluait élégamment. Dans le ciel, Spider King faisait des acrobaties dans son aéroplane, enchaînant piqués, chandelles, loopings et passages à basse altitude, puis inclinant sa machine d'une aile sur l'autre pour le plus grand plaisir des spectateurs. Venait ensuite la compagnie des volontaires payants, forte de presque cinquante hommes, conduite par un jeune richard dénommé Winston Hughes – sa famille a fait fortune dans l'acier –, qui arborait aussi le drapeau américain. Quelques-uns portaient l'habit militaire – vieux uniformes de la Grande Guerre, costumes de Rough Riders à la Teddy Roosevelt. D'autres avaient enfilé les panoplies de cow-boys toutes neuves qu'ils avaient achetées au Douglas Dry Goods – chemises à boutons-pression, jambières en cuir, bottes à éperons, chapeaux à larges bords. Toujours tiré à quatre épingles, se distinguant du lot comme à son habitude, Tolbert Phillips junior portait sous un casque colonial une tenue de safari complète Abercrombie & Fitch, parfaitement repassée, comme s'il repartait dans les brousses africaines. Et, du creux de sa main, il soufflait de généreux baisers à la foule.

L'équipe, qui défilait après les volontaires, réunissait une trentaine d'hommes – muletiers, cow-boys, guides, cuisiniers et toute une suite d'employés à dos de cheval, de mule ou d'âne. Harold Browning, le réceptionniste du Gadsden, avait fini par accepter de servir de domestique à Tolley. Pas encore un champion hippique, il se dandinait, mal à l'aise, sur un petit âne blanc, les pieds presque au niveau du sol.

Les scouts apaches, Joseph et Albert Valor, fermaient le cortège sur leurs mules. Ils avaient le front barré d'un foulard rouge. C'est la parure traditionnelle des éclaireurs, qui permettait à l'époque de ne pas les confondre avec les Indiens libres qu'ils pourchassaient. La foule réagit curieusement en les voyant, sifflant, huant parfois, exprimant une vive antipathie, toujours sensible dans le Sud-Ouest, envers les Apaches. Regardant droit devant lui, impénétrable, Joseph n'y prêta aucune attention, mais Albert distribua quelques coups d'œil menaçants aux spectateurs. Me reconnaissant à la tribune, il brandit son fusil au-dessus de sa tête en poussant un féroce cri de guerre, qui suscita visiblement une vague d'effroi dans l'attroupement. Et il s'esclaffa.

Ce départ en fanfare n'était finalement qu'un spectacle. La parade terminée, les participants quittèrent leurs montures et l'on nous envoya au Mexique en train et en autocar, pendant que le matériel et les provisions traversaient la frontière en camion. La plus grande partie de la journée a été consacrée aux formalités de douane. Pour minimiser l'impact politique d'un groupe d'Américains armés arrivant sur son territoire, le président mexicain Ortiz Rubio avait émis des permis un peu particuliers pour chaque membre de l'expédition, limités aux armes de chasse.

Un campement confortable avait été installé à l'avance, dans la plaine aux abords d'Agua Prieta. Nous étions à peine arrivés que les Mexicains nous ont conviés à un copieux banquet sous une tente immense. Les tables croulaient sous une grande variété de plats, les serveurs en livrée blanche servaient des cocktails, et il y avait même un orchestre de *mariachis* pour faire danser ceux qui le désiraient, à la lumière des lampes à pétrole.

Le maire Cargill et les membres du comité, invités eux aussi aux festivités, ont été rejoints par le maire d'Agua Prieta, Rogerio Loreto, et par le gouverneur de l'État du Sonora, Fausto Topete. À ma grande surprise, j'aperçus Wade Jackson qui descendait de l'un des derniers bus. En sus de tout son matériel, il avait avec lui un sac de couchage.

« Mais qu'est-ce que vous faites là, Big Wade ? lui ai-je demandé.

– Tu ne vas jamais le croire, mon garçon, dit-il, l'air dégoûté. Mais on fait équipe. Ce crétin de rédac-chef a décidé que je couvrirais moi aussi l'expédition. Comme quoi il lui faut un deuxième photographe au cas où il t'arriverait quelque chose... Des fois que je m'écroulerais avec une crise cardiaque, quoi... »

Pour l'occasion, on avait fait venir pas mal de filles des *cantinas*, et j'ai repéré Isabel qui, près d'une tente, parlait avec Gatlin, le chef de la police. Je me suis approché.

« Je craignais de ne jamais te revoir, Isabel », lui dis-je.

Elle garda les yeux baissés. On aurait cru qu'elle venait de pleurer.

« Ça va ?

– Elle va très bien, dit sèchement Gatlin. Je peux faire quelque chose pour toi, gamin ? Nous parlons affaires, cette jeune femme et moi.

– Quel genre d'affaires ?

– Le genre qui ne te regarde pas.

– Ned, ils veulent emmener quelques-unes d'entre nous à Bavispe, me dit Isabel. Ma famille vit là-bas, alors je ne veux pas y aller.

– Pourquoi voulez-vous les emmener ? » demandai-je à Gatlin.

Il afficha un mince sourire repoussant. « Parce qu'en tant que chef du personnel, je m'occupe également de divertir les distingués volontaires. »

Ça m'est sorti de la bouche avant que je réfléchisse : « Ça fait de vous un maquereau, dans ce cas ? »

Je n'ai pas eu le temps de réagir qu'il avait déjà la main sur ma gorge. Il se rapprocha si près que je sentis son haleine. « Pour quoi tu te prends, morveux ? me cracha-t-il à la figure. Pour un petit dur, peut-être ? »

Non, je ne me prends pas pour un dur, mais il serrait si fort que je ne pus rien dire.

« Je t'écoute ! »

Je réussis à dire non d'un léger signe de tête.

« Parfait. En ce qui me concerne, tu es une chiffe molle. Un petit je-sais-tout de Chicago. Tu me reparles encore une seule fois comme ça et je te tue. Compris ? »

Je hochai la tête.

Il continua : « Je ne veux plus te voir importuner cette fille. On n'est plus à la *cantina*, ici. On est en campagne, cette fois. Tu as été embauché par la Grande expédition apache, et tu es à *mon* service. Alors fini de tourner autour de la petite avec tes airs de caniche amoureux. Est-ce que je me fais assez bien comprendre ? »

Margaret Hawkins arriva près de nous. « Qu'est-ce qui se passe ici ? fit-elle sur un ton péremptoire.

– Il y a un règlement de campagne pour cette expédition, et le jeune monsieur Giles avait besoin de le connaître, répondit Gatlin. Rien de plus.

– Laissez-le, dit Margaret. Vous lui faites mal, Leslie. C'est encore un gosse.

– Oui, m'dame. C'est exactement ce que je voulais lui expliquer. » Il lâcha enfin prise. « Voilà, mon garçon. Sauvé par une femme, dirait-on. Je pense que les choses sont claires entre nous, n'est-ce pas ? »

Je me frottai la gorge.

Gatlin salua Margaret d'un doigt sur le chapeau. « C'est toujours un plaisir, Margaret. Je dois aller m'occuper du personnel, mais je serai heureux de danser avec vous tout à l'heure. » Il prit Isabel par le bras et s'éloigna.

« Ça va, Ned ? me demanda Mag.

– Ça va.

– Qu'est-ce que tu lui as fait ?

– Je l'ai traité de maquereau.

– Je ne pense pas qu'il soit dans ton intérêt de te faire un ennemi du chef de la police.

– J'ai l'impression que c'est un peu tard. Disons que j'ai eu de la chance que tu sois là pour me tirer d'affaire. Tu lui donnes du Leslie, maintenant ? Et lui, du Margaret ? Je ne savais pas que vous étiez intimes. »

Un des serveurs en livrée passa alors devant nous, en tirant par la peau du cou Jesus, le petit Mexicain. « *Señor* Ned ! cria le gamin en se débattant. Je vous cherchais partout ! »

Le serveur s'arrêta et me dit quelques mots en espagnol, avec une série de gestes qui désignaient le garçon.

« J'ai cru comprendre, dis-je à ce dernier, que tu serais un voleur et le fils d'une prostituée. Ou aurais-je mal entendu ? »

Il haussa les épaules. « Je n'ai pas connu ma mère.

– Qu'est-ce que tu as volé ?

– Les Américains ne verront pas s'il manque quelques pièces dans leurs poches, avoua-t-il. Je vous en prie, dites-lui que je pars avec vous, *señor* Ned !

– Tu ne pars pas avec moi.

– Si, *señor* Ned ! Je travaille pour vous. C'est moi qui transporte votre matériel et qui vous apprend l'espagnol. Je suis toujours très serviable. S'il vous plaît.

– *Está bien*, dis-je au serveur dans mon espagnol rudimentaire. *Usted puede dejar al chico.* [1] » Relâchant le garçon, il lui colla quand même une taloche au-dessus de la nuque. Jesus poussa un hurlement.

« Si yo le agarro robando otra vez, le cortaré la mano [2] », avertit le serveur, en frappant son poignet avec le tranchant de l'autre main.

1. « Ça va, vous pouvez lâcher le petit. »
2. « Si je le reprends en train de voler, je lui coupe la main. »

Je filai à mon tour une taloche à Jesus, qui se remit à beugler. Mon geste sembla contenter le serveur. «Je la lui couperai moi-même si je le surprends à voler, lui dis-je.

– Si je travaille pour vous, *Señor* Ned, je n'aurai plus besoin de voler, promit Jesus en se frottant le bas du crâne.

– Ça, il faudra que tu en parles à Big Wade, petit. Je n'ai pas autorité pour t'embaucher moi-même, et je ne suis pas exactement dans les bonnes grâces du chef du personnel. »

Me voilà allongé sur un lit de camp, dans la tente que je partage avec Wade. Il est tombé comme une masse tout à l'heure et il ronfle comme le tonnerre. Enroulé par terre dans une couverture, Jesus dort lui aussi à poings fermés. Minuit est largement passé, et je suis encore excité comme une puce. De toute façon, je ne vois pas comment on pourrait se reposer avec ce chahut. Non seulement Big Wade ronfle comme une toupie, mais il y a encore des gens debout, qui éclusent et qui dansent. Il y a quelques instants, une bagarre a éclaté quelque part, suivie par des cris, des jurons en espagnol et en anglais. Et maintenant des coups de feu...

1er mai 1932

Sur les routes du Sonora

Je n'ai pas écrit tout ce que je voulais hier soir. Quelqu'un arrivait devant la tente, et j'ai demandé : « Qui est-ce ?

– C'est moi, Ned. Margaret.

– Qu'est-ce que tu fais là, Mag ?

– J'ai la frousse. Tu entends ces coups de feu ? Je peux rester avec toi ? » Sans attendre de réponse, elle a pris place dans mon lit de camp. Tout habillée.

« Ne te fais pas d'illusions, dit-elle. Je me sens un petit peu vulnérable, c'est tout. C'était toi ou Tolley, et j'ai pensé que je serais plus à l'abri avec toi, finalement.

– Merci, Mag. C'est trop d'honneur...

– D'ailleurs, va savoir s'il n'y a pas déjà *quelqu'un* dans son lit.

– Tu aurais peut-être pu essayer chez Gatlin. J'ai vu que tu dansais avec lui, ce soir.

– Vu ce qu'on entend, dehors, il doit plutôt faire respecter le règlement de campagne, comme il dit.

– Parce que, sinon, c'est dans sa tente que tu te serais réfugiée, n'est-ce pas ?

– Ce n'est pas ce que j'ai dit.

– C'était implicite. Bon Dieu, je ne vois pas ce que tu trouves à ce connard, Mag.

– Désolée, mon petit chéri, vraiment navrée, même. Je n'ai jamais su choisir les hommes. C'est pour ça que j'essaie de les éviter.

– Qu'est-ce qui t'est arrivé, Mag ? Une histoire qui s'est mal passée ?

– Oui, on peut dire ça, je crois. Mais je n'ai pas vraiment envie d'en parler, pour l'instant.

– Bon. »

Nous sommes restés un moment muets. Je sentais la poitrine de Margaret sur mon bras, son cœur qui battait, et la chaleur de son corps contre le mien. Ce qui n'a pas manqué d'éveiller un sentiment, quelque part...

« On est un peu serrés, hein ? » ai-je fini par dire.

Elle a dû comprendre dans quel état j'étais, car elle a répondu : « J'aurais peut-être pris moins de risques dans le lit de Tolley, après tout. Ne me déçois pas, Ned. J'ai besoin que tu restes mon ami.

– Désolé, Mag. Je suis ton ami et je ne fais pas exprès, tu vois. Je suis un homme, c'est tout. C'est humain. »

Elle rit. « Tu es un garçon adorable. Si j'avais cinq ans – *hmmm* – bon, allez, dix de moins, je tomberais amoureuse de toi. Tu pourrais me briser le cœur, même sans le faire exprès.

– Je n'en ai pas l'intention. »

Nous sommes redevenus silencieux. J'ai essayé de penser à autre chose, de fixer mon attention sur cette querelle, dehors. Il y eut encore des cris, une bousculade, et nous avons compris que la troupe de Carillo était appelée à la rescousse. « Bon Dieu, ils vont arriver à s'entre-tuer avant même qu'on soit partis, dit Margaret. Au moins, ça n'a pas l'air d'empêcher tes amis de dormir. Big Wade fait plus de bruit en ronflant que tous ces imbéciles dehors. »

Il a fallu attendre une heure encore avant que le calme revienne dans le camp. Je sentis peu à peu le corps de Margaret se détendre contre le mien, sa respiration prendre un tour plus régulier, plus lent, et le sommeil finalement l'engourdir. Je me suis endormi, moi aussi.

Nous avons appris au matin qu'un *vaquero* mexicain avait trouvé la mort, cette nuit dans la bagarre, et que trois autres hommes, dont deux cow-boys yankees, étaient gravement blessés. Les responsables présumés, d'un pays comme de l'autre, sont en prison à Agua Prieta. C'est un mauvais présage pour l'expédition qui commence à peine, et tout le monde est d'humeur maussade aujourd'hui. Le temps de charger les cars, on n'a pu se mettre en route que vers midi, et la grande pompe d'hier est un lointain souvenir. Beaucoup d'hommes ont une sacrée gueule de bois.

Je suis monté dans un des cars du personnel, avec Big Wade, Margaret et Jesus. Finalement, Jackson a réussi à obtenir de Gatlin que le petit Mexicain voyage avec nous. Les deux photographes que nous sommes transportent beaucoup de matériel, et Jesus a déjà amplement démontré à quel point il nous était utile.

Les routes du Sonora sont difficiles, il n'y a par endroits qu'une piste mal dessinée, cahoteuse, poussiéreuse, et nous cheminons lentement. Dès la première heure, un des joyeux noceurs de la veille a vomi dans le bus, et depuis l'odeur repoussante se mêle à celle du diesel. Big Wade a allumé un cigare pour masquer cette puanteur, mais je me demande si ce n'est pas pire. Deux heures plus tard, au milieu d'une pente abrupte, le moteur a chauffé, l'eau du radiateur a giclé, bouillante, et on nous a demandé de descendre et de continuer à pied jusqu'au sommet.

Toujours débrouillard, Jesus a trouvé un type dans un des bus, qui a accepté de céder sa place à Big Wade – en échange quand même d'un petit quelque chose.

« Une vraie idée de génie, d'avoir pris ce gamin avec nous, m'a dit Jackson. Mon gars, je te dois une fière chandelle d'y avoir pensé. » Puis, à Margaret : « Je sais bien que les gentlemen laissent leur siège aux dames, mais vous êtes jeune et forte, alors j'espère que dans ces circonstances vous me pardonnerez.

– Certainement, Big Wade, répondit-elle. De toute façon, j'aime mieux marcher que voyager dans cette odeur de vomi, de diesel et de cigare. »

Nous avons atteint le sommet à pied, après quoi nous avons réintégré le car. J'ai eu le temps d'impressionner quelques plaques 8 × 10 avant de remonter. Le paysage est plutôt différent de ce que j'avais imaginé à bord de l'aéroplane. Nous avons quitté rapidement les plaines dénudées pour nous élever le long de ces collines ondoyantes, couvertes d'herbes printanières vert pâle, et de fleurs sauvages de toutes les couleurs. Ici et là, s'élèvent des chênes et des cèdres, puis, bordant les rivières vigoureuses, ou les ruisseaux que nous traversons à gué, des peupliers adultes et des sycomores.

Le moteur du car est si bruyant qu'il est difficile de soutenir une conversation. Je me réjouis d'avoir ce carnet pour occuper mon temps... À lire ces lignes zigzagantes, on aurait l'impression d'avoir affaire à un ivrogne...

Bien après la tombée de la nuit... Longue journée de voyage, pénible, dans la poussière... Plusieurs pannes et pneus crevés... Notre convoi désordonné a finalement atteint ce qui va lui servir de camp de base, près du village de Bavispe, planté au bord de la rivière du même nom. Tout était installé à l'avance et le dîner nous attendait. Nous sommes fourbus. Nous avons mangé rapidement, avares de nos paroles, et nous nous sommes retirés très tôt dans les tentes assignées. Le camp est silencieux, à part bien sûr les ronflements de Big Wade. Je ne pense pas qu'ils m'empêcheront de dormir cette nuit. Il faisait trop sombre à notre arrivée pour jeter un coup d'œil dans le coin, mais j'ai hâte de voir à quoi ce monde-là ressemblera au matin.

7 mai 1932
Bavispe (Sonora)

Semaine bien remplie, avec les préparatifs, surtout, de notre première incursion dans la Sierra Madre. Nous avons fait quelques courtes virées d'une journée chacune dans les avant-monts, pour habituer au terrain les hommes et les animaux. Une piste d'atterrissage rudimentaire a été dégagée au-dessus de la rivière, balisée par des lampes à pétrole et une manche à air. Les « forces aériennes » de l'expédition, qui se composent en tout et pour tout de cinq aéroplanes, dont celui de Spider, font des vols quotidiens de reconnaissance au-dessus des montagnes, à la recherche d'une trace de ces Indiens perdus.

On m'a attribué une mule alezane, dénommée Buster, docile et au pied sûr, qui ne me tient pas rigueur de mes maladresses. Et on a donné un âne à Jesus, qui permet aussi de transporter notre matériel de photo. Jesus me suit un peu comme un Sancho Panza. Juché sur un hongre bai foncé, Big Wade marmonne assez fort pour que tout le monde l'entende autour de lui. Il ronchonne constamment des choses du genre : « Nom de Dieu de bordel de merde. Et personne n'a encore remarqué que ni le maire, ni les valeureux membres de son comité à la con ne sont partis avec l'expédition, tiens ? Non, il faut qu'on envoie à leur place un photographe obèse et éthylique pour leur rapporter de jolies photos de vacances. »

C'est vrai, l'expédition ressemble plutôt, pour l'instant, à une promenade tranquille dans ces terres qu'on dit inexplorées ou, comme Big Wade se plaisait à le répéter, « à un prétexte fallacieux pour emmener une bande de richards se payer une bonne partie de chasse et pêche dans la Sierra Madre ». Les guides ont commencé à escorter les volontaires pour chasser le cerf et la caille, ou pour pêcher la truite dans les torrents près de Bavispe. À ce jour, Big Wade et moi avons surtout été chargés de faire le portrait de ces messieurs, quand ils exhibent fièrement leurs prises. Les négatifs partent à Douglas par avion, où le *Daily Dispatch* les publie chaque jour, avec les articles que nous écrivons l'un et l'autre. Le pilote revient le lendemain avec le journal imprimé, pour que les gars puissent se reconnaître dans ses pages, avec des légendes du type : « Dudley Chalmers, de Greenwich (Connecticut), avec une truite apache de 35 cm, pêchée à la mouche sèche dans le Santa Maria, un ruisseau affluent de la Bavispe », ou encore : « Charles McFarlane et Brewster, son pointer de race, ont pris un couple de colins de Virginie. » Personne n'a particulièrement hâte, dirait-on, d'aller se frotter aux redoutables Apaches.

Le soir, nous prenons nos repas ensemble – les volontaires et le personnel – dans la tente du mess. Il s'agit moins de repas militaires que de vrais gueuletons, ce qui ne dépare guère, il faut bien le dire, de la tonalité générale de l'expédition. En sus de ce qui est convoyé depuis Douglas par camion ou avion, les cuisiniers trouvent au village toute sorte de produits frais. Avec l'abondance de gibier et de poisson que nous rapportent les chasseurs-pêcheurs, nous mangeons remarquablement bien.

Le fait que nous dînions tous dans la même tente a sans doute quelque chose de démocratique, mais j'ai noté avec intérêt que nous avons plus ou moins tendance à constituer des cliques. Les cowboys se retrouvent aux mêmes tables, même chose pour les muletiers, les anciens militaires, et les rejetons des familles riches. Joseph et Albert Valor, quant à eux, font toujours bande à part. Ils ne fraternisent pas avec le reste de l'expédition. Ils ont dressé leur propre camp en marge du village, au bord de la rivière, et préparent leurs repas eux-mêmes.

Avec quelques variations, notre clique à nous se compose de Margaret, de Big Wade, de Spider King, de monsieur Browning et de votre serviteur. Tolley vient souvent s'asseoir avec nous. Bien qu'il ait eu, c'est sûr, une éducation très privilégiée, et malgré son snobisme à toute épreuve, il paraît quand même plus à l'aise avec les employés qu'avec les volontaires. C'est peut-être, finalement, que nous sommes moins portés à juger ses... excentricités. Certains, parmi ses jeunes pairs et les militaires aussi, semblent affolés d'avoir à le fréquenter, comme s'il était contagieux. Ils font peu d'efforts pour dissimuler leur mépris, quand ils ne se moquent pas ouvertement de lui.

J'accorde ceci à Tolley : c'est peut-être une vraie folle, mais il a une sacrée force de caractère. Franc et direct, il n'a aucune honte de ce qu'il est. D'une façon générale, il ignore les rebuffades et les insultes, et il les encourage parfois. Il y a, par exemple, ce Winston Hughes, le fils du magnat de l'acier dont j'ai déjà parlé, qui trouve un malin plaisir à l'asticoter. Bien qu'il sorte de Yale, c'est un gars pas futé, plutôt éteint, avec des yeux rapprochés et un air suffisant. Il semble constamment chercher dans sa petite tête une farce de potache à servir à quelqu'un. Hier soir, au mess, il était en train d'imiter les manières efféminées de Tolley sous les rires de sa tablée, lorsque Tolley lui-même, arrivant dans son dos, a posé une main affectueuse sur son épaule et s'est baissé pour lui dire à l'oreille, assez fort quand même : « Winty, *arrête* de susurrer comme ça, sinon tout le monde va croire qu'on sort ensemble. »

Hughes s'est levé d'un bond. « Nom de Dieu, Phillips ! dit-il, déconfit, rouge comme une tomate. Ne me touche pas avec tes mains de pédé, ou je te fous une rossée !

– À tout à l'heure sous la tente, mon gros, répondit Tolley en mimant un baiser du bout des lèvres. N'oublie pas ce petit slip que tu avais l'autre jour, j'en suis fou. »

Puis il nous a rejoints à notre table. « Quel attardé, celui-là, dit-il en s'asseyant. C'est un scandale qu'on l'ait pris à Yale. Son père leur a payé un nouveau labo, ou quoi ?

– Un de ces jours, mon chéri, le prévint Margaret, il va vraiment finir par t'en flanquer une, de dérouillée.

– Ouais, pourquoi il faut toujours que tu provoques les gens comme ça ? ai-je demandé. Tu cherches les ennuis, Tolley.

– Mais tu ne comprends pas, a-t-il répondu, qu'ils prennent pour une provocation le seul fait que j'existe ? Qu'est-ce que tu veux que je fasse ? Semblant d'être quelqu'un d'autre ? Que je me pavane comme un de ces cow-boys à la manque en lorgnant les filles ? » Il se pencha vers Margaret et prit une grosse voix pour lui dire : « Alors, ma poulette, qu'est-c'tu dirais d'une partie d'jambes en l'air dans la grange à foin ? »

Elle s'esclaffa. « Mais quand tu veux, Tolley. »

J'ai dit à mon tour : « J'aime mieux ça, moi aussi. Tu n'as pas besoin constamment de faire le...

– Le quoi, Giles ? Le pédé, l'enviandé, la folle ?

– Oui, enfin, tu as compris. L'inverti, quoi.

– L'inverti ! Tu ne pourrais pas trouver quelque chose de plus original, vieux frère ?

– Le sodomite, proposa Spider King.

– La frégate, soumit Margaret.

– Bon Dieu, les gars, tonna Big Wade. Enfin, on mange ici, quand même !

– Justement, à ton tour, Big Wade, ordonna Tolley.

– Si tu veux. L'androgame, alors.

– Et monsieur Browning ? » dit Tolley.

Très vieille école, Browning trouve malséant que les employés prennent leurs repas en présence de leurs maîtres, c'est pourquoi il change en général de table, discrètement, quand Tolley nous rejoint. Ce soir, à son corps défendant, nous l'avions persuadé de rester avec nous.

« Je vous demande pardon, monsieur ? demanda-t-il comme si de rien n'était.

– Nous travaillons nos euphémismes, Browning, dit Tolley.

– Vos euphémismes ?

– Monsieur Browning, votre discrétion vous honore. Mais vous n'êtes pas sourd, que je sache ?

– Dans mon métier, monsieur, répondit Browning, il n'y a qu'un pas de la discrétion à la surdité.

– Je reconnais le caractère trivial de la chose, monsieur Browning, dit Margaret, mais nous aimerions tant que vous preniez part à la conversation. La question est donc : dans votre pays, comment appelle-t-on les gens comme Tolley ?

– Eh bien, des gentlemen, bien sûr, dit-il avec un sourire imperceptible.

– Ha ! s'exclama Tolley. Bien joué, Browning ! Mais trêve de délicatesses, mon vieux ! Crachez le morceau, maintenant !

– Une lopette, dit Browning. C'est ce qu'on aurait sans doute de plus commun.

– Excellent ! dit Tolley. Quoi d'autre ?

– Une tantouze, monsieur. Ou simplement une tante. On dira, par exemple : "C'est une vraie tante, celui-là." » Et il ouvrit les mains en éventail.

« Superbe ! Un autre, monsieur Browning.

– Un chevalier de la jaquette, monsieur.

– Encore, monsieur Browning.

– De la manchette, monsieur.

– Et encore ?

– De la bottine, monsieur.

– Surtout n'arrêtez pas, Browning, dit Tolley. Vous êtes en train de remporter la manche haut la main !

– Je vous remercie infiniment, dit Browning. En vérité, nous disposons pour votre... prédilection... d'un vocabulaire aussi étendu que les Esquimaux pour la glace. Je crains cependant que la suite soit trop indécente pour être évoquée ici, monsieur.

– Je vous en prie, monsieur Browning.

– Vraiment, je ne préfère pas, monsieur.

– J'insiste, Browning, dit Tolley. Je demeure, après tout, votre employeur.

– Fort bien, monsieur », convint Browning en se redressant comme s'il allait s'adresser à la Chambre des Lords. « Enculé.

– Allez-y.

– Emmanché. »

Prise de fou rire, Margaret s'écroula sur la table.

« Dois-je vraiment continuer ? plaida Browning. Vous ne vous sentez pas bien, mademoiselle ? »

Margaret releva la tête par-dessus son coude.

« Je ne me moque pas de vous, monsieur Browning, réussit-elle à articuler, les yeux embués de larmes. C'est votre répertoire qui est désopilant. » Et de repartir dans une irrépressible quinte de rire. Nous étions d'ailleurs tous tellement hilares que les autres tablées nous observaient d'un air bizarre.

« Poursuivez, Browning, dit Tolley.

– Marie-tâte-zinc.

– Encore ! somma Tolley.

– La fermeture Éclair dans le dos.

– Encore !

– Un type qui prend son plaisir là où les autres s'emmerdent. »

Nous nous amusons, quoi. Bon, pas toujours de façon aussi puérile. Il est vrai cependant que, jusque-là, l'expédition a des allures de colonie de vacances, même pour les employés. Comme si on nous avait rassemblés pour une sorte de défoulement estival. Un de ces jours, nous allons nous faire des lits en portefeuille.

Que rapporter d'autre ?... Depuis que nous sommes arrivés à Bavispe, je n'ai aperçu Isabel que de loin en loin. Les filles ne dînent pas au mess avec nous et, d'après ce que j'ai compris, on les envoie à l'occasion « distraire » les volontaires qui font la noce dans leurs quartiers privés. Pour ma part, je me suis efforcé, autant que possible, d'éviter Gatlin et de me concentrer sur mon travail. Vu la façon dont ils se regardent, Margaret et lui, j'ai le sentiment affreux qu'ils entretiennent une relation secrète. J'espère me tromper. Quelle triste fatalité la pousse-t-elle dans les bras de cet homme ? Il n'y a bientôt plus de place dans ce carnet. J'en commencerai un autre demain.

LA NIÑA BRONCA

Flowers arriva dans la grand-rue poussiéreuse de Bavispe en tirant la petite Apache derrière lui. Elle avait les mains liées, la taille enserrée par la chaîne au bout de laquelle il la traînait, et un mouchoir noué autour de la bouche pour l'empêcher de mordre. Il lui avait entravé les chevilles, comme une mule, de sorte qu'elle était obligée d'avancer à petits pas courts pour le suivre. Il l'avait ligotée à contrecœur car elle avait tenté de s'échapper plusieurs fois, et il n'avait trouvé d'autre solution s'il voulait la conduire en ville.

La chemise qu'il lui avait passée flottait plus bas que ses genoux, et elle portait toujours ses mocassins, tachés sur l'entrejambe de sang noir desséché. Elle n'était pas seulement terrifiée, épuisée, mais en outre humiliée.

Elle garda les yeux baissés pendant que les villageois sortaient de chez eux pour la regarder. Les plus hardis des jeunes garçons se pressèrent pour la pincer en passant. Car les Indiens eux-mêmes montrent parfois leur bravoure, dans une bataille, en touchant simplement le corps de l'ennemi sans chercher à le blesser, ce qu'ils appellent « compter le coup ». Mais l'ennemi, dans ce cas, est libre de ses mouvements... Les gamins se vanteraient plus tard d'avoir tâté la *niña bronca*, de l'avoir narguée : *« Hediendo a chica apache, la hija del Diablo, la salvaja mugrienta.*[1] » Elle savait assez d'espagnol pour comprendre leurs insultes et elle ne pouvait échapper à leurs doigts furtifs, car il fallait se concentrer sur ses pas, au risque de prendre du retard sur la mule et de chuter dans un grand bruit de chaîne. La truffe éveillée par son odeur, une demi-douzaine de chiens maigres et sales prirent sa suite. Parfois l'un ou l'autre faisait semblant de s'en prendre à ses mollets, comme ils courent après une voiture sans

1. « J'ai embêté la petite Apache, la fille du diable, la sauvage dégueulasse. »

jamais mordre les pneus, pour le seul plaisir de se faire bien voir de leurs congénères.

Ignorant la foule des curieux qui se formait derrière lui, Flowers ne s'arrêta qu'à la place centrale. Il mit pied à terre et fixa solidement le bout de la chaîne au rail réservé aux chevaux. La fille, éreintée, se laissa tomber sur ses genoux.

Flowers, qui parlait couramment l'espagnol, avertit sèchement les badauds : *« No la desate. La pagana muerde como un perro*[1]*. »* Il remonta la manche de sa chemise et tendit le bras pour mieux se faire comprendre. Sa peau était constellée de traces de morsures.

Il trouva le shérif les pieds sur son bureau, en équilibre sur sa chaise. C'était un individu indolent aux membres épais, aux paupières tombantes, qui venait apparemment de se réveiller. Flowers lui expliqua qu'il avait capturé la jeune Apache dans les montagnes, et qu'il voulait la lui confier, car elle était d'une sauvagerie folle et il ne savait pas quoi en faire.

Le regardant sans rien dire, le shérif cligna des yeux d'un air stupide, comme s'il ne saisissait pas vraiment ce qu'on lui disait. Reposant enfin les pieds sur le sol, il s'accouda lourdement sur son bureau. « Elle a commis un crime, cette Apache ?

– Pas que je sache, répondit Flowers. À part celui de vivre sans Dieu.

– Ceci est un péché, *señor*, pas un crime, rectifia le shérif. Et, à ma connaissance, ce n'est pas le bon Dieu qui met les gens en prison, ici. Vous pouvez toujours aller chez le *padre* pour voir s'il veut la mettre sous la protection de l'Église.

– Et les primes pour les Apaches ?

– Il y a une prime pour les *scalps* d'Apache. Cent pesos pour celui d'un homme, cinquante pour les femmes, vingt-cinq pour les enfants. C'est une fille ou une femme ?

– Quelque part entre les deux, dit Flowers. Je fais quoi, alors, je la scalpe ? »

Le shérif haussa les épaules. C'était le cadet de ses soucis. « Vivante, elle ne vaut pas un clou. »

Ils perçurent soudain une vive agitation au-dehors, puis un hurlement de terreur et les braillements de la foule excitée. Le shérif se leva et les deux hommes sortirent.

---

1. « Ne la détachez pas. Elle mord comme un chien, cette païenne. »

Ignorant les avertissements de Flowers, quelqu'un avait délié les mains de la fille et retiré son bâillon. Ils la trouvèrent allongée sur l'un des garçons qui l'avaient harcelée plus tôt, les dents plantées dans son cou, fourrageant avec sa tête comme un chien. Le tableau ressemblait à une parodie haineuse de l'accouplement. Le garçon criait et pleurait, d'une voix suraiguë, comme un lapin épouvanté clapit dans les serres d'un prédateur. Ses camarades et quelques-unes de leurs mères tentaient de dégager la fille, mais elle se cramponnait avec une telle vigueur qu'il n'y avait rien à faire.

« *¿Qué piensa usted ahora, alguacil?*[1] demanda Flowers au shérif en essayant de couvrir les clameurs. Elle ne serait pas en train de commettre un crime, là, selon vous ? » Il empoigna les cheveux de l'Indienne, en enroula une longueur autour de son poignet et, d'un coup sec, la détacha du gamin. Il avait la même assurance lorsqu'il devait mettre fin aux querelles de ses chiens. Affolé, hystérique, criant et sanglotant, le garçon agrippa sa gorge des deux mains, et il recula à quatre pattes aussi loin que possible. Flowers en conclut que ses blessures n'étaient pas mortelles.

Il tenait la petite Apache à bout de bras, et elle ne tenta aucunement de résister. Elle savait que cela ne la mènerait à rien. « J'avoue que je commence à en avoir sacrément assez, mam'zelle, dit Flowers. Je suis bien content de me débarrasser de toi. » Il la lâcha et elle retomba sur ses genoux.

« Je n'y touche plus, shérif, dit-il en enfourchant sa mule. Je l'ai attrapée, maintenant faites-en ce que vous voudrez. Laissez-la filer si ça vous chante, ça m'est parfaitement égal. Je vous avertis quand même : soyez prudent. Vous avez vu ce qui vient de se passer. Comme toutes les bêtes sauvages, elle n'hésitera pas à tuer si elle est acculée. » Il regarda une dernière fois la petite Apache, agenouillée dans la poussière, tête baissée. Il n'était pas sentimental, loin de là, pourtant il ressentit malgré lui une sorte de respect, similaire à celui qu'il éprouvait pour les panthères et les ours. L'espace d'une seconde, comme il lui arrivait lorsqu'il traquait ceux-ci, il eut comme une pointe de pitié aussi.

Il fit demi-tour sur sa mule et, la lançant au trot dans la grand-rue, repartit par le même chemin.

---

1. « Alors, vous pensez quoi, maintenant, gendarme ? »

Les Carnets de Ned Giles, 1932

TROISIÈME CARNET

La *Niña bronca*

« Le dieu Soleil apache ressuscite une morte. »

12 mai 1932

Bavispe (Sonora, Mexique)

Eh bien, c'en est fini du « camp de vacances ». Après les événements terribles de la journée, l'atmosphère a changé en un tournemain. Je suis même gêné de relire mes dernières lignes. Bon, par où commencer...

Comme chaque jour depuis notre arrivée, je me suis réveillé de bonne heure ce matin, au chant du coq dans le village. Et j'ai décidé d'y aller pour prendre quelques photos.

Je me suis habillé, j'ai chargé le Leica et j'ai dû enjamber Jesus, endormi à l'entrée de la tente.

Il s'est redressé. « Je viens avec vous, *señor* Ned.

– Non, il est tôt. Rendors-toi, petit. Je fais juste une petite promenade. Je ne serai pas long. »

L'air était frais, dehors, et les cheminées du village avaient répandu un brouillard de fumée dans le fond de la vallée. Encore ignorées par le soleil, les collines avaient une teinte de nacre. Le long de la rivière, la rosée déposée sur l'herbe complétait le tableau. Tout était recouvert d'un voile glacé et argenté. Une vraie carte postale.

Planté sur son plateau verdoyant, le camp ressemblait lui-même à un petit village, avec ses tentes blanches de formes différentes, figées dans la fraîcheur, joliment disposées en quartiers bien distincts pour les volontaires, le personnel et l'intendance. Des spirales de fumée s'élevaient au-dessus du mess, où l'on avait rallumé les feux pour le petit déjeuner. Dans la prairie foisonnante, les bêtes paissaient l'herbe humide du matin.

Bavispe est un village mexicain typique, pauvre et rudimentaire, un assemblage de petites maisons d'adobe plantées le long de rues terreuses. Les poules picorent dans les cours. Comme les chiens aboyaient, les habitants ont entrouvert leurs volets ou leurs rideaux pour regarder qui était là. Ils devraient avoir l'habitude, maintenant, de me voir déambuler avec mon appareil photo, mais ils restent sur leurs gardes. Une jolie fille qui balayait devant sa porte dans un coin de la grand-place est rentrée précipitamment quand elle m'a aperçu.

Des Indiens en poncho, des femmes en robe ou en châle coloré étaient en train d'installer des tables ou de vider les paniers de vivres. Les ânes et les mules en avaient des bâts pleins. Je compris subitement qu'on était samedi, jour de marché. Je pris quelques vues de la scène et, dans l'ensemble, les marchands, amicaux, m'ont facilité le travail. Menaçante, une vieille femme a pourtant levé sa canne quand j'ai braqué le Leica sur elle.

La place est dominée par une énorme église d'un baroque incongru. Tout en briques d'adobe, elle a été construite au siècle dernier par des missionnaires franciscains, ou par les indigènes, plutôt, qui étaient leurs esclaves. La présence de cet édifice au milieu du village est carrément sinistre, angoissante. Mais, à peine éclairé par les cierges et les appliques murales, l'intérieur était frais et sombre. J'ai entendu le prêtre dire la messe du matin. Dans cette obscurité, je le devinais seulement. Je n'avais pas encore vu l'homme qui envoie les paysannes se prostituer dans les villes frontalières. Assis sur un prie-Dieu au fond de l'église, j'ai laissé mes yeux s'habituer à la pénombre. Il y avait quelque chose d'hypnotique dans ces incantations religieuses, réverbérées de mur en mur, et dans le clignotement des chandelles. C'est pourquoi j'ai dû m'assoupir. J'ai senti soudain qu'on venait de s'asseoir dans le prie-Dieu à côté. C'était Jesus, essoufflé.

« Venez avec moi, *señor*, venez vite, chuchota-t-il.

– Qu'est-ce qu'il y a, petit ?

– Ils ont attrapé une Apache. C'est une fille, une sauvage, une vraie. »

Nous sommes sortis de l'église. La foule s'était agglutinée sur la place, et nous avons dû jouer des coudes. Le spectacle qui m'attendait dépassait tout ce que j'ai jamais pu voir. Âgée de treize ou quatorze ans peut-être, une Indienne était attachée par une corde au rail qui sert généralement aux chevaux, juste devant la prison. Accroupie par terre, hirsute, elle regardait les gens entre deux mèches de cheveux. Il y avait à côté d'elle un seau retourné, et on lui avait jeté des *tamales*, comme à un chien, auxquels elle n'avait pas touché. Tachée de terre, de sueur et de sang, elle avait pour tout vêtement une chemise d'homme sale, et des mocassins hauts. Même de l'endroit où j'étais, je sentais qu'elle puait.

« Vous voyez, *señor* Ned ? dit Jesus à voix basse, fasciné. C'est une vraie Indienne apache, une sauvage. C'est un chasseur de pumas, un gringo, qui l'a capturée avec ses chiens dans la montagne.

– Pourquoi est-ce qu'ils l'ont attachée comme un cheval ?

– Parce qu'elle est très dangereuse, répondit Jesus.

– Mais enfin, ça n'est qu'une gamine, bon sang !

– Elle a mordu un garçon du village. Elle a failli le tuer. Il faut prendre une photo ! »

La remarque de Jesus me réveilla, car j'étais sous le choc. « Ouais, tu as raison, petit. »

C'est à la fois inquiétant et rassurant, ce détachement que je ressens en regardant les choses dans mon viseur. D'une seconde à l'autre, j'agis avec une froideur toute professionnelle et la fille n'était plus qu'un sujet anodin, de la chair à cliché, réduite à un problème d'exposition. Il n'y avait plus là un être humain en train de souffrir, et qui appelait ma compassion. Je l'ai photographiée sous différents angles, puis j'ai fait quelques pas vers elle. La rumeur bourdonna dans la foule.

« Attention, *señor* Ned ! dit Jesus. N'approchez pas, elle est mauvaise ! »

Sous ses cheveux emmêlés, elle ne me quittait pas des yeux. Elle émit un grognement guttural en guise d'avertissement.

« Ça va, lui dis-je. Je ne vais pas te faire de mal. »

La foule se scinda de nouveau pour laisser passer le shérif, un type corpulent avec une épaisse moustache sombre. Il était suivi par le docteur du village – petit et mince, vêtu d'un costume noir cintré, il avait une trousse de médecin.

« Que faites-vous là, jeune homme ? me demanda le shérif.

– Je prends des photos, monsieur. Je fais partie de l'expédition.

– Je vais vous demander de reculer. Cette fille est dangereuse, elle mord comme une bête sauvage.

– En effet, c'est ce qu'on m'a rapporté. »

Quelqu'un était allé chercher le *padre* à l'église. Grassouillet dans sa soutane noire, avec la peau très mate, il était plus jeune que je n'aurais cru. Il plissa les paupières car le soleil inondait maintenant la place. Puis il rejoignit le shérif et le docteur, et ils entamèrent un long conciliabule, certainement à propos de l'Indienne, quoique à distance respectueuse. Je pris quelques clichés de la scène : trois hommes mûrs, trois détenteurs d'une certaine autorité, effrayés par une gamine accroupie sur la terre battue.

Le prêtre finit par s'approcher d'elle. Il fit le signe de la croix, pria, leva la main pour la bénir. Il appelait vraisemblablement son Dieu à l'aide. En vain sans doute, car la posture de cet homme trahissait clairement son embarras. Lorsqu'il posa sa main sur la tête de l'Apache, elle gronda et, rapide comme un chien, lui mordit l'intérieur du bras. Qu'il avait charnu.

«A-hiiiiiiiiii, brailla l'ecclésiastique, saisissant la fille par les cheveux et tentant de se dégager en même temps. *A-hiiiiiiiiii.* »

Stupéfaite, la foule manifesta son émotion, et quelqu'un s'amusa des hurlements efféminés du prêtre. Personne, pas même le shérif, ne vola à son secours. Moi, je pensai tout bas : « Eh bien, celle-là au moins, tu ne l'enverras pas au bordel, mon gars. »

Le shérif se précipita dans la prison, d'où il ressortit avec une couverture. Le *padre* avait enfin réussi à dégager son bras et le tenait dans son autre poignet. Saignant abondamment, il reculait d'un pas incertain. *«¡Alguien me ayuda! ¡Me mordió!* [1] » Le docteur s'avança pour examiner la blessure, pendant que le shérif appelait quelqu'un dans la foule, qui s'ouvrit sur un gars trapu aux bras massifs. Il portait un tablier de maréchal-ferrant. Le shérif lui tendit la couverture, l'homme la saisit et s'avança vers l'Apache comme un torero sans grâce. Le shérif restait prêt à intervenir. Ils allaient évidemment jeter la couverture sur elle, comme on le fait parfois pour maîtriser les chiens enragés.

Médusée, la foule observait. Un cri d'encouragement fusa à l'intention du maréchal-ferrant. Mais on sentit bientôt une vague de déception. Quand les deux hommes fondirent sur la fille après l'avoir couverte, elle se débattit à peine, trop épuisée pour ça. Immobile comme un oiseau dans une cage noire. Les gros bras avaient l'air ridicule, couchés sur elle.

Le maréchal-ferrant la souleva, toujours enveloppée dans la cou-

1. « Au secours ! Elle m'a mordu ! »

verture, il la transporta jusqu'à la prison et le shérif referma la porte derrière eux.

Nous sommes repartis au camp, Jesus et moi, pour charger la 8 × 10 sur le *burro*[1], avec le trépied, les plaques et l'éclairage. J'ai envoyé le petit trouver Margaret et j'ai réveillé Wade Jackson. « Il faut que tu viennes au village avec moi, Big Wade. Ils ont capturé une Apache. »

Comme tous les jours à cette heure-là, il était dans un état indescriptible. « Couvre ça, petit, c'est pour toi, m'a-t-il dit. Je suis un peu fatigué, là, tu vois. » Il sourit péniblement. « Au cas où tu n'aurais pas remarqué, je ne suis pas du matin. »

J'ai objecté : « Il est bientôt dix heures. » Mais il s'était déjà tourné de l'autre côté.

Jesus est revenu me dire que Margaret s'était envolée avec Spider King. Nous avons repris le chemin du village tous les deux, et nous avons attaché le *burro* au même rail que la petite sauvage plus tôt. Il y avait de plus en plus de monde sur la place. Arrivés pour le marché du samedi, les gens découvraient que le village leur réservait une attraction de choix. Une file s'était formée devant la *prisión*, et la vieille femme qui attendait devant nous nous expliqua qu'on avait enfermé la *« niña bronca »* dans une cellule. Pour cinq pesos, le shérif laissait chacun entrer à tour de rôle et la regarder. Nous avons remonté la file et demandé à l'homme qui gardait la porte si nous pouvions parler au shérif.

« Dites-lui que nous faisons partie de l'expédition, l'ai-je prié. Je travaille pour le journal de Douglas. »

Il se retira dans la prison obscure et revint un instant plus tard avec l'homme de loi.

« Qu'est-ce que vous voulez encore, jeune homme ? lança celui-ci, agacé.

– Je voudrais photographier la petite Apache.

– Vous l'avez *déjà* photographiée.

– Je veux la prendre dans sa cellule.

– Pour quoi faire ?

– Parce que le journal voudra publier ça. » J'avais déjà pensé au titre : *Une jeune Apache emprisonnée à Bavispe.*

1. L'âne.

« Vous voulez qu'on ait l'air d'une bande de barbares, cruels et primitifs ?

– Pas du tout. Je n'ai pas de jugement à porter sur vous. Je veux simplement prendre des photos.

– On l'a enfermée là parce qu'il n'y avait pas d'autre endroit, se justifia le shérif. Vous avez vu vous-même comment elle se comporte.

– En effet.

– Votre journal est prêt à payer pour avoir ces photos ?

– Absolument. »

Il fit un rapide calcul mental. « Cent pesos, dit-il, et je ferme la porte pendant une heure. Vous mentionnerez mon nom dans votre article. Shérif Enrique Cardenas. Vous écrirez aussi que la fille est bien traitée, qu'elle a été examinée par le médecin du village.

– Entendu. Une dernière chose : j'ai besoin d'un générateur électrique, pour mes lampes. »

Il a fallu deux hommes pour transporter le générateur jusqu'aux cellules, au fond de la *prisión*. Le shérif a pris une lampe à huile pour nous y conduire. L'enfilade de cachots était éclairée par une seule fenêtre barreaudée, en hauteur. Elle semblait priver de joie les rares rayons de soleil venus s'y perdre, vaincus de toute façon par la saleté obscure de l'endroit. Il y avait aussi l'odeur persistante des excréments humains, et celle, âcre, insidieuse, du désinfectant. Allongée sur le sol de pierre en position fœtale, une couverture de laine grossière sur sa peau nue, la fille était l'unique détenue. Jesus s'est avancé jusqu'aux barreaux, puis il s'est signé en murmurant quelques mots.

J'ai demandé au shérif : « Il ne faudrait pas la mettre à l'hôpital ? Pourquoi est-elle recroquevillée comme ça ?

– Ce n'est qu'un village ici, et nous sommes pauvres, m'a-t-il répondu. Nous n'avons pas d'hôpital. Elle refuse de manger et de boire. *El doctor* dit qu'on ne peut rien faire de plus pour elle.

– Vous ne pourriez pas la nettoyer un peu ? Lui donner des vêtements ?

– Quand il a eu fini de l'examiner, on lui a mis une couverture. Elle l'a repoussée. Vous voulez prendre votre photo ou pas ? »

J'ai dit : « Oui, mais à l'intérieur de la cellule.

– Il n'en est pas question. C'est trop dangereux.

– Je ne lui trouve pas l'air très dangereux, moi.

– Vous avez une heure, jeune homme. » Et le shérif nous laissa, Jesus et moi, devant les cachots.

J'ai monté la chambre sur le trépied, relié les lampes au générateur, tourné la manivelle. Il a crachoté une seconde, puis il a fait un raffut du tonnerre en dégageant une fumée noire. Même avec la fenêtre, et la porte ouverte derrière nous, je savais que les échappements m'empêcheraient de travailler trop longtemps. J'ai actionné le commutateur et les lampes ont jeté leur lumière blafarde dans la cellule.

J'ai regardé le photomètre, réglé le diaphragme sur F8 pour disposer d'un minimum de profondeur de champ, et j'ai soigneusement fait le point. Les contours flous de la petite Indienne se sont dissous pour prendre une netteté anguleuse.

Big Wade prétend que, contrairement au photographe, l'appareil ne peut pas mentir ; que celui qui s'en sert n'a qu'une seule responsabilité : la vérité. Une partie de mon cœur se fige peut-être pour autoriser cette objectivité glaciale, toujours est-il qu'à cet instant je me suis encore réfugié derrière mon viseur, et je me suis consacré à la composition de l'image. J'ai déplacé mes lampes, décalé mon trépied et refait le point. J'étais si absorbé que je n'entendais plus le générateur. Après plusieurs expositions, j'ai disposé autrement mon matériel, une fois de plus, pour avoir un nouvel angle de vue. Obtenant finalement ce que je voulais, j'ai reculé pour arrêter le générateur, qui toussa. Les lampes s'éteignirent lentement.

Mon travail était terminé. J'avais coincé la vérité dans mes plaques, et c'est alors que, dans l'obscurité et le silence, je fus soudain vraiment en mesure de voir cette fille.

Je demandai à Jesus : « Va dire au shérif que j'ai besoin de lui parler. Ensuite, trouve-moi un seau d'eau avec du savon, une éponge et une serviette ou deux. » Je sortis quelques pesos de mon portefeuille et les tendis à Jesus. « Essaye de voir aussi si tu peux acheter un genre de chemise de nuit. Quelque chose à lui mettre sur le dos... et une brosse à cheveux. »

Le shérif refit apparition. « C'est bientôt l'heure, jeune homme.

– En fait, je ne pense pas que mon journal acceptera ces photos. La fille est nue, le rédacteur en chef va les trouver obscènes. Il refusera de les publier pour ne pas offusquer les gens. En plus, vous avez raison, il va dire que vous êtes un barbare, cruel et primitif. Alors je vais vous donner de l'argent pour avoir une heure de plus. Seulement, j'ai besoin de la laver et de l'habiller. »

Il réfléchit. « Vous comprenez, j'espère, que si vous décidez d'entrer là-dedans, c'est à vos risques et périls ?

– Oui. »

Quand Jesus revint, le shérif déverrouilla la porte de la cellule et l'entrouvrit. Il recula. J'entrai avec le seau d'eau, m'agenouillai devant la fille. Jesus refusa de me suivre. « Ne la touchez pas, *señor* Ned, supplia-t-il. S'il vous plaît, non.

– Ne sois pas grotesque. Tu ne vois pas qu'elle est inconsciente ? » Je parlai à l'Indienne, tout en sachant qu'elle ne m'entendait pas et qu'elle ne comprendrait rien. « Je vais juste te laver un peu. » Je la retournai sur le dos. Elle n'opposa aucune résistance et, bien qu'elle eût les yeux ouverts, elle ne semblait pas me regarder. Je pressai d'abord l'éponge humide au-dessus de ses lèvres. Je ne pourrais pas décrire ce qu'elle sentait... elle était d'une saleté innommable, mais il y avait comme autre chose, qui venait de plus loin.

Je frottai l'éponge avec le savon pour la laver. Je dus plusieurs fois la rincer dans le seau et en remettre. J'ai nettoyé cette petite des pieds à la tête. La crasse agglutinée avait durci. J'ai pensé que ses jambes et ses pieds étaient tachés du sang de ses règles. J'ai débarbouillé tour à tour ses cuisses, ses bras, son dos, ses seins. Sans arrêter de lui parler doucement, comme à un animal blessé.

L'eau du seau est vite devenue sale, et j'ai prié Jesus d'aller la jeter pour m'en rapporter de la fraîche. Ce qu'il a dû faire plusieurs fois, pour que je puisse laver les cheveux. J'ai séché la jeune Apache avec les serviettes, j'ai essuyé par terre, je lui ai mis la chemise de nuit. C'était de la mousseline. Je l'ai brossée, j'ai démêlé ses mèches jusqu'à ce qu'elles soient de nouveau lisses et brillantes ; elle avait des cheveux magnifiques, noirs et épais comme une crinière.

Je n'avais pas tout à fait fini qu'une lueur est revenue briller dans ses yeux. Tandis qu'elle reprenait conscience, sa gorge a produit un curieux gémissement, grave, à vous geler le sang. Elle exprimait un désespoir si profond, une souffrance si palpable que j'en avais la chair de poule. J'entendis derrière moi Jesus qui, terrifié, chuchotait je ne sais quoi en espagnol. Le shérif me mit en garde. Elle me regarda soudain droit dans les yeux, et son grognement devint un miaulement, non, quelque chose de plus sauvage, presque un feulement. Elle bondit hors de ma portée avec une force remarquable, puis elle recula jusqu'au fond de la cellule, où elle s'accroupit et braqua son regard sur moi, entre ses mèches noires, comme un animal acculé. Alors elle parla à voix basse dans sa langue. Ces sonorités gutturales, archaïques peut-être, vous donnaient l'impression d'entendre bafouiller la Terre.

« *La chica está loca*[1], murmura Jesus.

– N'aie pas peur, dis-je à la fille. Je ne te ferai aucun mal.

– Ne la touchez pas, *señor* Ned, implora Jesus. Je vous en supplie. Elle va vous mordre. Elle est folle.

– Il faut que vous sortiez, maintenant », dit le shérif.

Les ignorant l'un et l'autre, je répétai à l'Apache : « Je ne te ferai aucun mal. » Je lui tendis la couverture. « Je veux simplement te mettre ça sur le dos pour que tu ne prennes pas froid. Tu comprends ? Prends-la. N'aie pas peur. »

Elle débitait encore ses psalmodies à voix basse. Je me rapprochai d'elle et elle se recroquevilla. Sans prévenir, elle se rua sur moi en criant.

Jesus poussa un hurlement de terreur, mais la fille ne me toucha pas. Son geste n'était qu'un avertissement. Elle se tapit de nouveau au fond de la cellule, la bouche ouverte sur un grondement rauque.

Je m'exclamai : « Bon Dieu, Jesus ! Tu ne pourrais pas la fermer, s'il te plaît ? Tu m'as effrayé bien plus qu'elle. Ça va pas, ou quoi ?

– Excusez-moi, *señor* Ned. J'ai cru qu'elle allait vous mordre.

– Ce n'est qu'une petite gamine, Jesus. Enfin, regarde-la. C'est une gamine qui a peur.

– C'est une sauvage, une Indienne apache, insista-t-il. *Ella está loca.*

– Bon, je vais t'envelopper dans cette couverture, dis-je à la petite. Jesus, répète-le-lui en espagnol. Peut-être qu'elle comprendra. »

Il s'approcha prudemment des barreaux.

« Dis-lui que je veux seulement l'aider. Que personne ne lui fera de mal.

– *El gringo dice que el desea ayudarla*, dit-il avec une voix curieusement solennelle. *No la va a dañar*[2].

– Tu parles comme l'agent du Trésor, Jesus. Tu ne pourrais pas être un peu plus chaleureux ?

– *El desea ser su amigo, para ayudarla. El no la va a dañar*[3]. »

---

1. « Elle est folle. »
2. « Le gringo dit qu'il veut vous aider. Il ne vous fera pas de mal. »
3. « Il veut être votre ami, vous aider. Il ne vous fera pas de mal. »

Je ne savais si elle le comprenait ou non, mais sans manifester de hâte, je montrai de nouveau la couverture à l'Indienne, qui recommença à grogner tout bas, sur ses gardes. Cette fois, pourtant, elle me laissa lui couvrir les épaules.

« Parle-lui encore, Jesus. J'ai l'impression qu'elle comprend.

– Les Apaches vivent ici depuis toujours, dit le shérif. Ils volent nos femmes et nos enfants. C'est pour ça qu'un certain nombre parlent notre langue. »

Jesus continua et je pus ajuster la couverture correctement autour du cou. « Voilà, tu vois ? Il n'y avait pas de quoi avoir peur. »

Un peu plus décente, la fille se pelotonna au fond de la cellule. Pourtant ses yeux parurent repartir dans le vague.

Je demandai à Jesus de rallumer le générateur et je fis une dernière plaque de l'Indienne, celle que le journal allait publier sous ce titre :

APACHE FURIEUSE APRÈS CAPTURE

BAVISPE (Sonora), 25 avril. La capture, hier, d'une jeune Apache dans les montagnes proches du village de Bavispe, dans l'État mexicain du Sonora, démontre si besoin était que des Apaches bronco résident encore dans la Sierra Madre.

La jeune fille, âgée d'environ quatorze ans, a été capturée par un chasseur de primes américain, également traqueur de fauves. Billy Flowers, c'est son nom, révèle qu'il était sur la piste d'un puma quand ses chiens ont flairé la présence de l'Indienne, qui a essayé de se réfugier dans un arbre. Arrivé à Bavispe samedi matin avec elle, le chasseur n'a pas eu le temps de la confier au shérif Enrique Cardenas qu'elle a agressé et blessé dans la grand-rue un jeune Mexicain de douze ans, Jorge Ibarra. Le garçon, qui souffre de graves morsures au cou et aux épaules, est actuellement traité par le médecin du village, le Dr Hector Ramirez.

Elle ne s'est pas arrêtée là puisque, quelques instants plus tard, elle s'en est pris aussi au prêtre, le père Raul Aguilar, également sous surveillance médicale.

Le Dr Ramirez a examiné la jeune Apache, dont le nom reste inconnu. Elle est déshydratée et n'a vraisemblablement rien mangé depuis plusieurs jours. Pour sa sécurité et celle des villageois, le shérif l'a placée en détention dans la prison de Bavispe, où l'on s'occupe d'elle. « Elle est farouche et dangereuse, explique le représentant de la loi. C'est une vraie bête sauvage. Mais nous faisons tout notre possible pour rendre sa situation supportable. »

Minuit est largement passé. J'ai veillé tard pour développer quelques-unes de mes plaques et rendre compte de cette longue journée, plutôt mouvementée. Les épreuves sont assez bonnes. Un des portraits de la fille est même excellent (un de ceux que j'ai pris avant de la laver et de l'habiller). Le négatif de la dernière, où elle est enfin propre, est déjà parti à Douglas, avec l'article que j'ai écrit en m'efforçant de caresser les lecteurs dans le sens du poil, tout en me réservant les bonnes grâces du shérif. Je peux encore avoir besoin de lui. L'épreuve que je garde ici, dont le tirage est impeccable, révèle la vérité nue, celle dont seul l'appareil photo peut témoigner. En la regardant, je revois la gamine avec plus de netteté, plus d'acuité que ce matin, alors qu'elle était là devant moi, en chair et en os. Comme si la profondeur de l'image, sa définition, ou simplement l'objectif et l'éclairage, renforçaient la réalité de la scène : la *niña bronca*, pauvre petite créature affamée, lovée en position fœtale sur les dalles de pierre d'une cellule mexicaine, son corps nu traversé par l'ombre des barreaux qui dessine sur elle l'uniforme d'un forçat. Je n'arrive pas à la chasser de mon esprit ; quand je ferme les yeux, son image continue de me hanter. Je dois comprendre qu'elle va mourir ainsi, que la chambre noire ne peut rien faire pour elle, sinon garder une trace de l'horrible vérité. Le docteur lui donne cinq jours à vivre si elle refuse toujours de boire et de s'alimenter. À quoi bon une photographie si elle ne peut sauver une vie ? Et à quoi bon la vérité ?

14 mai 1932

Dans les contreforts de la Sierra Madre

Sans recourir à des moyens extrêmes, nous avons tout de même réussi à sortir la petite Indienne de sa « taule », comme disent les gangsters de Chicago. J'écris ce soir dans le camp que nous avons installé dans les premiers contreforts de la Sierra Madre.

Le lendemain de cette journée mouvementée, il y a déjà cinq jours, je suis allé voir Margaret dans sa tente, tôt le matin, pour lui montrer mes épreuves et lui raconter toute l'histoire. Apprenant que la fille était en prison, Margaret, horrifiée, a regardé mes photos et reporté sa colère sur moi.

« Bon Dieu, Ned ! C'est monstrueux. Cette fille a besoin qu'on l'aide. Pourquoi ne m'as-tu rien dit ? Pourquoi ne m'as-tu pas emmenée avec toi ?

– C'est ce que j'ai voulu faire, Mag. J'ai envoyé Jesus te chercher, mais tu étais partie avec Spider.

– Tu aurais pu venir me trouver à mon retour. Où étais-tu pendant le dîner ?

– En train d'écrire mon article. J'ai veillé tard pour développer les films.

– À quoi ça rime, ton affaire, là ? s'exclama-t-elle en donnant une chiquenaude à l'épreuve qu'elle tenait en main. Tu te prends pour un de ces cons de journalistes ? Merde, c'est un être humain, cette petite. Il faut s'occuper d'elle.

– Inutile de monter sur tes grands chevaux. Tu crois que je ne suis pas assez grand pour m'en rendre compte ? Enfin, c'est moi qui étais là, non ?

– Je veux la voir. Et je veux parler au shérif. Il faut envoyer cette fille à l'hôpital.

– Avant d'y aller, je peux te suggérer une chose ? Si on demandait à Joseph Valor de nous accompagner ? Peut-être qu'ils pourront se comprendre ? »

Ma proposition parut la calmer un peu. « D'accord, c'est une bonne idée. Joseph parle sans doute sa langue. Excuse-moi de gueuler comme un veau, Neddy, mais enfin, bon sang... » Les yeux embués de larmes, elle regarda encore l'épreuve. « Comment as-tu pu prendre une photo *pareille* ? »

Le soleil n'étant pas levé, la rivière était masquée par des nappes de brume quand nous avons longé la rive pour arriver au camp des deux Apaches. Excepté quelques incursions diurnes dans la montagne, avec le colonel Carillo et ses hommes, Joseph et Albert sont restés livrés à eux-mêmes depuis notre arrivée à Bavispe. À cause de la peur instinctive, pour ne pas parler de la haine, que ressentent les Mexicains pour les Apaches, on a interdit aux deux scouts de mettre les pieds tout seuls au village. Je les ai rarement vus après l'autre jour, et Margaret a sans doute passé plus de temps avec eux que n'importe qui. Elle s'est rendue plusieurs fois à leur petit campement pour demander au vieux Joseph de lui parler des traditions apaches, pour sa thèse. À notre arrivée, il l'a accueillie très chaleureusement. J'ai remarqué que l'aversion habituelle d'Albert pour « l'Œil-Blanc » s'atténue en sa présence. À l'évidence, et comme tout un chacun, les deux scouts ont l'air amoureux d'elle.

« Le Peuple ne comprend pas pourquoi on enferme les gens dans des prisons, dit Joseph quand nous lui montrâmes la photo. Si la fille a décidé de se laisser mourir, on ne peut rien faire pour elle.

– On pourrait l'envoyer à l'hôpital, assura Margaret. L'emmener jusqu'à Douglas dans un aéroplane.

– Si vous dites qu'elle a peur, déjà, objecta le vieil homme, imaginez dans quel état elle sera si vous la mettez dans une machine volante. Ça n'est pas votre hôpital qui lui sauvera la vie. Tout ce qu'elle veut, c'est rentrer chez elle.

– Venez au moins avec nous à la prison, le pria Margaret. Ça lui redonnera peut-être un peu d'espoir, puisque vous parlez sa langue.

– L'espoir de quoi ? demanda Albert.

– L'espoir de vivre », dit Margaret.

Nous étions dimanche et les fidèles affluaient depuis les villages alentour, et les ranches isolés, pour assister à la messe. Mais la rumeur comme quoi on avait arrêté une petite Apache avait circulé dans toute la vallée de la Bavispe, et nous avons rencontré une circulation intense, ce matin-là, sur la grand-route – un flot continu de gens, pour la plupart à pied, quelques-uns à cheval et à dos de mulet, d'autres en cabriolet ou en chariot, et des *hacendados* et des péons, par familles entières en pèlerinage. Margaret nous a dit que les Apaches sont les croque-mitaines de la culture du Sonora depuis des générations, et qu'autrefois les villageois du coin tenaient Geronimo pour le diable, venu les punir de leurs péchés. Les légendes l'ont remplacé, ces derniers temps, par un Bronco Apache dénommé Indio Juan, celui qui a enlevé le petit Huerta et qui terrorise la région. Alors, maintenant qu'on a mis une vraie Apache derrière les barreaux, tout le monde veut la voir.

La place du village était bondée, et la file reformée devant la *prisión* plus longue que jamais. À notre arrivée, les gens jetèrent des coups d'œil inquiets vers Joseph et Albert ; on sait pourtant que des scouts apaches campent près de la rivière mais, dans la foule, nombreux étaient ceux qui tendaient le doigt en chuchotant. J'ai même vu des personnes âgées se signer.

« Regardez », dis-je à Joseph. J'étais étonné qu'on ait peur de ce petit vieillard espiègle. « Vous leur fichez la trouille.

– Autrefois, nous disions pour plaisanter que Yusen avait mis les Mexicains sur terre pour servir le Peuple, dit le vieil Indien. Pour qu'ils élèvent leurs chevaux, leurs mules et leur bétail pour nous, qu'ils fournissent des épouses à nos guerriers, et des esclaves à nos femmes. C'est vrai que j'ai tué beaucoup de Mexicains dans ma jeunesse. » Il ouvrit les mains. « Ils voient le sang de leurs ancêtres couler entre mes doigts. »

Quand nous nous présentâmes à la porte de la *prisión*, le shérif nous refusa l'entrée. « Faites la queue comme tout le monde, dit-il sèchement.

– J'exige de voir cette fille immédiatement, répliqua Margaret.

– Mag, je ne crois pas que ce soit le ton à employer », lui ai-je dit.

Le shérif la regardait d'un œil torve. « Vous, les Américains, vous croyez toujours que les Mexicains sont là pour satisfaire vos exigences, lui dit-il. Je ne suis pas à votre service, *señorita*. Vous êtes une étrangère dans mon pays, dans mon village, et dans mon bureau. Alors vous ferez la queue comme tout le monde. »

J'ai pris la parole : « Shérif, l'expédition a quand même offert une contribution généreuse au fonds de la prison. Vous ne voulez vraiment pas nous laisser voir la fille un instant, s'il vous plaît ? »

Il sourit avec bienveillance. « Ah, vous êtes un jeune homme si poli, dit-il, en appuyant sa remarque d'un signe de tête. Pour vous, je peux peut-être faire une exception.

– Merci, shérif.

– Seulement, comme vous l'aurez constaté, beaucoup de gens sont là pour voir la *niña bronca*, et certains sont venus de loin. Donc vous ne rentrerez pas dans la cellule, aujourd'hui. Vous n'aurez pas plus de temps que les autres.

– Compris. »

Il nous conduisit aux cachots et leva sa lanterne devant les barreaux. Une lueur jaunâtre éclaira faiblement la jeune fille. Allongée, immobile dans un coin de la cellule, elle n'avait pas changé de position depuis la veille.

« Oh, mon Dieu, s'écria Margaret. Joseph, dites-lui quelque chose, je vous en supplie. »

Il lui parla de sa voix grave, monotone et, sans s'arrêter, il s'accroupit et plongea la main dans la sacoche qu'il portait à la ceinture. Il en ressortit une pincée d'une fine poudre jaune, puis, tendant la main entre les barreaux, il la lâcha sur la petite Apache.

« *Es prohibido acercarse a la celda*[1], beugla le shérif.

– Qu'est-ce que c'est ? demandai-je à Albert.

– De l'*hoddentin*, répondit-il. C'est le pollen du scirpe, qui est une substance sacrée chez les Apaches. »

Il trouva dans sa poche un petit objet que je ne pus distinguer et, passant de nouveau la main entre les barreaux, il le glissa dans le poignet de la *niña*.

« Sal de aqui, viejo[2] », ordonna le shérif, qui attrapa Joseph par le col et le tira brutalement. Le scout s'affala par terre, à la renverse.

Aussitôt Albert s'approcha de l'homme de loi avec un air menaçant. « Ne touchez pas à mon grand-père, prévint-il. C'est un vieil homme.

– Ça va, Albert, dis-je en retenant son bras. Essayons d'éviter les ennuis.

–*El tiempo ya pasó*, dit le shérif. *Ustedes deben salir ahora*[3].

– Mais on vient à peine d'arriver, protesta Margaret.

– *Ustedes deben salir ahora*, répéta le Mexicain, qui nous repoussa vers l'entrée.

– Cette fille est en train de mourir, dit Margaret, qui pleurait. Et ils vendent des tickets pour que les gens puissent la voir ! »

J'ai dit : « Ferme-la, s'il te plaît, Margaret. Ce n'est pas en prenant le shérif à rebrousse-poil que tu arrangeras les choses. »

Le soleil matinal avait fait disparaître les brumes persistantes le long de la rivière, et ses rayons étaient impitoyables au sortir de l'obscurité humide de la *prisión*. Dehors, l'atmosphère de fête apportait un contraste discordant. Les villageois, qui avaient monté leurs étals, vendaient boissons et nourriture à tout va. Et les cloches de l'église sonnaient pour annoncer le deuxième service du matin.

1. « N'approchez pas de la cellule, c'est interdit. »
2. « Dégage, le vieux. »
3. « C'est l'heure. Vous sortez, maintenant. »

« Tu penses qu'elle t'a entendu, Joseph ? demanda Margaret au vieil Apache.

– Elle va mourir dans quatre jours et quatre nuits, répondit-il. Je ne peux rien faire pour elle. »

Je l'interrogeai à mon tour : « Qu'est-ce que vous avez mis dans sa main ?

– Quelque chose à emporter au pays de la Joie.

– Le pays de la Joie ?

– Ce que vous, les Œil-Blanc, appelez le paradis. »

Dans l'après-midi, le maire et quelques membres du comité sont arrivés de Douglas en aéroplane pour se rendre compte des progrès de l'expédition. Ils apportaient à Bavispe plusieurs exemplaires de l'édition dominicale du *Daily Dispatch*, qui avait publié en première page mon article sur la petite Apache, avec sa photo. À l'évidence, la nouvelle de son arrestation avait fait sensation, et Cargill, le maire, voulait voir la *niña bronca* en chair et en os. Plusieurs participants à l'expédition étaient déjà descendus au village pour faire de même.

Margaret avait pris rendez-vous avec Cargill, avant le dîner, dans les quartiers du colonel Carillo. Elle espérait le convaincre d'emmener la jeune fille à Douglas, lorsqu'il repartirait le lendemain matin, pour qu'on l'admette à l'hôpital. Big Wade et moi l'avons accompagnée, car nous sommes d'accord avec elle ; le soir n'était pas tombé et Big Wade était encore à peu près sobre. Gatlin, le chef de la police, était là lui aussi.

Comme il sied à un homme de son rang, le colonel a une tente spacieuse avec de beaux tapis d'Orient, un secrétaire de style espagnol, en bois sculpté, et des fauteuils de campagne. Le garde nous fit entrer, on fit les présentations, le colonel embrassa galamment la main de Margaret, et Big Wade en profita pour me chuchoter à l'oreille : « Et dire qu'il leur a fallu une révolution pour en arriver là. C'était bien la peine, tiens. »

Carillo, lui, disait à Margaret : « J'ai toujours pensé que les femmes portaient malheur aux campagnes militaires, surtout si elles sont jolies. Mais vous êtes sûrement l'exception qui confirme la règle, mademoiselle Hawkins.

– Je m'estimerais flattée, mon colonel, si je n'avais pas remarqué que l'exception concerne aussi une demi-douzaine de prostituées », répondit-elle.

Le militaire balaya le commentaire d'un court geste du bras. « Elles ne sont pas rattachées à l'armée mexicaine, je peux vous l'assurer, dit-il adroitement pour clore le sujet. Puis-je vous proposer un *apéritif*[1], *señorita* ?

– Nous ne sommes pas vraiment ici pour ce genre de civilités, dit Margaret. Nous sommes venus demander à monsieur le maire d'emmener la petite Apache à Douglas. Elle a besoin d'être hospitalisée. »

Cargill leva les mains en signe d'impuissance et retrouva son sourire obséquieux. « Mademoiselle Hawkins, dit-il, vous devez comprendre que je n'ai ici aucun pouvoir. Cette fille dépend des tribunaux mexicains. Et comme elle est devenue une attraction touristique fort rentable, je doute que les autorités la laissent partir. D'ailleurs, même si elles y consentaient, il faudrait remplir toute sorte de formalités pour lui faire passer la frontière. Pour commencer, elle n'a pas de papiers.

– Une attraction touristique ? répéta Mag. Des papiers ? Pour l'amour de Dieu, monsieur le maire, c'est un être humain. Promis, de plus, à une mort certaine dans cette prison.

– Je regrette, mademoiselle Hawkins, dit Cargill. Sincèrement. Mais je ne peux strictement rien faire. »

Elle hocha la tête. « Je m'attendais à cette réponse, monsieur le maire. C'est pourquoi j'ai pensé à une alternative. Car, vous, mon colonel, vous êtes en mesure de placer cette fille sous votre protection, n'est-ce pas ? »

Carillo répondit prudemment. « Éventuellement. Mais à quoi cela m'avancerait-il, *señorita* ?

– Elle pourrait vous servir de monnaie d'échange contre le petit Huerta. Évidemment, si vous la laissez mourir, elle ne servira à rien, ni à personne.

– Je vous écoute, *señorita.*

– Supposons que vous autorisiez les deux scouts apaches à l'escorter dans la Sierra Madre, continua Margaret. L'expédition suivrait derrière, à une distance raisonnable. Une fois établi un contact avec son peuple, l'échange pourrait avoir lieu : la fille contre le gamin.

– Nous l'avons tous vue, cette Apache, coupa Gatlin. Elle n'est pas en état de voyager.

1. En français dans le texte.

– Elle mourra de toute façon, si elle reste enfermée dans sa cellule, répliqua Margaret. En revanche, si on la fait sortir tout de suite, et qu'on la ramène chez elle, elle a peut-être une chance de s'en tirer.

– Qu'elle s'en tire ou pas, ça n'est pas notre problème », lâcha Gatlin.

Margaret posa sur lui un regard ouvertement méprisant. « J'ai eu largement le temps de comprendre que la compassion n'était pas votre fort, Leslie. Mais vous n'êtes pas idiot. Si, grâce à cette fille, on retrouvait le petit Mexicain, ça serait plutôt à votre avantage. »

Big Wade prit soudain la parole. « Margaret, ça ne vous aurait pas effleuré l'esprit que la chambre de commerce de Douglas ne se soucie pas tant que ça de récupérer le gamin ? Qu'elle a surtout envie d'emmener une bande de richards au Mexique, pour pêcher la truite et chasser la caille ?

– Qu'est-ce qu'il en sait, ce sac à vin ? dit Gatlin. Jackson, depuis cinq ans, vous êtes arrivé saoul à toutes les réunions de la chambre.

– Faudrait pouvoir les supporter à jeun, chef, rétorqua Big Wade. Cela étant, j'aime autant être un sac à vin, parce que je peux me réveiller le matin et décider d'arrêter de boire. Alors que vous, m'est avis que vous allez rester un trou du cul jusqu'à la fin de vos jours.

– Il suffit, gentlemen, somma le colonel. Laissez-moi vous assurer, monsieur Jackson, que le président Ortiz n'a pas associé ses troupes à l'expédition pour faire plaisir à votre chambre de commerce. Retrouver le petit Huerta revêt une importance souveraine pour notre gouvernement.

– Voilà où les intérêts de chacun se rejoignent, dit Margaret. Réfléchissez, monsieur le maire. Si vous récupérez le petit Huerta, votre bonne ville de Douglas brillera en grosses lettres sur la carte. Vous aurez chez vous tous les journaux du pays.

– Qu'est-ce qui nous dit qu'on peut faire confiance à ces scouts ? objecta Gatlin. Ça reste des Indiens, après tout. Qu'est-ce qui les empêchera de laisser filer la fille ? Ou de s'enfuir chez les Bronco Apaches ?

– Ce n'est pas si difficile, dit Margaret. Vous les faites suivre par quelqu'un qui rend compte de leurs progrès à l'expédition. Ned et moi voulons bien les accompagner. Et je ne doute pas que le journal de Douglas serait intéressé aussi. »

Première nouvelle. Margaret ne m'avait parlé de rien mais, visiblement, elle avait soigneusement préparé la chose. J'étais impressionné.

Cargill, le maire, l'était également. Son intérêt politique ne lui avait, bien sûr, pas échappé. « Naturellement, il va sans dire que la décision incombe au colonel Carillo, et à lui seul, conclut-il. En ce qui me concerne, mon colonel, je n'ai aucune objection à faire. »

Droit comme un i, Carillo gardait les mains croisées dans son dos. Il pencha légèrement la tête vers Margaret. « Je parlerai en personne au shérif ce soir, dit-il, pour qu'il libère la fille. Au dire de tous, il ne lui reste pas longtemps à vivre. Maintenant, si vous voulez vous assurer la plus petite chance de réussir, vous devez être prêts à partir demain à l'aurore. »

« Bon Dieu, Margaret ! s'exclama Tolley au dîner, dans la tente du mess. Tu as complètement perdu la tête ? Je veux bien comprendre que la fille puisse servir d'appât, mais qu'est-ce qui te pousse à partir, *toi* ?

– Ce qui me pousse ? répondit Margaret. C'est que j'en ai envie, c'est tout. Une chance comme ça, ça ne se présente qu'une fois dans une vie. Que j'arrive seulement à établir un lien chez les Bronco Apaches, et je fais une révolution en anthropologie.

– C'est ça, ma chérie, dit Tolley. Surtout, prends bien les proportions de leurs crânes avant qu'ils te fassent cuire à petit feu.

– Si je ne m'abuse, tu te trompes de discipline, Tolley. Les crânes, c'est pour les archéologues. Les anthropologues étudient les cultures et les langues. »

Tolley balaya la remarque d'un geste de la main. « Vous êtes tous les deux complètement dingues. Est-ce qu'ils ont au moins prévu quelqu'un pour vous chaperonner, mes pauvres bébés ?

– Moi ! dit Jesus, qui arrivait derrière moi. Je viens avec vous, *señor* Ned. Je porterai vos appareils.

– Pas question, petit, dit Big Wade. Tu restes ici avec moi. J'ai plus besoin de toi que lui. »

J'ai confirmé : « Je voyagerai léger, Jesus. Et je prends seulement le Leica. Le trépied est trop encombrant. Et puis, *los Apachos* te font trembler, tu as déjà oublié ? Même cette gamine te faisait peur.

– Non, je n'ai pas peur, affirma Jesus, soudain bravache.

– Pourquoi ne te joins-tu pas à nous, Tolley ? proposa Margaret. Tu es volontaire et tu as payé pour être là, donc tu peux très bien venir. Il suffit que tu le dises à Gatlin. Il ne demandera pas mieux que se débarrasser de toi.

–Je t'en *prie*, ma chérie, dit Tolley. Si tu crois que je vais quitter les délicieuses commodités de notre petite expédition pépère pour dormir sur le sol, manger du pemmican et des racines avec une bande de sauvages, tu te fourres vraiment le doigt dans l'œil. Sans compter que... » Il regarda discrètement autour de lui. « ... tout à fait entre nous, au cas où tu te demanderais où je passe mes fins de soirée, j'ai rencontré un adorable petit soldat mexicain. Pas très conforme au règlement militaire, tout ça ; si nos ébats sont découverts, il finira devant le peloton d'exécution. Mais ça rend la chose encore plus excitante.

– Tu es malade, Tolley », lui ai-je dit.

J'étais tellement nerveux que je n'ai pratiquement pas dormi de la nuit. Me levant avant l'aube, j'ai marché jusqu'à la tente de Margaret, je l'ai réveillée, et nous sommes partis en silence vers l'enclos où l'on garde les bêtes.

L'air frais de la nuit avait engourdi la rivière et la vallée ; il faisait si froid que les chevaux et les mules soufflaient de la buée. Quelques courts hennissements saluèrent notre arrivée. Le cow-boy de service, un jeune gars maigre qui s'appelle Jimmy, avait encore de la chance que nous ne soyons pas des voleurs. Il s'était endormi sur sa chaise, calée à la renverse contre la clôture, son arme sur les genoux. Il n'a même pas bougé quand les bêtes, elles, ont senti notre présence. Pour ne pas le réveiller en sursaut, et surtout qu'il ne décharge pas son fusil par accident, j'ai posé une main sur le canon, pendant que Margaret le secouait doucement par les épaules. Il a repris conscience le plus tranquillement du monde, ouvrant seulement les yeux, sans remuer un muscle.

« Jimmy, c'est Margaret Hawkins, lui dit-elle. Nous sommes venus chercher nos mules. »

Il a recalé sa chaise par terre. « J'ai dû m'endormir. Vous ne direz rien à personne, hein, mademoiselle Hawkins ? »

J'ai trouvé mon mulet, Buster, et Margaret son ânesse grise, Matilda. Jimmy nous a aidés à les seller. Il a sanglé des sacoches, une à l'avant, une à l'arrière, pour nos effets personnels. Nous avons une troisième mule pour transporter les tentes, la nourriture, les ustensiles de cuisine, etc.

« Les "Peaux-Rouges" ont déjà récupéré leurs bêtes, dit Jimmy.

– Quand ça ?

– Il y a environ une heure. J'ai un fourreau pour votre fusil aussi, Ned.

– Je n'en aurai pas besoin, Jimmy. La seule arme dont je sache me servir, c'est mon appareil photo.

– Fichtre, t'es bien un gars de la ville, toi, hein ? dit Jimmy, un rien médusé. Enfin, on ne s'en va pas chez les Apaches sans arme à feu. Le chef t'a réservé un fusil. Il t'attend à la prison avec le reste du matériel. »

Nous séparant, Margaret et moi sommes partis avec nos montures charger nos affaires, en convenant de nous retrouver trente minutes plus tard, sur la route à l'entrée du village. Arrivé à ma tente, j'ai bouclé mes sacoches en essayant de ne pas réveiller Big Wade. Comme d'habitude, il ronflait comme un train de marchandise. J'allais partir lorsqu'il ouvrit les yeux en grognant. Prenant appui sur un coude, il m'a regardé un instant avec un air absent. C'était sans doute moins le sang que le mescal qui lui injectait les yeux. Il s'est éclairci la voix, ce qui lui a pris un certain temps, puis il s'est frotté le visage.

« Alors, tu as vraiment décidé d'y aller, petit ? dit-il enfin. Bon Dieu, j'espère que tu sais ce que tu fais, quand même. » Il hocha la tête. « Non, c'est ça qui m'effare, d'ailleurs, tu n'as aucune idée de ce qui t'attend.

– Tout se passera bien, Big Wade.

– Ouais, c'est toujours ce qu'ils disent, les mômes. Parce que la jeunesse se croit immortelle. C'est pour ça que les vieux salopards envoient les gamins au casse-pipe à chaque nouvelle guerre.

– À mon sens, ce n'est pas exactement à la guerre qu'on m'envoie.

– À ton sens... Parce que c'est ça qu'il te dit, ton sens ? Enfin, tu as peut-être raison. Tu tiens plus de l'agneau qui part à l'abattoir que du guerrier sur son sentier. J'ai du mal à croire que Carillo vous laisse filer comme ça. Disons qu'il est prêt à sacrifier deux gringos naïfs, si ça l'aide à localiser les Apaches.

– Tu n'aurais pas un conseil de pro à me donner, plutôt, avant que je parte ? »

Il réfléchit une seconde. « Oui, en fait si, mon gars, dit-il. Et je te demande de bien m'écouter.

– OK.

– Ton appareil n'est pas un bouclier.

– Comment ?

– Ce n'est pas non plus un porte-bonheur, et encore moins une arme.

– Je ne vois pas ce que tu veux dire.

– Je veux dire que ton appareil ne te rendra pas invincible, expliqua Big Wade. Ça n'est *pas* un bouclier, ça n'est *pas* un porte-bonheur, et ça n'est *pas* une arme. Ça sert à prendre des photos, c'est tout. Il y a des photographes qui se retrouvent dans des situations impossibles parce que, devant le danger, ils se cachent derrière leur chambre et ils se croient invisibles. Seulement, tu peux me faire confiance, Ned, ils se trompent.

– Bon, écoute, je ferais mieux d'y aller. » Je lui tendis la main. « Au revoir, Big Wade. À bientôt.

– Adieu, mon gars, je te souhaite bonne chance. Dis-moi, avant de partir, tu veux bien me passer le bout de cigare et la bouteille de mescal que j'ai mis sous le lit, là ? Il est temps de remettre la chaudière en marche. »

Je conduisis Buster et l'autre âne, bâté, jusqu'au camp des deux scouts. Il faisait maintenant jour, mais le soleil n'avait pas dépassé les collines au-dessus de la rivière. Assis devant le feu, les jambes croisées, Joseph et Albert buvaient leur café. Je m'assis également – loin de moi l'intention de les hâter. Albert me servit une petite tasse en fer-blanc. « Le café est la meilleure invention de l'Œil-Blanc », me dit-il.

Ils avaient sellé leurs mules et chargé un *burro*, auquel ils avaient attaché un travois pour transporter la fille – une sorte de brancard formé d'une toile tendue entre deux rames de pin.

Nous avons retrouvé Margaret comme prévu, et nous sommes partis tous ensemble au village. La nouvelle de notre départ s'étant ébruitée, un petit groupe s'était rassemblé sur la place. Gatlin, le colonel Carillo et Cargill nous attendaient devant la prison, avec Billy Flowers, le chasseur de pumas qui a capturé la *niña*. C'est un grand type décharné à la barbe blanche et aux yeux enfiévrés, d'un bleu incroyable, qu'on dirait échappé de l'Ancien Testament.

« Monsieur Flowers va vous escorter dans la Sierra Madre, expliqua le chef de la police, une fois les présentations faites. Il nous servira aussi de liaison. Il connaît bien le pays et il rendra compte de vos progrès.

– Le vieux sauvage parle-t-il anglais ? » demanda Flowers en désignant Joseph, resté en retrait avec les bêtes.

– Il s'appelle Joseph Valor, dit Albert. C'est mon grand-père. Le gouvernement américain l'a gardé prisonnier pendant vingt-sept ans. C'est bien assez pour apprendre votre langue. Même si on est sauvage et ignorant.

– Il s'est converti, votre grand-père ? demanda Flowers.

– Il a été baptisé en 1903 à la Dutch Reform Church de Fort Skill, en Oklahoma.

– Bien, dit Flowers en opinant du chef.

– Mais pour la seule raison qu'il aimait bien les bonnes œuvres de l'église, ajouta Albert. Il a pris religion chez vous pour jouer au bingo le samedi soir. »

Flowers décocha à Albert une œillade assassine. « Et toi, fils ?

– Quoi, moi ?

– Acceptes-tu le seigneur Jésus-Christ pour unique sauveur ?

– Qu'est-ce qu'il y a, monsieur Flowers ? s'enquit Margaret. Vous allez faire notre examen de conscience à tous ? Ou les Apaches vous suffiront ?

– J'aime savoir à qui on peut accorder sa confiance, mam'zelle », dit le chasseur.

Gatlin avait fait venir un camion du camp, avec le reste de notre équipement et les vivres, que deux hommes chargeaient maintenant sur d'autres ânes. Ils sanglèrent également des fourreaux à fusil sur les mules d'Albert, de Joseph, et sur la mienne.

Quelques instants plus tard, le shérif sortit de la prison avec la fille dans ses bras, toujours recroquevillée sur elle-même, enveloppée de sa couverture. Le médecin du village les accompagnait.

Ils l'installèrent sur le travois et l'y attachèrent avec des longes de cuir. Joseph s'agenouilla près d'elle et lui parla à nouveau de sa voix grave et monotone. Puis il ouvrit sa poche et préleva une pincée de poudre dont il saupoudra la *niña*.

« Cet homme a une quelconque expérience de médecin ? demanda *el doctor* dans un anglais irréprochable.

– Oui, répondit Albert. C'est un homme-médecine. Conventionné par l'ordre apache. »

El doctor n'avait pas l'air d'avoir beaucoup le sens de l'humour. « Ces affaires de charlatans aborigènes n'ont rien à voir avec la médecine, dit-il solennellement. Ça n'est pas avec ses machins qu'il guérira la fille.

– Ouais, eh bien, la vôtre, de médecine, on ne dirait pas qu'elle ait fait grand-chose non plus, hein ? » rétorqua Albert.

Le soleil choisit cet instant pour apparaître au-dessus des collines. Il baigna rapidement la place d'une lumière fraîche, gaie, et, celle-ci atteignant son visage, la *niña bronca* ouvrit subitement les yeux. Cela n'était qu'une coïncidence – on venait de la faire sortir, le jour se levait vraiment et les premiers rayons directs du matin lui effleuraient la peau après plusieurs journées dans une cellule obscure. Pourtant il nous sembla que la poudre magique et les incantations gutturales de Joseph avaient non seulement ressuscité la petite, mais encore appelé le soleil. Un murmure s'éleva de part et d'autre de la place, où on avait peut-être cru assister à un miracle. Des superstitions qui inspirèrent à *el doctor*, furieux, une grimace de dédain.

Albert s'esclaffa et brandit le poing : « Encore un coup des charlatans aborigènes ! » Puis, s'adressant à moi : « Un titre pour ton nouvel article, Œil-Blanc. *Apache ressuscitée par dieu Soleil barbare.*

– Je ne sais pas si je m'en tirerai avec ça, Albert. »

Trahissant une panique grandissante, la jeune fille regardait autour d'elle. Elle voulait étirer son corps mais les lanières de cuir le lui interdisaient. Albert la prit par les épaules et lui parla sur un ton ferme jusqu'à ce qu'elle se détende. Alors elle referma les yeux.

« Vous partez à l'est dans les contreforts, dit Carillo. Quand vous serez suffisamment loin du village, trouvez un bon endroit pour camper et vous reposer quelques jours. Monsieur Flowers vous suit à distance pour ne pas vous gêner. À ce stade, vous serez davantage en mesure d'apprécier si cette fille peut se remettre ou non. Si elle reprend des forces, qu'elle vous semble en mesure de continuer, alors nous vous autoriserons à vous remettre en route et vous essayerez d'entrer en contact avec les Bronco Apaches. Mais si elle reste malade, il faudra que vous reveniez avec l'expédition.

– Elle sera morte dans trois jours, déclara platement le médecin. Elle est déjà terriblement déshydratée.

– À vous entendre, on dirait presque que vous le souhaitez, dit Margaret. Vous avez peur que l'homme-médecine apache vous souffle la vedette, peut-être ?

– Si elle se rétablit, ce qui paraît peu probable, comptez quand même sur elle pour ficher le camp à la première occasion, coupa Billy Flowers.

– Peut-être pas, dit Margaret. Peut-être aura-t-elle l'impression d'être avec des amis.

– Quoi qu'il en soit, continua le chasseur, je l'ai déjà capturée une fois, je peux recommencer. »

Margaret rit. « Et vous, monsieur Flowers, on dirait que ça vous ferait plaisir, qu'elle nous fausse compagnie. Pour pouvoir la traquer encore. C'est quand même incroyable, l'effet qu'elle fait aux hommes, cette petite, non ? »

Nous allions partir lorsqu'un chahut soudain attira notre attention – un claquement de sabots, puis une voix familière rugissant des *yiii-haaaa* ! Levant les yeux, nous reconnûmes Tolbert Phillips junior, qui arrivait au galop sur un de ses poneys de polo. Il tira sur les rênes et son cheval s'arrêta au milieu de la place en hennissant. Comme sur les vieilles gravures du Far West, Tolley nous salua à grands coups de chapeau... enfin, de casque colonial. Derrière lui, trottant maladroitement sur une mule et guidant une troisième, chargée de paniers pleins, suivait Harold Browning. Tolley éperonna sa monture et se dirigea vers nous.

Margaret se remit à rire. « Mon Dieu, quel idiot il fait ! »

Tolley s'arrêta de nouveau, cette fois à quelques centimètres de notre petit groupe, en soulevant un nuage de poussière. « Gentlemen, bonjour ! dit-il. Mesdames ! Comme vous pouvez le constater, j'ai décidé de me joindre au détachement d'avant-garde. Vous voudrez bien excuser cet affreux retard. Un peu dur de quitter le lit, ce matin. Un froid de loup, n'est-ce pas ? Et j'ai passé la moitié de la nuit à me demander ce qu'il fallait emporter pour notre promenade en montagne.

– Tu as l'air de voyager léger, tiens ! ai-je dit.

– Ce n'est pas parce qu'on va en pays inculte qu'il faut nous-mêmes nous comporter comme des barbares !

– Monsieur Phillips, dit le maire. Je ne suis pas sûr que l'expédition puisse se passer de vous. Nous ne pouvons pas assurer votre sécurité si vous nous quittez. Et votre père nous tannerait le cuir s'il vous arrivait quelque chose.

– Fadaises ! répondit Tolley. Mon père n'aimerait rien tant que me savoir détenu par les Apaches. Torturé ! Ligoté sur une fourmilière ! Je l'entends d'ici : "Ça fera de toi un homme, Tolbert." N'ayez aucune crainte, monsieur le maire, même si je disparais sans laisser de trace dans la Sierra Madre, vous aurez vos trente dollars quotidiens. Père gère très bien ce genre de chose. »

Cargill émit un rire nerveux. « Oui, certainement, jeune homme. Je n'en doute pas. »

Le pauvre monsieur Browning, haletant et brinquebalant sur sa mule, arriva enfin à notre hauteur.

« Quelle bonne surprise de vous compter parmi nous, monsieur Browning, dit Margaret.

– Tout le plaisir est pour moi, répondit-il bravement.

– Messieurs, dit Tolley. Organisons-nous. Comme je suis le seul membre *payant* du groupe, puis-je être nommé commandant de cette mission ?

– Eh bien, pourquoi pas, monsieur Phillips, dit le maire, cherchant du regard confirmation auprès de Gatlin et de Carillo. Chef ? Colonel ? »

Gatlin ricana ouvertement. « Voyons voir, dit-il en nous jaugeant les uns après les autres. Nous avons une femme, un citadin, une paire de Peaux-Rouges, une sauvage moribonde et un majordome anglais. Pardi, si le pervers veut prendre la tête de la petite troupe, je n'y vois pas d'inconvénient. Et vous, colonel ? »

Carillo affichait un sourire plein d'ironie. « Capitaine Phillips, dit-il en faisant un vigoureux salut militaire. Je vous nomme officier commandant de cette compagnie.

– Fabuleux ! dit Tolley. Dans ce cas, mettons-nous en route ! Nous avons une mission de la plus haute importance à accomplir. Et puisque vous parlez de perversion, Gatlin, j'ai fait connaissance avec les filles de votre vertueuse écurie, moi. Je suppose que le maire et les bons citoyens de Douglas seraient ravis d'apprendre à quelles activités se livre leur policier en chef... enfin, de ce côté-ci de la frontière, si vous voyez ce que je veux dire. Nous ne manquerons pas d'en discuter ensemble à notre retour. »

Maussade, Gatlin ne répondit rien.

« Compagnie, en avant, marche ! s'écria Tolley. Remuez-vous, messieurs ! Allons, mademoiselle !

– Hé oh, Tolley, grinçai-je. On est bien contents que tu sois là mais, si tu t'imagines que tu vas nous donner des ordres, tu te fourres le doigt dans l'œil.

– Vous avez entendu le colonel, Giles. Désormais, vous parlez au capitaine Phillips. Ne me forcez pas à vous faire traduire pour insubordination, alors qu'on est à peine partis. »

Nous partîmes donc le long de la grand-rue. Albert et Joseph ouvraient la marche. Puis il y avait la mule de bât, avec le travois de la jeune Indienne, qui cahotait un peu derrière eux. Margaret et moi nous trouvions de chaque côté de Tolley, et enfin monsieur Browning et son propre animal de charge fermaient le cortège. Une partie de la foule nous a suivis un instant en silence. Les garçons et les chiens observaient même une distance respectueuse, comme si la *niña bronca* était devenue la mascotte de Bavispe, et qu'ils se désolaient de la voir partir. Ils se dispersèrent un par un avant que nous atteignions la bordure du village.

Nous allions traverser la rivière par le pont de bois quand j'entendis : « *Señor* Ned, *señor* Ned, attendez-moi ! » Me retournant, j'aperçus Jesus qui fonçait vers nous, monté sur un *burro* trottant d'un pas rapide et inégal. Le garçon martelait ses flancs à coups de pied en lui battant la croupe avec une branche feuillue. « Attendez-moi, *señor* Ned, je viens avec vous !

– Qu'est-ce que tu fais là, gamin ? lui demandai-je. Je t'ai quand même bien dit de rester avec Big Wade ?

– Je viens avec vous.

– Où as-tu trouvé cet âne ?

– Je l'ai emprunté au corral.

– Tu veux dire que tu l'as volé.

– Emprunté. Je le rendrai quand on reviendra.

– Tu ne viens pas avec nous, Jesus.

– Si, je viens.

– Je ne plaisante pas, Jesus. Tu fais demi-tour.

– Vous ne pouvez pas m'obliger, dit-il, entêté. Je viens avec vous.

– Oh, va te faire voir. »

Je me remis en marche et il continua à nous suivre à distance. Je me suis retourné plusieurs fois sur ma selle pour lui signifier de nous laisser, mais Jesus fixait sur moi un regard obstiné.

Après le pont, nous avons pris la route de terre, qui s'est transformée en chemin dans les collines, pour ne plus être bientôt qu'une vague piste de chasse. Au-delà de la rivière, le paysage a changé rapidement. Nous avons traversé des étendues de chênes rabougris, de buissons de mesquite, franchi des escarpements rocheux flanqués de yuccas et d'agaves, tandis que la vallée incroyablement verte de la Bavispe serpentait en contrebas. Les épaisses corniches et les crêtes dentelées de la Sierra Madre dressaient leurs parois massives, bien qu'encore indistinctes, devant nous.

La sente devenant par endroits impraticable pour le travois, nous avons dû nous arrêter plusieurs fois, Albert et moi, mettre pied à terre et transporter la *niña* sur nos épaules, comme une vraie reine d'Égypte ; elle semblait à peine plus lourde qu'une plume.

Nous ne sommes pas allés très loin. Nous avons trouvé au bas d'une colline une courte vallée, dessinée par un affluent de la Bavispe, où dresser notre camp. La source qui goutte et suinte sur les rochers à une extrémité s'en va former à l'autre bout une série de petits étangs, qui se déversent les uns dans les autres. À notre arrivée, une demi-douzaine de grands hérons dégingandés se sont envolés en battant leurs longues ailes lourdes et en poussant d'étranges cris perçants.

« La gamine a besoin d'eau, dit Joseph. Le docteur mexicain a raison, si elle refuse de boire, elle va mourir. » Il l'a prise dans ses bras et l'a portée jusqu'au plus large des petits lacs. Là, il s'est accroupi dans l'eau et l'a posée sur la surface. Elle a ouvert les yeux, mais ne semblait pas voir. Il l'a maintenue ainsi un instant, en lui parlant doucement, puis il l'a simplement lâchée. Elle a paru un instant flotter sur le dos comme un brin de paille. Mais, lentement, elle s'est mise à sombrer.

« Au nom du ciel, que faites-vous ? » demanda Margaret, qui s'élança vers la jeune fille.

Albert la retint par le coude. « Non, laissez-la », dit-il à voix basse.

J'ai voulu, moi aussi, voler au secours de la petite, mais il m'a empoigné le bras avec une force surprenante. Il a hoché la tête. J'avais la sensation de me trouver dans un rêve, paralysé, impuissant. Les cheveux de la *niña* se déployaient lentement dans l'eau – elle braquait sur nous un regard de cadavre et s'enfonçait dans la noirceur du lac. Des bulles d'air commencèrent à s'échapper de ses lèvres entrouvertes et, à cet instant précis, nous la vîmes reprendre conscience. Alors elle griffa, bec et ongles, jusqu'à la surface. Oppressée, suffocante, elle se précipita vers la rive, s'accrocha aux rochers et partit dans une série de quintes de toux brutales. Lorsqu'elle s'apaisa enfin, elle se retourna, nous dévisagea et regarda autour d'elle comme si elle voyait le monde pour la première fois, comme si elle venait de renaître dans l'eau. Joseph lui parla à voix basse et, manifestement, elle prêtait attention à ses mots.

« Que dit-il ? demanda Margaret à Albert.

– Il lui explique qu'il est un *Ch'uk'aende*, répondit Albert, que sa mère était l'une des sœurs du grand chef Cochise. Qu'il a lui-même vécu dans ce pays, autrefois. Et qu'il la ramène chez elle.

– Elle écoute, dit Margaret. Et elle comprend. Ça se voit dans ses yeux.

– Évidemment qu'elle comprend. C'est une *Ndendaa.* »

La *niña* prit une gorgée d'eau dans ses mains, but, recommença. Elle se remit à tousser, quoique moins violemment.

« En voilà des façons de faire boire quelqu'un, dis-je.

– Elle voulait disparaître, dit Joseph. J'ai dû la faire revenir dans ce monde en me servant de l'eau comme du corps d'une mère. »

La fille parla alors, d'une voix douce mais ferme, et, pour quelque raison, un frisson me traversa l'échine quand j'entendis sa voix. Joseph et Albert s'esclaffèrent.

« Qu'a-t-elle dit ? » demanda Margaret.

Albert traduisit : « Elle a dit : “Grand-père, si tu es vraiment un *Ch'uk'aende*, pourquoi voyages-tu avec l'Œil-Blanc ?” »

Joseph répondit à la question et la *niña* hocha la tête d'un air satisfait.

« Que lui avez-vous dit ? demanda Margaret.

– Que vous étiez mes esclaves », répondit Joseph.

Nous avons disposé le camp, monté nos tentes, puis nous sommes allés ramasser du bois pour le feu. Joseph et Albert ont bâti un petit wigwam pour la *niña* – une structure de branches avec un dais de toile. Pendant que nous travaillions, la petite s'est plusieurs fois assoupie et réveillée. Chaque fois qu'il le pouvait, Joseph lui a parlé, longuement, avec le débit hypnotique et régulier d'une source, et nous aussi, envoûtés, emportés, nous l'avons écouté, même si évidemment nous ne comprenions rien. Elle le regardait attentivement, souriant parfois ou hochant légèrement la tête, puis elle se rendormait, bercée par le son rassurant de sa voix.

La nuit tombant, nous avons préparé à manger. C'est alors que Jesus est arrivé silencieusement au camp, son petit *burro* derrière lui. Il est allé le parquer dans la prairie avec nos bêtes. Sans dire un mot, sans poser les yeux sur moi, il s'est simplement assis près du feu, en regardant la *niña bronca* d'un air inquiet. Le dîner étant prêt, je lui ai offert une assiette, qu'il a acceptée avec un sourire reconnaissant. Il était trop tard pour le renvoyer, maintenant.

Joseph donna à la fille un peu de bouillon de viande et d'herbes sauvages, qu'elle but avant de se glisser à quatre pattes dans son wigwam. Puis il a étendu son propre sac de couchage devant l'entrée, au cas où elle se réveillerait pendant la nuit.

Nous autres sommes restés un moment près du feu, à boire du café et à fumer. Tolley a ouvert une bouteille de cognac français, qu'il a apportée avec moult provisions, dont une pleine caisse de vin. « J'adore camper en pleine nature, dit-il, mais les safaris en Afrique m'ont appris qu'on avait droit à un minimum de confort. »

Ce qui lui a valu une de mes remarques : « Oui, à partir du moment où on emmène ses domestiques... »

Il a fait passer la bouteille.

« Pas pour moi, dit Albert, quand vint son tour. J'ai renoncé à boire il y a cinq ans. L'alcool a fait assez de mal comme ça à mon peuple. »

Monsieur Browning refusa aussi.

« Avez-vous également fait vœu d'abstinence, monsieur Browning ? demanda Margaret.

– Du tout, répondit-il. Je n'ai rien contre un petit verre avant d'aller me coucher. Mais jamais pendant le service.

– Donnez sa soirée à ce pauvre homme, *capitaine* Phillips, dit Margaret. Il a trimé comme un bœuf toute la journée.

– Mais certainement, monsieur Browning ! dit Tolley. Vous avez ma bénédiction. Servez-vous un cognac.

– C'est fort aimable à vous, monsieur, merci, dit Browning. Votre lit est déjà fait, alors si je ne puis plus vous être utile, je boirai une larme avec plaisir.

– Tolley, dit Margaret, tu sais que tu es peut-être la première personne au monde à s'enfoncer dans la Sierra Madre avec une bouteille de cognac français et un majordome anglais.

– Pas si sûr, dit Tolley. Qu'est-ce que tu fais de Maximilien ?

– Si monsieur veut bien me permettre, dit Browning, je doute que l'empereur Maximilien se soit aventuré aussi au nord. Par ailleurs, son valet aurait plus volontiers été australien ou français, en tout cas pas anglais.

– Ah, voyez donc les impertinences qu'on nous sert, dès qu'on retire les barrières de classe », dit Tolley, faussement offensé. Il leva sa tasse. « À votre santé, monsieur Browning. Vous ne manquez pas de sagacité. Et vous êtes en plus un excellent domestique.

– Merci beaucoup, monsieur, dit Browning. Je m'efforce de donner toute satisfaction.

– Dites-nous, monsieur, demanda Margaret. Que faites-vous ici, en réalité ? Vous êtes bien loin de chez vous.

– En effet, mademoiselle. Voyez-vous, je suis arrivé à Douglas il y a quelques années, et j'étais au service d'un gentleman britannique, lord Cromley, l'un des plus importants investisseurs anglais de la Phelps-Dodge Mining Corporation.

– Qu'est-il devenu, votre lord Cromley ? dit Margaret.

– Quand la mine de cuivre a dû fermer l'année dernière, il a perdu de fortes sommes d'argent. Il a été obligé de me donner mon congé et de rentrer seul en Angleterre.

– Vous ne vouliez pas rentrer, vous aussi ?

– Oh si, mademoiselle, et comment. Seulement je n'avais pas les moyens de traverser à nouveau l'Atlantique. »

Je demandai : « Attendez, vous voulez dire qu'il vous a emmené aux États-Unis, votre noblard, pour vous laisser cloué à Douglas, au fin fond de l'Arizona ? Qu'il était trop radin pour vous payer le voyage du retour ?

– Ah, dit Tolley. Je sens que Giles va nous refaire son manifeste communiste.

– Il faut rendre justice à lord Cromley, qui a subi un sacré revers de fortune, dit Browning. À la fermeture de la mine, ses comptables lui ont fait une drôle de tête. Il aurait perdu plus d'un million de livres sterling. C'est donc normal qu'il ait voulu ensuite ménager son argent.

– Vous ne croyez pas que le salopard a engagé un autre valet de chambre, une fois rentré là-bas ? »

Ma question fit réfléchir monsieur Browning un instant. « Ça n'est pas impossible », dit-il sans amertume.

J'enfonçai le clou : « Voilà comment économisent les riches quand ils se disent fauchés. En fichant les gens à la porte. N'est-ce pas, monsieur Browning ?

– Dois-je renchérir, monsieur ?

– Non, je vous pose la question.

– Dans ce cas, je préfère garder mes opinions.

– Bien répondu, Browning ! s'exclama Tolley. Votre discrétion vous honore, et c'est la plus grande qualité d'un domestique. Ne laissons pas un jeune agitateur au couteau entre les dents miner les bases séculaires des relations maître-serviteur. En d'autres termes, on ne crache pas dans la soupe.

– Effectivement, monsieur.

– Bon Dieu, ce que tu peux être snob, Tolley ! dit Margaret.

– Le snobisme n'a rien à voir là-dedans. Browning et moi nous accordons tout simplement sur la nécessité de maintenir une certaine... disons... étiquette, entre un valet et son employeur. N'est-ce pas, monsieur Browning ?

– Mais certainement, monsieur. »

Tolley rayonnait de suffisance : « Fabuleux !

– Eh bien, *Harold*, insista Margaret, je voudrais dire qu'autour de ce feu, nous sommes tous égaux. Vous n'avez à appeler personne « monsieur » ou « mademoiselle », sinon, peut-être, Sa Majesté Votre Employeur ici présent. Vous n'avez pas besoin d'attendre qu'on vous pose des questions pour dire ce que vous voulez. Et vous êtes parfaitement en droit d'avoir vos opinions, quelles qu'elles soient. Entendu ?

– Fort bien, mademoiselle. Je vous remercie sincèrement... »

Nous passâmes la soirée ainsi, assis autour du feu à boire du café, du cognac, à fumer, à rire et à raconter des histoires. Nous avons quand même pas mal grimpé aujourd'hui, et à cette altitude, les nuits sont plus fraîches qu'à Bavispe, c'est pourquoi il a fallu constamment entretenir le feu. Par-dessus les hautes flammes brillaient des milliards d'étoiles, vapeur tumultueuse d'infimes étincelles dans la noirceur du ciel. Malgré nos vastes différences d'éducation et d'origine, de sexe, de race et de nationalité, nous paraissons plus près les uns des autres depuis qu'on nous a confié la *niña bronca*. Nous avons assisté à sa renaissance dans l'eau, doublée en somme d'un vrai baptême, et c'est comme si nous étions devenus sa famille adoptive. J'essaie d'imaginer la vie sauvage et archaïque qu'elle mène avec son peuple dans les profondeurs secrètes de ces redoutables montagnes auxquelles nous la rendons. Et je suis peu à peu gagné par le sentiment terrible que la promenade « d'agrément », ce simulacre d'expédition dont parlait Big Wade, ne sera bientôt plus qu'un souvenir.

Je suis couché dans la tente carrée que je partage avec Tolley et Browning, ou qu'ils partagent avec moi, plutôt. À propos de confort, l'empereur Maximilien n'aurait lui-même rien trouvé à redire. Nous avons des lits de toile, de bons draps, une table et des sièges en cuir, pliants, et les lampes à pétrole qui me permettent d'écrire à cette heure. Déjà endormis, les autres ronflent doucement. Tout est calme. Sauf que la petite doit avoir un cauchemar, car il parvient de son wigwam un curieux ululement, une plainte glaçante à vous briser le cœur, une lamentation d'un autre temps dans une langue d'une autre ère. La journée fut longue, éreintante, je dois dormir maintenant.

LA *NIÑA BRONCA*

Daalk'ida 'aguudzaa – il y a bien longtemps. Elle rêve que Tze-gu-juni, sa tante, est en train de la laver pour la cérémonie de la puberté, qu'elle lui chante les chants rituels d'une voix douce et basse. *Femme-Peinte-en-Blanc, mère de tous les Apaches. Cinq mille ans et deux cents générations plus tôt, tu es déjà parmi nous, à la fois homme et femme, enfant et aïeule, chasseur et mère nourricière, vêtue des peaux épaisses des mastodontes, tandis que nous glissons dans le blizzard sur les plaines gelées de Sibérie.*

Sa tante lui lave les pieds, les mollets et les cuisses, puis elle éponge doucement le sang qui a commencé à couler entre les jambes. La petite s'efforce de repousser de mauvaises pensées, de n'écouter que les chants, de tout faire comme il faut pour ne pas porter malheur au Peuple. Mais elle est soucieuse. Indio Juan, le mari de sa sœur, a annoncé que, après les quatre jours traditionnels de repos qui suivent la cérémonie, il la prendra pour deuxième femme. Il est vrai que peu d'hommes dans la tribu peuvent prétendre à l'épouser ; les Mexicains ont tué les Apaches les uns après les autres, c'est pourquoi il reste surtout de jeunes garçons et quelques vieilles femmes. Mais la jeune fille ne veut pas se marier avec Indio Juan ; enfant, il s'est fait mordre au visage par un crotale, il est affreusement défiguré, il a la maladie des serpents, il est fou furieux. Il bat la grande sœur de la petite et tout le monde a peur de lui. C'est Indio Juan qui a valu au Peuple la haine définitive des Mexicains. Téméraire, il part souvent se montrer en plein jour, avec ses guerriers, dans les minuscules villages pour annoncer du haut de son cheval : *« Yo, Indio Juan. »* Il s'amuse de voir les villageois hurler et s'enfuir en tous sens dans la rue, avant de se faire tuer. Ses hommes et lui ont décimé des villages entiers.

Sa mère dit pourtant que le Peuple a besoin de nouveaux enfants, et Chidéh est la dernière des filles à avoir atteint l'âge des règles.

Elle est donc maintenant Femme-Peinte-en-Blanc, l'avenir du Peuple repose sur elle, elle devra surmonter les sentiments que lui inspire Indio Juan. Elle s'efforce de ne pas penser à tout cela. L'eau est froide, mais les mains de sa tante sont douces et ses mouvements sûrs. Une fois terminé, sa tante l'essuie, lui lave les cheveux avec des racines de yucca, la peigne et la revêt de sa robe de fille devenue femme. Elle est ornée de perles sublimes. Tze-gu-juni lui peigne de nouveau les cheveux, et Chidéh lui sait bon gré de ses attentions, de son affection. Elle la regarde dans les yeux. Mais ce n'est plus sa tante qui la peigne maintenant et elle ne sait plus où elle est, ni à qui sont ces yeux devant elle. Elle n'est plus certaine d'être elle-même ; elle n'est plus Femme-Peinte-en-Blanc, son univers s'est évanoui avec tous ceux qu'elle connaissait, et ceux-là qui habitent le nouveau monde sont des étrangers, des ennemis. Elle est enfermée, seule, dans cette cage sombre et humide. Elle n'a plus que son identité passée pour la protéger, l'écorce dure de son âme indomptée. *Duu ghat' iida. Ne me touche pas, Œil-Blanc, écarte-toi, n'approche pas. Ba'naag'uuya, je vais te mordre, je vais te tuer, je me défendrai jusqu'à la mort, tu n'as pas le droit de me toucher. Je vais te tuer, je vais te tuer, je veux mourir maintenant, ne me touche pas. Je te préviens, n'approche pas, je vais te mordre, te tuer.*

« Le gringo me demande de vous dire qu'il ne vous fera aucun mal. Il veut seulement vous mettre la couverture sur les épaules. *El gringo quiere ayudarla. No la va a dañar. ¿Me entiende usted?* Il veut vous aider. Il ne vous fera pas de mal. Vous comprenez ce que je dis ? »

Je mourrai avant de permettre à quiconque de me toucher. Ishxash. Je vais te mordre, je vais te tuer, ne me touche pas. Je veux mourir.

L'Œil-Blanc lui pose la couverture sur les épaules et elle se recroqueville sans le quitter du regard. Qui sont ces gens ? Il y a le petit Mexicain qui parle et un autre homme. Quand un soleil aveuglant illumine soudain ce trou noir dans la terre, elle est cette fois certaine d'avoir sombré dans l'autre monde. Elle se demande si elle n'est pas morte.

Elle se love encore sur le sol glacé et, parfaitement immobile, se referme sur elle-même, pour repasser en rêve la vie de son Peuple, du début jusqu'à la fin. *Daalk'ida 'aguudzaa. Il y a trois mille ans, le Peuple a traversé la mer de Béring, glacée, pour atteindre l'Alaska, et te voici de nouveau parmi eux, à la fois homme et femme, enfant et aïeule, chasseur et mère nourricière. Femme-Peinte-en-Blanc, mère de tous les Apaches.*

Elle rêve que le soleil lui baigne le visage, qu'un vieil homme s'adresse à elle dans sa langue. Elle ouvre les yeux, les lève vers cette tête d'ancêtre, toute ridée, alors elle pense que c'est Yusen en personne, qu'elle est finalement arrivée au pays de la Joie. Elle regarde autour d'elle et elle découvre ces Mexicains et ces Œil-Blanc qui la fixent. Comprenant que ce n'est pas du tout le pays de la Joie ici, elle s'écrie, se débat, mais le vieil homme la prend par les épaules et lui parle doucement : « *Duu hajït'iida.* Ne bouge pas, mon enfant, je te ramène chez toi. »

C'est Indio Juan qui avait eu l'idée de voler le petit Huerta, malgré le grand-père de la jeune fille, l'Apache blanc qu'on appelle Charley. Il s'y était opposé. Les Huerta sont une famille d'éleveurs, riche et puissante, et Charley savait que le rapt n'aurait d'autre conséquence que rendre les Mexicains plus enragés encore. Juan et lui s'étaient disputés à ce sujet, seulement Juan était *loco*[1], il n'écoutait jamais personne et, plus Charley avait tenté de le dissuader, plus l'autre s'était entêté. Devinant les ennuis qui allaient s'abattre sur le Peuple, Charley avait finalement préféré partir au sud avec son propre groupe, vers une autre *rancheria*, plus profondément enfoncée dans les Montagnes-Bleues.

La petite avait été navrée de voir son grand-père s'en aller. Elle aurait aimé partir avec lui. Son père avait été tué quelques années plus tôt par les soldats mexicains, et sa mère, Beshad-e, avait épousé le cousin d'Indio Juan. Comme sa sœur était aussi l'épouse d'Indio Juan, et qu'elle-même était sa promise, elle n'avait eu d'autre choix que de rester avec sa bande. C'était la loi chez le Peuple.

En bons Apaches, ils avaient pris position sur les collines en surplomb du ranch des Huerta et ils avaient attendu patiemment. Ils avaient observé des semaines entières les habitudes des lieux, jusqu'à les connaître par cœur, et ils avaient finalement tout su des occupants et des visiteurs. Ils avaient appris quel jour la famille choisissait pour aller à la messe au village, à quelle heure elle partait, ils savaient que la mère de Heraldo prenait toujours le petit cabriolet, et que l'enfant s'asseyait près d'elle. Mais aussi que le père, à cheval, cheminait côte

1. Fou.

à côte, et qu'il transportait leur nouveau-né, une fille, sur la selle devant lui. La piste se transformait à un moment en défilé étroit dans la rocaille, et Huerta était obligé de prendre la traîne du cabriolet, car ils ne pouvaient passer de front. C'était là qu'Indio Juan avait décidé de capturer l'enfant.

Comme elle était agile et menue, qu'elle serait à son aise dans le minuscule cabriolet, Indio Juan avait chargé la jeune Apache de s'emparer des rênes et de maîtriser le garçon, pendant qu'il trancherait la gorge de la mère. Ils s'étaient tapis tous les deux dans les rochers au-dessus du défilé, et les autres attendaient plus loin sur la piste avec les chevaux. Le cabriolet arrivant avec les malheureux paroissiens, ils s'étaient abattus sur eux, tombant du ciel sans bruit, sinon celui de l'air déplacé par leurs corps. Levant la tête à cet instant, Maria Huerta avait dû croire que d'énormes oiseaux de proie fondaient sur elle, car elle ne voyait plus le soleil. Les yeux écarquillés par la terreur, elle avait senti l'Indien s'agripper à son dos, empoigner ses cheveux et les tirer en arrière en appliquant la lame sur son cou. Simultanément, la jeune fille s'était assise à côté de Maria et lui avait pris les rênes sans forcer. La Mexicaine s'était presque trouvée complice, car son poignet n'avait pas opposé de résistance. La petite se souvenait encore du regard de cette femme, entre la surprise et l'horreur, et du cri qu'elle avait voulu pousser. Mais rien n'était sorti de sa bouche, sinon un dernier souffle, remontant de la trachée sectionnée, vers laquelle Maria tendait la main pour tenter en vain de contenir le geyser de sang chaud qui tachait sa robe.

Tout s'était passé si vite que derrière, sur son cheval, Fernando Huerta avait mis un certain temps à y croire. Comme dans un cauchemar, il avait vu les deux silhouettes plonger, et il s'était demandé, éberlué comme un dormeur dans ses rêves, si un couple de pumas n'avait pas bondi sur son épouse et sur son fils. Non, il ne pouvait penser, pas encore, que ses ennemis de toujours, les Apaches, étaient revenus exercer une vengeance brutale. Un anéantissement, plutôt. Le temps qu'il reconnaisse les deux formes humaines, sa femme, la gorge en sang, tombait par terre à la renverse, comme une poupée molle dans sa robe du dimanche. Impuissant, il aperçut l'homme qui sauta sur l'unique cheval du cabriolet et sectionna les traits de l'attelage. L'autre, plus petit, celui qui ressemblait à une fille, était rapide et svelte comme un elfe. Il prit l'enfant qui hurlait et, d'un bond, rejoignit son complice sur la monture. Rugissant de fureur et d'angoisse, Huerta dut dominer une impulsion irrésistible de se lancer à leur poursuite, car il tenait sa petite dernière dans ses bras. Il se doutait que la bande des Apaches l'attendait plus loin, qu'ils espéraient le voir devenir fou de chagrin et de rage. Alors ils en profiteraient pour le tuer à son tour, et ils n'auraient qu'à voler son deuxième enfant, pour l'emporter dans leur monde cruel et sans Dieu.

Après le rapt de Heraldo Huerta, Indio Juan avait replié sa bande dans une de leurs vieilles *rancherias*, encaissée dans la Sierra Madre. À pied, ou à dos de mules et de *burros* volés, ils avaient gagné des défilés presque infranchissables, débouchant dans des canyons secrets, irrigués par d'obscures rivières, où aucun Mexicain n'aurait le courage de les suivre. Ici s'étaient réfugiés ceux qui, cinquante ans plus tôt, avaient refusé de se rendre à l'armée américaine, et ils y demeuraient encore. Il y avait toujours du gibier dans ces vallées, bien protégées par les montagnes, et on pouvait même y faire des cultures. Ce qui avait pu leur manquer – notamment des femmes et des enfants pour assurer une descendance autrement compromise –, ils l'avaient trouvé dans les villages mexicains isolés et dans les ranches perdus, au cours de raids furtifs au milieu de la nuit, pour que personne ne puisse affirmer avec certitude avoir été victime des Bronco Apaches.

Les *rancheros* ayant récemment adjoint de nouvelles terres à leurs exploitations, le bétail et les *vaqueros* avaient commencé à empiéter sur celles du Peuple. Ces *vaqueros* étaient des hommes durs, cruels, bien armés. Depuis qu'Indio Juan n'hésitait plus à attaquer en plein jour, ils tuaient à vue tous les Apaches qu'ils croisaient dans l'arrière-pays, homme, femme ou enfant. Ils les décapitaient ou les scalpaient pour pouvoir ensuite toucher leur prime. Ainsi le Peuple était-il sans cesse diminué, et les survivants repoussés au sud, de plus en plus profondément dans les montagnes.

Le premier jour, le garçon pleura tout le long du chemin, et le deuxième presque autant. Indio Juan déclara aux femmes que, si elles n'avaient pas réussi à le calmer à la tombée de la nuit, il le tuerait. À l'heure qu'il était, il savait que Fernando Huerta avait certainement constitué un détachement, organisé une battue, et les pleurs du gamin pouvaient révéler la présence de la bande en mouvement. Les femmes et les filles s'occupèrent donc de lui, elles le bercèrent et le câlinèrent comme s'il était l'individu le plus important de la Terre ; elles le prirent dans leur giron, l'enveloppèrent de leur chaleur, de l'odeur forte de leurs bras bruns ; elles lui donnèrent de précieux petits bouts de sucre à sucer, lui parlèrent tour à tour espagnol et apache. Heraldo se montra sensible à leurs attentions, à leur gentillesse, et bientôt elles parvinrent à lui soutirer un sourire fatigué. Le soir du deuxième jour, il avait cessé de pleurer. Il ne recommença plus. Au bout d'une semaine, il parlait apache ; au bout d'un mois, il ne se souvenait plus beaucoup de sa famille. Seuls ses rêves en gardaient une trace ; et alors il se réveillait, désorienté, dans ces limbes ombreux entre deux vies.

C'est le printemps. Elle rêve que le Peuple voyage, et elle aussi. Toute petite, installée dans le porte-bébé fixé au dos de sa mère. La démarche de celle-ci la berce doucement, en rythme, et elle s'endort paisiblement. Se réveillant de temps à autre, elle regarde les arbres, les nuages qui traversent le ciel, elle écoute le chant des oiseaux. Elle se rendort encore.

Ils décident de s'arrêter à la fin de la journée. Pour la laver, sa mère la détache du porte-bébé, la plonge dans le bain tiède et la maintient au niveau de la surface. Ces mains sont douces, fermes, sûres d'elles. Elle rêve qu'elle est de nouveau dans la matrice, comme en suspension, en sécurité dans ce liquide chaud. *Daalk'ida 'aguudzaa. Il y a bien longtemps. Tu es de nouveau parmi nous, à la fois homme et femme, enfant et aïeule, chasseur et mère nourricière. Sur les traces des troupeaux de caribous, nous longeons le Yukon vers le bassin supérieur du Mackenzie. De millénaire en millénaire, nous atteignons le versant est des Rocheuses, et les grandes plaines où nous suivons la multitude des bisons.*

Dérivant au fil des siècles vers le sud, nous nous fixons dans d'autres plaines, méridionales, où la tribu féroce et ennemie des Comanches, chassée par les Sioux plus nombreux, nous tombe dessus au nord et nous repousse à l'ouest dans les montagnes et les déserts qui seront notre nouvelle patrie. Femme-Peinte-en-Blanc est toujours parmi nous, mère de tous les Apaches, à la fois homme et femme, mère nourricière et tueuse d'ennemis.

Elle ouvre les yeux et les lève vers le vieil homme au-dessus d'elle, qui la regarde. Ce doit être Yusen, Celui-Qui-Donne-La-Vie. Elle renaît sur cette Terre, mais combien de fois a-t-elle suivi le cycle éternel de la naissance et de la mort ? Elle aimerait mieux ne pas quitter l'abri si confortable du ventre de sa mère, mais elle suffoque brusquement, ses poumons réclament de l'air, elle se débat vers la lumière, s'élance violemment hors de l'eau, maintenant réveillée, oppressée.

Elle reconnaît l'endroit où elle se trouve, elle a déjà vu cette source, là ; le Peuple s'est fréquemment arrêté ici pour se rafraîchir et abreuver les bêtes. La voilà soudainement aux prises avec une soif terrible. Elle boit dans le creux de sa main, mais l'eau la fait tousser encore.

« Ne bois pas trop, ni trop vite, ma petite, dit le vieil homme. Tu vas être malade, autrement.

– Qui es-tu, grand-père ? demande-t-elle.

– Mon nom est Goso, répond-il. Je suis un *Ch'uk'aende*. Ma mère était l'une des sœurs du grand chef Cochise. J'ai vécu autrefois dans ce pays. Je te ramène auprès du Peuple. Et, moi-même, je retourne chez lui.

– Si tu es vraiment un *Ch'uk'aende*, grand-père, pourquoi voyages-tu avec l'Œil-Blanc ?

– Mon *tsuye* et moi, nous les avons faits prisonniers, explique le vieil homme. Ce sont nos esclaves. »

Elle sort de l'eau et se sèche au soleil pendant que le grand-père et les autres montent le camp. Elle s'endort, se réveille et se rendort encore, et le grand-père est toujours là pour lui parler. De son propre peuple, de ceux avec qui il a dû migrer, cavaler ; il cite des noms et des endroits qu'elle a appris en écoutant les récits. Elle comprend que le vieil Indien est un *di-yin*, qu'il possède le Pouvoir, qu'il a réussi à l'arracher, elle, des mains des Mexicains. Il la ramène chez elle. Elle boit un peu de bouillon, mais elle est fatiguée au point qu'elle doit partir se coucher. Elle se faufile dans le wigwam qu'ils lui ont construit ; il fait bon sur la couche douillette, faite de rameaux de pin moelleux sous les couvertures. Elle s'endort et retrouve en sommeil la vie du Peuple, du début jusqu'à la fin. *Daalk'ida 'aguudzaa. Il y a bien longtemps.*

Ensuite les Espagnols sont arrivés par le sud. Par milliers dans leurs grosses armures, ils ont massacré et asservi le Peuple, l'ont envoyé creuser des trous dans le ventre de la Terre, ou leur servir de domestiques dans la grande ville de Mexico. Elle hurle parmi eux dans le noir.

Aguerris, endurcis, les survivants sont devenus une nation de combattants, de terroristes ; ils attaquent les missions et les forts, exterminent sans pitié soldats et Robes Noires, volent le bétail, capturent femmes et enfants ; c'est ainsi qu'ils arrivent, enfin, à chasser les Espagnols de leurs terres. Alors, pendant quelque temps, le Peuple règne sur un pays que d'autres appellent Apacheria. Et, toujours parmi eux, à la fois homme et femme, enfant, aïeule, mère nourricière et tueuse d'ennemis, Femme-Peinte-en-Blanc est là, mère de tous les Apaches.

Elle est là quand les Espagnols deviennent mexicains, ce qui ne diminue en rien la haine que leur voue le Peuple. À la fois homme et femme, guerrière et enceinte, elle part à cheval avec les autres mettre à sac les villages du Chihuahua et du Sonora, voler les bêtes, assassiner les habitants, faire prisonniers les femmes et les enfants. Maintenant apparaissent ces chasseurs qui collectionnent les primes – cent pesos pour le scalp d'un guerrier apache, cinquante pour celui d'une femme, vingt-cinq si c'est un enfant. Beaucoup parmi le Peuple, dont elle, partent tête nue au pays de la Joie.

Certains de ces chasseurs de scalps sont une étrange race d'hommes, nouvelle, au visage pâle et aux yeux blancs, et bientôt de partout il en arrive d'autres, trappeurs, éleveurs, artilleurs, orpailleurs, et la guerre continue avec ses boucheries. Elle suit les bandes de plusieurs chefs indiens, celles bien connues de Chuchilla Negro, de Juan Jose, de Mangus Coloradas, de Cochise, le long d'une piste jonchée de sang et de morts – occire, mourir, courir... Le Peuple tue et se fait tuer de même, il doit se replier toujours plus loin dans les canyons tortueux du Chiricahua, du Mogollon, du Dragoon, des Huechos, de la Sierra Madre. Il mène des expéditions punitives de chaque côté de la frontière, pour prendre le bétail, décimer les Mexicains exécrés, abattre aussi le haïssable Œil-Blanc, voler leurs enfants pour en faire des Apaches. À la fois homme et femme, mère et guerrière, elle cavale avec les bandes de Nana, de Chato, de Loco, de Geronimo, de Victorio, de Juh ; chassée, poursuivie jusqu'au cœur des nuits, un porte-bébé sanglé à son dos.

Mais ils sont maintenant très nombreux dans le Peuple, ceux qui sont épuisés par ces guerres incessantes, cette débâcle constante, et ceux-là finalement se rendent à l'Œil-Blanc, qui les parque dans les réserves. D'autres sont convoyés en train jusqu'à la maison de fer, en Floride, cet endroit immonde à l'air si chaud, épais comme de la laine mouillée, et beaucoup meurent là-bas, de maladie, de folie et de chagrin, dans l'obscurité étouffante des cellules de pierre. Elle est parmi eux, qui hurle dans le noir.

On ne peut maintenant plus rien lui faire, et il n'est rien non plus qu'elle puisse encore opposer à ses ennemis. Il n'est plus de tortures, de meurtres et de souffrances qu'elle n'ait déjà endurés, et infligés, dans la brutalité des siècles qu'elle vient de rêver. Recroquevillée sous une couverture chaude, allongée sur de doux rameaux de pin, là dans les contreforts des Montagnes-Bleues, elle dort et rêve la vie du Peuple du début jusqu'à la fin. Femme-Peinte-en-Blanc, mère de tous les Apaches.

Les Carnets de Ned Giles, 1932

QUATRIÈME CARNET

La Sierra Madre

19 mai 1932

Au camp (les contreforts de la Sierra Madre)

Contrairement à mes pressentiments, les quelques jours passés depuis ces dernières lignes ont finalement tout eu d'une promenade de vacances : nonchalance, insouciance et flâneries. Une petite rivière longe la vallée, juste en dessous du camp. L'eau, très limpide, court depuis un gros bloc de grès, et s'élance à travers une série de mares plus profondes, pleines de grosses truites. À part les rares fois, quand j'étais petit, où papa m'a emmené tâter la perche sur la jetée du lac Michigan, je n'avais jamais pêché. Tolley m'a prêté une de ses cannes en bambou et j'y retourne chaque matin, ou le soir juste avant le coucher du soleil. À ces heures-là, c'est vraiment un jeu d'enfant d'attraper deux douzaines de truites. Je les mange au petit déjeuner, roulées dans la farine et frites avec du lard, ou alors je les garde pour le dîner, et alors celui ou celle qui fait la popote les prépare à sa guise. Bizarrement, les Apaches ne mangent pas de poisson, car ils le considèrent impur. Nos éclaireurs répugnent généralement à nous révéler, à nous « Œil-Blanc », quoi que ce soit de leurs pratiques religieuses ou de leur culture. Mais, en cuisinant astucieusement le grand-père, Margaret à réussi à lui faire dire que, pour son peuple, le poisson est habité par l'esprit des mauvaises femmes.

Le matin suivant la première nuit ici, la fille est sortie de son wigwam avec les cheveux coupés grossièrement au niveau des épaules. Nous avons demandé à Joseph s'il y avait une raison. Il nous a répondu que quelqu'un avait dû disparaître récemment dans sa famille, et que c'est une coutume apache : les femmes et les enfants se coupent les cheveux après le décès d'un proche.

« Qui est mort ? voulut savoir Margaret.

– Nous ne posons pas ce genre de question, a dit Joseph. Ça n'est pas une bonne chose de parler des morts. »

Depuis quelques jours à peine que nous sommes partis, la petite s'est remise d'une façon étonnante. Je la revois encore prostrée et pitoyable dans le cachot glacial où elle était enfermée. Revenue à la vie, elle semble puiser ses forces dans la nature elle-même, dans les montagnes, l'air frais, la lumière du soleil, autant que dans la nourriture et l'eau. Même avec ses cheveux coupés n'importe comment, c'est une belle fille, fine, souple et bien charpentée, avec de jolies mains et des pieds parfaitement dessinés. Elle a une manière extraordinaire de se déplacer que j'aurais du mal à décrire avec des termes purement physiques, tant cette grâce semble appartenir à un autre monde. J'ai du mal à me souvenir de la créature hirsute qui, tapie sur son arrière-train, sifflait comme un serpent et se tenait prête à mordre quiconque l'approchait.

Elle garde avec nous une certaine timidité... quand je dis « nous », je veux parler bien sûr de ceux d'entre nous qui sont blancs. J'ai vaguement l'impression qu'elle me reconnaît pourtant, car elle paraît plus farouche encore en ma présence. Je la surprends parfois qui m'observe en douce. Je pense qu'elle se rappelle que je l'ai lavée dans la prison. Elle a peut-être honte d'avoir livré son intimité à un inconnu qui, non content d'être un homme, était par-dessus le marché un Œil-Blanc.

Elle semble fascinée par Margaret. Hier soir avant le dîner, elle s'est approchée d'elle, la main tendue, prête à toucher ses cheveux blonds avec un air d'émerveillement craintif. Margaret n'a pas bougé d'un poil, exactement comme on le ferait pour ne pas effrayer un animal sauvage. Puis, très, très lentement, elle a tendu sa propre main pour caresser doucement la joue de la *niña*. « Voilà, a-t-elle dit. Ce n'était pas plus méchant que ça, finalement ? » Elle a souri à la petite qui en a fait autant.

Et elle a demandé à Joseph : « Comment s'appelle cette demoiselle ?

– Elle n'a pas de nom.

– Comment ça, elle n'a pas de nom ?

– La tradition voulait jadis que les femmes et les enfants changent de nom quand un membre de la famille a disparu, a expliqué Joseph. Pour les protéger du fantôme du mort. C'est pourquoi elle a renoncé à son ancien nom, qu'elle ne dira plus.

– Comment l'appelez-vous, alors ?

– Il n'est pas indispensable de l'appeler, dit Joseph. Toujours selon la tradition, les Apaches ne doivent pas se saluer nommément. Il est impoli d'appeler quelqu'un par son nom quand on l'a devant soi.

– Je suis grossière quand je vous appelle par votre nom, alors ? »

Joseph a répondu en souriant : « Non, je suis un homme civilisé, maintenant. J'ai été baptisé dans votre église.

– Elle a besoin d'avoir un nom, a insisté Margaret.

– Pour l'instant, ce sera la *niña bronca*, a dit Joseph. Cela suffira. Un jour, bientôt, il se passera une chose qui inspirera à d'autres son nouveau nom. Ce sera différent et ça lui ira bien.

– Bon, ben, faites-nous signe, ce jour-là, hein. »

Nous avons fait de courtes explorations aux alentours du camp. Joseph nous sert de guide. Il connaît le pays par cœur et il nous a montré plusieurs endroits extraordinaires : les *pueblos* de ce qu'il appelle *ilk'idande*, le « peuple ancien », avec des ruines en pierre légère, vieilles de milliers d'années. On remarque des tessons de poterie éparpillés par terre, et des dizaines de *metates*, de grosses meules évidées au centre qui servaient à moudre le maïs. Un grand nombre des collines toutes proches, adroitement terrassées par des murettes de briques, forment un immense amphithéâtre naturel. Margaret nous a appris que ce sont des *trincheras*, construites par les « anciens » pour leurs cultures.

La *niña bronca* a choisi un des ânes de bât pour partir avec nous, et, dès le troisième jour, elle avait repris assez de forces pour nous donner un spectacle digne d'un écuyer de cirque. Mettant pied à terre d'un brusque coup de rein, elle a trotté côte à côte avec l'âne, a repris place dessus, a fait une pirouette sur son dos, est descendue de l'autre côté, a laissé la bête la dépasser, a bondi sur son arrière-train, s'est dressée tout entière, a marché jusqu'à l'encolure, puis elle s'est retournée et a fait deux pas dans l'autre sens ! Le tout avec une grâce étrange, indescriptible, et en s'abandonnant à un rire joyeux. C'était la première fois que nous l'entendions rire – de petites trilles pleines de charme.

Elle parle fréquemment à Joseph, et parfois à Albert. Nous autres restons frustrés de ne rien comprendre à leurs conversations, et les deux scouts sont avares de leurs traductions. Alors nous essayons d'apprendre à parler apache, mais ça reste pour l'essentiel imprononçable. Seule Margaret, qui a déjà étudié les langues athapascan du Sud, semble faire quelques progrès. À l'évidence, la petite connaît aussi l'espagnol, car elle a l'air d'écouter Jesus lorsqu'il parle dans son *idioma*[1]. Mais jamais elle ne l'emploie. Nous taquinons Jesus sans relâche, car elle continue de le terrifier ; il la regarde avec circonspection et se tient toujours à distance d'elle. Il a tellement peur qu'elle lui tranche la gorge au milieu de la nuit qu'il a installé un piège autour de son lit de camp pour le réveiller au cas où – un chapelet de gobelets en fer-blanc, attachés les uns aux autres et reliés à son cou, censés faire un chahut monstre si la petite venait violer son sanctuaire privé. Pour l'instant, nous avons droit à un bruit de ferraille à chaque fois que Jesus se retourne en dormant, et c'est nous, surtout, qui n'arrivons pas à dormir.

Ceci mis à part, et grâce aux bonnes choses, notamment, que Tolley a emportées, nous mangeons et buvons plutôt bien ces derniers jours. Il nous a quand même prévenus que sa provision de bouteilles est bien entamée, et il se demande s'il ne va pas renvoyer Jesus à Bavispe pour chercher sa dernière caisse de vin.

Il y a de l'amour dans l'air, et je ne résiste pas à en dire quelques mots : déjà qu'il n'est pas très loquace, Albert est d'une timidité folle lorsqu'il se trouve en présence de Margaret. Quant à elle, elle a devant lui un comportement qui ne lui ressemble pas, plein de gêne et de retenue. Tolley les met au supplice l'un et l'autre avec des remarques du genre : « Dites-moi, vous deux, c'est pas un peu fini, ces œillades langoureuses ? » ou encore : « Margaret, espèce de traînée, qu'est-ce que tu attends pour passer à l'acte et faire un tour dans le tipi du Peau-Rouge ?

– La ferme, abruti ! répond-elle. Tu es jaloux parce qu'il ne voudra jamais de toi, c'est tout !

– En effet, chérinette. J'ai toujours eu envie d'essayer avec un *vrai* sauvage. Je dis ça en tout bien tout honneur, Albert, bien sûr.

– Il faut quand même que tu saches une chose, Tolley. D'après ce que j'ai appris, explique Mag, la culture apache, contrairement à celles de nombreuses tribus indiennes, n'admet strictement aucune forme de déviation sexuelle.

---

1. Sa langue.

– C'est vrai, confirme Albert. Mon grand-père m'a dit qu'autrefois les homosexuels, considérés chez nous comme des sorcières, étaient très souvent condamnés à mort.

– Eh bien, vous voyez que nos cultures ne sont pas si différentes, après tout. » Et c'est Tolley qui a eu le dernier mot.

21 mai 1932

Dans notre camp sur les contreforts

Venu nous rendre visite aujourd'hui, Billy Flowers est arrivé comme l'incarnation du Jugement dernier. Dès qu'elle l'a aperçu, la petite a poussé un cri d'épouvante et, si Joseph ne l'avait pas maîtrisée et conduite dans son wigwam, elle aurait sûrement détalé comme un lapin.

Nous avons offert à Flowers une tasse de café. Il s'est assis en nous dévisageant avec ses yeux bleus lumineux qui semblent vous trouer la peau. « Je vous ai observés, a-t-il dit, et je constate que la fille a récupéré, finalement. L'entracte est bientôt terminé. L'expédition va quitter Bavispe dans trois jours. Alors il faut vous préparer à vous enfoncer dans la montagne, maintenant.

– Nous allons avoir besoin de nous réapprovisionner, monsieur Flowers, a dit Tolley. Le garde-manger est presque vide.

– Déjà bu tous vos bons vins de France, monsieur Phillips ?

– Eh, c'est qu'on nous espionnerait, monsieur Flowers ? Vous auriez dû vous annoncer, on vous aurait offert un verre.

– L'élixir du diable, monsieur Phillips. » Et le chasseur de citer : « *"Ne regarde pas le vin qui paraît d'un beau rouge, qui fait des perles dans la coupe... Il finit par mordre comme un serpent, par piquer comme un basilic."*

– Bêtise que tout cela, monsieur Flowers, dit Tolley avec un de ses petits gestes dédaigneux. Ces messagers bibliques que vous nous citez là éclusaient du pinard à la moindre occasion. Quand ils en ont manqué lors des noces de Galilée, à Cana, Jésus lui-même n'a-t-il pas transformé l'eau en vin ? » Il cita à son tour, en nous stupéfiant tous : « *"Le vin est comme la vie pour l'homme, quand on en boit modérément. Qu'est donc la vie d'un homme sans vin ? La vin est là pour le réjouir." L'Ecclésiaste*, monsieur Flowers.

– Vous connaissez vos Écritures, monsieur Phillips ?

– Évidemment, que je les connais. C'était encore une des fameuses idées de mon père. Ce qu'on appellerait prêcher un inverti... Il a insisté, quand j'étais petit, pour que je sois enfant de chœur. Je suis allé toutes les semaines à confesse. Et toutes les semaines, je répétais au vieux père McClellan, un bon ami de la famille : "Pardonnez-moi, mon père, car j'ai péché." "Et quels péchés as-tu commis, mon fils ?" "J'ai eu des pensées impures, mon père." "En as-tu profité pour te toucher, mon fils ?" "Oui, mon père, je le crains." "Est-ce que tu te touches à l'instant, mon fils ?" "Voulez-vous que je le fasse, mon père ?"... »

À l'écoute des inepties de Tolley, le visage de Flowers est passé progressivement de l'étonnement au dégoût. Margaret et moi avons commis l'erreur de nous regarder et, comme de vrais gosses, nous avons été pris d'un fou rire. J'en pleurais, et elle aussi.

« Impies ! Sacrilèges ! sifflait Flowers entre ses dents. Suppôts de Satan ! »

Et nous de repartir dans nos rires convulsifs !

« Eh bien, ce n'est tout de même pas ma faute si le clergé compte un grand nombre de pédérastes, monsieur Flowers, dit Tolley. Je n'étais qu'un enfant, voyez-vous, dans les mains de cette vieille pédale. »

Sans dire mot, le chasseur s'est levé et il est reparti comme il était venu.

23 mai 1932
Au camp

Nous pensions donc que Billy Flowers nous ferait grâce de ses apparitions pendant un certain temps. Eh bien non, il est revenu nous voir aujourd'hui, avec une prestation moins comique que la veille. À l'évidence, et c'est effrayant, ce personnage n'est pas seulement un excentrique et un fanatique religieux, mais c'est aussi, je le crains, un malade mental.

Il tenait un énorme fouet en cuir tressé, enroulé, avec un manche plus gros que mon poignet. « Je suis venu vous informer que votre départ est imminent, a-t-il dit. Vous devez plier bagages demain. Je voulais aussi vous demander de me faire l'honneur de m'accompagner à mon propre camp, pour assister au procès de mon chien Tom. C'est jour d'épreuve, pour lui.

– Ah, une épreuve de chasse, dit Tolley. Une démonstration de pistage et de poursuite, peut-être ? Fabuleux, monsieur Flowers ! Et un geste bienvenu de réconciliation. Nous viendrons avec plaisir.

– Non, monsieur Phillips, dit Flowers. Il ne s'agit pas d'une épreuve de chasse, mais d'une épreuve judiciaire. »

Intrigués, Tolley, Albert, Margaret et moi avons suivi Flowers, tandis que Joseph, Jesus et Browning restaient avec la *niña*. « En rentrant hier, voyez-vous, j'ai décidé que mes chiens et moi-même avions besoin d'être lavés de votre ordure. Rien de tel qu'une bonne chasse pour se purifier. Nous avons battu la campagne toute la journée et toute la nuit, sans manger ni nous reposer, et nous avons finalement trouvé la trace d'une jeune ourse. Les empreintes étaient fraîches, et nous l'avons traquée près de six heures. Nous étions sur le point de l'acculer quand le chef de meute, Tom, a lâché la piste. Comme s'il avait perdu courage et que chasser ne l'intéressait plus. Dans une telle situation, la loi de la meute exige de procéder à un jugement et de déterminer la punition appropriée. »

Nous voyant arriver, les chiens de Flowers aboyèrent en tirant sur leurs chaînes. Un seul mot de leur maître – « Silence ! » – suffit à les arrêter instantanément. Ils se sont aplatis par terre, tout palpitants, et la cage thoracique gonflée.

Attaché à l'écart à un mesquite tordu, le dénommé Tom était debout, la tête baissée et la queue entre les jambes, comme si sa culpabilité était déjà établie.

« Asseyez-vous là, je vous prie », dit Flowers en nous montrant un endroit par terre. Il rejoignit son chien et se racla la gorge. « Mesdames et messieurs le jury », commença-t-il. Le reste de la meute l'observait avec attention. Avait-elle déjà assisté à un procès similaire ? « Nous avons aujourd'hui devant nous ce chasseur qui, misérablement, a manqué à ses devoirs, qui a abandonné une piste, trahi sa race et ses compagnons. C'est un lâche et un cossard. Ma conviction est que ce travail de sape, cette insubordination, ce non respect des autres – nos bons chiens qui font leur travail – exige la peine de mort, et je vous demande à tous de légitimer cette condamnation.

– La peine de mort ? s'écria Margaret. Non mais, qu'est-ce que c'est que cette histoire ?

– Silence ! » ordonna Flowers.

Il se tourna vers « l'accusé » et s'adressa à lui sur un ton curieusement gentil, sans plus aucune trace de colère. « Je t'ai dressé moi-même, Tom. Je t'ai pris tout petit, je t'ai mis sur le droit chemin de la piété et du labeur. Je te considérais comme un fils. » Sincèrement affligé, Flowers baissa la tête : « Oh, tu m'as grandement déçu, Tom. » Alors, d'un geste du poignet, il déroula son fouet. Longue de six bons mètres, la lanière dessina sur le sol un trait parfaitement droit, avec un sifflement étouffé, et en soulevant un peu de poussière. « Tout ce que l'homme a semé, dit le chasseur à voix basse, il le récoltera aussi.

– Ouah, ouah, dit Tolley dans un souffle. En voilà, une affaire...

– Attendez une seconde, intervint Margaret. Qui a dit qu'il était coupable, ce chien ? Je croyais qu'il y avait un jury. On n'est pas censés procéder au vote ? »

Flowers se retourna et la regarda comme si elle venait d'enfreindre la loi elle-même. « Le verdict est prononcé, mademoiselle. L'accusé a été déclaré coupable par un jury de ses pairs. Il est condamné à la peine capitale à l'unanimité.

– Mais nous n'avons pas voté, dit-elle.

– Parce que vous n'êtes pas membres du jury. Vous êtes invités comme témoins. Et si vous n'êtes pas capables de garder le silence pendant l'exécution, je vais devoir vous demander de quitter le tribunal.

– Vous êtes fou », dit Margaret.

Flowers s'est retourné vers le chien et il a ramassé son fouet. D'un simple geste du poignet, mais avec une force extraordinaire, il l'a entièrement replié. La lanière est revenue d'une traite vers lui, avec une souplesse hypnotique. D'un autre coup de poignet, il l'a projetée au-devant. Avec un bruit de tonnerre, elle a claqué trois centimètres au-dessus de la tête du chien. La voix de Dieu. L'animal s'est ramassé sur son arrière-train avec un gémissement pathétique, et il a détourné les yeux, comme s'il suffisait de ne pas regarder pour éviter la suite. « TOUT CE QUE L'HOMME A SEMÉ, IL LE RÉCOLTERA AUSSI », répéta le chasseur, plus fort cette fois, plus évangélique que jamais. Se repliant dans l'air sec, le fouet siffla en prenant de la vitesse. Margaret murmura : « Bon Dieu, quelle espèce de malade », et elle regarda ailleurs. Nous autres sommes restés assis, paralysés, incapables de nous arracher à la scène. Le dernier coup partit. La lanière s'enroula avec précision sur la gorge du chien, tranchant peau, muscle et veine comme un fil de fer. La pauvre bête poussa un bref cri de souffrance, tandis que le fouet la soulevait comme une marionnette et la tirait violemment en avant. La trachée et les jugulaires, sectionnées, relâchèrent un souffle d'air et une pluie de sang. Puis l'animal s'effondra lourdement, avec quelques convulsions.

Margaret s'enfuit en pleurant. Nous la rattrapâmes et elle reporta sa colère sur nous. « Ah, vous êtes beaux et courageux, tiens ! Pas un seul pour ouvrir la bouche et mettre fin à cette *horreur*.

– Ça n'est pas notre affaire, dis-je sans trop de conviction.

– Tu as vu ce qu'il fait avec son putain de fouet ? demanda Tolley. Tu voulais qu'on dise quoi, chérie ? *Oh, monsieur Flowers, s'il vous plaît, ne faites pas bobo au gentil toutou ?* Je crois que, s'il nous a invités, c'est pour nous donner une idée de ses vertueuses colères. Je dois admettre qu'il a retenu mon attention. Je vais peut-être faire repentir, d'ailleurs...

– Oh, la ferme, Tolley, coupa Mag.

– Mon grand-père dit que Billy Flowers est un *di-yin*, commenta Albert. Qu'il a beaucoup de Pouvoir. Que toutes les créatures le craignent. »

Nous avons envoyé Jesus à Bavispe, cet après-midi, pour qu'il nous ramène d'autres provisions. Nous reprendrons ensuite notre route vers les hauts plateaux. À son retour demain matin, nous lèverons le camp. Ce départ nous réjouit tous.

31 mai 1932

Une semaine de dur voyage dans des conditions de plus en plus difficiles – à grimper, grimper, grimper. Les flancs abrupts des montagnes sont balafrés de ravins profonds, d'à-pic et de gorges. Les sabots des chevaux, mules et *burros* claquent sur la rocaille, glissent et dérapent. La piste est souvent si étroite qu'il nous faut mettre pied à terre et franchir les défilés en marchant. Hier, la mule de bât de Tolley, plus chargée que les autres, a eu un accident. Ses paniers ont heurté un gros bloc de pierre dans un de ces passages difficiles, et elle a perdu l'équilibre. Le fardeau mal réparti faisant office de lest, elle a dégringolé hors de la piste. Et de rouler, et de rouler, toujours plus vite vers le bas de la colline, en disséminant le chargement. Elle a dû dévaler une soixantaine de mètres avant d'être enfin arrêtée par un gros arbre. Nous nous sommes demandé si elle en sortirait vivante. Sinon avec une patte cassée, et dans ce cas, nous aurions été obligés de l'abattre. Mais, une fois stoppée par cet arbre providentiel, elle s'est redressée sur ses quatre membres et, exception faite de multiples écorchures, elle n'est pas réellement blessée. Évidemment, Tolley s'est surtout inquiété pour ses réserves de vin. Miraculeusement, une seule de ses précieuses bouteilles s'est brisée ! Il n'empêche, nous avons passé la plus grande partie de la journée, ensuite, à récupérer le chargement, à remonter la mule sur la piste, et à remplir de nouveau les paniers.

Après quelques buissons de chênes et les pins dispersés, nous avons finalement atteint les vraies forêts de sapins de la Sierra. La région est si calme, d'apparence si vierge, que nous avons l'impression d'être les premiers hommes à y pénétrer. Nous maintenons un silence respectueux, comme si parler dans cette solitude essentielle revenait à faire du bruit dans une église. À notre passage, les cerfs s'évanouissent comme des fantômes derrière les taillis, et je crois que nous nous demandons secrètement si ça ne serait pas plutôt des Apaches...

Tout paraît étrange et démesuré. Beaucoup d'arbres dépassent les trente mètres de haut. Juchés sur des branches élevées, des écureuils gris pâle, gros comme des chats, babillent en nous apercevant. Les crécelles d'un curieux pivert géant, long de presque soixante centimètres, trouvent un écho féerique dans la forêt où, partout, ses congénères tambourinent à leur tour. Ça fait un drôle d'orchestre de percussion, assez mélancolique. De grands vols de pigeons gris, vraiment nombreux, quittent leurs perchoirs dans les ramées. Leurs battements d'ailes font un bruit effrayant.

Nous avons remarqué de larges empreintes et de gros tas d'excréments. Ça doit être des ours. Nous n'avons pas revu Billy Flowers depuis notre départ, et nous savons qu'il les chasse. Pauvres bêtes.

Après tant d'années, Joseph Valor semble toujours connaître intimement son pays. Il trace notre route dans ce paysage accidenté comme s'il était encore là la semaine dernière, et non il y a un demi-siècle. Je lui ai demandé comment il faisait pour se repérer aussi bien sans carte, et il m'a répondu, le doigt sur la poitrine : « La carte, nous l'avons dans le cœur, nous. Les cartes en papier, c'est bon pour l'Œil-Blanc. »

La *niña bronca* est plus animée, mais aussi plus attentive, maintenant que nous sommes dans ses terres. Je l'ai prise en photo à divers moments, sans pouvoir encore développer mes négatifs, bien sûr.

Quand je serai en mesure de le faire, j'espère qu'ils révéleront l'œuvre du temps ; qu'ils la montreront chaque jour plus épanouie, dans ses gestes et sa façon d'être, comme une vraie fleur qu'elle est. Je la trouve plus jolie à mesure qu'elle reprend de la vigueur. Sa peau brune, presque rousse, et ses yeux si noirs ont pris un autre éclat. Plus nous nous éloignons de la civilisation, plus nous nous enfonçons dans ce décor insolite, et plus elle semble à l'aise. Elle appartient donc à ce pays, elle en est un élément naturel, essentiel même. Même Jesus n'a plus peur d'elle, et ils conversent aujourd'hui sans crainte en espagnol. Elle nous parle aussi un petit peu à nous, quelques mots d'espagnol, quelques mots en apache, ou avec les bribes d'anglais que monsieur Browning lui enseigne. « Tant qu'à faire, j'aime autant que cette jeune femme apprenne l'anglais de la Reine, plutôt que son avatar yankee ! », dit-il, faussement indigné. C'est d'ailleurs amusant d'entendre la *niña* prendre cet accent pointu. Elle s'est particulièrement attachée à Browning qui, pour sa part, la chérit comme sa propre fille.

Margaret lui a demandé ce matin au petit déjeuner : « Monsieur Browning, puis-je vous poser une question personnelle ?

– Je vous en prie, mademoiselle.

– Vous n'avez pas de famille ?

– Que voulez-vous dire, mademoiselle ? » a-t-il répondu, plus évasif que jamais.

Margaret a lâché un petit rire. « Comme s'il pouvait y avoir plusieurs sens ? Enfin, vous savez bien, des parents, des proches, une femme, des enfants. Vous ne parlez jamais de vous. Je sais que vous êtes un excellent majordome, et un merveilleux cuisinier, mais j'aimerais en savoir un petit peu plus.

– Je vous remercie, mademoiselle. Vos compliments me vont droit au cœur.

– Vous ne répondez pas à ma question.

– Quelle était la question, déjà ? dit Browning, en la regardant d'un air surpris.

– Avez-vous une famille, monsieur Browning ?

– Eh bien, oui, j'ai une famille, oui. Enfin, en quelque sorte.

– Bon Dieu, ce que vous êtes exaspérant ! »

Albert Valor rit à son tour. « Vous feriez un bon Apache, Harold, dit-il. Nous trouvons l'Œil-Blanc tellement malpoli, à poser des questions indiscrètes à tout propos. Et notre religion, et notre culture, et nos cérémonies, et notre histoire, et nos liens familiaux, et j'en passe. Franchement, est-ce que ça les regarde ? C'est pourquoi les Apaches répondent par le silence.

– En effet, dit Browning, avec un sourire finaud. C'est dans le vade-mecum de tout bon majordome. »

Margaret prend elle aussi quantité de notes dans un carnet. Un soir que nous étions assis autour du feu, elle m'a demandé : « Ça serait intéressant de comparer ce qu'on écrit, Ned, tu ne crois pas ? On aurait d'un côté le point de vue de l'artiste, et de l'autre celui d'une scientifique.

– Je ne suis pas un artiste, Mag. Je ne suis qu'un journaliste. Un simple ouvrier, comme dirait Big Wade. Mes photos et mes carnets rendent compte des événements, c'est tout. »

Nous avions trouvé un terrain plat où camper pour la nuit, au sommet d'un *cordon*, d'où nous avions une vue remarquable sur les montagnes boisées toutes proches, au bout d'une série de collines échelonnées et de plateaux couverts de sapins. Ils s'élevaient jusqu'aux crêtes rocheuses des *sierras*, dentelées, aiguisées et prêtes, semblait-il, à s'écraser sur nous.

« Simple curiosité de ma part, Mag : ce que tu notes est surtout scientifique, ou il y a aussi des observations personnelles ? »

Elle feuilleta quelques pages. « J'aurais du mal à qualifier de personnelles mes remarques sur la morphologie verbale, mon petit chéri.

– Bon Dieu, *donne-moi* ça, dit Tolley, en faisant semblant de plonger sur son carnet. J'ai une passion sans borne pour la morphologie verbale. C'est d'un érotisme *torride*. »

Elle feignit de ne pas entendre. « J'essaie surtout d'apprendre suffisamment d'apache, de la bouche de la petite, ou de Joseph, pour voir de quelle façon leur langue et leur culture ont été affectées par cinquante ans d'isolation forcée. J'aimerais bien en faire le sujet de ma thèse.

– Ça paraît un peu sec, chérinette, dit Tolley.

– Ah oui ? Alors, regarde, répondit-elle en levant la tête vers le spectacle impressionnant de la géologie autour de nous. Pense qu'elle a grandi ici, dans ces montagnes. Et que rien ne lui permet de douter que tout ça – Margaret embrassa le paysage d'un grand geste du bras –, c'est le monde dans sa totalité.

– Donc ? fit Tolley.

– Donc, elle en est certaine, répondit Mag. De la même façon, les taudis de nos villes sont pour un autre enfant le monde dans son entier. La *niña bronca* n'a pas idée de ce que sont nos villes. Et le gamin des taudis ne peut imaginer ces montagnes devant nous. Voilà ce qui me fascine dans l'anthropologie, la façon dont les hommes, les cultures et les langues sont façonnés par l'environnement. » Elle brandit son carnet. « Ça peut te paraître sec, Tolley, mais pour moi c'est infiniment précieux et personnel.

– Oh, je t'en *prie*, Margaret. Tu veux nous faire croire que tu n'as pas écrit une ligne sur ton amant ? *Cher journal,* commença-t-il sur un ton affecté, *c'est officiel, je suis tombée amoureuse de A. V.* Toujours des initiales dans les journaux intimes, fit-il en aparté, au cas où les parents tomberaient dessus. *Il est tellement adorable, craquant. Je fonds littéralement dès que je le vois...* »

Plus tolérante que vraiment amusée, Margaret sourit. « Parle pour toi, Tolley. Je t'ai déjà dit que je ne mélange jamais le travail et les sentiments.

– Dans ce sens, vous n'êtes pas si différents, Giles et toi. Tous les deux des observateurs, mais jamais des participants. Ned regarde le monde dans son objectif. Toi, à travers ta prétendue objectivité. Vous restez au bord à lorgner au milieu, et vous ne voyez pas le monde comme il est *réellement.*

– Sans blague ? Dis-moi comment il est *réellement,* alors, ai-je demandé à Tolley. Puisque tu le vois de l'intérieur, toi !

– Beaucoup plus grand qu'il n'y a de place dans ton viseur, *mi amigo.* Beaucoup plus grand aussi que l'étude morphologique des verbes, chérinette. Immense, confus, compliqué et *moche.*

– Ah oui ? dit Margaret, en contemplant les montagnes. Mais beau, jamais ?

– Bon, si, bien sûr. »

J'ai repris : « Qu'est-ce que tu sais, après tout, du monde réel, Tolley ? Tu es un gosse de riche. Enfin, tu décides de traîner tes guêtres dans la Sierra Madre, mais tu es obligé de prendre un domestique pour te cirer les pompes.

– C'est là que tu te trompes, vieux frère. Quand on est *différent* comme moi, il n'y a rien pour se protéger des réalités. En tout cas, pas l'argent. Et un domestique encore moins. Tu as entendu ce que disait Albert, l'autre jour ? Que les Apaches tuaient autrefois les gens de ma sorte. C'est la même chose chez les Américains. Sais-tu qu'on m'a déjà arrêté trois fois, pour la seule raison que je fréquente les clubs où se retrouve mon « espèce » ? Eh si, mon petit monsieur, la police vient faire ses descentes et nous met en garde à vue pour atteinte aux bonnes mœurs. J'ai des amis qui se sont retrouvés en taule et, si j'y ai échappé moi-même, c'est parce que mon père est bien généreux avec les Œuvres de la police de Philadelphie. Je suis peut-être pédé, mais je marche la tête haute. Tu crois que c'est un choix délibéré de ma part ? Eh bien, je t'assure que non. Contrairement à certains, je ne fais pas semblant d'être autre chose, moi. Et c'est vivre sur la ligne de feu, mon gars, pas comme toi derrière ton viseur, ni comme Margaret qui s'abrite sous ses « cultures ».

– Ce n'est pas parce que tu as les moyens de faire profession de ta « différence » que tu es obligé de la ramener comme ça, dit-elle. Être homosexuel, ça n'est pas un métier.

– Je sais, ma chérie, je sais. Je préfère voir ça comme une *cause célèbre*[1].

– Même pas, dit-elle.

– Garde ça au fond de ta tête, chérinette. Si nous sortons un jour du Moyen Âge, ça en deviendra une. »

4 juin 1932

Nous avons croisé pour la première fois la piste des Apaches. Nous venions d'atteindre une clairière au sommet d'une colline, et nous avons découvert plusieurs colonnes grossières de rochers empilés. Hautes d'un mètre environ, elles étaient espacées d'une vingtaine de pas les unes des autres. Joseph est descendu de sa mule et s'est agenouillé pour les examiner. Il a parlé à la petite. J'ai demandé à Albert : « Qu'est-ce que c'est ?

– Nous sommes en pays apache, m'a-t-il répondu.

– C'est pour établir une sorte de frontière, alors ?

– Les Apaches ne connaissent pas les frontières, m'a dit Albert. C'est pour l'Œil-Blanc, ça. Non, ça veut dire autre chose.

– Voyons si j'ai deviné, Albert, a dit Tolley. Tu ne nous expliqueras pas, bien sûr ? »

Nous avons monté le camp pour la nuit non loin de ces constructions de pierre. L'air de la montagne est vraiment frisquet, et nous

1. En français dans le texte.

sommes envahis par de sombres pressentiments. Comme si ces colonnes avaient le pouvoir de décider de notre humeur, sinon du temps qu'il fait. Voilà peut-être leur fonction, d'ailleurs : repousser les intrus. Nous avons discuté un moment pour savoir si nous allions faire du feu, par crainte d'être repérés. Une voix s'est élevée pour dire que nous étions là pour rentrer en *contact* avec les Apaches, et non les éviter. De toute façon, Joseph a fini par lâcher que, ces deux derniers jours, il avait déjà reconnu plusieurs traces des siens, qu'ils sont au courant de notre présence depuis au moins aussi longtemps, qu'ils savent exactement combien nous sommes et que nous avons la petite avec nous... Bon.

« Qu'est-ce que tu en sais, Joseph ? lui ai-je demandé. Et pourquoi n'as-tu rien dit ?

– Tout le monde pouvait les voir, ces traces. Elles étaient là pour ça. »

Nous avons décidé de monter la garde, toute la nuit, malgré l'avis de Joseph et d'Albert qui trouvaient cela inutile.

« Qu'allez-vous faire, Œil-Blanc, si un sauvage apache s'introduit dans le camp pendant que vous êtes de garde ? » a demandé Albert.

Moi : « Je lui demanderai de poser pour une photo. »

Margaret : « J'aurai envie de l'interroger pour ma thèse. »

Monsieur Browning : « Je lui offrirai une larme de thé. »

Tolley : « Et, pendant qu'on prend le thé, j'essaierai de jeter un coup d'œil sous son pagne.

– Et toi ? dit Albert à Jesus. Que feras-tu, courageux Mexicain ?

– Moi, j'aurais très, très peur, dit Jesus d'une petite voix.

– Ouais, c'est qu'on est une bande de durs à cuire, nous autres, agressifs et mauvais, dit Margaret. Je doute qu'ils s'aventurent ici, tellement on leur fait peur. Espérons au moins qu'ils nous seront reconnaissants de leur ramener la petite. »

J'ai pris le premier tour de garde. Assis devant le feu, je passe le temps en écrivant. J'essaie surtout de garder les yeux ouverts.

5 juin 1932

Justement, la petite s'est volatilisée. Elle a disparu cette nuit. Qui tenait la garde à ce moment-là ? Enfin, aucune importance...

J'ai demandé au vieil Indien : « Sais-tu où elle est allée, Joseph ?

– Elle est retournée dans son peuple.

– Tu ne l'as pas entendue partir ?

– Tu ne t'es pas rendu compte que la *niña* se déplace comme un esprit ? » a-t-il dit. Et nous comprenions tous ce que cela voulait dire. « C'était ainsi qu'autrefois vivait le Peuple, c'est le Pouvoir que nous avions, que nous avons perdu dans votre monde. On ne le trouve plus dans les réserves que chez de vieux Apaches, fort peu nombreux. Mais ici, dans ce pays, le Peuple possède toujours le Pouvoir. Tu verras. S'ils décident de se montrer, tu ne les entendras pas, tu croiras à une brusque apparition. »

Jesus s'est signé en murmurant une courte invocation. Ce qui confirme les superstitions populaires avec lesquelles il a été élevé, comme quoi les Apaches sont des croque-mitaines aux pouvoirs surnaturels...

« Pourquoi n'allons-nous pas à leur rencontre, au lieu d'attendre qu'ils le fassent ? a suggéré Margaret.

– Mais pour quoi faire ? a dit Tolley. Sans la fille, nous n'avons plus de monnaie d'échange. On a pour consigne de faire savoir à Billy Flowers qu'elle a disparu.

– Tu veux qu'il lâche ses chiens et qu'il la traque, c'est ça que tu veux ? »

J'ai renchéri : « En plus, si on fait ça, ça revient à admettre qu'on a foiré, que Gatlin et les autres avaient finalement raison. Je propose de continuer le voyage. Joseph, vous retrouverez bien la trace de la petite, non ?

– Tu sembles oublier, Giles, que je commande cette expédition, dit Tolley. C'est moi qui donne les ordres.

– Oh, ça va, toi, dit Margaret. Je suis d'accord avec Ned.

– Mais c'est une mutinerie. Je vais vous faire passer tous deux en cour martiale.

– D'accord, chéri, on est aux arrêts, dit Margaret. On se rendra de nous-mêmes quand on retrouvera l'expédition. Pour l'instant, mettons-nous en route. »

Nous ne sommes pas allés bien loin. Après quelques heures d'ascension, nous nous étions arrêtés pour casser la croûte lorsque nous avons entendu un épouvantable bruit de chaînes, annonçant la présence du vieux chasseur et des chiens. Un instant plus tard, il était là sur sa mule blanche, suivi par sa meute de clebs, musculeux et émaciés.

Sans mettre pied à terre, il nous a toisés comme l'ange du Jugement dernier. Filtré par les branchages, le soleil éclairait à contre-jour sa longue barbe et ses cheveux blancs, ce qui n'enlevait rien à l'intensité de son regard. « Vous avez laissé filer la sauvage.

– Elle s'est enfuie dans la nuit, a dit Margaret. Comment le savez-vous ?

– Il manquait ses empreintes par terre, à côté de sa monture, répondit-il. Pas les vôtres. J'aurais dû remarquer ça plus vite, d'ailleurs. Pourquoi ne m'avez-vous pas informé ? »

J'ai dit : « Parce que nous partons la retrouver nous-mêmes.

– Je vous avais prévenus qu'elle ficherait le camp. Je vais lancer mes chiens sur sa piste, tant que c'est frais. » À l'évidence, ce vieux fou est possédé par le démon de la chasse. Nous avons tous eu le sentiment qu'il n'avait attendu que ça – qu'elle disparaisse – pour la poursuivre à nouveau.

Se levant, Tolley a pris une pose autoritaire, tête haute et mains dans le dos, comme sur les vieilles gravures de Napoléon Bonaparte. « Vous partez sur-le-champ au rapport, monsieur Flowers, puis vous guiderez l'expédition jusqu'ici, dit-il d'une voix cassante. De notre côté, nous recherchons la fille. »

Flowers le regarda avec un mépris souverain. « Vous me donnez des *ordres*, monsieur Phillips ?

– Capitaine Phillips, monsieur Flowers », dit Tolley. Malgré la gravité de la situation, et la présence menaçante du vieux chasseur, il a fallu tout notre sang-froid pour ne pas éclater de rire. « C'est moi qui commande, ici. Le colonel Carillo l'a affirmé sans la moindre ambiguïté, au cas où vous auriez oublié.

– Même si ça vous paraît absurde, monsieur Flowers, Tolley a raison, dit Margaret. Si vous vous lancez à la poursuite de la fille, comment fera l'expédition pour nous retrouver, nous ?

– C'est *vous* qui partez les retrouver, dit Flowers. Le vieil Indien saura les conduire ici. Ils ne sont qu'à une journée de cheval.

– Non, insista Margaret, catégorique. C'est bien ce qu'on se tue à vous expliquer. On a fait des efforts pour arriver jusque-là, alors on ne va sûrement pas rebrousser chemin. »

Flowers réfléchit un instant. « Vous êtes une jeune écervelée, mademoiselle Hawkins. Vous vous croyez à la campagne pour vos recherches universitaires, c'est ça ? Vous pensez que les nobles sauvages vont vous ouvrir leurs portes comme celles d'un musée, et se laisser traiter comme des spécimens ? » Il se tourna vers Joseph. « Eh, l'ancien, pourquoi vous ne leur dites pas qui sont ces gens à qui ils ont affaire, vous les connaissez, vous. Parlez-leur des pratiques barbares qui étaient les vôtres avant d'avoir accepté la civilisation, avant d'avoir été baptisé dans l'Église du Seigneur. Allez, dites-leur ce qui les attend lorsqu'ils les trouveront devant eux, les Bronco Apaches. Les ennemis de la croix du Christ : *"Dont la fin est la destruction ; dont le dieu est leur ventre, et leur gloire est dans leur honte. Étrangers aux alliances et à la promesse, sans espérance et sans Dieu dans ce monde."* »

Assis en tailleur par terre, Joseph paraissait frêle et minuscule devant Billy Flowers. On aurait cru un enfant. Il ne répondit pas, mais ses yeux ne quittèrent pas un instant le regard brûlant du chasseur.

« Vous en savez quoi, de notre peuple, espèce de vieux cinglé ? » dit Albert.

Flowers fit demi-tour sur sa mule. « Très bien. Puisque c'est comme ça, j'y retourne, à l'expédition. Vous pouvez encore prier qu'on vous rejoigne à temps, avant d'apprendre par vous-mêmes ce que je sais déjà. »

C'est assez bizarre, et je ne sais si les autres ont eu la même impression mais, en voyant Billy Flowers partir comme ça, suivi des chiens et du fracas désolé de leurs chaînes, un frisson m'a parcouru l'échine et je me suis senti affreusement vulnérable. Ce type est un fanatique, il est sûrement à moitié dingue, mais c'était quand même rassurant de le savoir toujours derrière nous, à veiller sur nos vies comme seul Dieu pourrait le faire. Brusquement, nous sommes seuls, livrés à nous-mêmes, et dans une terre qui n'a rien de promise.

LA *NIÑA BRONCA*

Éveillée, blottie sous sa couverture, elle écoutait la chouette qui ululait dans la forêt et dont le chant la terrifiait. Il ne pouvait y avoir plus mauvais présage, car celui-ci annonçait la mort de quelqu'un. Elle savait que, depuis plusieurs jours déjà, Indio Juan les épiait. Il allait, certainement cette nuit, s'abattre sur leur camp et tuer ces gens qui l'avaient sauvée. Elle avait pensé à en parler au grand-père, seulement, bien avant qu'ils tombent sur les colonnes de pierre, elle avait compris que lui aussi sentait la présence du Peuple. Elle supposait qu'Indio Juan épargnerait la femme et le garçon, pour les garder prisonniers, mais sûrement pas les hommes, ni même le vieil Apache et son petit-fils. Tous avaient été bons pour elle, elle ne voulait pas qu'ils disparaissent ; elle ne voulait pas non plus que la jeune femme et le petit soient capturés, car elle n'ignorait pas, dans ce cas, quel affreux destin les attendait.

Allongée sous sa couverture, essayant de retrouver courage, elle écoutait le ululement de la chouette, messagère de la mort. Elle avait peur de cheminer en pleine nuit, surtout avec cet oiseau de malheur car, si en plus elle le croisait, ou si la chouette volait au-dessus d'elle, alors elle serait elle-même désignée comme victime. Pourtant il ne fallait pas rester ici un instant de plus, parce qu'Indio Juan allait intervenir et égorger ces gens.

Lorsqu'elle les crut tous endormis, elle se faufila sans bruit hors de son wigwam et s'éclipsa comme un fantôme. Le garçon-fille – c'est ainsi qu'elle avait surnommé celui qu'ils appelaient Tolley – montait la garde près du feu, mais il s'était endormi devant ce qui n'était plus que des braises. Il aurait été le premier à périr. En passant devant le vieil homme, elle baissa les yeux et s'aperçut que, bien réveillé, il l'observait. Leurs regards se croisèrent, mais ils ne dirent rien. Elle vit qu'il avait compris et qu'il ne l'empêcherait pas de partir. *Au revoir, grand-père*, dit-elle en employant le langage des signes. Il hocha la tête. Elle ajouta du bout des mains : *Pars, grand-père.*

Aux trois quarts pleine, la lune levée ouvrait le chemin et les arbres projetaient leurs ombres sur le tapis de la forêt. La chouette ululait régulièrement, son cri emplissait la nuit, et il fallait essayer de deviner où elle s'était nichée pour l'éviter absolument. Seulement, le cri semblait provenir de partout à la fois. Prenant peur, la *niña* se mit à courir en petite foulée. Ses pieds effleuraient à peine le sol.

Elle se trouvait ici en terrain connu et elle savait près de quelle source Indio Juan aurait choisi de camper. Bien avant d'y arriver, elle vit plusieurs silhouettes se déplacer vers elle dans la forêt, quittant ou se fondant dans les ombres et les troncs. Brusquement, l'une d'elles fit irruption, et elle sentit son souffle s'arrêter dans la gorge. Elle ne cria pas. C'était Indio Juan, qui lui empoigna le bras et la tira vers lui. « J'allais te retrouver », dit-il avec son sourire de travers. Au clair de lune, le côté mort de son visage, paralysé depuis l'enfance après la morsure du crotale, avait une teinte de cire. Le coin de l'œil et de la bouche était à jamais affaissé.

« Oui, je sais, dit-elle. C'est pourquoi je suis là.

– Tu fais ami-ami avec l'Œil-Blanc, maintenant ? Et avec les Mexicains ?

– Il y a aussi des *In'deh.*

– Les Apaches des réserves ne sont pas des *In'deh.*

– Le vieux est un Chokonen. Il connaît ce pays.

– Il sert de scout à l'Œil-Blanc et aux Mexicains.

– Il m'a ramenée chez moi. J'ai été capturée parce que tu m'as abandonnée, tu as laissé ma mère, ma sœur et les autres se faire tuer par les Mexicains. Alors que le vieux, lui, il m'a sortie de la prison et il m'a accompagnée jusqu'ici.

– Ils ont de bons chevaux, des mules et beaucoup de provisions, dit Indio Juan.

– En effet.

– On fait un raid sur leur camp, ce soir.

– Non. Ils quittent le pays demain matin. Je ne veux pas qu'on leur fasse du mal. »

Indio Juan lâcha un petit rire méprisant. Moqueur, il répéta : « Ah, il ne faut pas leur faire du mal ?

– Non. Nous allons repartir au sud, à la *rancheria* de mon grand-père Charley, dit la *niña*. Je lui apprendrai que sa fille – ma mère – et sa petite-fille – ma sœur – sont mortes à cause de toi parce que tu nous a laissées aux mains des Mexicains. Je lui expliquerai que ces gens, que je viens de quitter, m'ont ramenée chez moi, et je leur ai juré qu'il ne leur arriverait rien. Si tu les tues maintenant, Charley va se mettre dans une colère noire.

– Je n'ai pas peur de ton grand-père, crâna Juan.

– Que si », dit-elle. Maintenant sorti de l'ombre, le reste de la bande s'était rassemblé derrière eux et les écoutait silencieusement. Il y avait une demi-douzaine de jeunes garçons, à peine sortis de l'adolescence, et deux femmes. La première, Francesca, avait été ravie aux Mexicains bien des années plus tôt, alors qu'elle n'était encore qu'une enfant. Elle était aujourd'hui aussi apache que les autres. La seconde, qui avait une tête de faucon, était surnommée Gent-tuuyu, « celle qui est laide ». C'était tout ce qui restait de la bande d'Indio Juan.

« Fichons-leur la paix cette nuit, dit Francesca, qui était enceinte de Juan. S'ils font demi-tour demain matin, on les laissera partir. Si au contraire ils essayent de nous suivre, alors on leur prendra leurs chevaux et leurs mules, et on fera ce qu'on voudra des cavaliers. »

Le compromis parut convenir à Indio Juan. Il avait la « maladie du serpent », qui le rendait, c'est vrai, imprévisible. Mais il avait quand même peur du grand-père de la petite.

« D'accord ? » dit-il.

La *niña* hocha la tête.

Elle les suivit jusqu'à leur camp où elle s'efforça d'éviter Juan, même de le regarder. Maintenant qu'elle était revenue, elle se demandait combien de temps il attendrait pour la vouloir – et la prendre – comme épouse. Elle s'allongea pour la nuit au côté de Gent-tuuyu. Embarrassés, les autres semblaient se demander si elle n'était pas revenue souillée d'un contact prolongé avec l'Œil-Blanc et les Mexicains.

Mais elle ne réussit pas à s'endormir. Dans la forêt, les ululements de la chouette se répondaient à l'infini.

Les Carnets de Ned Giles, 1932

CINQUIÈME CARNET

La Capture

(Sans date)

Joseph avait raison, l'embuscade était parfaitement préparée, nous n'avons rien entendu, rien senti venir, ils étaient tout simplement là. Derrière. Devant. Au-dessus. Nous avancions en file indienne, si l'on peut dire, à flanc d'un canyon abrupt. Et l'à-pic, à nos pieds, était d'au moins cent mètres. La gorge était si profonde que nous voyions le torrent écumer en bas sans que le bruit monte à nos oreilles. Tolley cheminait devant moi lorsqu'une forme, cachée dans la rocaille, a bondi sur lui. Avant que je puisse hurler pour l'avertir, j'avais moi aussi un corps sur le dos, quoique svelte et léger comme un chat. Puis la lame d'un couteau sur ma gorge, juste ce qu'il faut, et alors j'ai senti son odeur, reconnaissable entre mille, fauve sans être repoussante. J'ai compris à cet instant-là que j'allais mourir de la main de la *niña*. Agrippé à son dos comme un diable, l'autre Apache a désarçonné Tolley, qui est tombé avec un petit cri de surprise, puis tous deux ont roulé par terre. Avec une agilité déconcertante, ce démon d'Indien s'est assis sur Tolley, il a ramassé une pierre et il l'a frappé sur le crâne. Pris de panique sans cavalier, le cheval s'est cabré en hennissant et l'Apache a pris au passage un coup de sabot à l'épaule. Tolley en a profité pour se dégager, se relever en chancelant, et il a essayé de récupérer les rênes. Mais l'animal affolé s'est cambré à nouveau, il a perdu l'équilibre et, basculant à la renverse, il s'est retrouvé précipité dans le vide en percutant maintes fois la paroi rocheuse. Il a tourbillonné en hurlant jusqu'au fond de la gorge. Jamais je ne pourrai oublier les hennissements de ce poney, hurlant devant la mort qui l'attendait en bas.

Ensuite, il y eut le cliquetis distinct de plusieurs fusils prêts à tirer, et d'autres Indiens devant nous, derrière et sur les rochers. Tolley a levé les bras sans opposer de résistance à celui qui l'avait renversé... sauf que je me rendis compte que c'était une femme, en pagne et mocassins hauts. Je réussis à tourner suffisamment la tête pour voir qu'un jeune homme avait pris place derrière Albert, sur son cheval, et lui maintenait un couteau sur la gorge. Même tableau pour Joseph, quoique ce fût là encore une femme. Margaret, monsieur Browning et Jesus restaient sans surveillance, seulement ils n'étaient pas armés, ce dont les Apaches s'étaient certainement assurés. De toute façon, je ne vois pas comment nos amis auraient pu s'enfuir. Jesus gémissait entre deux souffles, son pire cauchemar était devenu réalité – il était capturé par *los Apaches*. Il s'est mis à bafouiller en espagnol : « *Salvamos tu vida*, on t'a sauvé la vie, on t'a sortie de la prison où tu allais mourir, *nosotros te cuidamos bien*, on s'est occupés de toi. Pourquoi tu nous fais ça maintenant ? »

La réponse jaillit dans mon dos, et aucun doute n'était permis, c'était bien le couteau de la *niña bronca* que j'avais sous la gorge. « *Si no dejas de llorar, mexicano cobarde, te mataremos*, dit-elle cruellement. Si tu n'arrêtes pas de pleurnicher, trouillard de Mexicain, on te fera taire autrement. » Jesus cessa instantanément.

Il y avait encore deux hommes, une femme et deux jeunes garçons, silencieux comme les ombres des rêves, qui approchèrent pour retirer de leurs fourreaux, sur les bêtes, nos fusils et nos carabines. La petite rengaina son couteau et descendit de ma mule. Ses compagnons, derrière Joseph et Albert, en firent autant.

Armé d'une vieille Winchester à répétition, un petit homme au torse rond se posta devant eux d'un air conquérant. Il avait un côté du visage affreusement défiguré, la joue et la mâchoire décharnées, balafrées, et une paupière affaissée, sans vie.

« Yo Indio Juan », dit-il avec un sourire tordu. Jesus poussa un hoquet de terreur, ce qui fit rire l'Indien.

Indio Juan, puisque c'était son nom, marcha jusqu'à la mule de Margaret, empoigna celle-ci par le bras et la fit descendre. Il saisit quelques mèches de ses cheveux et la tira vers lui pour mieux l'étudier de son seul œil.

« Je vous prie de m'excuser, monsieur ! » protesta Browning, toujours aussi poli. Avec sa maladresse habituelle, il mit pied à terre et fit quelques pas vers l'Indien. « Vous voudrez bien lâcher tout de suite cette jeune femme. Un gentleman ne se conduit pas ainsi ! » Il n'eut pas le temps de faire un autre pas qu'une Apache se glissa derrière lui et le frappa à la tête avec une pierre. Le voyant s'effondrer, Margaret poussa un hurlement. Je le rejoignis d'un bond. Il avait perdu connaissance mais il respirait. Du sang commençait à perler entre ses cheveux, à l'arrière du crâne. Tendant un doigt vers la petite, je m'écriai : « Cet homme t'a donné à manger, il s'est occupé de toi quand tu étais malade. Il t'a sauvé la vie, et c'est comme ça que tu le remercies ? Joseph, répète-lui ce que je viens de dire ! » Je montrai ensuite Margaret : « Cette femme aussi t'a soignée. Nous sommes tes amis. Nous ne sommes pas venus en ennemis. *Somos tus amigos.* Dis-lui de la lâcher.

– Ça va aller, Ned, dit Margaret, braquant un regard de défi sur Indio Juan qui la tenait toujours par les cheveux. Ne t'inquiète pas pour moi. Elle n'a aucun pouvoir, c'est lui, le chef. »

Joseph intervint alors. Il parla à nos agresseurs d'une voix calme et grave, avec ce curieux débit oratoire qui lui est propre. À notre grand étonnement, Indio Juan relâcha Margaret et toute la bande écouta le vieil homme. Albert attendit un peu, puis traduisit pour nous :

« Je suis un Chokonen, et les Chokonen étaient les seuls vrais Chiricahuas. J'ai vécu ma jeunesse dans ce pays avec le Peuple. Mon nom est Goso, et j'étais marié à celle qu'on appelait Siki. J'ai eu trois enfants avec elle dans ces montagnes. J'ai fini un jour par me rendre au Nantan Lupan, avec le vieux Nana. Je suis sûr que, parmi vous, les anciens ont encore en bouche le récit de ces temps-là, les vies du Nantan Lupan, de Geronimo, de Mangus et de Nana. Je suis sûr qu'il se trouve parmi vous des descendants de ma famille qui se souviennent du guerrier Goso. Aujourd'hui je suis revenu vivre dans ces montagnes qui m'ont donné le jour. Vous pouvez me tuer sans attendre, si c'est ce que vous voulez. Je suis un vieil homme et j'ai déjà trop vécu. Je suis encore là alors que mes quatre épouses et la plupart de mes enfants et de mes petits-enfants ont disparu. Je n'ai pas peur de mourir, mais pourquoi tuer ces Œil-Blanc et le petit Mexicain ? Ils n'ont rien fait que m'accompagner ici. Ils n'ont rien fait que sauver cette petite, qui se laissait mourir dans la prison des Mexicains. Ils n'ont rien fait que vouloir la rendre au Peuple. Alors, au lieu de leur fracasser la tête à coups de pierre, vous feriez mieux de préparer une fête en leur honneur. »

Indio Juan lâcha un rire moqueur et s'approcha du vieil Apache.

« Une fête, c'est ça que tu veux, vieillard ? Pour ces Œil-Blanc et le petit Mexicain ? Mais en voilà, une bonne idée ! Si ton long séjour chez l'Œil-Blanc n'a pas effacé tout souvenir des coutumes du Peuple, tu te rappelleras que nos femmes danseront la nuit entière avec les hommes. Quand, au matin, elles seront

fatiguées de danser, alors elles les tueront. On gardera le gamin et, s'il arrête de pleurnicher, s'il nous paraît vaguement utile, nous lui permettrons de rester parmi nous. Le petit Huerta vit déjà comme le Peuple. Moi, je vais prendre cette Œil-Blanc comme esclave, elle mettra au monde les petits Apaches que je lui donnerai, exactement comme toi tu avais pris une Mexicaine pour tes propres enfants. Car les coutumes du Peuple sont restées les mêmes. Nous sommes très peu nombreux maintenant, et encore moins chaque jour, alors nous avons grand besoin de femmes et d'enfants. Quant à toi, vieillard, nous verrons s'il est des anciens pour se souvenir de toi. Si leurs récits ressemblent au tien... »

Comme nous avions à manger, ils se sont servis d'abord, puis ils ont enfourché nos mules et nos ânes, et ils nous ont ordonné de les précéder à pied. Nous avons réussi à ranimer monsieur Browning qui, affaibli, désorienté, a eu du mal à nous suivre. Joseph nous a dit que, s'il nous retardait, les Apaches le tueraient. Albert, Tolley et moi nous sommes relayés pour l'aider à marcher. « Le temps de retrouver mes jambes et ça ira très bien, messieurs, dit-il, toujours courageux. Mais j'ai un peu peur d'avoir pris un bon coup sur la caboche.

– C'était très courageux de prendre ma défense, monsieur Browning, dit Margaret. Vous avez été le seul et je vous remercie.

– Tu n'as peut-être pas remarqué qu'on avait tous un couteau sous la gorge, chérinette, dit Tolley.

– C'était vraiment la moindre des choses, mademoiselle, dit Browning. Je n'ai jamais pu supporter qu'on violente une femme, ou des enfants. Même des animaux. Et je suis navré pour votre cheval, monsieur.

– Merci, Browning, répondit Tolley. C'était le meilleur poney de l'écurie paternelle. Je vais me faire engueuler comme du poisson pourri... C'était abominable, hein, ces hennissements qu'il poussait avant de s'écraser ? Maintenant, je ne sais pas ce que vous en pensez, vous autres, mais je dirais qu'on est un peu dans le pétrin. »

Je n'ai pu m'empêcher : « Dans le pétrin, tu crois ? Qu'est-ce qui te fait dire ça ?

– Oui, nous sommes dans de sales draps, monsieur, renchérit monsieur Browning à sa façon.

– Albert, si j'ai bien compris votre traduction, dit Tolley, le petit crâneur d'opérette veut nous inviter ce soir à une fête, nous faire l'honneur d'ouvrir le bal pour de charmantes hôtesses qui ne nous lâcheront plus jusqu'à l'aube ?

– C'est une vieille tradition apache, dit Albert. On oblige les prisonniers à danser toute la nuit. Ensuite les femmes les tuent au matin. Ils vengeront ainsi la mère et la sœur de la petite, car elles ont été tuées par les *vaqueros* mexicains qui ont attaqué leur camp.

– Comment savez-vous qu'elles ont été tuées ? demanda Margaret. Pourquoi ne nous l'avez-vous pas dit ?

– La petite parlait dans son sommeil et on l'a entendue, admit Albert. On ne vous a rien dit, parce que ça n'est pas vos affaires.

– Je suis sûr de les envoûter tellement avec mes talents de danseur, dit Tolley, qu'au matin ils y regarderont à deux fois avant de m'envoyer *ad patres*. Elles voudront toutes valser encore avec moi le lendemain, et le surlendemain, et...

– Tolley, juste pour cette fois, tu es sûr que tu ne veux pas la fermer ?

– Oui, toi, bien sûr, chérinette, dit-il, avec ton cul verni, tu vas vivre heureuse avec ton fringant Indio Juan et vous aurez beaucoup d'enfants. Je te vois déjà dorloter une jolie brochette de beaux bébés tout bruns. Et, en prenant les choses du bon côté, tu auras tout le temps de mener tes recherches anthropologiques, *persona grata* même.

– S'ils ne trouvent pas une bonne raison de te tuer, siffla Margaret, je promets que je le ferai à leur place, Tolley.

– Je regrette de devoir vous le rappeler, mes chéris, mais si vous aviez écouté votre *capitaine*, on n'en serait pas là. À l'heure qu'il est, on serait bien au chaud avec le reste de l'expédition. »

Suivit une longue journée de voyage, éreintante. Nous avons cheminé au sud sur une route chaque instant plus abrupte, plus accidentée, avec un seul et unique arrêt, et à peine une gorgée d'eau. L'état de monsieur Browning s'est constamment aggravé, et il a fallu nous relayer, deux à deux, pour l'aider à marcher. Nous avons bien essayé de lui bander la tête avec une chemise déchirée, mais il a continué de saigner. Il nous a même priés plusieurs fois de l'abandonner au bord du chemin.

« Fadaises, monsieur Browning, disait Tolley. Si vous croyez que je pars chez ces sauvages d'Apaches danser ce qui pourrait bien être mon dernier bal, sans un valet pour m'habiller, vous vous fourrez le doigt dans l'œil.

– Fort bien, monsieur, marmonnait Browning. À votre service, monsieur. »

Nous avons passé plusieurs lignes de crête, cheminé en haut d'un nouveau canyon escarpé, en empruntant un défilé conduisant à une petite vallée fertile, bordée de forêts de pins, de chênes, d'érables et de cèdres. Un signal avait dû annoncer notre arrivée, car un groupe d'enfants est venu sur la piste à notre rencontre, une demi-douzaine de gamins bruns et agiles qui se détachaient des arbres comme par enchantement. D'un instant à l'autre, ils se trouvaient là où il n'y avait rien auparavant. Ils nous suivirent silencieusement, avec une expression maussade, jusqu'à ce que la *rancheria* soit bientôt visible. Alors ils s'enhardirent, se rapprochèrent pour nous examiner en échangeant des propos animés, et certains bondirent sur les mules et les *burros* derrière les cavaliers... toujours avec cette incroyable façon de se déplacer, comme des fantômes.

Plantée sur la rive nord d'un ruisseau affluent de la rivière, la *rancheria* semblait abriter à peine trois douzaines de personnes. Au-delà, la vallée se transformait en canyon étroit aux parois striées de saillies, grêlées de troglodytes datant du « premier peuple ». Je vis un mélange hétéroclite d'habitations, des wigwams de branchages, de vieilles tentes de l'armée, rapiécées avec différents tissus, et de grossières cabanes d'adobe avec des toits de chaume. Les habitants sortirent pour accueillir la bande de retour. Leurs vêtements étaient aussi peu uniformes que leurs logements – chemises et robes de calicot, ou d'autres étoffes indiennes, toutes de couleurs vives ; quelques-uns des jeunes garçons et des vieillards portaient des vestes de l'armée, américaine ou mexicaine ; certains étaient en pantalon, d'autres en pagne ; ils étaient diversement chaussés de bottes de cheval ou de mocassins hauts ; ils arboraient chapeaux et foulards noués ; la plupart des femmes étaient parées de bijoux : médaillons en argent, colliers de perles, bracelets, chaînettes, bagues et anneaux. Derrière ce spectacle bariolé, je ne pus m'empêcher de remarquer qu'il y avait fort peu de jeunes hommes ici, mais surtout des femmes, quelques anciens, et beaucoup d'enfants de tous âges. Ceux en âge de se battre s'étaient joints à l'équipée qui venait de nous capturer, et ils nous escortaient maintenant, triomphants, dans la *rancheria*.

Les résidents poussèrent un curieux ululement pour saluer l'arrivée des guerriers, une sorte de trille aiguë qui paraissait jaillir du fond de leur poitrine et se réverbérait sur les parois du canyon. Un cri si primitif que des frissons nous parcoururent l'échine.

« Bon Dieu, c'est incroyable ! s'émerveilla Margaret. On dirait un camp de gitans, vous ne trouvez pas ?

– On dirait plutôt *L'Enfer* de Jérôme Bosch », dit Tolley.

Accablé de peur, de fatigue, effrayé aussi par l'extravagance de l'endroit et de ses habitants, Jesus pleura doucement. Aucun de nous, il est vrai, n'avait jamais vu ça. Albert s'agenouilla devant le petit Mexicain et, le prenant par les épaules, lui dit : « Écoute-moi bien, mon garçon. Il n'y a rien que les Apaches méprisent autant que les pleurnichards. Alors, si tu n'arrêtes pas tout de suite, ils vont te tuer. Et, avant ça, te torturer. Tu m'as bien entendu ? »

Hochant la tête, Jesus ravala ses sanglots.

Plusieurs Apaches s'approchèrent de plus près pour nous dévisager. Ils paraissaient spécialement fascinés par les cheveux blonds de Margaret, et deux vieilles femmes se querellèrent, sembla-t-il, pour s'octroyer le « droit de garde » de Jesus. Mettant fin aux palabres, l'une d'elles dit en espagnol au garçon : *« Usted vendrá a vivir conmigo en mi choza, chico* – tu viens vivre avec moi dans ma hutte, petit.

– *Si, señora »,* répondit poliment Jesus, presque reconnaissant. Tandis que la vieille femme s'éloignait avec lui, il se retourna pour nous regarder tristement. « *Señor* Ned... », dit-il, avec un geste incertain de la main.

Je lui lançai à haute voix : « Ne t'en fais pas, mon gars. Ça ira. Je te retrouverai. »

Indio Juan s'avança ensuite vers Margaret, puisqu'il avait jeté son dévolu sur elle. Sans lui laisser le temps de rien faire, la *niña bronca* fendit le groupe d'Apaches, accompagnée du personnage le plus singulier que nous ayons vu à ce jour.

« Bon Dieu ! souffla Tolley. Mais qui c'est, cette grande asperge ? »

L'homme était habillé plus ou moins comme le reste de la bande, de mocassins, de cuissardes, d'un pagne et d'une large chemise rayée. Il portait un foulard bleu délavé, noué sur le front. Seulement, comparé aux autres, il avait tout d'un géant. Ça, il dépassait bien le mètre quatre-vingts. Mais ça n'était pas encore ce qui le distinguait vraiment. Non, le plus étrange est que c'était un Blanc, avec une tignasse rousse qui lui couvrait les épaules, descendait jusqu'au bas du dos, et une longue barbe qui commençait à blanchir. Ce n'était plus un jeune homme, loin de là. Il avait peut-être une cinquantaine d'années, et sa peau autrefois très claire était maintenant rougeâtre, burinée par une vie entière en plein air.

Le géant roux rejoignit Indio Juan, qui paraissait ridicule à côté. Il s'adressa à lui avec une voix de gorge. Indio Juan répondit en colère.

« L'Apache blanc dit qu'il veut Margaret pour lui, traduisit Albert. Mais Indio Juan dit que c'était son raid et qu'elle lui revient de droit.

– Si t'en as pas, de la chance, chérinette ? dit Tolley. Encore des hommes qui se battent pour tes faveurs... Cela étant, la vraie question, c'est de savoir ce qu'un *Blanc* fait ici ?

– Ce n'est pas un Œil-Blanc, dit Albert. C'est un *Apache* blanc. Sans doute fait prisonnier quand il était enfant. Regardez les autres autour. Vous voyez qu'il y en a aussi qui ont du sang mexicain. »

Joseph déclara alors : « Son nom est Charley. »

Je lui demandai : « Comment le savez-vous ?

– Parce que c'est moi qui l'ai capturé quand il était petit.

– *Ma petite-fille désire que la femme œil-blanc soit notre esclave et vienne vivre avec nous,* dit l'Apache roux à Indio Juan. *C'était autant son raid que le tien. C'est elle qui vous a conduits vers eux. C'est pourquoi elle réclame de garder la prisonnière.* »

Indio Juan braquait un regard assassin sur le géant roux. Lequel le toisait de toute sa hauteur. À l'évidence, ils se détestaient mutuellement.

« *J'ai parlé,* conclut l'Apache blanc.

– Excusez-moi, mon gars, dit Tolley en se rapprochant de lui. Quel soulagement de trouver un visage familier ici... enfin, presque familier, puisque nous n'avons pas eu l'honneur d'être présentés. Bon, disons, *ethniquement* familier, peut-être. *Un gars de chez nous*, quoi, comme on dit à Princeton. »

J'ai lâché : « Tolley, ça va pas, non ? »

Sans me regarder, il a tendu sa main au géant : « Ravi de faire votre connaissance, monsieur. Tolbert Phillips junior, des Chemins de fer de Philadelphie. »

Lui réservant une œillade méprisante, l'Apache blanc lui a répondu – tiens – en apache.

Tolley a poussé un de ces hennissements grotesques qui lui servent de rire. « Je sais bien qu'à Rome il faut faire comme les Romains, dit-il, mais je crains de ne pas parler un seul mot de votre langue. Comment avez-vous appris, d'ailleurs ? Ça m'a l'air plus compliqué que le mandarin.

– Tolley, abruti, coupa Margaret. Tu ne vois pas qu'il ne comprend pas l'anglais ?

– Fadaises ! Regarde-le, il est aussi blanc que toi et moi. Je dirais même que c'est un Celte. » Plein d'expectative, il dévisageait le géant. « Je parie que vous avez du sang irlandais, monsieur. »

Je dis à mon tour : « Tu te crois où, Tolley ? Au campus, à Princeton ? C'est la réception des étudiants étrangers, aujourd'hui ?

– J'essaie seulement d'avoir une conversation civilisée avec ce gentleman, puisqu'il semble avoir un peu d'influence dans ces lieux. »

L'Apache blanc reprit la parole. Cette fois, la petite lui répondit.

Albert traduisit : « Il veut savoir pourquoi ils ont emmené des Œil-Blanc à la *rancheria* au lieu de les tuer. »

Joseph fit un pas en avant. Et il était si petit que, devant le géant, il avait l'air d'un enfant.

« Je suis le guerrier qu'on appelait autrefois Goso. Il y a bien des années, j'ai capturé un jeune garçon, Charley, qui voyageait dans un buggy avec son père et sa mère, sur la route qui mène à Silver City, une ville minière de l'Œil-Blanc. Ce garçon a vécu avec ma femme Siki, avec nos autres enfants, et il est devenu comme mon propre fils. Quand les soldats américains ont débarqué au Mexique et qu'ils ont attaqué notre rancheria, *j'étais parti avec Mangus et Geronimo faire un raid chez les Mexicains. À notre retour, nous avons vu qu'il y avait beaucoup de morts dans le Peuple, et que beaucoup aussi s'étaient rendus. Nous avons tenu un conseil et décidé de nous rendre à notre tour. Nous sommes partis au camp du Nantan Lupan avec un drapeau blanc, et je pensais y trouver mon épouse, mes enfants et le petit Charley. Mais je me trompais car je ne les ai jamais revus.* Daalk'ida 'aguudzaa. *Il y a bien longtemps. »*

L'Apache blanc observa Joseph un long moment. *« Je me rappelle le guerrier Goso. Mais, dans mes souvenirs, c'est un grand homme, un homme qui avait le Pouvoir, et un homme que je craignais.*

– C'est parce que tu n'étais qu'un jeune garçon. Et je suis un vieillard, maintenant. Avec l'âge, nous devenons chaque jour plus petits, et le Pouvoir s'en va. Il retourne dans la terre d'où il est sorti, jusqu'à ce qu'il ne reste rien de nous quand le vent nous emporte.

– C'est maintenant le guerrier qui craint le jeune garçon, peut-être ? », dit Charley, immense à côté du vieil homme.

Joseph sourit. *« Non, pas plus que je ne crains le vent. Mais peut-être le jeune garçon craint-il toujours le guerrier ? »*

L'Apache blanc lâcha un rire dédaigneux. *« Je ne vois pas de guerrier devant moi. Je vois un vieillard qui a si longtemps vécu avec l'Œil-Blanc qu'il en est presque devenu un. »*

Joseph hocha la tête. *« Oui, c'est ainsi. Et moi, je vois un Œil-Blanc qui a si longtemps vécu parmi les Apaches qu'il est aujourd'hui apache.*

– Il l'est davantage que le vieillard. Pourquoi es-tu revenu vers nous ? Pourquoi voyages-tu avec l'Œil-Blanc ?

– Je vous ai ramené la petite. Elle ne vous a pas dit que nous l'avions sauvée de sa prison mexicaine ?

– Si, et c'est pour cette raison que vous êtes encore vivants. C'est même la seule.

– Nous t'apportons ta petite-fille et nous te demandons en échange de rendre le jeune Mexicain.

– Tu n'as pas déjà suffisamment trahi le Peuple ? Voilà maintenant que, une fois de plus, tu nous livres à l'Œil-Blanc et aux autres ?

– Ils ne veulent que le gamin.

– Tu ne comprends donc pas que, lorsqu'on arrive ici, il n'y a plus de retour possible ? Pourquoi devrions-nous rendre le petit Huerta ? Il est à nous. Les rancheros *mexicains sont nos ennemis, ils nous tirent dessus à vue. Et, à part cette femme et le petit Mexicain, qui peuvent nous être utiles, les Œil-Blanc que vous avez menés ici mourront demain matin. »*

Charley regarda Albert, qui avait traduit leur dialogue pour nous.

« Y compris celui-ci, qui parle notre langue, mais s'habille comme l'Œil-Blanc et lui ressemble. Quant à toi, vieillard, je me souviens du guerrier Goso. Dans ma mémoire, c'est un homme grand, fort et brave. Nous avons appris qu'il s'était un jour rendu au Nantan Lupan, qu'il était devenu scout au service de l'Œil-Blanc. Je laisserai la vieille Siki décider si tu es vraiment le guerrier Goso, et alors on verra ce que l'on fera de toi.

– Elle est toujours vivante ?

– Viens avec moi, vieillard. »

Charley donna un ordre, puis il saisit brutalement Margaret par le bras et lui montra le chemin. Elle essaya de se libérer. « Oh, ça n'est pas en rudoyant les filles que l'on fait preuve de caractère », dit-elle. Elle se retourna vers nous et sourit courageusement. « Je m'en sortirai. Prenez soin de monsieur Browning. »

Tolley fit mollement un signe de la main. « À tout à l'heure au dîner dansant, chérinette », dit-il, bravache.

Joseph et la petite suivirent les deux hommes. Indio Juan les regarda avec la haine dans les yeux.

Albert, Tolley et moi avons été escortés dans une des cavernes au fond du canyon. Un garçon armé d'une carabine a été posté à l'entrée. On nous a tout pris, mules, *burros* et le chargement. Je n'ai plus que mon carnet et un crayon, dans la poche de ma veste. Monsieur Browning dort.

«Je dois admettre que le grand type m'a diablement déçu, dit Tolley. C'est un Blanc et j'étais certain qu'il montrerait un minimum de fraternité envers d'autres Blancs.

– C'est une erreur de ta part, Tolley, dit Albert. Il est aussi apache que s'il était né ici. Pour eux, il y a longtemps que ça n'est plus un Œil-Blanc.

– Comment ? Ils ne voient pas qu'il a les cheveux roux, la barbe rousse et une peau de roux ? »

Je pris part au dialogue : « C'est vrai qu'il ne comprend même plus l'anglais. Mais je me demande si, au fond de lui, il ne garderait pas un souvenir, vague et lointain, de ses vrais parents, de ses années d'enfance, et de la langue qu'il parlait alors ?

– Justement, c'est à ce Charley-là que je voulais m'adresser. À celui qui n'a pas besoin de croire qu'il faut massacrer tous les Blancs. *Eho, là-bas !* mima Tolley, les mains en cornet, *viens par ici, petit Charley, sors de ta cachette...* »

Épuisés, et bientôt assoupis par cette longue journée et ce voyage pénible, nous fûmes réveillés à la tombée de la nuit par le martèlement monotone d'un tambour, suivi par un deuxième, puis un troisième. Jetant un coup d'œil à l'extérieur de la caverne, nous avons vu des flammes s'élever en plusieurs endroits, au milieu de la *rancheria*. Comme embrasée par les feux, une énorme lune orange bombait derrière les crêtes aiguës des sierras. La brise légère nous apporta une odeur de viande grillée et nous rappela que nous n'avions rien mangé depuis le matin. Monsieur Browning dormait d'un sommeil agité. Nous nous efforcions d'apaiser ses douleurs.

Deux autres Apaches ont rejoint le premier à l'entrée de la caverne et nous ont fait signe de sortir. Rieurs, moqueurs, ils nous ont emmenés au village, Tolley, Albert et moi, le fusil dans le dos.

Aux tambours s'ajoutaient maintenant un instrument à cordes pincées, au son hybride de banjo et de guitare, puis le *tch-tch* des calebasses, les sonorités hautes et obsédantes d'une flûte, des clochettes, un harmonica... le tout produisant une musique étrange, discordante, et assez envoûtante.

Quelques femmes entretenaient les feux, remuaient la tambouille dans leurs marmites, rôtissaient de la viande embrochée sur de longues rames, maintenues au-dessus des foyers par de grosses pierres. Deux cerfs entiers grillaient sur de grossières croix de bois au-dessus d'un autre feu. Tout le monde se rassembla peu à peu pour le festin, et quelques enfants commencèrent à danser.

Margaret se trouvait avec la *niña* devant le feu du milieu. Empourprée, elle paraissait bizarre et excitée par cette effervescence.

Albert lui a demandé : « Ça va, Margaret ? Rien de cassé ?

– Non, ça va. Personne ne m'a touchée. Comment va monsieur Browning ? »

J'ai répondu : « Il dort, Mag. Mais il m'inquiète quand même.

– C'est fascinant, non ? » dit-elle en regardant le rassemblement autour de nous. Ses joues brillaient à la lumière des flammes. « Cette population isolée s'est rétrécie autour de sa culture, et de celles qu'elle a absorbées, pour arriver à un mélange unique. Vous percevez l'influence mexicaine dans leur musique ? Regardez les vêtements, les étoffes. Ils ont volé presque tout ce qu'ils possèdent dans les villages et les ranches du Mexique, sans doute parfois aussi de l'autre côté de la frontière. Au moins trois ou quatre de ces femmes sont mexicaines, et il y en a plusieurs de la tribu tarahumara, établie plus au sud, avec laquelle les Apaches font du troc. Mais vous savez ce que je trouve de plus intéressant, au plan anthropologique ? C'est de voir à quel point les enfants ont tous l'air apache. Comme si la structure génétique de la tribu écrasait celle des autres races. » Elle prit doucement dans sa main le menton de la *niña*. « Regardez-la, elle, par exemple. Elle est un petit peu plus grande que les autres, mais ceci mis à part, pourrait-on deviner que son grand-père est blanc ?

– Chérinette, tu ne te laisses pas un peu *emporter*, là ? demanda Tolley. Aurais-tu oublié que tes amis seront exécutés au matin ?

– Navrée, dit-elle. Quand j'ai peur, j'ai tendance à me réfugier dans l'abstrait. Je suis peut-être en train de me convaincre que je travaille sur le terrain. C'est ma façon de cacher ma tête dans le sable.

– Je sais ce que tu veux dire, Mag. Je ferais exactement la même chose si je pouvais remettre la main sur mon sac avec le Leica. Bon

Dieu, j'espère qu'ils ne vont pas en faire de la bouillie. Tous mes négatifs... et tous mes carnets...

– Au nom du ciel ! s'écria Tolley. Mais vous n'êtes pas bien, tous les deux ! Nous sommes en danger de mort, et vous êtes là à parler boulot. Comme si ç'avait encore la moindre importance. »

À cet instant, un Apache est arrivé en se pavanant, vêtu de la culotte de cheval en cuir blanc de Tolley, et de sa veste de smoking en soie. « Canaille ! lui a crié Tolley. Voleur ! C'est à moi, ça !

– J'ai récupéré le sac avec ton appareil, Neddy, me confia Margaret. Et tes précieux carnets. Ils sont encore en train de fouiller nos affaires. Ils jettent tout ce qui n'a pas de valeur ou d'utilité pour eux. Ensuite ils se partagent les vêtements, les provisions, les outils et les ustensiles de cuisine. Ils se sont battus comme des chiens pour la garde-robe de Tolley. En revanche, ils n'ont manifesté aucun intérêt pour le Leica. Ça n'est pas ce qu'on appelle une société machiniste, ici.

– Qu'est-ce qu'on en a à foutre, de ton appareil à la con ? hurla Tolley, brusquement au bord des larmes. Vous êtes tous dingues, ou quoi ? Putain, ils vont nous *tuer* demain.

– Calme-toi, Tolley, l'avisa Albert. Si tu perds tes moyens, ils n'attendront pas le matin pour se débarrasser de toi.

– Et si on se carapatait, vite fait ? dit Tolley d'une voix affolée. Regardez, ils ne font pas attention à nous. Il n'y a qu'à filer.

– On ne ferait pas cent mètres, dit Albert. Ils nous enverraient les gamins et on se ferait lapider comme des lapins.

– *Bordel,* gémit Tolley. Mais pourquoi ils veulent tous nous tuer ? Qu'est-ce qu'on a fait ?

– Écoute, Tolley. Je vais essayer de m'occuper de mon appareil, Margaret va travailler son anthropologie, et toi, repère où sont tes frusques, OK ? Ça nous fera passer un moment, d'accord ?

– OK, OK, tu as franchement raison, vieux frère, dit-il, reprenant ses esprits. Pardonnez-moi. J'ai eu un moment de faiblesse. Je suis un peu sur les nerfs.

– Tu n'es pas le seul, dit Margaret.

– Qu'est-ce qui t'inquiète, toi, chérinette ? Tu vas épouser le grand chef blanc. J'échange ton destin contre le mien. Les yeux fermés. Je le trouverais même séduisant, avec ses manières brutes, même s'il est un peu vieux pour moi.

– Je ne vais épouser personne, dit-elle.

– Je suppose que tu as bien compris, Margaret, dit Albert, pourquoi les Apaches tuent les hommes qu'ils capturent, mais gardent toujours les femmes et les enfants ?

– Évidemment. Parce que, comme la plupart des indigènes semi-nomades, ils n'ont pas de système pénal. Ni aucun moyen de détention pour les prisonniers. Donc, tant qu'ils sont vivants, les hommes des autres tribus représentent une menace. La solution la plus efficace consiste à les supprimer. Alors que les femmes et les enfants sont plus dociles et plus faciles à intégrer.

– Et servent à la reproduction de l'espèce, ajouta Albert. Ce qui profite aussi au code génétique.

– Ah, voilà qu'il est jaloux, maintenant », dit Tolley. Il agita une main devant nous : « *Mesdames, messieurs !* Pourrions-nous, s'il vous plaît, nous concentrer sur le plus immédiat de nos problèmes ? À savoir, comme l'a subtilement remarqué Giles, le recel de ma garde-robe. »

Il fallait rire ; la situation avait beau être désespérée, nous étions au moins soulagés que Tolley retrouve son sens de l'humour.

« Regardez, en voilà un avec ma veste de safari Abercrombie & Fitch, dit-il en le désignant du doigt. Et là, un autre avec mon casque colonial. Quels rustres ! Ils n'ont même pas compris que ça allait ensemble. »

Il est vrai que les Apaches ont de curieux accoutrements. Les hommes autour de nous avaient toutes sortes de couvre-chefs, du canotier au sombrero mexicain, en passant par le casque de Tolley et le melon de monsieur Browning... D'autres, comme les Hindous, avaient des turbans taillés dans des étoffes de couleurs vives. Certains portaient des gilets et des vestes, tous styles confondus, mais j'en ai vu aussi avec une couverture nouée à la taille, comme les Écossais avec leurs kilts. Les femmes, qui aiment apparemment les jupes et robes de calicot, avaient des bijoux partout ; bagues à chaque doigt, bracelets en cascade aux poignets, plusieurs colliers autour du cou, perles, pendentifs, médaillons...

Ils avaient commencé à danser. Nous n'avions jamais rien vu de tel : une sorte de pavane hachée, avec quelque chose de convulsif, de déphasé, mais qui épouse parfaitement leur musique dissonante. Alors, devant l'éclat des brasiers, et sous cette lune pleine, orange... Au bout de ce haut défilé dans la rocaille, lorsque nous sommes enfin arrivés dans cette vallée, je savais bien que nous avions franchi le seuil d'un autre monde, un monde doté d'un autre soleil, d'autres planètes, le monde d'une race différente.

On nous avait fait asseoir par terre sur des peaux et des couvertures, à la place d'honneur, devant le feu principal. Charley, l'Apache blanc, est arrivé avec Joseph et ils se sont installés près de nous. Avec eux se trouvait une femme, l'épouse de Charley sans doute, et une autre, très vieille, qui semblait aveugle. On nous a donné de la viande rôtie, celle d'un bœuf volé peut-être dans un ranch mexicain, si ce n'était pas du cheval ; mais du gibier aussi ; et du mescal, le cœur sucré de l'agave, qu'on avait cuit toute la journée dans la braise. C'est, selon Albert, un produit de base apache, et c'est délicieux. Spécialement pour l'occasion, les femmes avaient préparé un pain azyme, inspiré sans doute de la tortilla mexicaine. Tout était excellent, et nous étions affamés. Nous avons dîné avec une curieuse désinvolture ; nous étions en fait taraudés par le sentiment indicible que cela pouvait bien être notre dernier repas, alors, tant qu'à faire, autant en profiter. Rien ne m'a jamais paru aussi bon. Avant de manger, Margaret a enveloppé un peu de nourriture dans un linge, et elle a envoyé la *niña* le porter à monsieur Browning. La petite nous a dit en revenant qu'elle l'avait trouvé endormi, mais qu'elle avait laissé le paquet près de lui dans la caverne.

Sans arrêter de danser, les Apaches ont entamé des chants à tour de rôle, ou plutôt des incantations. L'un d'eux a brusquement poussé un cri prolongé, terrifiant, en reproduisant le son particulier de l'écho. Nous en eûmes la chair de poule... c'était exactement le hennissement du poney de Tolley en train de culbuter dans le canyon.

« Bon Dieu, murmura Margaret.

– Ils racontent l'histoire de notre capture, expliqua Albert. En brodant un peu, quoi... »

Chacun des participants au raid vint chanter et danser sa part de l'exploit. Ce fut bientôt le tour d'Indio Juan, dont les mouvements furent plus exagérés, plus caricaturaux que ceux des autres. Quant à ses incantations, elles confinaient nettement à la folie. « Celui-là n'est pas bien dans sa tête, dit Albert. Même les siens le craignent, ça se voit... Attendez... Voilà qu'il prétend que Margaret doit devenir son esclave. Qu'elle lui revient de droit, et pas à Charley. C'est un grand manque de savoir-vivre, chez les Apaches, de se servir des danses pour réclamer une chose devant la tribu. » J'observai furtivement Charley qui, toujours assis, gardait un visage de pierre.

Indio Juan ayant terminé, la *niña bronca* se leva avec grâce, vint se placer au centre et commença sa propre danse. Je reconnus dans ses mouvements la façon dont elle s'était laissée tomber sur mon dos, plongeant comme un oiseau de proie, puis le couteau qu'elle avait posé sur ma gorge, le tout exécuté de manière très évocatrice. Elle n'a plus rien de la créature terrifiée qui, il y a quelques semaines, se recroquevillait sur le sol de sa cellule. J'avais devant moi un vrai charme, tout de souplesse et de vigueur brune, qui danse et danse devant les flammes et l'éclat de la lune. Je ne pouvais détacher mes yeux d'elle.

Près du feu se trouvaient de petits groupes de femmes assises, qui cancanaient en regardant les danseurs. De temps à autre, elles jetaient un coup d'œil vers nous en riant.

« Oh, bigre, elles se pointent, dit Tolley quand plusieurs se levèrent et avancèrent vers nous. Nos bourrelles. Je n'ai jamais eu autant envie de faire tapisserie.

– La partie cérémonie est terminée, dit Albert. Tout le monde danse, maintenant. »

J'ai conseillé à Tolley : « Ne montre pas trop tes préférences, ça ne jouerait pas en ta faveur. Rappelle-toi ce que disait Albert.

– Mille mercis, Giles, répondit-il, sarcastique. Je ne valse pas avec les messieurs, c'est ça que tu veux dire ? »

Les femmes nous pressèrent de nous lever et nous conduisirent au milieu des danseurs. Nous nous sentions énormes et maladroits auprès d'eux. Les Apaches sont petits, trapus, souples et musclés, avec de larges épaules ; leurs femmes ont de beaux corps, fermes et forts, des traits fins, des yeux brun clair, de petites mains et de petits pieds. Nous donnions l'impression de géants blanchâtres.

Tout le monde s'est moqué de Tolley, et de moi aussi, avec mes premiers pas mal assurés. Nous les faisions tant rire, danseurs et spectateurs, que quelques-uns se roulaient franchement par terre. En revanche, le savoir-faire d'Albert les a impressionnés. Les danses rituelles sont depuis longtemps interdites dans les réserves, et dans leurs établissements scolaires, mais Albert les a apprises en cachette comme beaucoup de jeunes Apaches.

On entraîna également Margaret dans le groupe des danseurs. Grande, mince et beaucoup plus distinguée que nous, elle ne chercha pas à imiter servilement les pas des uns ou des autres. Elle ne semblait pas s'en soucier, préférant répondre spontanément, avec son propre rythme, aux cadences de la musique. Et elle y arriva si bien, dans un mélange de grâce et de vigueur, que tout le monde la regardait d'un air admiratif.

Une curieuse chose se produisit. Épuisés comme nous l'étions par les épreuves de la journée, par ce pays étrange, par l'incertitude terrifiante de notre situation, nous nous sommes pourtant laissé prendre, hypnotiser par l'atmosphère singulière du lieu, par la musique et ces gestes arythmiques. Le martèlement des tambours s'est frayé un chemin vers un être primitif, à l'intérieur de nous, qui, d'instinct, a trouvé les bons pas, et la danse nous a dévorés. Margaret affirme qu'elle est la première forme de communication humaine, d'art et de spectacle. Elle dit que, dès la formation de l'espèce, l'*homo sapiens* a dansé pour célébrer la guerre, l'amour, avec un éventail de fêtes entre les deux ; qu'étant la seule activité commune à nos cultures, elle est universelle. Absorbés par les sons et les mouvements, nous avons tout oublié, jusqu'au fait que, malgré ce bref répit, malgré ces pulsations effrénées et jouissives, nos vies étaient menacées. Il semblait impossible de croire que les individus souriants, hilares parfois, avec lesquels nous tourbillonnions, bondissions, caracolions à la lumière vacillante des flammes se proposaient de nous assassiner le matin venu, de nous pourchasser dans la *rancheria* pour nous battre à coups de pierre et de bâton, avant de nous faire passer au fil de leurs lames et de leurs lances. C'était le travail des femmes et des enfants, nous avait dit Joseph, supprimer les captifs n'étant pas une occupation convenable pour un guerrier.

Et ainsi nous dansâmes sous la lune pleine, devant les brasiers crépitants. Nous sûmes bientôt par cœur chacune des danses, un pas dans l'alignement, un pas en cercle, un pas avec la cavalière qui vient et qui repart, avant le tour d'une autre et ainsi de suite... Une transe qui nous fit perdre la notion de temps, car la vie tout entière se fondait dans la danse, tout avait disparu, le passé, le futur, rien n'avait d'importance que la danse elle-même, immédiate et urgente, cette danse qui nous engloutissait... et dès lors nous n'avions plus peur.

Les heures s'écoulèrent, la lune, maintenant haute et blanche, décrivait dans le ciel un arc de toute beauté. Joseph nous avait expliqué que, parfois, les danses duraient trois ou quatre jours, que certains n'arrêtaient pas un instant. Nous avons mangé encore, et bu un breuvage proche de la bière, à base de maïs fermenté, qu'ils appellent *tiswin* et qui, sans nous enivrer, nous rendait simplement gais.

Plus tôt dans la soirée, j'avais aperçu Jesus avec sa nouvelle « famille ». Hésitant, il m'avait fait signe d'un air malheureux, et quelque chose de résigné. Je pense qu'ils le gardaient sciemment à l'écart, pour qu'il s'adapte plus vite sans doute, et on m'a empêché de le rejoindre. J'ai vu plus tard un autre jeune Mexicain, maigre et à la peau claire, et j'ai pensé que c'était le petit Heraldo Huerta.

Joseph restait assis devant le feu en compagnie de Charley, de la femme de celui-ci et de la vieille aveugle. Nous n'avions pu vraiment parler à nouveau avec notre ami scout, et nous ne savions pas quel sort lui était réservé. Je me demandai ce que cela représentait de revenir ici tant d'années plus tard, si tout avait changé depuis l'époque révolue de sa liberté, de sa jeunesse, ou si c'est lui-même qui se sentait autre, après avoir vécu longtemps au contact de l'Œil-Blanc, puis dans la réserve. Sous mon regard, il était comme toujours insondable, impassible et sans crainte ; il observait les danseurs en glissant parfois quelques mots à la vieille femme. Était-ce vraiment Siki, sa première épouse ?

Vint le moment où la *niña* me choisit pour cavalier. Plus grande que les autres filles, elle dansait avec légèreté et, comme d'habitude, ses pieds semblaient à peine toucher terre. Elle adopta soudain un pas différent, d'une certaine façon plus intime, un pas qui se distinguait comme le nôtre uniquement et qui attira l'attention de plusieurs danseurs. Ceux-là ne nous quittèrent plus des yeux. Les sonorités hautes et claires de la flûte se détachèrent du groupe d'instruments, et les autres couples quittèrent peu à peu le cercle. Passant près de moi, Albert me souffla à l'oreille : « Bravo, Œil-Blanc. Tu es gracié.

– Que veux-tu dire ?

– C'est la danse du mariage qu'elle exécute avec toi. Si elle te prend pour mari, ils n'ont plus le droit te tuer. »

Les tambours, les calebasses, la drôle de guitare, les clochettes et l'harmonica se turent progressivement, jusqu'à ce qu'il ne reste plus que la flûte, dont les notes colorées, sensibles, s'élevaient par-dessus les flammes dans l'air frais de la montagne. En dansant, la *niña* évitait mon regard, et je me rendis compte qu'elle n'avait jusque-là jamais cherché à voir mes yeux. Elle avait toujours fixé quelque endroit, tout près, sur le côté ou derrière moi. Avec ses épais cheveux noirs, vêtus de reflets de lune, elle paraissait flotter au-dessus du sol. Les flammes brûlaient dans ses pupilles et sa peau brune semblait dégager une vive chaleur. Sans s'interrompre dans ses mouvements, elle me fit un signe des mains, quelque chose comme un appel. Quittant ses hanches, ses doigts s'ouvraient vers moi comme deux fleurs. Et je fus gagné, inondé, par un irrésistible sentiment de tendresse, de gratitude... mais pas seulement... de désir aussi.

Le charme se brisa aussitôt. Visiblement saoul, Indio Juan arriva en titubant. Il invectiva grossièrement ma partenaire, lui prit le bras et voulut l'entraîner avec lui. On entendit des sifflements, des huées. Apparemment, nos hôtes d'une nuit n'appréciaient pas cette nouvelle violation du protocole. La *niña*, en colère, lui répondit sèchement, se libéra, mais il l'empoigna de nouveau. Sans réfléchir, je me suis avancé et je l'ai frappé deux fois à la tempe. Et je n'y suis pas allé de main morte. Un instant étourdi, il s'est affaissé sur les genoux en secouant la tête. Puis il s'est relevé en chancelant.

Les Apaches ne connaissent rien à la boxe. Joseph nous a appris que, même s'ils pratiquent un genre de corps à corps, ils ne frappent jamais avec le poing. Bêtement, je gardais cependant ma position d'attaque, légèrement de côté, les mains à hauteur du visage. Indio Juan sourit, dégaina son poignard et dit : « *Vas a morir ahora, ojos blancos.* Tu vas mourir maintenant, Œil-Blanc. »

Ne voyant pas l'intérêt d'opposer mes poings à un homme armé, j'ai ouvert les bras d'un geste implorant, suggérant par là qu'on pouvait peut-être régler le problème courtoisement, par la parole... Très franchement, j'avais peur d'Indio Juan.

Je reconnus, non loin, la voix d'Albert : « Il faut te battre, Ned. Si tu recules maintenant, ils vont tous te tomber dessus. Mieux vaut mourir comme un homme que finir lapidé comme un chien. »

Alors j'ai repris ma position de boxeur, les mains levées, avec le sentiment d'être impuissant et ridicule, pour ne pas parler de la trouille.

« Protège ton corps ! cria Tolley. Rappelle-toi Tunney contre Dempsey, 1927 ! Le cerveau contre la bête. Tu l'auras ! »

J'avais pour seul avantage le fait qu'Indio Juan était saoul, et peut-être étourdi par mes premiers coups. Loin d'être intimidé par mes talents de boxeur, il se rapprocha en vacillant quand même, et sculpta l'air du bout de sa lame. Elle prit la couleur des flammes. Il avait un mauvais sourire sur un côté de sa bouche, et l'autre, défiguré, était figé sur une grimace perpétuelle de chair, de muscle et de nerfs morts, semblable à un masque de cire fondu.

« Bouge, frappe, Ned ! dit Tolley. Reste pas devant lui comme ça !

– La ferme, Tolley !

– Non, je ne la fermerai pas ! Je vais t'aider, Giles. Je ne t'ai jamais dit que j'étais champion poids plume à Princeton ?

– Arrête tes conneries, Tolley. » Terrifié, je reculais lentement devant Indio Juan. Je remarquai que, contrairement aux spectateurs qui hurlent pendant les matches, les Apaches ne produisaient pas un son. Ils nous regardaient, impassibles et silencieux, comme s'il ne fallait surtout pas encourager les antagonistes.

« *Non, non, non*, vieux frère ! beugla Tolley. Toujours sur la pointe des pieds, allons, ne le laisse pas mener la danse comme ça !

– C'est qu'il a un couteau, Tolley.

– Il te l'enfonce dans le ventre si tu n'attaques pas. Sur la pointe des pieds, vieux frère. Bouge ! Attaque ! »

Comme Tolley m'y exhortait, je me suis élancé et, prenant Indio Juan au dépourvu, je l'ai frappé deux fois au visage. Sonné, il a tout de même réussi à me taillader le bras.

Reculant vite fait, j'ai réattaqué de flanc, avec mon bras qui pissait le sang.

« Bien joué, Giles ! Relève les mains. Maintenant t'as intérêt à lui faire mal, très mal. Deux gauche et une droite. Le coup de grâce, vieux frère ; tu mets le paquet avec la droite, allez, bouge ! »

J'étais prêt à bondir mais, plus rapide que moi, Indio Juan m'a piqué au flanc. Curieusement, j'ai senti la lame mais pas la douleur, et j'ai trouvé le moyen de taper encore deux fois. Il était ébranlé et j'en ai profité pour lui aligner une méchante droite, en m'élançant de tout mon poids, de biais sur la figure. Là, il s'est écroulé. Sans se relever.

« Ouais ! hurla Tolley. *K.-O. ! »* Arrivant en courant, il a levé mon bras et s'est mis à sauter sur place comme un forcené. « Bien joué, vieux frère ! Évidemment, si je n'avais pas été là, tu ne t'en serais jamais sorti. » Une fois n'est pas coutume, j'ai dû admettre qu'il avait raison.

On ne peut pas dire que les spectateurs de ce curieux match m'aient applaudi ou acclamé. En revanche, ils se sont mis à discuter méchant. Et pas un ne s'est penché, au sens propre du mot, sur Indio Juan.

Albert est venu me dire : « Ils veulent que tu l'achèves, maintenant.

– Quoi ?

– Tu as bien entendu.

– Pourquoi ?

– Parce qu'il est un fou, qu'il leur crée sans cesse des ennuis. Tu es obligé de le tuer.

– Je n'y arriverai pas.

– Allez, vas-y. Prends le poignard et tranche-lui la gorge.

– Désolé, je ne peux pas, Albert. Je n'ai jamais tué personne.

– On s'en portera tous mieux.

– Fais-le toi-même, si c'est si important.

– D'abord, ce n'est pas à moi de le faire. Et ensuite tu aurais l'air d'un lâche.

– Tu n'y arriverais pas non plus, Albert. Je sais que tu aimerais être un Apache libre mais, que ça te plaise ou non, tu es un homme civilisé comme moi. »

Je regrette maintenant de ne pas en avoir fini une bonne fois avec Indio Juan, tant que c'était possible. Mais rien à faire. Je ne pouvais pas. Lorsqu'il fut bien clair que je n'allais pas l'achever, deux Apaches sont venus le prendre par les pieds et l'emmener en bordure de la *rancheria* pour le laisser cuver. Musique et danse ont repris comme si rien ne s'était passé.

Margaret m'a emmené dans le wigwam où on l'avait logée. En sus de mon havresac avec mon appareil, elle avait réussi à récupérer la trousse de secours. Ma blessure au flanc étant superficielle, elle s'est contentée de la laver et de la panser, mais l'entaille à mon bras avait besoin d'être suturée. Ce qu'elle a fait, proprement, soigneusement, pendant que je gémissais comme un gamin.

« Bon Dieu, ce que c'est délicat, les hommes, dit-elle.

– Désolé, Mag, mais ta fichue aiguille me fait plus mal que le couteau de l'autre idiot. *Idiot* Juan, ouais.

– Tu as bien compris, Neddy, qu'en dansant avec toi, la *niña* a montré à tous qu'elle t'épousait ? C'est pour ça qu'Indio Juan est devenu fou furieux, il la voulait pour lui.

– Je n'invite pas ma fiancée au cinéma, d'abord ?

– Ce que tu es drôle, petit chéri.

– Et la date du mariage ?

– Vous êtes déjà mariés. Il n'y a pas de cérémonie pour ça, chez les Apaches. On prend ses affaires et on va vivre chez l'autre comme mari et femme.

–Je n'ai que dix-sept ans, Mag, et elle est plus jeune que moi. Ensuite, je ne vois rien d'urgent à fonder un foyer. Encore moins ici.

–Je ne me plaindrais pas trop à ta place, frangin. Elle t'a sauvé la vie. »

Je remarquai quand même : « Et j'ai bien failli me faire tuer pour elle. Maintenant, ça ne change pas grand-chose pour Tolley et Albert. Ni pour monsieur Browning. Il faut s'éclipser avant l'aube, Mag.

– Pourquoi tu ne dors pas un peu, Neddy ? Tu as du mal à garder les yeux ouverts. Je vais aller voir où en est monsieur Browning, moi. »

Les musiciens jouaient toujours, leurs cadences semblaient sourdre du cœur de la Terre. J'ai dû m'assoupir pendant que Margaret me bandait le bras. Et j'ai rêvé que, assise sur moi, la *niña* me prenait comme un petit animal sauvage, son épaisse chevelure me brossant le torse et le visage pendant qu'elle besognait au rythme des tambours. Cela tenait beaucoup plus de l'accouplement primaire que d'un acte d'amour, encore moins de passion : j'avais l'impression qu'elle cherchait ainsi à préserver son sanctuaire intime, à copuler tout simplement pour que, quoi qu'il devienne, elle ait déjà ma semence ; que jamais elle n'ait à porter celle, monstrueuse, d'Indio Juan. En rêve toujours, je l'ai prise dans mes bras et j'ai murmuré : *« Está bien. »* Elle s'est détendue ; l'urgence et le besoin ont lentement quitté son corps ; et ses mouvements, plus tendres, ressemblaient à ceux de l'amour. « Voilà, j'ai dit. C'est mieux. »

Je l'ai reprise par les épaules, l'ai soulevée un peu, et j'ai dégagé ses cheveux pour bien la regarder dans les yeux. Elle s'y refusait toujours. Posant mes mains sur son visage, je l'ai doucement tourné vers moi. Le noir de ses pupilles restait impénétrable. « Je ne te connais même pas, lui ai-je dit dans un souffle. *Yo no sé nada acerca de ti.* Je ne sais même pas ton nom.

– *No importa »*, a-t-elle répondu avant de s'allonger sur moi et de poursuivre. *« No importa »*, m'a dit mon rêve.

Je fus réveillé par un horrible hurlement. Je poussai la couverture qui servait d'entrée au wigwam et risquai un coup d'œil au-dehors. La lune était partie à l'autre bout du ciel, mais il faisait encore nuit. La musique était plus brutale, hachée, que jamais. Les exclamations des danseurs exprimaient la colère et la discorde. Comme quoi les célébrations rituelles étaient bel et bien terminées. Il y eut un nouveau hurlement, je reconnus la voix et me mis à courir.

Les Apaches avaient découvert les réserves de vin de Tolley, sept ou huit bouteilles, plus trois autres de mescal. Il les avait cachées, deux par deux, dans les paquets de grain réservés aux bêtes, au cas où l'herbe deviendrait plus rare en chemin. Elles avaient échappé jusque-là à l'attention de nos ravisseurs, mais l'un deux venait de les trouver et de les apporter devant les feux. Les noceurs avaient débouché le vin avec la pointe de leurs couteaux et l'éclusaient à grandes goulées. Plus prudents avec le mescal, ils le buvaient à petites gorgées en faisant circuler les bouteilles. Beaucoup étaient complètement saouls. Certains dansaient encore, titubant les uns sur les autres, s'affalant en riant, ou en pleine querelle. Je n'aurais su dire, pour ceux-là, s'ils luttaient ou s'ils copulaient. La musique elle aussi avait dégénéré, c'était une cacophonie sans nom, le bruit confus d'un orchestre de déments. L'orphéon du diable.

Tandis que j'approchais des feux, j'entendis de nouveau Tolley pousser un hurlement et j'aperçus, à la lumière des flammes, deux silhouettes attachées aux croix de bois sur lesquelles on avait rôti les cerfs. Je me frayai un chemin au milieu du petit groupe d'ivrognes rassemblé devant elles. Les mains liées dans le dos, Tolley et Albert étaient suspendus par les pieds à cinquante centimètres du sol. Un gosse entassait sous leurs têtes des tisons qu'il allait ramasser dans les brasiers. Stoïque, Albert ne bougeait pas d'un millimètre, mais Tolley criait et chialait misérablement : « Oh, je vous en prie, non, pas ça, je vous en supplie, bon Dieu, je ferai n'importe quoi, non... Ce que ça brûle, arrêtez... »

Une bouteille de mescal à la main, les Apaches riaient en imitant les gémissements de Tolley. M'avançant, je flanquai une bonne taloche au gamin, qui s'étala dans les cendres. Je dégageai ensuite les deux petits tas de braises.

« Bon Dieu, c'est toi, Giles. Dieu soit loué, détache-moi, s'il te plaît, sors-moi de là, putain, ce que ça brûle. »

Je leur déliai les mains. Les cordes au bout desquelles on les avait hissés étaient nouées au bas des croix. Je libérai d'abord Albert. Trois Apaches du petit groupe approchèrent d'un air menaçant. Ils étaient tellement ivres qu'ils arrivaient à peine à marcher. Alors pour ce qui est de se battre... Albert et moi les avons assommés. Les autres durent trouver cela très amusant, car ils se moquèrent d'eux et se roulèrent par terre, ivres morts ou morts de rire, comme on voudra. En tout cas, ils ne se soucièrent plus de nous.

« Vous en mettez, un temps ! gueula Tolley. Bon Dieu, détache-moi, Giles, je t'en supplie. »

Nous l'avons délié et rétabli par terre. « Ça va aller, lui dit Albert. Tu n'as rien, c'est fini. »

Mais Tolley s'est mis à pleurer, et à grands sanglots encore. « Oh, bon Dieu, je vous en prie, sortez-moi de ce cauchemar... *Please,* je veux rentrer à la maison... Ces barbares, ces sauvages, ils sont fous, ces gens... »

J'ai demandé à Albert : « Où sont Joseph et Margaret ?

– Elle est partie voir comment allait monsieur Browning, dit-il. Il y a déjà un moment, c'était avant qu'ils s'arsouillent tous. Et mon grand-père s'est tellement enivré avec Charley qu'il est quasiment dans le coma. Il n'avait pas bu une goutte d'alcool depuis dix ans.

– Jesus ?

– Aucune nouvelle. »

Nous éloignant des feux, nous nous sommes réfugiés dans l'ombre à l'abri des regards. De toute façon, les Apaches étaient abrutis par l'alcool. La musique s'était brusquement arrêtée, beaucoup de danseurs s'étaient effondrés et les corps gisaient pêle-mêle sur le sol. Un vrai carnage. D'autres encore, assis par terre, braquaient des yeux hébétés dans le vide. Les rares individus encore conscients ne semblaient plus s'intéresser à nous, comme si nous n'existions plus. Nous tenions, c'était clair, notre chance de filer. Galvanisé par ce soudain espoir, Tolley a repris courage, et nous sommes partis en hâte à la caverne.

Margaret y était, au chevet de monsieur Browning. Il avait retrouvé ses esprits, mais il restait très affaibli. En contrebas, la *rancheria* était plongée dans le silence, et les différents feux n'étaient plus que des tas de braise.

« Messieurs, je me réjouis de vous voir sains et saufs, dit Browning d'une petite voix.

– On peut mettre les bouts, ai-je dit. Il n'y a plus personne pour nous surveiller. Filons en douce, prenons quelques mules et au revoir. Le temps qu'ils aient cuvé leur alcool, on sera loin. Comment vous sentez-vous, monsieur Browning ? Vous allez nous suivre.

– Il faut partir sans moi, monsieur. Je vais vous ralentir.

– Monsieur Browning, dit vaillamment Tolley, contrairement à votre affreux Cromley, je ne laisse pas mon personnel dans la nature, moi.

– Je ne laisserai pas mon grand-père non plus, dit Albert.

– Et Jesus ? demanda Margaret. On ne sait même pas où il est.

– Puis-je vous donner mon avis ? dit Browning.

– Bien sûr, dit Margaret.

– Même avec de l'avance, si nous essayons de partir ensemble, ils nous rattraperont avant que nous ayons rejoint l'expédition. Nous avons vu à quelle vitesse ils se déplacent dans ce pays. Si je dois retarder votre marche, vous n'avez pas le moindre espoir de leur échapper.

– Nous ne vous laisserons pas, monsieur Browning, l'ai-je assuré.

– J'ai bien peur qu'il le faille, pourtant. Je ne pense pas être en état de vous suivre.

– Il a raison, Ned, dit Margaret. Le mieux, c'est que tu partes avec Tolley et Albert. On sait qu'ils ne me tueront pas, Jesus semble tiré d'affaire, et il vaut mieux que je m'occupe de monsieur Browning.

– Ils ne peuvent plus me tuer non plus, Mag. Rappelle-toi qu'une femme de la tribu m'a épousé. Pars avec Albert et Tolley, je reste ici avec Browning.

– Ne sois pas bête, Neddy, dit-elle. Tant qu'Indio Juan est là, tu seras en danger. Je ne te donne pas un jour avant qu'il t'assassine.

– Et mon grand-père ? demanda Albert.

– Si ton grand-père est ivre mort, dit Margaret, il n'est sûrement pas en état de bouger. Je ne pense pas qu'il risque grand-chose, d'ailleurs.

– J'insiste pour que vous ne restiez pas ici à cause de moi, mademoiselle, dit Browning. Ni vous, monsieur. Je m'en sortirai, je vous l'assure.

– Je reste, un point c'est tout, déclara Mag. Ne vous en faites pas pour moi. Va-t'en, Ned. Partez, tous les trois. C'est votre seule chance et vous perdez un temps précieux. »

Nous nous regardâmes, Tolley, Albert et moi. C'était une décision impossible à prendre. Était-ce lâche de nous enfuir, d'abandonner nos amis et le grand-père d'Albert pour sauver notre peau ? Avais-je peur d'Indio Juan au point de laisser Margaret l'affronter à ma place ? Étions-nous soulagés d'être en quelque sorte choisis, tous les trois ? Oui... sûrement.

« Je ne doute pas d'être sur pied quand vous reviendrez avec la cavalerie, affirma courageusement Browning. Je serai prêt à reprendre mon service, monsieur.

– Prenez soin de cette dame, voulez-vous, Browning ?

– Bien entendu, monsieur. »

Nous avons serré la main de Browning et embrassé Margaret. « On revient te chercher, lui ai-je dit. Je te le promets.

– Je sais, petit chéri. Vous faites le bon choix, il n'y a pas d'autre solution. Et ne t'inquiète pas pour moi, ça ira. »

Le risque étant trop grand de traverser la *rancheria*, nous avons fait un assez long détour vers le pré où les bêtes avaient été relâchées. Le silence était tel que nous les entendions paître et pousser de temps en temps un soupir satisfait. Redescendue dans le ciel, la lune offrait encore assez de lumière pour dessiner leurs silhouettes, même projeter sur le sol leurs ombres argentées. À l'est, l'aube n'était qu'une vague promesse.

Assis en tailleur, emmailloté dans une couverture contre le froid engourdissant, un petit Apache gardait seul le troupeau. Nous l'avons observé un moment en essayant de décider quoi faire. Il devait bien y avoir quelques Apaches dans la *rancheria* qui, plus sobres que les autres, étaient rentrés dans leurs wigwams au début de la soûlerie. Il suffirait d'un cri du môme pour qu'ils rappliquent ventre à terre.

« On va être obligés de l'emmener, dit finalement Albert. Il pourra même nous servir d'otage plus tard, si besoin. Mais il faut le prendre par surprise, et ensuite le bâillonner sans qu'il ait le temps de donner l'alerte. Toi ou moi, Giles ?

– Je sais que j'étais anéanti, tout à l'heure, dit Tolley. J'espère que vous me pardonnerez. Mais ça va mieux, maintenant. Je m'occupe du gamin.

– J'aurais hurlé moi aussi s'ils m'avaient grillé la cervelle. N'y pense plus, Tolley.

– J'ai été abject. Tu m'as sauvé la vie, Giles. Je ne sais pas comment te revaloir ça.

– C'est déjà fait. Avec Indio Juan. Au fait, je ne t'ai même pas demandé : tu as vraiment été champion à Princeton ?

– Pas exactement. Mais j'ai fréquenté le club. Il n'y avait qu'à te regarder pour voir que tu allais te ramasser comme un tocard, vieux frère. »

Nous nous sommes déplacés d'arbre en arbre pour prendre position derrière le môme. J'ai rampé vers lui dans l'herbe froide, lentement, très lentement, et j'étais sûr qu'il m'entendait. Mais il ne mouftait pas. Peut-être était-il assoupi ? Arrivé derrière lui, je me suis relevé sur les genoux, je lui ai passé un bras autour du cou en lui couvrant la bouche de l'autre main. Et je l'ai tiré vigoureusement à terre pour bien le plaquer. Affolé, il s'est débattu une seconde, et il s'est brusquement figé. Tolley et Albert m'ont rejoint. Albert a fourré un foulard dans la bouche du gamin et l'a noué serré. Puis il lui a lié les mains derrière le dos. Nous l'avons tourné dans l'autre sens pour voir au clair de lune de quoi il avait l'air. C'était Jesus.

Ses yeux se sont remplis de larmes de soulagement quand j'ai ôté le bâillon.

« Mais qu'est-ce que tu fais là ? Ils t'ont mis à garder les bêtes ?

– Je ne garde rien du tout. Les Apaches qui m'ont pris sont *borrachos*[1], *señor* Ned. Ils ont oublié de m'attacher. Alors j'ai cherché à m'enfuir, mais je ne savais pas où aller. Et comme je voulais vous retrouver, je suis venu ici. J'ai pensé que, si vous essayiez de partir, vous prendriez les mules.

– Bien pensé, petit. Maintenant foutons le camp. »

Nous avons récupéré plusieurs de nos mules, entravées avec les autres, et même quelques provisions, oubliées par les Apaches au bord du pré. J'étais en train de seller Buster quand je sentis quelque chose effleurer mon bras. Je me retournai, c'était la *niña bronca*. Elle sourit timidement. « *¿Ya te vas, marido mio?* Tu me quittes déjà, mon mari ?

– Je suis désolé, il le faut. *Tengo que irme, lo siento*.

– *¿Regresarás?*

– Oui, je reviendrai. »

Elle hocha la tête. « Avec les soldats mexicains et ceux de l'Œil-Blanc.

– Je veux seulement libérer mes amis. Toi, je ne te veux pas de mal. »

1. Saouls.

Elle fit alors une chose étrange. Posant sa main sur son ventre, elle dit : « *Estoy embarazada de tu bebé*[1].

– Mais c'est impossible... C'était un rêve...

– *Si. Tu bebé*[2].

– Il faut vite que je m'en aille. *Tengo que salir ahora.* »

Elle me prit soudain dans ses bras et me serra fort. Je l'enlaçai. Et je compris au contact de son corps mince et ferme, en sentant ses petits seins durs sur ma poitrine et cette curieuse odeur de terre qui n'appartenait qu'à elle, que non, bien sûr, je n'avais pas rêvé.

J'ai murmuré : « Tu es ma femme et je ne sais pas ton nom. »

Elle répondit aussi doucement : « Chidéh. » Et elle disparut comme elle était venue.

L'aube allait pointer quand nous avons quitté pour de bon la *rancheria.* Nous jouions sur le fait que les Apaches seraient obligés de cuver quelques heures, et qu'ils auraient trop la gueule de bois pour nous poursuivre tout de suite. Mais cela ne suffirait pas ; il fallait espérer aussi que l'expédition n'avait pas trop de retard et que nous saurions la retrouver.

« Tu es vraiment sûr du chemin, Albert ? demanda Tolley au bout d'un moment.

– J'ai grandi dans la réserve, mais mon sens de l'orientation ne m'a jamais trahi. On a ça dans le sang, les Apaches sont nomades depuis plus de cent générations.

– Pour ça, j'ai vu que tu as tout d'un Apache, dit Tolley.

– Il faut croire que non, répondit Albert. Mon propre peuple a voulu me condamner à mort. Alors je ne suis ni apache, ni œil-blanc.

– Suspendu au-dessus des braises, tu n'as même pas ouvert la bouche, dit Tolley. Plus apache que ça...

– Ils voulaient nous voir souffrir, Tolley. Souffrir, hurler et leur demander grâce. Je n'allais pas leur donner ce plaisir.

– Ouais, ils ont eu largement de quoi s'amuser avec moi. »

Déclinant à l'ouest, la lune n'avait pas encore disparu derrière les crêtes, et le soleil n'était pas levé. L'aube nous rattrapait bien vite, heure fantôme entre le jour, la nuit, et leurs astres respectifs. L'air était frais et comme parfaitement immobile. Il semblait amplifier le

1. « Je suis enceinte de toi. »
2. « Si, je porte ton bébé. »

claquement des sabots. Régulièrement, l'une de nos montures envoyait un caillou bouler au fond du canyon, d'où remontait un son creux, amplifié par l'écho, et on aurait cru que le monde entier n'entendait que ça.

Excepté le bruit des fers et le craquement des selles, nous avons cheminé en silence dans le matin froid, et je suppose que la même chose nous est venue à l'esprit devant les interminables sierras qui paraissaient danser comme une mer noire, houleuse, dans toutes les directions. Comment avions-nous cru retrouver l'expédition là-dedans ? Qu'avions-nous pu penser ? Quels crétins avions-nous été, et étions-nous encore ! Dans combien de temps les Apaches allaient-ils nous rattraper ? S'ils ne le faisaient pas, nous n'avions plus qu'à mourir dans cette solitude. Nous avions laissé Margaret, monsieur Browning et Joseph derrière nous, dans un monde qui revêtait déjà l'apparence d'un rêve, peuplé d'habitants illusoires. Nous nous demandions si nous reverrions jamais nos amis. Peut-être allaient-ils quitter lentement notre mémoire, comme les rêves eux-mêmes, dont les détails se transforment en vague impression, jusqu'à ce que l'impression disparaisse elle aussi.

Le soleil s'est levé avant que la lune se couche, deux globes énormes jumelés de part et d'autre de l'horizon. Le cœur serré, je repensais à la *niña*, sa vive odeur d'argile, sa peau brune, ses bras et ses jambes lisses, ses yeux impénétrables, ses mouvements d'ange sauvage. J'essayai de la revoir avec clarté, comme on fait le point avec un objectif, mais je n'y arrivai pas. Je compris que, non seulement nous n'habitions pas la même Terre, mais que nous ne pouvions pas non plus vivre l'un chez l'autre ; elle était dans mon monde lovée en position fœtale, prête à se laisser mourir, et j'étais dans le sien lapidé à l'aurore par des femmes barbares.

Là dans ces limbes froids entre la lune éteinte et le soleil levant, dans cette immensité sauvage qui s'étendait sans fin, rien ne ressemblait à rien qui pût être familier. Seul Albert paraissait retrouver son chemin, et nous le suivions aveuglément, passifs, confiants comme le bétail derrière la première vache de n'importe quel troupeau.

Au bout de quelques heures, nous avons pourtant atteint l'endroit où les Apaches nous avaient tendu leur embuscade, et il a fallu mettre pied à terre pour gravir à pied l'étroit chemin au sommet du canyon, en file indienne et nos mules derrière nous.

« C'est là, dit Albert en montrant le fond de la gorge. Là que ton pauvre cheval est tombé, Tolley. » Nous entendîmes à nouveau l'effroyable hennissement se réverbérer dans l'abîme.

Le soleil, éclatant, avait chassé la lune, et le paysage perdit un peu de son hostilité à la lumière du jour. Ce n'était plus de la fatigue que nous ressentions, mais quelque chose de plus profond. Nous étions maintenant facilement repérables, nous le savions, mais nous étions trop épuisés pour avoir peur. Nous imaginions les Apaches, découvrant au réveil notre disparition, et se lançant dare-dare à notre poursuite. Rapides comme le vent qui balaie les crêtes, avec des montures fraîches, combien de temps mettraient-ils à nous rattraper ? Pas longtemps.

« Il va falloir se reposer un peu, dit Albert. Dormir une heure ou deux. »

J'ai dit : « Non, il faut continuer. Je parie qu'ils sont déjà à nos trousses.

– Facile pour toi, Giles, dit Tolley. Ton mariage consommé, tu as fait un petit somme, non ? Pendant qu'on se balançait la tête en bas, avec Albert. » Il retira son chapeau. « Regarde, j'ai les cheveux brûlés, et le cuir roussi en dessous. »

J'ai répondu : « Ça aurait pu être pire, Tolley.

– Je sais, vieux frère.

– Bon, disons une heure, trancha Albert.

– Qui nous réveillera ? dis-je

– Moi », assura Albert.

J'ai proposé : « Non, je fais le guet. C'est vrai, Tolley, je me suis reposé un peu cette nuit. »

Nous avons trouvé une petite clairière près d'une source, où nous avons abreuvé les bêtes avant de les entraver. Albert et Tolley se sont effondrés et endormis aussi sec. Je me suis assis contre un arbre. Je m'étais rappelé plus tôt que, sorti en courant du wigwam en entendant Tolley hurler, j'avais évidemment laissé mon appareil à l'intérieur. L'appareil que Mag avait sauvé du désastre. Et, avec lui, toutes mes pellicules et tous mes carnets, à l'exception de celui que j'avais dans la poche. Je n'avais pas osé revenir prendre tout ça dans la *rancheria*. Si jamais nous retrouvons l'expédition, c'est Big Wade qui va m'assassiner, pour le prix de son Leica. Ça, au moins, ça ne fait pas de doute.

Les Carnets de Ned Giles, 1932

SIXIÈME CARNET

Chez les Apaches de la Sierra Madre

sous la plume de Margaret Hawkins

Intéressant, ce que tu écris, petit frère, mais je suis navrée de te dire que tu manques de discernement à bien des propos. Pour commencer, tu ne sais absolument rien des femmes – que ce soit moi, la *niña bronca* ou n'importe quelle autre. Existe-t-il un homme qui fasse exception à la règle ? Certainement pas un freluquet de dix-sept ans. Je ris aussi des prétentions des nouveaux photographes qui, se prenant pour des ethnographes, croient saisir l'essence d'une culture avec leurs « instantanés ». Enfin, une telle approche est parfaitement déplacée, pour ne pas dire contraire à tout fondement scientifique !

Eh bien, vois-tu, non seulement je m'efforce de sauvegarder tes carnets (avec, bien sûr, ton équipement photographique), mais en plus je me les approprie, puisque je vais y coucher mes notes en ton absence. De toute façon, notre « œuvre » risque d'être détruite avant la fin de cette histoire et, même si tu arrives à revenir, il n'est pas sûr que tu puisses encore me lire. J'ai réussi jusque-là à convaincre les Apaches, mes « hôtes », que ces carnets sont une médecine SACRÉE et que, en se permettant d'y toucher, ils risquent d'attirer sur eux bien plus que le mauvais sort. La plupart des aborigènes manifestent d'ailleurs un respect empreint de superstition à l'égard de tout ce qui est écrit. Leur culture ne leur proposant rien d'équivalent, ils ont tendance à attribuer des propriétés magiques aux livres et à ceux qui les font. C'est l'une des raisons pour lesquelles les missionnaires n'ont jamais eu de mal à fourguer la Bible aux populations indigènes, facilement impressionnées par des histoires et des vies capables d'exister dans la reliure de l'imprimé. Et, après tout, si ça n'est pas magique, justement, c'est quoi, ça ?

Permets-moi d'éclairer ta lanterne, Neddy. Tu as l'air si préoccupé par ma vie amoureuse (ou peut-être uniquement sexuelle ?), que tu en négliges presque les motivations qui m'ont poussée à rejoindre l'expédition. Je voulais être une des premières Américaines à faire des recherches ethnographiques sur le terrain, et je voulais surtout qu'on le sache. Nous avons (je veux dire les femmes) été trop souvent confinées dans les bibliothèques, avec la mission dangereuse d'interpréter les observations de nos collègues mâles, forcément plus courageux et plus forts. Et me voilà aujourd'hui exactement où mon rêve me projetait – on ne pourrait souhaiter immersion plus totale –, chez ces Apaches éloignés de tout. Te rends-tu compte que ma situation est unique ? En matière d'anthropologie, ce sera la sensation du siècle ; la profession entière va pâlir de jalousie...

Moi qui parlais de prétention, je dois reconnaître que ces dernières vingt-quatre heures sont venues à bout, vite fait, de bien des illusions. Difficile, dans ces circonstances, de penser à l'avancement de ma carrière. Ô ironie, je sais qu'un homme serait certainement couvert d'éloges pour s'être ainsi « rapproché » de son sujet, dans la meilleure tradition malinowskienne de l'ethnologie. Alors qu'on m'accusera sûrement, puisque je suis une femme, d'avoir renoncé à l'objectivité scientifique... sinon pire. Je ne suis pas convaincue, loin s'en faut, que l'école américaine ait réussi à définir, dans le principe « d'observation participante », à quel endroit, justement, l'observation le cédait à la participation. En revanche, je ne doute pas un instant que, devenue l'esclave d'un infâme guerrier apache, je déroge aux deux...

Cela étant, petit frère, la méthodologie n'étant visiblement pas ton fort, je vais essayer de me borner à poursuivre l'histoire que tu as commencée, de retracer à ma façon des événements auxquels tu es soustrait, ou qui n'attireraient pas ton attention. Je suppose que, pour l'instant, tu ne te soucies guère de ce que deviendront tes carnets, le problème essentiel étant pour nous tous de survivre. Il y a pourtant quelque chose de rassurant à noircir ces pages, non ? Elles donneraient presque à celui qui écrit le sentiment d'être immortel. Les malades au bout du rouleau aiment eux aussi se projeter dans l'avenir, comme s'il était impossible de mourir après avoir réservé une place dans le train. Bon.

Voici donc certaines choses que tu as besoin de savoir, Neddy, celles qui m'arrivent, bien sûr, mais celles aussi dont je dévide peu à peu l'écheveau. Tolley a raison sur ce point : cette histoire-là ne tient pas dans le viseur de ton appareil, elle ne se résume pas à des photographies, et ce ne sont pas les scènes que tu décris à la fin de ta journée.

Après votre départ, ma priorité essentielle a été d'aider monsieur Browning à tenir le coup. Aucun bruit ne parvenait plus de la *rancheria*, où les feux étaient pratiquement éteints. Browning somnolant de nouveau, j'ai discrètement quitté la caverne. Et, en bas, mon Dieu, quel spectacle ! Ce qui avait servi de lieu de réjouissances était un champ de bataille jonché de morts vivants, comme ravagés par une terrible peste, les uns sur les autres dans une âcre puanteur de fumée, de poudre et de vomi. Ces débauchés dormaient d'un sommeil agité dans l'immobilité annonçant l'aube. Certains ronflaient ou respiraient péniblement, d'autres gémissaient, marmonnaient des propos incohérents et éthyliques. D'une main molle, l'un d'eux a essayé de me retenir par la cheville. Je l'ai repoussé d'un coup de pied et j'ai poursuivi mon chemin en hâte.

Non sans difficulté, j'ai retrouvé la hutte dans laquelle je t'avais soigné, et j'ai remis des vêtements « normaux » – bottes, veste et culotte de cheval. J'ai pris une couverture en laine, ton sac, ton matériel et tes carnets, j'ai déniché quelques lamelles de viande séchée et une galette de pain à apporter à monsieur Browning. Il n'avait pas touché à ce que la jeune Apache lui avait apporté dans la soirée. Je suis descendue au ruisseau où j'ai rempli une cruche en terre. Dans d'autres circonstances, les reflets scintillants de cette eau claire, fraîche et ondoyante à l'approche du jour, auraient pu me réjouir.

Je suis retournée à la caverne où Browning s'est réveillé en sursaut. Il paraissait groggy, perdu, et à mes yeux plus pâle que je l'avais laissé. Je lui ai demandé comment il se sentait.

« À dire vrai, je suis un peu dans le brouillard. J'ai affreusement mal à la tête.

– Buvez un peu d'eau. » J'ai approché la cruche de ses lèvres. « Je vous ai porté à manger aussi. »

Il but. « Ah que c'est agréable, cette eau, mademoiselle. Comme c'est gentil de votre part. Mais je n'ai pas beaucoup d'appétit, vous savez.

– Nous sommes tout seuls, vous et moi, monsieur Browning, maintenant. Vous pourriez peut-être m'appeler Margaret, non ? Je vous appelle bien Harold.

– Certainement, Margaret.

– C'est mieux comme ça, n'est-ce pas, Harold ?

– Beaucoup mieux. » Il sourit... ce cher monsieur Browning, si charmant, si attentionné. « Que va-t-il se passer, selon vous, made... Oh, je vous prie de m'excuser. Que va-t-il se passer, Margaret, quand ils découvriront que nos amis se sont enfuis ?

– Je n'en sais rien, Harold. Ils vont se lancer à leur poursuite, je suppose.

– Oui, je l'imagine aussi. » Il mâchonna un peu de bœuf séché, mordit dans le bout de galette. « Bonté divine, ce que c'est dur ! On se casserait facilement une dent, avec ça.

– Vous devez avoir besoin de vous reposer encore.

– Je suis tellement fatigué. J'ai du mal à garder les yeux ouverts.

– Je suis fatiguée moi aussi. J'ai apporté une couverture. Ne le prenez pas mal, Harold, mais... Me laisseriez-vous m'allonger près de vous ? C'est qu'il fait un peu froid, vous ne trouvez pas ?

– Je vous en prie, Margaret. En fait, je ne demande pas mieux. Votre présence me rassure. »

Je me suis collée contre lui, j'ai étendu la couverture sur nos deux corps, j'ai passé un bras autour du sien et je l'ai serré. « Avant de dormir, parlez-moi un peu de votre vie, Harold. Ce que vous voudrez... Vous ne vous êtes jamais marié ? Vous n'avez pas une petite famille ?

– Non, et je le regrette bien, mademoiselle. Mes employeurs auront été ma seule famille.

– J'en suis navrée. Vous n'avez jamais été amoureux, Harold ?

– Si, Margaret, une fois.

– Et... ?

– *All right*, Margaret. Je ne vous ai pas dit que j'avais vécu plusieurs années en Afrique, avec lord Cromley, mon ancien employeur ? Eh bien, c'était au Kenya. Lord Cromley s'occupait d'extraction minière là-bas. Nous sommes partis pour la première fois en... 21, je crois. Nous avons passé presque toutes les années 20 sur le continent. Je dois reconnaître que c'était fascinant... »

Browning évoqua alors, pour moi, une femme dont il s'était épris. « Notre amour était tabou. C'était une Africaine, comprenez-vous, elle était domestique chez l'un des associés de lord Cromley... Et d'une beauté absolument renversante... » Tout au souvenir de son unique amour, il parlait doucement. Le sommeil le gagnant, il s'arrêta bientôt sans terminer une phrase et, blottie contre lui, je m'endormis aussi. Quand je me réveillai, peu après, la lune était basse au-dessus de l'horizon et le jour était levé. Mais monsieur Browning, froid sous mon bras, ne respirait plus.

Je restai un moment dans la caverne avec lui, pour lui tenir compagnie, ou parce que je ne supportais pas de le laisser seul. Lui parlant à mon tour, je lui dis des choses que je n'avais encore révélées à personne. Et j'ai pleuré le charmant monsieur Browning, si doux et si attentionné. Il régnait un silence de mort dans la *rancheria.* J'ai pensé que je n'aurais aucun mal à filer. Il n'y avait qu'à mettre un pied devant l'autre. Sauf que je n'avais aucun endroit où aller. Seule, je n'aurais pas survécu plus d'un jour dans cette nature, et on m'aurait de toute façon retrouvée et ramenée. Curieusement, malgré le vif chagrin que j'éprouvais, j'avais moins peur sans notre compagnon. C'était en quelque sorte un soulagement de ne plus avoir que moi à protéger. De la même façon que toi, Neddy, tu te caches derrière ton appareil, j'ai remis mon tablier d'ethnologue, en pensant garder l'illusion d'une sécurité, d'une emprise sur les choses. J'ai surtout décidé que jamais, sous aucun prétexte, je ne dévoilerais mes angoisses aux Apaches.

Je suis redescendue. Le soleil progressant dans le ciel, ces ivrognes rampaient comme ils pouvaient vers leurs pénates. Ceux qui se réveillaient à peine, avec une méchante gueule de bois, ne prêtèrent pas davantage attention à moi. Je voulais retrouver la petite et, si possible, Jesus, pour m'assurer qu'il n'avait rien. Sans savoir par où commencer, j'ai déambulé au hasard en jetant de rapides coups d'œil dans les wigwams. Malheureusement, avant d'apercevoir l'un ou l'autre, je suis tombée sur Indio Juan.

Assis par terre devant une hutte, il devait lui aussi se réveiller. Il semblait hébété, et sûrement encore saoul. Il me reconnut, me lança un regard assassin et se leva précipitamment. J'aurais dû m'enfuir tout de suite, mais je venais de faire un vœu, alors bêtement, obstinément, j'ai voulu tenir tête. D'une façon ou d'une autre, c'était à cause de lui que Harold était mort. C'est pourquoi le chagrin et la colère eurent raison de ma peur. Indio Juan, chancelant, avança vers moi. Il puait – l'odeur aigre et sucrée de l'alcool, les vomissures dont sa chemise était tachée, et quelque chose encore, proche de la pourriture, qui ne ressemble qu'à lui.

« *Has vuelto con Indio Juan, mi esclava bonita,* dit-il. Voilà qu'on retrouve Indio Juan, ma jolie petite esclave. »

Je répondis : « Va te faire foutre, ordure ! » Et je le giflai de toutes mes forces.

Pourtant ralenti par l'alcool, il réagit avec une telle rapidité, une telle violence, qu'il me domina complètement. M'attrapant brutalement par les cheveux, il me tira à terre et se jeta sur moi. Il n'est pas très épais et je suis plus grande que lui, mais cette force animale m'a estomaquée. Comme je tentai de le mordre, il me frappa au visage. Puis il appliqua une main sur mon cou pendant qu'il déchirait mon corsage et forçait mes jambes à s'ouvrir. J'avais le souffle coupé. Faute de savoir comment s'y prendre avec mon pantalon et ses nombreux boutons, il sortit son couteau dans l'intention de gagner du temps. Me voyant promise à une mort certaine, je me suis surprise moi-même à me détacher de la scène. Je me souviens d'avoir pensé à cet instant, *eh oui, bien sûr, voilà pourquoi on interdit aux femmes de partir en observation... un hommage à notre physiologie, sans doute...* J'entendis brusquement un son creux, mais retentissant, et Indio Juan, inerte, s'est effondré sur moi. Levant les yeux, je vis la *niña bronca* qui se dressait devant nous. Elle tenait par le col une des bouteilles vides de Tolley.

J'ai dit : « J'espère que tu l'as tué, ce fumier. »

Je suis allée me laver au ruisseau et je me suis changée, puis nous nous sommes assises, elle et moi, dans le wigwam. J'avais le visage enflé, le cou meurtri là où il m'avait presque étranglée, et il m'était difficile de parler. Ma jeune amie avait rallumé le feu, dehors, et mis une cafetière à chauffer.

Je lui ai demandé en espagnol : « Où étais-tu, cette nuit ?

– J'ai emmené les filles se cacher avec moi dans les cavernes. Quand ils en arrivent là, personne n'est à l'abri, et c'est souvent dangereux. Indio Juan frappe toujours les femmes, alors je les protège, si je peux.

– Joseph est sain et sauf ? »

Elle fit signe que oui.

« Jesus ?

– Il s'est enfui aussi.

– Tu as vu que Ned est parti ?

– Oui, je lui ai parlé.

– Tu sais que monsieur Browning est mort ? »

Elle se détourna, et j'eus à peine le temps de la voir affligée. Je me souvins que les Apaches ont une peur bleue de la mort ; qu'en prononçant le mot, on réveille chez eux les fantômes des défunts. J'aurais dû dire « disparu ».

Je pris son visage dans ma main et le tournai vers moi jusqu'à trouver son regard. « Monsieur Browning est *mort.* C'est les tiens qui l'ont tué, à coups de pierre sur le crâne. Tu comprends ce que je te dis ? C'était ton ami. Il a été bon avec toi. C'était un homme affectueux et doux. Et maintenant il est *mort. Assassiné.* Sans raison. »

Des larmes s'amassaient sur ses paupières et elle hocha la tête. « Ma mère est morte, dit-elle. Et ma sœur...

– Je comprends, ma jolie. Elles aussi ont été tuées par des pauvres types, pour rien. Ned et ses amis vont revenir avec les soldats. Ils ne veulent que le petit Heraldo. Si le Peuple refuse de le rendre, d'autres encore vont mourir. S'il te plaît, permets-moi de parler à ton grand-père. »

Une femme entretenait le feu devant le wigwam de l'Apache blanc. Un joyeux bambin souriait dans le porte-bébé calé par terre à ses côtés. La *niña* dit quelques mots à cette femme, qui lui répondit sèchement mais nous fit signe d'entrer. Elle avait l'air dégoûtée et semblait ne plus vouloir entendre parler des occupants à l'intérieur.

Il y faisait sombre et il y avait une forte odeur de sueur. M'habituant à l'obscurité, je reconnus bientôt Joseph, et Charley le géant roux, qui dormaient, l'un et l'autre affalés sur les couvertures. Une bouteille de mescal presque vide était couchée entre eux. Assise en tailleur au fond du wigwam, la vieille aveugle qui était venue aux danses braquait un regard laiteux devant elle. La petite lui parla à voix basse, et la vieille femme l'accueillit d'un sourire.

Je secouai tout doucement Joseph par les épaules jusqu'à ce qu'il ouvre les yeux. Il me regarda longuement sans la moindre expression, comme s'il ne me reconnaissait pas. Quand, enfin, il s'assit sur sa couche, il me parut vidé, peiné. « Où est mon petit-fils ? demanda-t-il.

– Ça va mieux. Parce que, pendant que vous étiez ivre, hier soir, ils l'ont attaché par les pieds au-dessus du feu. S'il n'y avait pas eu Ned, ils lui auraient brûlé le crâne.

– Je n'avais plus bu une goutte d'alcool depuis un soir qu'on s'était saoulés, dit Joseph, avec mon ami Harley Rope, dans sa cabane à White Tail. Harley était sorti pisser et, en revenant, il s'est endormi sur la route. Il s'est fait écraser par un camion, dans son sommeil, juste avant le lever du jour. Harley était le seul ami qui me restait de ma jeunesse. Nous voyagions ensemble, nous avions été scouts, nous étions allés en Floride, en Alabama et en Oklahoma. Je lui rendais visite une fois par semaine ou c'est lui qui venait chez moi, et on buvait. Quand il est mort, j'ai fait le vœu d'arrêter une bonne fois.

– Alors, pourquoi avez-vous bu hier soir, Joseph ? »

Le regard perdu dans le vide, il ne répondit pas tout de suite. Il finit par dire en hochant la tête : « Je me sentais très mal.

– Ça va mieux ? »

Sourire triste : « Pas tant que ça.

– Qu'est-ce qui n'allait pas ?

– Il y a très longtemps...

– Oui, dites-moi. »

Il regarda le grand Apache blanc qui dormait profondément. « Son nom est Charley. Charley McComas. Je l'ai enlevé quand il était petit.

– Oui, c'est ce que vous disiez hier. J'avais lu cette histoire dans un vieux journal. *Charley McComas, kidnappé par les Apaches à l'âge de six ans, près de Silver City au Nouveau-Mexique*. Ses parents ont été tués pendant l'enlèvement. Et on ne l'a jamais retrouvé.

– Oui, parce qu'il est à côté de moi, dit Joseph.

– Vous êtes sûr que c'est bien lui ?

– Évidemment. » Il répéta : « C'est moi qui l'ai enlevé. Et qui ai tué sa mère, aussi. »

À la fin du mois de mars 1883, le petit Charley McComas et ses parents étaient partis en charrette à cheval sur la route de Lordsburg, depuis Silver City où ils résidaient. Ils s'étaient arrêtés pour pique-niquer sous un noyer. Il y avait au dessert la tarte aux cerises qu'avait préparée la gentille dame de l'auberge, madame Dennis, à Mountain Home où ils avaient passé la nuit. Charley avait joué avec ses enfants. La tarte était toute chaude quand ils avaient quitté Mountain Home, et Charley avait senti son odeur toute la matinée.

C'était une belle journée de printemps. Maman avait pris le panier à pique-nique dans la charrette et elle avait disposé le repas sur la nappe à carreaux rouge et blanc, étendue par terre sous l'arbre. Ils s'étaient assis dessus, en tailleur – exactement comme des Indiens, devait se souvenir plus tard Charley. Ils avaient mangé du poulet froid, des œufs durs, et le pain frais que madame Dennis leur avait également donné. Le père de Charley était juge, c'était un homme sévère qui lui faisait un peu peur. Sa mère, jolie, gaie, vive, contrastait aimablement avec l'austérité paternelle. Tous trois étaient ravis de leur pique-nique, et la tarte aux cerises attendait sous une serviette de table blanche. Charley avait hâte d'arriver au dessert. Il ne pensait qu'à cela depuis le début de la matinée.

Mais cette tarte, Charley McComas ne devait jamais la manger. Car, à ce moment précis, un trou s'ouvrit dans l'univers, et le monde qu'il connaissait s'engouffra dans ce trou, comme l'eau de pluie est aspirée par la gouttière. L'attelage leva soudain la tête et poussa un bref hennissement. Charley et ses parents aperçurent les Apaches qui, dans un bruit de tonnerre, dévalaient le ravin vers eux – vision d'horreur droit sortie des enfers. Ils galopaient en poussant ces cris terrifiants auxquels Charley allait plus tard s'habituer, mais qui, à l'instant, lui paraissaient si étranges.

Les sabots des chevaux soulevaient tant de poussière que leurs cavaliers semblaient émerger d'un rêve de brume. Charley n'eut pas tellement peur au début, il était plutôt fasciné par le spectacle de ces *vrais* Indiens qui fondaient sur eux.

Le père beugla : « Montez dans le chariot ! *Vite !* » Maman empoigna Charley et le souleva d'un même geste. Elle portait sur la peau l'odeur forte de l'angoisse. Trébuchant, elle courut à l'arrière du véhicule où elle jeta le petit plus qu'elle ne le posa. D'une voix aiguë qu'il ne reconnut pas, elle ordonna : « Couche-toi ! » Le père saisit sa Winchester, sauta devant avec maman et, prenant les rênes, les fit claquer en hurlant : « Hue ! » Comment a-t-il pu penser que, sur cette pauvre charrette, il allait échapper aux Apaches et à leurs chevaux rapides ? Bien des années plus tard, Charley se posa souvent la question. Pourquoi le juge avait-il fui, cédant à la panique, alors qu'il aurait fallu tenir bon et riposter ? Lorsqu'il fut devenu un guerrier accompli, que le Peuple lui racontait encore l'histoire de son enlèvement, Charley, adulte, méprisa l'Œil-Blanc qui lui avait servi de père pour cette terrible erreur de jugement. Car il aurait dû libérer ses chevaux, couper leurs traits si nécessaire, voire tuer l'attelage pour qu'il ne bouge surtout pas, et s'abriter derrière la charrette.

Avec sa Winchester et son Colt, il aurait pu repousser les Apaches, en tuer au moins quelques-uns. Ils auraient peut-être renoncé et, en tout cas, le juge aurait gagné du temps jusqu'à l'arrivée des secours.

Mais il n'avait pas fait cinquante mètres sur la charrette qu'une première balle l'atteignit au bras. Hurlant de douleur, il tendit les rênes à sa femme et cria : *« Fonce ! »* – le dernier mot que Charley entendit dans la bouche de son père. Le juge sauta à terre avec la Winchester et se mit à courir en tirant sur les assaillants. Qu'il ait cédé à la panique ou pas, c'était tout de même un geste courageux, bien qu'inutile, puisqu'il avait voulu couvrir la fuite de sa femme et de son fils. Hypnotisé, transi, Charley l'avait regardé depuis l'arrière du véhicule. Ripostant, les Apaches avaient arrêté le juge dans sa course, jusqu'à ce qu'il tombe à genoux, chargeant encore sa carabine. Le coup partit qu'il ne respirait plus. Dans son récit, le Peuple reconnaissait que le vieux McComas avait démontré une certaine bravoure, qu'il était mort honorablement, et c'est pour cette raison qu'on ne l'avait ni scalpé ni mutilé.

Charley et sa mère n'allèrent pas bien loin. Un des deux chevaux prit une balle, s'affaissa dans son harnais, et la charrette s'arrêta abruptement. Les Apaches approchèrent sur leurs montures et ils encerclèrent leurs victimes. Ils brandissaient leurs fusils et poussaient des cris de triomphe. Maman sauta à terre et courut vers son petit Charley, toujours derrière, mais ils lui bloquèrent la voie. L'un d'eux, celui qu'ils appelaient Goso, la frappa sans pitié au visage avec la crosse de son arme. Elle s'effondra. Hurlant, Charley tenta de descendre à son tour, mais un autre Apache quitta son cheval, bondit sur la charrette, et le retint. Charley se débattit vaillamment, et sa vigueur fit rire tout le monde – car le Peuple n'admire rien tant que les démonstrations de courage. Mais Charley n'avait après tout que six ans, et le guerrier le maîtrisa aisément.

Maman avait perdu connaissance et son visage saignait. Les Apaches lui retirèrent sa robe en faisant bien attention de ne pas la déchirer. Goso allait l'offrir à sa jeune femme, Siki, qui, après l'avoir ajustée, la porterait des années durant. Et, longtemps, chaque fois qu'il verrait Siki avec cette robe, Charley allait repenser à sa mère œil-blanc, jusqu'à ce que finalement le souvenir s'évanouisse et que ce vêtement-là ne signifie rien de plus que n'importe quel autre.

Manipulant leurs couteaux avec une précision chirurgicale, les Apaches découpèrent les chaussures de madame McComas, puis ses bas, et son corset ; ils n'avaient pas besoin de garder ça ; aucune femme dans le Peuple n'en voudrait. Comme c'est lui qui dirigeait le raid, Goso releva son pagne, saisit la maman de Charley par les cheveux et la monta par-derrière en riant. Charley avait vu des chiens faire ça, mais il ne comprenait pas encore exactement pourquoi. Sa mère, qui revenait à elle, poussa un affreux gémissement qui suscita, cette fois, l'hilarité de tous les Apaches. Goso conclut rapidement et ce fut au tour d'un autre, puis d'un autre. Quand ils eurent fini, que maman pleurait silencieusement en demandant grâce, non pour elle-même mais pour son petit, Goso la frappa durement au-dessus de la nuque, avec la crosse du fusil encore. Il lui brisa le crâne, qui produisit un bruit semblable à celui d'une calebasse. Maintenu à l'arrière de la charrette, Charley vit tout. Et il ne pleura pas. Pas une larme.

L'attention des guerriers se porta alors sur lui. L'homme qui le maîtrisait se querella avec Goso. Il sortit son couteau et le colla sur la gorge du petit. Charley ne moufta pas. Il venait de ressortir du trou qui avait happé sa vie, son univers, et il avait l'impression de flotter dans l'espace, détaché, aussi léger qu'une plume.

Quand on lui racontait l'histoire, et il y eut souvent droit au fil des années, on répétait toujours qu'il n'avait pas pleuré. Même quand le guerrier avait menacé de lui trancher la gorge, il n'avait pas bronché, il n'avait pas eu peur. L'Apache voulait réellement le décapiter ; il était entendu entre eux que c'était un raid vengeur dans les terres de l'Œil-Blanc. Ils avaient jusque-là massacré chaque homme, chaque femme et chaque enfant dans les ranches isolés et les petits villages qu'ils ravageaient, volant bêtes, armes et munitions, puis incendiant le reste avant de repartir, hurlant à cheval comme des coyotes, en laissant les flammes dévaster les lieux. Ils emportaient les bébés des Œil-Blanc qu'ils venaient de tuer, les brandissaient par une jambe au-dessus de leurs têtes, les faisaient tournoyer comme de vulgaires bouts de corde. Puis ils les lâchaient brutalement pour qu'ils se fracassent le crâne sur les cailloux par terre. Les guerriers répondaient ainsi aux perfidies de l'Œil-Blanc et le monde était fou de vengeance.

Le petit Charley n'avait pas peur. Il regarda l'homme avec son couteau, ne le supplia pas, ne gémit pas. Non, il le regardait dans les yeux sans émettre aucun son. Charley avait le Pouvoir. Alors Goso lâcha sèchement quelques mots au guerrier, qui baissa finalement son arme.

Les Apaches fouillèrent la charrette, prirent tout ce qui avait pour eux une quelconque valeur. Ils dépouillèrent le juge de ses vêtements, ramassèrent la Winchester et le Colt, trouvèrent les réserves de cartouches. Alors ils finirent les restes du pique-nique. Charley les regarda plonger leurs doigts dans sa tarte, bâfrer son dessert en riant, le visage et la bouche barbouillés de cerises. Cette tarte, il ne l'avait jamais goûtée, ils ne lui en avaient pas offert un morceau, alors que c'était la sienne et celle de ses parents, celle que madame Dennis avait gentiment enfournée tout spécialement pour eux ce matin-là. Il s'en souvint.

Leur pillage achevé, les Apaches étaient remontés sur leurs chevaux, et le dénommé Goso était venu avec le sien jusqu'à l'arrière de la charrette. Se baissant, il avait attrapé Charley par la peau du cou, comme un petit chien. Charley n'avait que six ans, il était costaud pour son âge et pesait près de trente-cinq kilos. Le soulevant apparemment sans effort, l'homme l'avait placé derrière lui sur sa monture.

« Tu appartiens à Goso, maintenant, Œil-Blanc, lui avait-il dit en anglais. Accroche-toi à ma taille. » Et, tandis qu'ils s'éloignaient du noyer sur la route de Thompson Canyon, qu'ils abandonnaient la charrette et les corps dénudés, violés, brisés, des parents McComas, les six premières années du petit Charley disparurent dans le trou à la surface de l'univers. Il se referma vite et sans laisser de trace.

Et voici comment, Neddy, l'Apache blanc qu'ils appellent toujours Charley est arrivé ici. Je l'observais prudemment en train de se réveiller dans le wigwam ; il grognait et plissait les paupières sous l'effet de la gueule de bois. Il grommela quelque chose à l'intention de la *niña*, qui lui répondit. Lorsqu'il s'assit, il sembla brusquement occuper tout l'espace, un géant roux ébouriffé dans un monde de petits bruns.

Il n'est plus jeune, sa peau claire est profondément ridée, marquée par des années de vent et de soleil, et ses cheveux et sa barbe sont tachetés de blanc. Avec cette taille, ces épaules larges, on l'imaginerait bien pirate dans une autre époque. Comme il est curieux de penser que, sans ce revers du destin, s'il ne s'était pas trouvé à un endroit plutôt qu'un autre un matin de mars 1883, Charley McComas serait certainement devenu chez nous un gars solide, croyant, pilier peut-être de sa communauté et, pourquoi pas, juge comme son père chez les Blancs.

Je me suis demandé quelles traces il avait gardées de ses premières années. Se souvenait-il de ses parents, assassinés sur la route de Lordsburg par un jour de printemps, quarante-neuf ans plus tôt ? Se rappelait-il quelque chose qui se démarque de l'histoire qu'on avait dû lui répéter une quantité innombrable de fois, mêlée à celle de la tribu, orale bien sûr et transmise de génération en génération ?

Charley regarda Joseph, puis me dévisagea longtemps. Depuis quand n'avait-il pas vu de femme blanche, justement, existait-il un sentiment racial qui lui permît de s'identifier, ne serait-ce qu'un peu, à ce qu'ils appellent l'Œil-Blanc ? Pensait-il nous ressembler de quelque façon ? Mes cheveux blonds, ma peau de blonde évoquaient-ils une vague familiarité ? Il m'est venu à l'esprit hier soir, lors de notre arrivée, que nous étions peut-être le seul contact qu'il ait réellement eu avec le monde blanc depuis l'âge de six ans.

J'ai fini par poser la question : *« ¿Cual es su nombre?*[1] *»* Il me regarda sans rien dire. « Je sais que vous parlez espagnol, Charley. Pourquoi ne répondez-vous pas ? »

Joseph le fit à sa place : « Parce qu'il est impoli, pour une femme, d'interroger un homme de cette manière. Surtout si c'est une prisonnière.

– Ah, bien sûr, l'étiquette de la captivité. Quelle négligence de ma part.

– Il faut lui montrer du respect.

– Je ne suis pas une prisonnière, Joseph. Je suis venue ici de mon plein gré. Dans un esprit scientifique.

– Il ne sait pas ce que ça veut dire, scientifique. Pour lui, vous êtes une prisonnière, c'est tout. Vous devez le servir et lui obéir. Obéir à sa femme, aussi. »

Charley lâcha enfin quelques mots à Joseph, qui traduisit : « Il veut savoir où sont les autres prisonniers.

---

1. « Comment vous appelez-vous ? »

– Monsieur Browning est dans la caverne, il est mort. Assassiné par Indio Juan et ses hommes. Je veux qu'il soit décemment enterré.

– Je suis navré, dit Joseph. Monsieur Browning était un homme bon.

– En effet. »

Il continua : « Et les autres ? Dites-moi où est mon petit-fils.

– Je n'en sais rien.

– Vous avez dit qu'il allait mieux.

– Pour autant que je sache. Il doit être mieux qu'ici, du moins.

– Ils se sont échappés ?

– Plus longtemps on se taira, plus ils auront de chances de s'en sortir. »

Joseph hocha la tête.

« Racontez-moi la suite de l'histoire, maintenant. »

Après cette dernière expédition vengeresse, il y a quarante-neuf ans, Goso et sa bande étaient partis au sud traverser les montagnes Burro, puis la chaîne des Pyramids. Ils avaient voyagé de nuit dans de vastes prairies, proches de la vallée de l'Animas, pour finalement passer la frontière du Mexique. Ils se savaient poursuivis, tant par les troupes de l'armée que par des contingents civils. Ils avaient dû maintenir un rythme affolant, parcourant jusqu'à cent vingt kilomètres par jour, poussant leurs bêtes jusqu'à l'épuisement ; et les remplaçant par celles qu'ils volaient dans les ranches, et les petits villages ravagés en chemin. S'ils devaient tuer un animal fourbu, ils le mangeaient cru pour ne pas trahir leur présence par des feux.

Les guerriers étaient impressionnés par l'endurance de Charley, si différent des autres Œil-Blanc qu'ils avaient fait prisonniers. Il était vigoureux, gardait le silence, ne se plaignait jamais. Il fallait parfois forcer les captifs à avaler de la viande crue pour les garder en vie. Charley, lui, avait accepté sans hésitation la première bouchée de cheval, encore tiède et rougeâtre, que Goso lui avait tendue. Le troisième jour, Goso avait omis de l'attacher à sa taille, et le quatrième, il lui avait donné une monture.

Le soir du septième jour, quelque part au fond de ces montagnes, la bande avait longé une piste si périlleuse, à flanc de canyon, qu'ils avaient dû poursuivre en file indienne. Les bêtes elles-mêmes progressaient lentement sur la rocaille. Il y avait des rapides au bas du canyon, et des faucons qui, tout en haut, tournoyaient en criaillant dans les courants ascendants. Passé une voûte naturelle dans la roche, la piste menait à un court plateau où les bêtes se dispersèrent pour paître l'herbe verte du printemps. Elle continuait au-delà vers une petite vallée où se trouvaient la *rancheria* du Peuple et la nouvelle maison de Charley McComas.

Les sentinelles annonçant le retour des guerriers, les femmes avaient quitté leurs wigwams pour les accueillir en poussant leurs ululements stridents, et les enfants, riant et piaillant, étaient accourus en même temps. Cernant le petit Charley, ils l'avaient touché, ils avaient tiré sur les jambes de son pantalon en couinant de plaisir. Sans perdre contenance, il s'était contenté de repousser, comme des mouches, les plus agressifs d'entre eux. Tout le monde avait ri.

Peut-être était-il après tout destiné à ce monde d'odeurs, de couleurs et de sonorités nouvelles, car il n'avait toujours pas peur. Déjà sa mémoire de Blanc s'estompait lentement, comme le plus évocateur des rêves finit toujours par le céder à l'implacable gestuelle du présent. Et donc Charley commença à oublier.

Le raid s'était révélé fructueux, les guerriers rapportaient de nombreuses têtes de bétail et un butin varié. Comme le voulait la tradition, on donna pour eux une grande fête le soir de leur retour, au cours de laquelle ils dansèrent et chantèrent leurs exploits devant un immense feu, en faisant étalage de leurs trophées. Tambours, flûtes et violons jouaient une musique étrange et cadencée qui ne ressemblait à rien de ce que connaissait Charley.

Goso en personne raconta la capture du garçon, qu'on força à se lever et à danser lui-même. Il s'exécuta, d'abord timidement. Mais on l'encouragea, on lui montra les pas, et peu à peu il se prit au jeu, s'abandonna à la musique et aux incantations qui se frayèrent un chemin jusqu'au fond de son être, faute d'être compréhensibles par son cerveau.

Soudain il s'arrêta et regarda ces gens. Parées de leurs plus jolies robes, les femmes portaient aussi les bijoux étincelants offerts par les guerriers. Ceux-ci avaient mis de splendides pagnes, avec jambières et mocassins, ou alors les bottes, chemises, vestes et chapeaux volés à leurs victimes. Avec son regard d'enfant, témoin pourtant d'indicibles horreurs, Charley observa ce monde magique, habité par ces hommes étranges, et il ne leur tint pas rigueur de son sort atroce. Ce n'était qu'un jeune garçon, dont le cœur était pur et enclin au pardon. Il avait besoin d'aimer et d'être aimé en retour. Alors il les regarda et fit une chose que le Peuple n'oublierait jamais, qui resterait dans la légende et serait répétée chaque fois que l'un ou l'autre racontait leur histoire. Martelant sa poitrine de ses petits poings, il cria : *« Moi, c'est Charley ! »* C'étaient les premiers mots qu'il prononçait depuis son enlèvement, la simple affirmation de son identité. *« Moi, c'est Charley ! »* Il réclamait un territoire dans ce nouveau monde, et il ne lui restait de l'ancien que son nom. *« Moi, c'est Charley ! »* Tambours, violons et flûtes s'arrêtèrent de jouer, la musique s'évanouit dans l'air de la montagne. Le Peuple interrompit ses danses et l'on tendit l'oreille pour écouter Charley. *« Moi, c'est Charley ! »* cria-t-il à nouveau, en frappant sa poitrine. *« Charley ! Charley ! »*

Certains parmi le Peuple, dont Goso, avaient déjà passé suffisamment de temps chez l'Œil-Blanc pour comprendre un peu d'anglais.

« Le jeune prisonnier veut faire savoir au Peuple qu'il s'appelle Charley », dit Goso. Un long murmure répandit le nom dans la foule. *« Charley. »* La sonorité plaisait aux Apaches, qui répétèrent : *« Charley, Charley. »* Les deux syllabes avaient une façon bien particulière de rouler dans la bouche et certains en rirent de plaisir. *« Charley, Charley, Charley. »*

Les musiciens reprirent leurs instruments, les danseurs leurs mouvements. Et Charley McComas s'y remit lui aussi, petit garçon solide, blond et rougeaud, caracolant devant un feu de joie dans cette *rancheria* apache de la Sierra Madre, tourbillonnant parmi cette race d'hommes sombre, impétueuse et vieille comme les milliards d'étoiles.

Arrivant dans le wigwam, l'épouse de Charley s'est adressée à moi sur un ton rêche, autoritaire. C'est une forte femme avec une grosse poitrine et un visage rond. Elle a des pommettes hautes, des yeux noirs et perçants, et quelque chose d'altier.

J'ai demandé : « Que veut-elle ?

– Elle veut que l'esclave blanche aille chercher du bois pour le feu, traduisit Joseph.

– Dites-lui que j'ai un nom, que c'est Margaret, et que je ne suis pas son esclave.

– Votre nom, elle s'en fiche. Et si vous préférez être l'esclave d'Indio Juan...

– Ah, parce que c'est comme ça ?

– Eh oui, c'est comme ça, dit Joseph. Si Charley vous protège, c'est pour la seule raison que sa petite-fille le lui a demandé. Vous le contrariez, lui ou sa femme, et ils vous jettent dehors. Vous appartiendrez alors à qui voudra vous prendre, Margaret. Si cela devait être Indio Juan, Charley n'interviendra plus en votre faveur.

– Bon », dis-je. Cela n'était pas un choix difficile. « Je crois que je vais aller ramasser du bois. »

Je suivis madame au-dehors, avec la *niña*. Je m'arrêtai une seconde devant le porte-bébé pour caresser le visage de l'enfant. Incroyablement gracieux, et bien disposé, il gazouilla avec un large sourire, ce qui parut adoucir un peu les manières de sa mère.

Je ne pense pas qu'ils m'aient adjoint la *niña bronca* pour m'empêcher de prendre la fuite. Plutôt pour qu'elle m'enseigne tout l'art de ma nouvelle corvée. Il faut, en effet, lier branches et bouts de bois avec une sangle de cuir, nouée à une sorte d'attelle que l'on glisse sur son front. Ce qui permet de distribuer le poids du fardeau sur le reste du corps, et de transporter des charges toujours plus lourdes... Voilà pour mes recherches ethnographiques : je suis devenue, en rien de temps, esclave et bête de somme. C'est un travail fatigant, et moi qui étais épuisée par les épreuves de force de ces derniers deux jours...

Quand nous sommes revenues avec notre chargement, Ishton, la femme de Charley – j'ai appris que c'est son nom –, faisait rôtir de la viande et remuait sa marmite. Son mari et Joseph, après s'être lavés au ruisseau, s'étaient assis devant le feu avec la vieille aveugle. Nous avons également pris place. L'épouse a servi à chacun une portion de viande, avec des racines cuites, sur une assiette en fer-blanc – je veux dire, à chacun sauf moi. M'ignorant complètement, ils ont commencé à manger.

« Les épouses ne s'occupent pas des esclaves, dit Joseph. Vous devez attendre que tout le monde ait fini... S'il reste quelque chose, bien sûr. »

La petite eut pitié de moi, elle me remplit une assiette et me la tendit. Un Apache de la bande s'est présenté. À le voir, il n'apportait pas de bonnes nouvelles, mais il attendit poliment qu'on l'invite à s'asseoir. On lui servit à manger, lui. Alors seulement il parla.

Je dis à Joseph : « Que se passe-t-il ?

– Ils viennent de découvrir que mon petit-fils s'est échappé avec les autres.

– Dites à Charley qu'un détachement important de soldats mexicains et américains est en route vers la *rancheria*. Ils ne veulent rien d'autre que le fils Huerta. Charley pourrait les trouver à mi-chemin et leur donner le gamin. L'expédition n'aura pas besoin de venir jusqu'ici. »

Pendant que je parlais, je remarquai que Charley m'observait attentivement. Je me demandai s'il comprenait quelqu'une de mes paroles. Joseph finit de traduire. Charley dit quelques mots à la petite qui partit en hâte.

Cette fois, je m'adressai à Charley en espagnol : « Le père veut retrouver son fils, c'est tout. Un enfant doit être élevé par ses parents. Vous ne vous souvenez vraiment de rien ? *¿Recuerda usted como era?*[1] » Puis à Joseph : « Comment il se porte, le petit Huerta ?

– Il est pratiquement devenu l'un de nous. Vous pourrez vous en rendre compte.

– Mais il n'est *pas* l'un de vous. » Je saisis le poignet de Charley et le retournai, afin d'exposer la peau pâle à l'intérieur du bras. Il se renfrogna. « Alors que vous, vous êtes l'un de *nous*, regardez. *Usted es como yo. Usted es un hombre blanco*[2]. Vous êtes aussi blanc que je suis blanche. »

Comme il avait été enlevé par Goso, le petit Charley est parti vivre avec la famille de celui-ci – l'épouse Siki, leur petite fille, et un fils d'environ quatre ans. Les Apaches, qui adorent les enfants, se plaisent à les gâter, et Siki ne fit pas exception. Recueillant le petit garçon comme si c'était le sien, elle le couvrit d'une affection naturelle à laquelle il n'était pas habitué. Les premiers jours, elle le laissa dormir avec elle, le câlinant lorsque, en sursaut, il se réveillait d'un cauchemar. Il avait vu tant de choses si vite, tant de choses qu'il ne pouvait pas comprendre. Elle lui parlait tout doucement dans cette langue gutturale dont il ne saisissait rien, mais qui le réconfortait. Il enfouissait la tête dans sa poitrine chaude, odorante, et il se rendormait.

Pendant ce temps, dans les journaux américains, les spéculations allaient bon train sur ce qu'était devenu le petit McComas. Des voix outragées s'élevèrent contre le gouvernement *US*, incapable de pro-

1. « Vous vous rappelez comment vous étiez ? »
2. « Vous êtes comme moi, vous êtes blanc. »

téger ses citoyens des déprédations sataniques des Apaches. Moins de deux mois après l'enlèvement, les soldats yankees conduits par George Crook, le Nantan Lupan, arrivèrent au Mexique selon l'accord conclu entre les deux pays, permettant à leurs armées de passer la frontière à tout moment, si c'était pour se lancer aux trousses de leur ennemi commun. Crook avait trouvé à la réserve de San Carlos un important contingent de scouts apaches ; ils connaissaient les emplacements des *rancherias* secrètes, et ils y conduisirent l'armée sans détour.

Le matin où les hommes du général Crook ont encerclé la *rancheria*, Goso était parti avec de nombreux guerriers en expédition punitive dans l'État du Chihuahua, laissant sur place, pour l'essentiel, des femmes, des enfants et des vieillards. Charley se rappelle encore qu'il était en train de jouer avec d'autres gamins à un jeu d'adresse, avec des anneaux et des pieux, quand les scouts, suivis des tuniques bleues, ont fait irruption dans le camp en tirant des coups de feu. Les Indiens, au début, ne comprirent pourquoi ils étaient attaqués par leurs semblables. Les enfants et les femmes tombant ensuite sous les balles des soldats, le chaos fut total, les hurlements constants. Prenant avec elle Charley et ses autres petits, Siki courut vers les buissons, où la vieille Apache Dos-teh-seh tentait d'organiser une fuite pour les familles. Dos-teh-seh avait toujours été gentille avec Charley, qui soudain la vit s'effondrer, touchée d'une balle dans le dos, et il s'élança vers elle, comme toujours vaillant. Avant qu'il n'arrive à la rejoindre, un soldat l'attrapa en s'écriant : « Je l'ai, le petit McComas ! Je l'ai ! » Seulement Charley n'avait pas du tout l'impression qu'on volait à son secours. Bien au contraire, les soldats blancs étaient pour lui des ennemis, qui s'en prenaient visiblement à sa nouvelle famille. Il mordit le militaire au bras. Celui-ci lâcha un cri de douleur, et Charley partit ventre à terre se cacher dans les broussailles. « Eh, gamin ! Reviens ! lança le soldat dans son dos. Qu'est-ce qui t'arrive ? Je viens te sortir de là et tu fous le camp ? Merde, dire que je le tenais ! »

Revenant trois jours plus tard, Goso et ses guerriers ont trouvé la *rancheria* dévastée. Leurs familles avaient disparu. À ce stade des choses, la plupart des Apaches s'étaient déjà rendus à Crook. Pas ceux, bien sûr, qui avaient péri ou qui étaient prisonniers. Quant aux femmes et aux enfants, ils se traînaient par petits groupes éparpillés vers le camp de l'armée. Goso ignorait ce qui était arrivé à son épouse, à ses enfants. Avaient-ils été tués ou capturés, impossible de le savoir. Avec plusieurs autres chefs et guerriers, dont Chato, Chihuahua et le vieux Nana, ils décidèrent de se livrer à leur tour et rejoignirent le camp où ils se présentèrent avec le drapeau blanc. Même Geronimo, qui avait tant porté malheur au Peuple, en fit autant avec sa bande, suppliant le Nantan Lupan de les renvoyer à la réserve de San Carlos où il s'engageait à résider en paix.

Crook chercha par tous les moyens à savoir où était passé Charley, mais personne dans la réserve ne put rien affirmer. Certains prétendaient qu'il s'était réfugié dans les buissons, d'autres qu'il était mort sous les balles des soldats. On n'avait pas retrouvé son corps. Maintenant qu'ils étaient tributaires de l'armée, les Apaches craignirent tous que l'enlèvement du petit et le meurtre de ses parents leur vaillent de sérieuses représailles, c'est pourquoi aucun d'eux n'endossa la moindre responsabilité, encore moins Goso. Et, comme il est commun chez les Apaches, ils se resserrèrent autour de leur secret comme une couvée de cailles à la tombée de la nuit, ou comme autant de bâtons dans la même roue. Tout simplement, ils ne reparlèrent plus de Charley McComas.

Goso lui-même ne sut jamais ce qu'il était advenu de Siki, de leurs enfants, de Charley. Reconduit à San Carlos avec les autres, il se fit, comme un grand nombre d'entre eux, éclaireur pour l'armée. Il s'engagea aussi dans la « police » de la réserve. Il devint l'un des confidents préférés de Britton Davis, le commandant du poste. Certains des chefs de guerre les plus intraitables, au premier rang desquels Geronimo, le haïrent, lui et tous les scouts car, ultime trahison du Peuple, ils étaient devenus les complices de l'Œil-Blanc.. Mais Goso savait que l'ancien temps ne reviendrait jamais, que la seule survie possible exigeait de coopérer, d'apprendre à subsister dans le monde de l'Œil-Blanc. Bien que le concept d'emploi rémunéré fût incompréhensible pour le Peuple, il travaillait maintenant pour l'État américain. Il prit une nouvelle épouse à San Carlos, une jeune veuve dénommée Huera, qui donna naissance à son premier enfant dans la réserve.

En échange de ses services, le scout Goso touchait de maigres rations pour sa famille, à peine de quoi la nourrir, mais c'était mieux que rien. Ses missions d'éclaireur lui valaient d'échapper à d'innombrables heures d'ennui et d'oisiveté. Il tenait là sa dernière occasion de profiter de ses aptitudes, sa dernière chance de faire ce qu'il connaissait, d'être un guerrier, un homme. On permettait parfois aux scouts de quitter la réserve, de pourchasser ceux de leur race qui avaient fui dans les montagnes pour essayer, une fois encore, de vivre libres dans un monde infesté d'Œil-Blanc.

En 1885 selon le calendrier de ceux-ci, donc deux ans plus tard, plusieurs chefs et guerriers apaches frustrés, parmi lesquels Geronimo, Chihuahua, Mangus, Naiche, Loco et Nana, s'enivrant un soir de mai au *tiswin*, se sont encore échappés de San Carlos. Reformant leurs anciennes bandes, ils ont repris séparément la route du vieux Mexique, tuant et pillant sur leur chemin.

Goso commandait alors sa propre unité de scouts, forte d'une centaine d'hommes qu'il lança à la poursuite des renégats, à l'avant-garde des troupes de l'armée. Au bout de deux semaines, tôt un matin, il tomba au Nouveau-Mexique sur la piste de Chihuahua et de sa bande, dans un ranch aux abords de Silver City. C'était une belle journée de printemps, il faisait beau et frais. Hormis le chant incongru des oiseaux, il émanait du ranch le silence si particulier qui suit immédiatement les raids, cette inconsistance qui se substitue à la mort et au chaos. Les pilleurs avaient quitté les lieux cinq minutes plus tôt, la poussière était à peine retombée et, lorsque Goso arriva, il eut le sentiment d'être un fantôme et de revivre son histoire. Le portail de l'enclos était ouvert, les chevaux et le bétail volés, les meubles de la maison éparpillés dans le jardin. Scalpé, dépouillé de ses bottes et de ses vêtements, l'éleveur était allongé devant la porte d'entrée. Sa femme, morte elle aussi, était nue à l'intérieur, évidemment violée, son petit garçon décapité près d'elle. La tête était posée sur la table de la cuisine.

Goso trouva la gamine, pendue à un crochet à viande, dans la grange derrière la maison. Elle vivait encore, la pointe enfoncée dans la nuque. En le voyant arriver à cheval, elle pensait sûrement que les Apaches revenaient la torturer un peu avant de l'achever. Elle regarda Goso droit dans les yeux, et il s'imagina à la place de l'homme qui l'avait plantée là. Il se vit soulever ce petit corps d'un bras vigoureux, frapper sa tête contre le mur de bois, ferrailler sa nuque dans l'esse à jambon. Il avait peut-être fait pire autrefois, il se rappelait la rage meurtrière qui avait empli son cœur, cette soif continue de vengeances cruelles.

Jusqu'à la fin de sa vie, jamais il n'allait oublier comment, pendue à son crochet sur un mur de la grange, cette petite l'avait regardé ce matin-là. Jamais il n'allait oublier les trilles joyeux des oiseaux dans le calme frais du printemps. Jamais il n'allait oublier cette enfant qui, au bout de sa jeune vie, fondues dans la brutalité de ses dernières secondes, avait vu les horreurs, plusieurs fois séculaires, d'une guerre entre les races, menée au nom de dieux abjects et dépravés, ces dieux qui permettent aux humains de massacrer les gosses de leurs ennemis. D'un regard calme et fixe, elle scrutait les yeux de Goso avec un air de... *pitié*. Et de pardon. Comme pour s'excuser, elle sourit et tendit les bras pour qu'il la pose par terre. Il la décrocha et voulut l'installer sur son cheval. Alors, très tendre, elle lui passa ses bras légers autour du cou et elle mourut.

Poursuivant les renégats de l'autre côté de la frontière, Goso mena les troupes armées dans le pays de sa jeunesse, à travers les hautes prairies puis, passé les contreforts de la Sierra Madre, dans ces énormes formations rocheuses qui avaient violemment jailli de terre, lacérées de canyons, de ravins et de profondes vallées ombreuses, un vaste relief qui gardait l'aspect houleux d'une mer en tempête.

Il fallut attendre plus d'un an avant que Geronimo et les autres se rendent – une ultime fois – au général Miles. Relevé de ses fonctions, son collègue Crook – le Nantan Lupan –, vieil adversaire et ami du Peuple, avait été publiquement couvert d'opprobre, car incapable de soumettre ces diables d'Apaches.

Au Mexique, Goso eut vent de vagues rumeurs, répandues par les renégats qui se rendaient au compte-gouttes. Ce qui restait du Peuple s'était selon eux réfugié au sud dans les montagnes. Ceux qui avaient toujours résisté vivaient dans de nouvelles *rancherias*, bien plus loin, inconnues de Goso et de ses scouts, chez les pacifiques Indiens tarahumaras, une terre étrange et luxuriante où de gros oiseaux verts parlent la langue des hommes. Il entendit murmurer çà et là qu'on y aurait vu sa vieille femme Siki et ses deux enfants, même qu'elle aurait un autre époux. Mais aussi que le petit Charley était toujours vivant. Malgré de nombreuses recherches, Goso ne parvint pas à confirmer les rumeurs et, comme les renégats haïssaient ces traîtres de scouts, dont lui, il conclut que tout cela n'était que des propos pernicieux et vengeurs.

À l'été 1886, Goso partit à Washington avec Chato, Kaetenae et d'autres Apaches des tribus Chiricahua et Warm Springs, pour rencontrer le Grand Père Blanc, qui proposait, disait-on, de leur attribuer une réserve dans leur territoire d'origine. Les journaux avaient largement diffusé la nouvelle dans le Sud-Ouest et, tandis que leur train traversait l'Arizona et le Nouveau-Mexique, ils trouvèrent dans les gares des foules hostiles. Enflammées par les autorités locales, civiques et religieuses, elles brandissaient des pancartes : MORT AUX APACHES, LYNCHEZ CES ASSASSINS, PAS DE RÉSERVE POUR LES INFANTICIDES. Il y en avait une autre, à Silver City, qui indiquait simplement : EN SOUVENIR DE CHARLEY McCOMAS.

Étape après étape – Kansas City, Saint Louis, Cincinnati, Pittsburgh –, Goso et ses compagnons de voyage n'en revenaient pas de constater combien il y avait d'Œil-Blanc sur terre ; ils virent les villes qu'on avait construites et, au cas où cela n'aurait pas été assez clair jusque-là, ils comprirent sans le moindre doute que le Peuple était condamné à l'impuissance, face à cette étrange race d'envahisseurs.

Une vieille connaissance, le capitaine John Bourke, l'Homme-Médecine-Papier comme ils disaient, les attendait à la gare de Washington. Il avait été l'aide de camp du *Nantan Lupan.* Goso était très heureux de le revoir car c'était un homme de valeur, un authentique ami des Apaches, et l'un des rares Œil-Blanc qui ne leur ait jamais menti.

On leur donna des costumes bon marché et des chapeaux de paille pour leurs déambulations dans la capitale. Rien ne leur allait : les Apaches étaient plutôt épais du torse, et les manches et jambes des costumes étaient trop courtes. Ils étaient donc ridicules, et les Œil-Blanc s'arrêtaient partout dans les rues pour les montrer du doigt en riant.

Mais John Bourke prit soin d'eux, il leur fit visiter la ville et les emmena même écouter un orchestre mexicain. Cette dernière attention les réjouit car, ils avaient beau haïr les Mexicains autant que l'Œil-Blanc, sinon plus, au moins cette musique familière leur rappelait quelque chose de chez eux dans cet endroit bizarre.

Bourke fit de son mieux pour qu'ils soient traités dignement à Washington. Lorsqu'ils furent présentés au président Grover Cleveland, il prit la peine d'expliquer lui-même qu'ils avaient été des scouts loyaux, fidèles à l'armée américaine, qu'ils avaient aidé celle-ci à traquer les renégats dans le but de vivre un jour en paix avec l'homme blanc. Après diverses rencontres avec le président et le ministre de l'Intérieur, I. Q. Lamar, on leur promit de les reconduire chez eux et, à l'issue d'une dernière réunion, Lamar s'engagea à leur allouer une vaste réserve dans leurs terres. Souriant, le président leur serra la main, leur remit à chacun une médaille de la paix avec le portrait de Chester A. Arthur. Il les remercia pour les services rendus au pays, affirma qu'ils étaient maintenant des amis, que leur peuple, dorénavant, allait pouvoir vivre en paix. John Bourke les raccompagna à la gare, et serra lui aussi la main à tous avant qu'ils montent dans le train.

Seulement, au lieu de les conduire chez eux comme promis, ce train convoya les fidèles scouts au Kansas où on les écroua dans la prison de Leavenworth. Quelques semaines plus tard, on les transféra au fort Marion de Saint Augustine, en Floride, au titre de prisonniers de guerre. Ils y retrouvèrent Geronimo et les autres renégats, leur propre peuple qu'ils avaient trahi et qui les haïssait. Joseph Valor dut encore attendre vingt-sept ans avant de pouvoir rentrer chez lui.

Le petite est revenue au wigwam accompagnée d'un jeune garçon. Je n'ai pas eu besoin qu'on me dise que c'était Heraldo Huerta. C'est un enfant mince, élancé, aux cheveux noirs, à la peau claire et aux traits fins. À l'évidence d'ascendance espagnole. Charley lui parla en apache et le garçon lui répondit de même. Il y avait bien sûr une certaine ironie à ce qu'un ex-Américain s'exprime à un ex-Mexicain dans cette langue-là, et l'anthropologue (moi !) n'a pas manqué de la relever.

Charley s'est adressé à moi en espagnol : « Il ne veut pas retourner chez les Mexicains. *Es uno de nosotros. Es apache ahora*[1]. Il est devenu l'un de nous. Posez-lui la question, si vous voulez. »

J'ai dit : « Bonjour, Heraldo. *He encontrado a tu padre*[2]. Tu lui manques beaucoup. Je vais te raccompagner chez lui. »

Le garçon jeta un regard incertain à Charley. « Il ne se souvient pas de son père mexicain, dit l'Apache blanc. Il ne... – d'un geste du bras, Charley désigna la *rancheria* – connaît que cet endroit, maintenant. »

1. « C'est l'un des nôtres. Il est apache, maintenant. »
2. « J'ai rencontré ton père. »

J'ai répondu : « Laissez-le partir. Donnez-lui la chance que vous n'avez pas eue. Celle de vivre la vie à laquelle vous étiez destiné. Cette vie, vous la lui volez. Comme Goso a volé la vôtre.

– Je n'ai pas capturé cet enfant. Ce n'est pas à moi de le rendre.

– Si vous le restituez, ils vous laisseront peut-être continuer à vivre ici. Sinon, ils viendront vous massacrer, et le Peuple avec. À vous de choisir. »

Charley m'observa longuement. Il avait les yeux bleus, délavés, enfoncés sous un front saillant, et de longs cils fins et blonds qui donnaient à son visage une certaine délicatesse. Il y avait de l'intelligence dans ce regard, cela je n'en doutais pas ; je le voyais me jauger avec sagacité. Je devinais aussi l'antipathie derrière, le dégoût, la haine même. Un Apache blanc élevé dans la haine des Blancs.

« Une fois qu'ils auront découvert notre repaire, c'en sera fini de notre liberté, dit-il. Même si nous leur donnons le petit. C'est une évidence.

– Qu'est-ce que vous en savez ?

– Nous avons longtemps vécu ici en paix. Mais le gouvernement mexicain monnaye à nouveau les scalps d'Apaches. Les chasseurs de primes sont tellement cupides qu'ils vont massacrer nos voisins du sud, les Tarahumaras, qui sont pourtant des gens pacifiques et sans armes. Les Mexicains ne font pas la différence entre un scalp d'Apache et un scalp de Tarahumara. Ils sont même assez bêtes pour tuer des gens de leur propre race. Il suffit qu'ils aient les cheveux noirs. Et longs. » Charley sourit avec espièglerie : « Dans les villages mexicains, les hommes se font couper les cheveux très court, maintenant, pour ne pas donner d'idées à leurs voisins. » Il saisit une de ses mèches rousses. « Moi, au moins, je n'ai pas de souci à me faire. Un scalp de cette couleur ne rapporterait pas grand-chose. »

Je souris également. Charley McComas avait, semblait-il, le sens de l'humour. « C'était une erreur d'enlever ce gamin. Vous auriez dû savoir que les Huerta sont une famille riche et puissante. Vous avez cherché les ennuis, là.

– Il y a parmi nous quelques éléments que je n'ai aucun moyen de maîtriser. » Je savais, bien sûr, qu'il parlait d'Indio Juan.

« Mais c'est votre seule chance, de le rendre, ce garçon.

– Nous ne permettons pas à ceux qui arrivent jusqu'ici d'en repartir. C'est un point de non-retour. Nos guerriers sont déjà sur les traces de vos compagnons. Nous les rattraperons. Si on ne vous a pas tués plus tôt, c'est uniquement parce que vous avez sauvé la vie de ma petite-fille. Nous vous avons déjà remerciés.

– Remerciés ? C'est comme ça que vous nous remerciez ? En envoyant un fou nous attaquer en chemin ? Nous mettre le couteau sous la gorge ? En fracassant le crâne d'un brave homme paisible ? Et en suspendant les autres, la tête en bas, pour leur brûler la cervelle ? »

En apache, Charley dit à Joseph quelques mots courroucés.

Je demandai : « Qu'est-ce qu'il y a ?

– Il dit que l'esclave blanche est très mal élevée.

– *Très mal élevée ?*

– Prenez garde, Margaret, me conseilla Joseph. Il dit que vous avez besoin d'une correction pour vous apprendre à rester à votre place.

– Ah, vraiment ? » dis-je, empourprée. Je répondis à Charley en espagnol : « Eh bien, vas-y, gros malin. Frappe-moi, frappe une femme, si ça doit te conforter dans ta virilité ! »

Me regardant froidement, il se leva sans hâte. Puis il tendit le bras, m'attrapa par les cheveux, les enroula sur son énorme poignet et, j'eus beau me débattre et crier, il me traîna dehors. Arrivé derrière le wigwam, hors des regards mais pas des oreilles indiscrètes, il m'a frappée méthodiquement, stoïquement, à grandes gifles sur la figure, comme on fouetterait un chien pour lui donner une leçon. J'en eus bientôt les oreilles qui sifflaient, et je sentis mes joues enfler. Mon sang bourdonnait. Je me suis recroquevillée par terre en tentant de protéger ma tête avec mes bras. J'ai déjà été battue, petit frère. Par d'autres hommes et notamment mon père, quand il buvait et que je n'étais, moi, qu'une enfant. Il a fait pire, d'ailleurs. Je sais quelle position adopter pour éviter les mauvais coups. Tu te demandes parfois pourquoi je choisis mal mes compagnons... C'est peut-être vrai, après tout, que nous nous entêtons à reproduire les mêmes scénarios...

Je me suis réveillée dans un autre wigwam. Je ne me souviens plus quand, ni comment j'y suis arrivée. La *niña* était là, qui appliquait doucement un linge humide sur mes joues. J'avais les yeux tellement gonflés que je la distinguais à peine. Tout mon corps me faisait souffrir. Et surtout mon visage, gonflé au point d'éclater. Je marmonnai : « Oh, mon Dieu, ce que j'ai mal. » Puis, en espagnol, à la petite : « Pourquoi a-t-il fait ça, ton grand-père ? Pourquoi faut-il que vous répondiez toujours à tout par la violence ? Par les coups, le meurtre et la torture ?

– Il t'a battue pour t'apprendre le respect. Et parce qu'il y était obligé. Tu l'as insulté devant tout le monde, et un chef ne peut pas perdre la face. Il n'aurait plus d'autorité, dans ce cas. Mais il a fait ça *aussi* pour te protéger. »

Sans mes multiples contusions, j'aurais peut-être éclaté de rire. « J'adore qu'on me batte pour mon bien. Et il voulait me protéger de quoi ?

– D'Indio Juan, répondit-elle. En te battant, il a établi une fois pour toutes que tu étais son esclave. Si quelqu'un osait te toucher, maintenant, il aurait le droit de le tuer.

– Ça n'était pas dans mes manuels d'anthropologie.

– C'est bien, parce que nous n'avons plus rien à craindre d'Indio Juan. Ni toi, ni moi.

– Que veux-tu dire ?

– Je veux dire que je suis mariée avec Ned. Et que je vais avoir un bébé de lui. »

Les Carnets de Ned Giles, 1932

SEPTIÈME CARNET

Le Sauvetage

22 juin 1932

« *Monsieur Giles*, psalmodia Billy Flowers de sa grosse voix, vous avez perdu trois de vos compagnons et votre beau costume. »

Assis contre l'arbre, je m'étais finalement endormi en écrivant. Je me crus un instant mort et au purgatoire, avec le Seigneur devant moi. Parce que, lorsque j'ouvris les yeux, il n'y avait devant le ciel du matin que ce visage anguleux, cette longue crinière blanche et ce regard incroyablement bleu qui scrutait mon âme. Je me relevai maladroitement.

« On nous a tendu une embuscade, dis-je, on n'était pas allés bien loin. » Tolley et Albert se réveillaient à leur tour.

« Oui, je sais, dit Flowers. J'ai vu l'endroit. J'ai vu aussi le poney de monsieur Phillips, mort au bas du canyon. Ils étaient huit en tout à vous tomber dessus, y compris la petite Apache qui a participé à l'aventure. J'ai reconnu ses empreintes. Voilà pour ses bons sentiments envers ses amis blancs.

– Sans elle, ils nous auraient tués sur-le-champ. Mais ils nous ont emmenés dans leur *rancheria*. Nous avons réussi à nous enfuir cette nuit.

– En laissant la blonde et l'Anglais ? Et le vieux sauvage ? Ou bien ils sont déjà morts ? D'après ce que j'ai trouvé par terre, quelqu'un a pris un sacré coup.

– Ils sont vivants, tous les trois. On n'a pas pu les prendre avec nous, c'est tout.

– Vous laissez une femme blanche dans les griffes des barbares ? Honte à vous ! Vous savez quand même ce qu'ils leur font, non ?

– On n'avait pas le choix. Monsieur Browning ne pouvait pas bouger dans son état, et Margaret a insisté pour rester avec lui. Où est l'expédition ?

– À moins d'une demi-journée de route. À condition de connaître le chemin.

– Il faut rejoindre la troupe avant que les Apaches nous rattrapent. Ensuite, on pourra la conduire jusqu'à la *rancheria*.

– Je suis parfaitement capable d'y aller tout seul, jeune homme. Il suffit de suivre votre piste. »

Tolley prit la parole. « Je ne vous le conseille pas, monsieur Flowers. En tout cas pas seul, justement. C'est un endroit bien protégé. Il faudra des renforts. »

Le chasseur sourit. « Vous avez quand même fini par vous en rendre compte, *capitaine* Phillips.

– Je n'aurais pas cru dire ça un jour, mais je suis content de vous voir, monsieur Flowers », dit Tolley.

Nous nous remîmes en route derrière le vieux chasseur, qui nous imposa un rythme effréné. Certains que les Apaches allaient nous retomber dessus, nous gardions constamment un œil derrière nous. Quelqu'un m'a dit un jour que les cailles et les perdrix ne lèvent jamais la tête pour voir ce qui se passe au-dessus, ce qui en fait des proies faciles pour les aigles et les faucons ; en ce qui nous concerne, nous avions compris la leçon. À chaque nouveau défilé, nous étudiions les cieux, tant le souvenir des ombres qui avaient fondu sur nous était encore vivace. Et nous partagions, je crois, la pénible impression que, si nous ne les voyions pas, ils étaient pourtant là à nous observer, en attendant le bon moment pour agir.

Les grandes pluies de l'été étant bientôt au rendez-vous, la chaleur et l'humidité se renforcèrent l'une l'autre tout au long de la journée. D'épais nuages noirs s'amoncelaient à l'ouest, convoyant des tonnes de vapeur depuis le golfe de Californie. Se levant au début de l'après-midi, un vent fort se mit à cingler les cimes des sapins. Roulant, grondant et émaillés d'éclairs, les énormes cumulonimbus se rapprochèrent par-dessus les montagnes. La bourrasque, encore tiède, nous apporta l'odeur fraîche de la pluie bien avant qu'elle nous mouille. Puis les nuées grises voilèrent les crêtes, le vent se rafraîchit en un rien de temps, et il fit brusquement très froid. De grosses gouttes glaciales commencèrent à tomber, dessinant des taches rondes comme des pièces d'un dollar sur le cou de nos mules. Et ensuite la saucée. Nous n'avons atteint le camp de base de l'expédition qu'au crépuscule, sous un déluge acharné.

Deux cow-boys en ciré sont venus prendre les bêtes, passablement énervées, et la pluie était si forte qu'il fallait crier pour se faire entendre. Crépitant et craquant au-dessus de nos têtes, le tonnerre délivrait de furieux éclairs qui illuminaient le camp. Flowers partit s'occuper de ses chiens, et l'on nous emmena à la tente du mess où l'on se rassemblait pour le dîner.

« Eh, gamin ! beugla Big Wade, assis à une table. Bon Dieu, mais tu es trempé comme une soupe ! » Il s'est levé et m'a serré contre lui. « Ce que je suis jouasse de te revoir ! On pensait que les Apaches vous avaient mis la main dessus.

– On pourrait dire ça.

– Tu devines déjà ma question, mon gars, non ?

– Ouais, Big Wade : "Est-ce que c'est dans la boîte ?"

– Et alors ?

– Non seulement, il n'y a rien dans la boîte, mais la boîte, je ne l'ai plus.

– Quoi ? Tu as paumé mon Leica ? Tu rigoles, petit ?

– Il n'est pas vraiment perdu. Margaret l'a retrouvé, je crois.

– *L'a retrouvé, je crois ?* Et où est-elle, Margaret ?

– Là-bas chez les Apaches.

– Ah, eh bien, c'est épatant. Parce que, évidemment, ces gens-là, on peut compter sur eux pour prendre soin du matériel... Puisqu'ils viennent de sortir de l'âge de pierre ! Bon Dieu, je n'arrive pas à croire que tu te sois fait enfler le Leica. Tu sais ce que c'est, un photographe sans son caillou, mon petit ?

– Ouais, ouais, je sais, Big Wade, c'est un gars sans sa bitte et sans son couteau.

– À la décharge de Ned, dit alors Tolley, c'est qu'on aurait eu de menus ennuis chez les Broncos, Big Wade. Et entre autres broutilles, ce bon Neddy a quand même réussi à nous sauver la vie. Il s'est marié en douce, aussi.

– Marié ? Ah ben, v'là autre chose... Faudrait peut-être que je me fende d'un petit compliment, par-dessus le marché ! Et qui est l'heureuse élue, si je peux me permettre ? » Hochant la tête d'un air dégoûté, il murmura dans sa barbe : « Bon Dieu, on ne peut pas les laisser seuls cinq minutes, ces gamins...

– Je le retrouverai, ton appareil, Big Wade. Juré. Et si je n'y arrive pas pour une raison ou une autre, je t'en achèterai un neuf. Je suis sûr que Tolley m'avancera le blé...

– Tu plaisantes, vieux frère ? dit Tolley. Après ce que tu as fait pour moi, c'est une douzaine de Leica, au moins, que je vais t'acheter. Une centaine ! Un millier ! »

Après avoir mangé rapidement, nous sommes allés au rapport dans la tente du colonel Carillo. Avec lui étaient présents Gatlin, Billy Flowers et Fernando Huerta, l'éleveur.

« Avez-vous vu mon fils ? » nous demanda aussitôt ce dernier.

J'ai répondu : « Oui, monsieur, nous l'avons vu.

– Est-il bien portant ?

– Il semble en bonne santé.

– Ouf ! Dieu soit loué.

– On part demain matin dès l'aube, dit Carillo. Monsieur Flowers affirme qu'il peut nous conduire à leur *rancheria.* Ces Apaches sont acculés, maintenant. *Señor*, dans deux jours, vous pourrez prendre votre fils bien-aimé dans vos bras.

– Ça ne sera pas si facile que ça, mon colonel, dit Albert. Vos troupes n'arriveront pas à entrer dans la *rancheria.* Demandez à Flowers. Il leur suffit d'une demi-douzaine de guerriers pour bloquer votre armée, aussi nombreuse soit-elle. Ils vont leur faire pleuvoir une avalanche de pierres sur la tête, et ça n'ira pas plus loin.

– Albert a raison, mon colonel, dit Tolley. C'est courir au massacre. Et vos chevaux vont finir au fond du canyon, comme le mien.

– Monsieur Flowers ? demanda le colonel.

– Je crains qu'ils aient raison, répondit le chasseur. Ça n'est pas par hasard que les Apaches ont établi leur *rancheria* à cet endroit-là. Elle est pratiquement inexpugnable. Une poignée d'hommes suffit à en interdire l'accès et il y a des obstacles tout le long de la piste.

– Il n'y a pas un autre chemin ? dit le colonel.

– De ce côté-là, non, dit Flowers. Il faudrait faire un grand détour et remonter par le sud. Mais ça peut prendre des semaines.

– Sinon des mois, dit Carillo, avec ces pluies qui arrivent. En admettant qu'on puisse traverser le fleuve.

– On n'a pas le temps, dit le *señor* Huerta. Et on est si près du but.

– Il faut franchir le défilé de nuit, affirma Gatlin. Tant qu'il reste un peu de lune pour y voir clair. Les Apaches sont superstitieux, ils n'attaquent pas dans le noir. »

J'ai dit : « C'est complètement fou. C'est déjà presque impossible de passer en plein jour. »

Imperceptiblement, le chef de la police grinça des dents et je compris que ça allait être ma fête.

« Monsieur Giles, nous serons tous d'accord, je crois, pour dire que votre plan est un échec patent. D'abord, vous laissez filer la petite Apache, qui vous servait de monnaie d'échange. Ensuite, non seulement vous revenez sans le fils du *señor* Huerta, mais il manque en plus trois personnes à votre détachement. Dont une femme, je le précise, que vous avez abandonnée chez les sauvages pour sauver votre peau de petit dégonflé. Vous comprendrez dès lors que nous nous passons de vos conseils.

– Je comprends, en effet.

– Giles n'y est pour rien, dit Tolley. C'est moi qui étais responsable de ce détachement, et j'en prends l'entière responsabilité.

– Il y a encore une chose qui vous échappe, aux uns et aux autres, dit Albert.

– Et qu'est-ce que ça pourrait bien être, *scout* ? lâcha Gatlin.

– Si vous aviez ouvert un livre d'histoire sur les guerres indiennes, *chef*, vous sauriez que, par tradition, lorsqu'on attaque un campement apache, la première chose qu'ils font, c'est tuer leurs prisonniers, femmes et enfants compris. Pour enlever à l'ennemi le plaisir de la victoire. »

Gatlin braquait sur Albert un œil ouvertement méprisant. « Vous n'allez pas m'apprendre à quel genre d'atrocités se livrent les Apaches, scout. Je sais comme tout le monde que c'est une race d'ordures, dépourvue du sens de l'honneur, incapable de se battre loyalement. S'il n'avait tenu qu'à moi, on les aurait exterminés depuis longtemps. »

Je vis Albert qui bouillonnait. « Vous arrivez chez *nous*, Œil-Blanc, avec vos armées, vos fusils, vos canons. Vous nous volez nos terres, vous massacrez tous les Indiens qui encombrent votre route, et vous parquez ce qui reste dans les réserves. Et ensuite vous nous demandez de nous battre *loyalement* ? Comment croyez-vous qu'une tribu de quelques milliers de personnes a survécu à trois cents ans de persécutions ? Comment avons-nous fait pour ne pas finir exterminés, comme vous dites si bien, chef ? Je vais vous le dire, moi : en *oubliant* d'être loyaux. Quant aux atrocités dont vous parlez, c'est vous, l'Œil-Blanc, vous et les Espagnols, les Mexicains, *vous* qui avez montré comment s'y prendre.

– Ah, parce qu'il y a vous et nous, maintenant, fit Gatlin en hochant la tête. Je croyais que vous étiez de notre côté, scout. Je vous croyais même à moitié civilisé. Eh bien, je vois qu'il a suffi de vingt-quatre heures chez les vôtres pour que vous soyez prêt à remettre votre pagne et déterrer la hache de guerre. Votre grand-père a répudié sa conversion, je suppose, lui aussi ? »

Albert dédaigna de répondre et s'adressa à Carillo. « Mon colonel, en admettant que vous arriviez à franchir le dernier défilé, si vous attaquez la *rancheria*, vous retrouverez sûrement Margaret Hawkins et monsieur Browning, mais ils seront morts avec le petit Huerta. Ce sang-là sera sur vos mains.

– Nous avons essayé la négociation, et cela n'a servi à rien, trancha Carillo. L'armée doit intervenir. »

J'ai repris la parole : « Il y a encore une chose que vous devez savoir.

– Et quoi donc, monsieur Giles ? dit Gatlin.

– Le chef de leur bande est un Blanc.

– Qu'est-ce que c'est que cette histoire ?

– Vous n'avez jamais entendu parler de Charley McComas ?

– Bien sûr que si, dit Gatlin. Tout le monde dans le Sud-Ouest connaît l'histoire du petit Charley. Kidnappé par les Apaches en 1883.

– Il est un peu moins petit, chef, expliqua Tolley. On pourrait même dire qu'il a sérieusement grandi. »

Gatlin s'esclaffa : « Ben voyons. Des tas de rumeurs circulent depuis des lustres à propos de ce gamin. Le vieux E. H. White, un cow-boy du ranch Diamond-A, répétait à qui voulait l'entendre qu'un jour, en 24, alors qu'il recherchait des bêtes égarées dans un bois, il serait tombé sur un grand rouquin à la tête d'une bande d'Apaches. Il croyait mordicus que c'était McComas. Seulement le vieux E. H. brodait souvent la vérité pour se rendre intéressant. »

Je répondis : « Tant pis pour la broderie, chef. Parce que nous, on l'a vu. »

Maussades, Tolley, Albert et moi avons retraversé le camp, dans l'autre sens. Le violent orage était parti plus loin, et parfois un éclair débusquait la ligne de l'horizon.

« Eh bien, nous voilà beaux », dit Tolley.

Je renchéris : « On a vraiment tout raté, hein ?

– Ne t'inquiète pas, vieux frère. Une bonne nuit de sommeil, et les choses prendront meilleure tournure. »

Nous nous sommes séparés. Tolley et Albert sont partis vers leurs quartiers respectifs, et moi vers la tente de la « presse ». Big Wade, couché, ronflait comme d'habitude et le « petit » Jesus, épuisé par ces journées éprouvantes, dormait en chien de fusil sur une natte par terre. C'était étrange de se retrouver dans l'Expédition, comme si nous ne l'avions jamais quittée, comme si ces courtes heures chez les Bronco Apaches n'avaient été qu'un mauvais rêve. J'aurais bien préféré. Comme j'aimerais me réveiller demain et que tout soit comme avant, avec Margaret, monsieur Browning et Joseph, ici à l'abri avec nous. Je me demande si j'ai déjà été fatigué à ce point. Je suis à bout, et découragé. Je souhaite que Tolley ait raison, qu'à la lumière du jour les choses aient un autre aspect. Parce que, pour l'instant, on dirait bien que c'est foutu. Bonne nuit Margaret, bonne nuit monsieur Browning, et bonne nuit Joseph ; j'espère que rien de grave n'est arrivé et que vous dormez en paix.

23 juin 1932

Une autre catastrophe à ajouter au tableau... Ce matin à l'aube, le colonel Carillo est parti avec un petit détachement de soldats mexicains, plus une demi-douzaine de volontaires et Billy Flowers pour leur indiquer la route. C'était une « simple » mission de reconnaissance, monsieur le colonel voulait tâter le terrain.

Moins de six heures après leur départ, Carillo, Flowers et cinq des gars, dont deux blessés, sont revenus en désordre au camp. Seul Flowers avait encore sa mule, qui lui a permis de transporter le blessé le plus grave. Les autres étaient à pied. Au total, huit soldats mexicains et quatre volontaires ont laissé leur peau dans l'histoire. Quant aux chevaux et aux mules, à part celle du vieux fou, soit ils sont morts, soit les Apaches les ont récupérés. Aussitôt arrivés, sans rien expliquer à personne, Carillo et Flowers sont partis discuter avec Gatlin. L'un des survivants du côté américain n'est autre que

Winston Hughes, le fils du magnat de l'acier qui prend tant de plaisir à brocarder Tolley. Mettant pour une fois un mouchoir sur sa belle assurance d'étudiant de Yale, il nous a fait le récit des événements.

Ils n'ont même pas atteint le fameux défilé. Ils n'avaient pas quitté le camp depuis une heure qu'ils sont tombés dans une embuscade, à un autre endroit où la piste, rétrécissant à flanc de ravin, est surmontée par un promontoire rocheux. C'est là que, bien cachés, les Apaches faisaient le guet. Carillo en tête, la troupe avançait en file indienne lorsqu'un premier coup de feu retentit. Le cheval du colonel s'est écroulé. Deux autres détonations suivirent, et le gars qui fermait le cortège, un certain Larkin du nord de l'État de New York, est tombé raide. Son cheval s'est effondré sous une troisième balle. La voie était donc bloquée à chaque bout par les bêtes qui se débattaient contre la mort. Les autres montures, paniquées, se cambraient en hennissant, puis faisaient volte-face en perdant pied sur la rocaille, pour finir à genoux. Plusieurs cavaliers étaient désarçonnés, et certains, proies faciles d'un feu méthodique, furent liquidés. Carillo a donné à tous l'ordre de descendre de cheval et de se mettre à l'abri. Les rares soldats qui avaient réussi à dégainer ont commencé à riposter mais, faute d'avoir localisé l'ennemi, ils tiraient n'importe où, affolés. Ça n'était pas le cas des Apaches qui, sans hâte et avec une précision mortelle, atteignaient leurs cibles l'une après l'autre, blessant ou tuant. « Des canards en fer-blanc au stand de tir. Voilà ce qu'on était, révéla à voix basse Winston, au bord des larmes. Impossible de quitter la piste, et on ne savait pas où ils se planquaient. » Seul Billy Flowers sur sa grosse mule blanche, qui est agile comme un bighorn, réussit à s'élever au-dessus du sentier, presque à la verticale. Laissant son animal à couvert en chemin, il continua à pied jusqu'à dominer toute la scène. Il scruta attentivement la rocaille, et il n'est pas chasseur pour rien. De son œil exercé, il localisa les Apaches et se mit à riposter d'où il était, avec la même précision méthodique. Il eut le temps d'en descendre deux avant que la bande comprenne. Ils se replièrent vite pour essayer de savoir d'où on les canardait. Aussitôt Flowers hurla à Carillo et aux autres, en bas, de dévaler le ravin à pied. Il put ainsi sauver la vie de quelques hommes, qui durent abandonner leurs chevaux.

Pour dire le moins, le dîner dans la tente du mess manquait d'animation. Maintenant que plusieurs volontaires sont morts, la

Grande expédition apache a tout perdu de sa superbe. Terminées, la promenade chasse et pêche en terre sauvage, l'illusion de rentrer chez soi avec un barbare en guise de trophée. Non seulement les Apaches ont aussi des fusils, mais ils s'en servent, eux, pour descendre les chasseurs. Pas les perdrix. Ceux qui n'ont jamais servi dans l'armée, soit la vaste majorité des volontaires, ont donné leur démission. Ils ont formé une petite délégation pour exiger de Carillo qu'il leur fournisse une escorte suffisante pour assurer leur protection jusqu'à Douglas. « Je laisse tomber », dit Winston Hughes qui ajouta : « Ça n'est plus très marrant, tout ça. » Doux euphémisme. Même les vieux de la vieille, les militaires en retraite, paraissent découragés. Comme si, brusquement, l'idée d'affronter une bande de guérilleros dans ce pays déchiqueté pour délivrer un petit Mexicain n'avait plus rien de romantique. Serait-ce un tantinet hasardeux...

« Oh, après tout, dit Kent Sanders, un jeune banquier du Connecticut qui jusque-là jouait les fiers-à-bras, ça n'est rien qu'un gamin, et mexicain en plus. On ne va pas revenir les pieds devant pour ça.

– Ouais, mais la blonde et l'Anglais de Phillips ? releva un autre. On les laisse chez les sauvages ?

– Ceux-là, c'est le personnel, dit un troisième, Wilson. Et le personnel, c'est l'affaire de Gatlin. Qu'il s'en démerde.

– De toute façon, l'armée mexicaine est là pour ça, renchérit le suivant. C'est leur pays, ici, alors c'est leurs Indiens aussi. Chez nous, il y a cinquante ans qu'on a réglé le problème. Donc à leur tour, maintenant. »

Voilà pour le sens des responsabilités de notre vaillant bataillon. Comme en plus, ils payent trente dollars chaque jour pour participer, la décision n'a pas été trop dure à prendre ; aujourd'hui que le danger a un visage et que plusieurs recrues sont restées sur le carreau, ils trouvent que la Grande expédition apache leur coûte un peu cher.

L'air penaud, mal à l'aise, Tolley est venu me voir dans ma tente après le dîner. Incapable de me regarder en face, il m'a dit : « Écoute, vieux frère. J'ai beaucoup réfléchi et c'est peut-être le moment de rentrer à la maison. Ça va bientôt être la rentrée, à Princeton.

– La rentrée ? Princeton ? Mais de quoi tu parles, Tolley ? Tu ne penses pas à t'en aller, au moins ?

– Je sais bien, ça n'est qu'une licence, mais... »

Hérissé, j'ai lâché : « Au cul, ta licence ! T'as pas le droit de partir. On ne va quand même pas abandonner Margaret et Browning là-bas !

– Oui, oh, c'est comme qui dirait déjà fait, vieux frère, non ?

– On leur a promis de revenir. Avec des secours.

– On est venus les chercher, les secours, Giles. Tu as entendu ce qu'a dit Wilson ? Le personnel, c'est l'affaire de Gatlin. Moi tout seul, je ne vois pas ce que je peux faire. C'est à Carillo et à l'armée de prendre les choses en main, non ?

– L'affaire de Gatlin ? Carillo ? Bon Dieu, Tolley, c'est nos amis qui sont là-bas.

– Il reste à peine deux mois avant la rentrée. Et j'ai une foultitude de choses à faire.

– Quoi ? Qu'est-ce que tu as à faire ? Les magasins à New York, un nouveau trousseau chez Brook Brothers, c'est ça ?

– Entre autres choses, oui. Je ne vais pas me ramener à Princeton avec les frusques de l'année passée.

– Qu'est-ce qu'on en a à foutre de Princeton et de ton saint-frusquin ? Si tu nous quittes maintenant, c'est comme si, une fois de plus, tu donnais raison à ton père. Je l'entends d'ici répéter que tu n'es pas un homme, Tolley. Rien qu'une gonzesse.

– Mais je suis une gonzesse, vieux frère.

– Ouais, ça doit te faire plaisir de le décevoir. Écoute, je sais que tu as eu la trouille de ta vie, là-bas. Ç'aurait été pareil pour n'importe qui. Moi aussi, j'ai eu peur. Même Albert a eu peur.

– Tu veux que je te dise, ce que c'est, la trouille, Giles ? Je vais te le dire. Quand ils m'ont pendu par les jambes, j'ai pissé dans mon froc tellement j'avais les foies. Et, quand ils ont apporté les braises, j'en ai carrément chié. La tête en bas, tu comprends ? J'en ai chié la tête en bas ! Voilà ce que c'est, la trouille, mon pote. Alors j'ai compris que je n'allais pas repartir entre quatre planches pour faire plaisir à papa.

– Ton père, c'est pas le problème, Tolley. Si tu rentres sans finir ce que tu viens de commencer, c'est toi que tu vas décevoir jusqu'à la fin de ta vie.

– Eh bien, je vivrai avec, vieux frère. Carillo a accepté de détacher six soldats pour escorter ceux qui rentrent à Bavispe. De là, c'est des

Américains qui prennent le relais jusqu'à Douglas. Le départ est prévu demain à l'aube. Je passais seulement te dire au revoir, Giles. Ç'a été une fameuse aventure pour tous les deux, hein ? Bon, si tu mets jamais les pieds sur la côte est... »

J'ignorai la main qu'il me tendait. « Je m'en fous complètement que tu sois pédé, Tolley. Je ne te croyais pas lâche, c'est tout. »

25 juin 1932

J'ai pris ma décision avant de me coucher, le soir de la défection de Tolley. Ne dormant que d'un œil, je me suis réveillé avant l'aube, je suis sorti silencieusement de la tente et je suis parti au corral. C'était encore Jimmy qui montait la garde et, cette fois, il était aux aguets. Tellement nerveux, même, qu'il a failli me tirer dessus avant de demander : « Qui va là ? » Il faut croire que la proximité des Apaches en met plus d'un à cran.

« Sacré nom d'une pipe, Ned ! Quelle idée d'avancer à couvert comme ça ! C'est des coups à se prendre une balle dans le buffet.

– Je ne me cachais pas, Jimmy. Je te ferais remarquer que je sifflais en marchant. Je ne voulais pas faire de bruit, pour ne réveiller personne et ne pas faire peur aux bêtes. En m'entendant siffler, tu aurais dû comprendre qu'il n'y avait rien à craindre.

– Mais enfin, tu ne sais pas, Ned ? C'est comme ça qu'ils se repèrent entre eux, les Peaux-Rouges. En sifflant.

– Ils ne sifflent pas *I Got Rhythm* [1], Jimmy.

– Bon, qu'est-ce que tu viens faire là au milieu de la nuit ?

– Il me faut une mule.

– Je n'ai pas le droit de t'en donner. J'ai des ordres, Ned.

– Je sais que tu n'as pas le droit, Jimmy. Mais je te demande quand même.

– Je ne peux pas.

– Si.

– Et pourquoi tu veux une mule, comme ça, en pleine nuit ?

– Il faut que je retourne là-bas, Jimmy.

– Où ça, là-bas ?

1. Paroles et musique de George Gershwin, 1930.

– Quelque part sur la piste. J'ai oublié mon sac et l'appareil photo. Près de la source où on s'est arrêtés au retour, pour boire avec les bêtes. Je ne veux pas que Big Wade s'en aperçoive, parce que c'est le sien, d'appareil. J'ai juste besoin d'une mule une heure ou deux. Je serai de retour avant le lever du soleil. Personne n'en saura rien, Jimmy.

– Si ça doit te prendre une heure ou deux, c'est pour quoi ces sacoches et cette couverture, là ?

– Pour parer à toute éventualité, c'est tout.

– Tu n'as pas peur de retomber sur les Apaches ?

– Ils n'attaquent pas la nuit, Jimmy. Ils sont superstitieux. Ils volent les chevaux, oui, mais ils ne s'en prennent jamais à personne, parce que, s'ils tuent quelqu'un la nuit, ils croient que son fantôme s'accrochera à eux, et qu'ils ne s'en débarrasseront plus.

– *Foutre,* lâcha Jimmy en réprimant un frisson. C'est vrai ? Comment tu sais ça, Ned ?

– Au cas où tu aurais oublié, j'ai passé un moment chez eux...

– Si je te donne une mule, tu promets de la ramener avant l'aube ?

– Parole de scout. Il me faudra moins de deux heures pour faire l'aller et retour. Tu me sortirais vraiment d'affaire, Jimmy.

– Bon, dans ce cas, je peux peut-être t'en confier une, admettons. Seulement tu vas trouver les gardes à la sortie du camp. Après ce qui vient de se passer, le colonel Carillo a tout blindé partout.

– Ils sont là pour empêcher les Indiens d'*entrer*, Jimmy. Pas pour m'empêcher, moi, de sortir. »

Le gros croissant de lune qui venait d'apparaître offrait assez de lumière. Je conduisis la mule par l'allée centrale jusqu'au poste de garde, tenu par un *vaquero* mexicain, un certain Estevan à qui je déclinai mon identité. Comme je m'en étais douté, il ne chercha pas à me retenir. Il a seulement dit que j'étais parfaitement *loco* de m'aventurer en territoire apache au milieu de la nuit. Bon, ça.

Je dois admettre que ça faisait une drôle d'impression de repartir seul vers cet endroit que nous avions fui avec empressement quelques jours plus tôt. C'était même effrayant. L'air était immobile, il y avait un silence de mort, les cimes acérées des *sierras* se détachaient sous un ciel de nacre, et chaque arbre, chaque caillou sur mon chemin paraissaient d'une netteté surnaturelle sous la lune.

Tout gars de la ville que je suis, je n'ai pas eu de mal à suivre la piste battue la veille par les soldats, celle par laquelle nous étions nous-mêmes revenus. Au bout d'une heure de route, voire un peu plus, ma mule a levé la tête en épatant les naseaux. Elle a grogné et s'est arrêtée net, refusant de faire un pas de plus. Quelque chose l'affolait. J'ai mis pied à terre sans lâcher les rênes, et je l'ai cajolée pour qu'elle me suive. Ce qu'elle a fait à contrecœur.

J'ai d'abord distingué leurs silhouettes sombres ; énormes créatures voûtées, une vraie congrégation de moines, avec capuchons et robes noires. Les vautours étaient juchés sur les cadavres des hommes et des chevaux, comme s'ils leur revenaient de droit. Me voyant approcher, ils ouvrirent leurs ailes et les gardèrent un instant levées, menaçants, avec cet immonde bec rouge, ouvert. Des anges de la mort. Ils s'envolèrent l'un après l'autre, lourdement, avec un bruit chuintant, sinistre, ne décrivant qu'une courte boucle pour se reposer plus loin, bien décidés à veiller sur leur tas de charogne.

Craignant évidemment une autre attaque, Carillo n'avait envoyé personne pour enterrer les victimes. J'en comptai treize au total, tordues dans des postures grotesques, dénudées, scalpées, brillant comme des statues brisées au clair de lune. Elles n'avaient plus rien d'humain, c'était autre chose. D'autant que les charognards s'étaient d'abord attaqués à leurs yeux, à leurs bouches, à leurs crânes pelés. Je me suis souvenu du sentiment d'irréalité qui m'avait envahi en trouvant papa mort dans la salle de bain, la cervelle éclatée. Je compris soudain que l'esprit se réfugie dans l'abstraction pour nous aider à dominer la répulsion et l'horreur. Je me refusai à penser que, pas plus tard qu'hier, ces hommes vivaient, respiraient. Je m'efforçai même de ne pas trop les regarder, de peur d'en reconnaître certains et de les revoir à la table du dîner, plaisantant, riant, fanfaronnant. Dépouillés de leurs selles, les chevaux eux aussi paraissaient nus, la langue gonflée, la gueule figée sur un masque morbide et dérisoire. Je m'imaginai en train de composer une photographie ; comme quoi, même sans appareil, je trouvais encore le moyen de me cacher derrière ; je me représentai un tableau comme *Les Désastres de la guerre*, de Goya, que j'avais étudié en histoire de l'art à l'université. Seulement, « mes » chevaux et « mes » hommes morts, profanés, mutilés, n'avaient rien d'épique, eux.

Impossible d'avancer au milieu de ce carnage. Je décidai plutôt de descendre avec la mule vers le bas du ravin, à pied bien sûr, puis de nous frayer un chemin dans la rocaille. L'animal s'est montré patient, et je me suis en réalité laissé guider par lui. Il a fallu faire un long détour. Il s'est écoulé trois heures avant que nous tombions sur un endroit propice pour remonter, et espérer regagner la piste en haut. Nous retrouvâmes bien quelque chose, mais j'avais peur de m'être perdu ; je ne reconnaissais plus rien, et j'ai pensé que j'étais insensé d'avoir cru pouvoir me diriger seul. J'aurais dû finalement demander à Albert de m'accompagner. Il allait être furieux, d'ailleurs, lorsqu'il s'apercevrait que j'étais parti sans lui. Mais, si je lui avais fait part de mon projet, il m'aurait taraudé pour me suivre et, ensuite, s'il lui était arrivé quelque chose, c'est moi qu'on aurait tenu responsable. Voilà pourquoi j'étais en train d'errer là, sans l'aide de personne, moi, un gamin de Chicago, comme si je savais où aller, égaré dans ce labyrinthe de canyons et de ravins, d'infranchissables défilés, dans un jeu d'ombres mouvantes sous le maigre quartier de lune. Et, tiens, mon tableau n'avait rien d'abstrait, tout à l'heure. C'était bien des cadavres aux yeux creusés par les vautours.

Brusquement, je demandai à la mule : « Tu le connais, le chemin, toi ? » Nous sursautâmes tous deux au son de ma voix. Mais elle paraissait soulagée d'avoir repris la piste, du moins *une* piste, et nous progressions maintenant côte à côte, d'un pas plus assuré, plus vif même. Sûrement pour nous éloigner des cadavres, nous soustraire le plus vite possible à la mort. Je continuai : « Pourquoi as-tu eu tellement peur, là-bas ? » Malgré la stupeur de m'entendre soudain, et le son immatériel qui sortait de ma bouche, je trouvais ça rassurant, quoi, de parler à cette mule. « Tu les connaissais, ces chevaux ? C'est l'odeur de la mort qui t'a affolée ? Ou l'idée de la tienne ? Tu pensais que ça serait ton tour, peut-être ? Que tu aurais pu être à leur place, là-bas ? Tu t'es dit que tu as eu de la chance qu'on ne t'ait pas prise, toi, quand ils sont partis hier matin ? Tu te rappelles ? Les soldats sur leurs beaux chevaux, fringants, la robe bien étrillée, et les cavaliers, un rien suffisants. Le sérieux de leur mission... Pas si à l'aise, quand même, sur leurs poneys. C'est une race un rien capricieuse, non ? Et ils devaient se dire qu'ils valaient mieux que toi, ces poneys, hein ? Toi l'humble mule, moitié âne et moitié jument. Tu dois penser la même chose qu'eux, d'ailleurs. Seulement, ils sont réduits en charogne, tu vois, comme tout le monde un jour ou l'autre. Qu'on soit riche, qu'on soit pauvre, ça ne change rien. Ils ne m'avaient rien demandé, Carillo et Flowers. Seulement, s'ils l'avaient fait, je serais parti avec eux, et c'est peut-être toi que m'aurait donnée Jimmy, parce que Buster, mon autre mule, elle n'en peut plus pour l'instant. Alors c'est nous qui serions là-bas, à servir de piédestal aux vautours, et ils seraient trop heureux de nous bouffer les yeux et la langue. On aurait le même goût que ces messieurs de la haute et leurs poneys de polo. C'est à ça que tu pensais, hein, je parie ? Mais comment tu t'appelles, au fait ? Jimmy ne me l'a pas dit. »

Je me rendis compte que je ne saurais absolument pas regagner la *rancheria*, que je suivais bêtement cette piste que nous avions trouvée, ou plutôt que la mule le faisait. Quel autre choix avions-nous ? Ça grimpait dur, on montait sans cesse, ça il n'y avait pas de doute. Je cherchais des repères partout, un arbre, une forme dans la roche dont je me souviendrais peut-être. En vain. Et le clair de lune se fondait dans l'aube. J'étais perdu. Quel impossible crétin je peux être.

Je perçus cette fois le mouvement du coin de l'œil, et je n'eus pas le temps d'avoir peur. La surprise, aussi vive que fugace, se transforma en renoncement, en abandon – faute d'une réaction utile. Ça venait de derrière, d'au-dessus ? Quelle importance. Tressaillant elle aussi, la mule coucha ses oreilles sur son cou, avant peut-être de penser à ruer. Puis je sus ; je perçus cette chaleur légère m'envelopper comme une brise, ce corps-là s'ajuster dans mon dos, de cette façon, semblait-il, qui devait toujours présider à nos rencontres, puisqu'elle était la mobilité incarnée. Avait-elle bondi, s'était-elle laissée tomber ? Elle planait, flottait comme un oiseau. Plus que d'une autre race, elle était issue d'un ordre différent. Et cette odeur, comme la montagne après la pluie d'été.

Je sentis ses bras sur mes épaules, et une main presser gentiment ma gorge. Elle rit et je compris qu'elle se moquait de moi, en souvenir de l'autre fois, avec son couteau. Très drôle.

Brusquement, d'une cabriole, elle se glissa devant moi, avec la même aisance, la même agilité déconcertante. Comme le jour où, reprenant des forces, elle avait fait sa petite démonstration avec le *burro*. J'avais ses minces jambes brunes sur les genoux, et elle paraissait ne rien peser.

« Je savais que tu me reviendrais, mon mari.

– C'est toi qui as tué ces gens, là-bas ?

– Non, c'est Indio Juan et ses guerriers.

– Mais tu attaques avec sa bande.

– Ils venaient pour nous tuer, dit-elle.

– Ils ne veulent que le gamin. Et nos amis. » Je demandai à nouveau : « *¿Matáste a esos hombres?*[1]

– Non, je n'y étais pas. Mais j'aurais été là, j'aurais tué les soldats mexicains. Ceux de l'Œil-Blanc, aussi. C'est nos ennemis.

– Alors moi également.

– Non, toi, c'est différent.

– Comment ça, différent ?

– Toi, tu es mon mari.

– Qu'est-ce que tu fais là ?

– Tu es perdu. Je suis venue te trouver.

– Comment sais-tu que je suis perdu ? »

Elle rit. « Parce que tu vas dans la mauvaise direction.

– Comment savais-tu que j'étais là ?

– Nous savons tout ce qui se passe dans les montagnes, et nous voyons tous ceux qui approchent. » Puis : « Je savais que tu reviendrais à moi.

– Margaret, ça va ? »

Elle fit signe que oui.

« Monsieur Browning ? »

Elle détourna les yeux.

« Qu'est-ce qu'il y a ? »

Elle hocha la tête.

« Dis-moi. Il lui est arrivé quelque chose ?

– Il est au pays de la Joie.

– Oh, non... »

Reprenant place derrière moi, elle posa ses mains légères sur ma taille. Quittant la piste, nous avons traversé une épaisse forêt de sapins pour atteindre une vallée bordant une rivière. Un sentier longeait celle-ci, en surplomb, et nous l'avons suivi quelque temps, en redescendant deux fois pour traverser à gué. La mule rechigna car l'eau était haute et boueuse à cause des pluies, et elle ne pouvait pas voir le fond. Les mules se distinguent des chevaux par leur capacité à négocier toute sorte de terrains accidentés, mais elles n'aiment pas mouiller leurs sabots. Chidéh fit claquer sa langue et lui parla un

1. « Tu as tué ces hommes ? »

langage qu'elle devait comprendre, jusqu'à ce qu'elles tombent d'accord, car l'animal accepta de s'enfoncer dans l'eau jusqu'au ventre. Chidéh, je m'en souvins, savait murmurer à l'oreille des chevaux. Alors ça devait marcher avec les mules et les *burros*.

Nous arrivâmes, au bout d'un moment, dans une étroite prairie où la rivière, au contraire, s'évasait. Au fond, une corniche peu élevée cachait plusieurs cavernes aménagées. L'endroit était magnifique, et on comprenait aisément pourquoi le « premier » peuple l'avait choisi pour s'y établir. En bas murmurait une série de petits étangs, alimentés par une source, et nous nous arrêtâmes. Je dessellai la mule, l'entravai. Apparemment, elle ne demandait pas mieux que se mettre un moment au vert. Chidéh me guida vers l'un des étangs ; je perçus une vague odeur soufrée et devinai que la source était chaude. Assise sur un rocher, ma compagne retira ses mocassins, son pagne et son ample chemise rayée, puis elle dressa devant moi, sans la moindre pudeur, un corps nu et parfait, pieds courts, jambes fines et musclées, mont de Vénus noir et les seins mûrs d'une fille devenue femme. Elle se glissa dans l'eau.

Un rien pudibond, j'hésitai à me déshabiller devant elle. Me retournant, je me dévêtis à mon tour et posai chastement les mains sur un point précis de mon anatomie. Je devais paraître ridicule avec ma peau blanche sous le cou et en haut des bras, la marque de ma chemise, quoi. Mais je me rappelai que le grand-père de Chidéh était lui-même blanc, alors je n'avais peut-être pas l'air si bizarre, après tout. Elle me regardait d'un air sceptique, comme si ma timidité était entièrement déplacée.

L'eau de la source était douce, chaude, onctueuse, et je m'y enfonçai avec délices. Comme des gens avaient dû se baigner là pendant des milliers d'années, il y avait autour du bassin plusieurs rochers bien lisses pour s'asseoir. Le temps, les minéraux, et peut-être les frottements d'un millénaire de postérieurs nus leur avaient ôté toute rugosité. Pas étonnant que le Peuple, il y a longtemps, se fût installé dans cette petite vallée, avec ces sources et cette rivière, de l'herbe à foison pour les bêtes, un sol riche pour les cultures. En sus de plusieurs cavernes, la corniche à l'extrémité offrait le minimum de protection. C'était un paradis. Que souhaiter de plus ?

Je m'allongeai sur un rocher près de Chidéh et m'assoupis aussitôt, comme si l'eau avait aussi lavé l'épuisement et les terreurs de ces dernières journées. Je ne sais combien de temps j'ai dormi, et c'est le tonnerre, lointain, qui m'a réveillé. Je me sentais reposé pour la première fois depuis un temps infini. L'après-midi touchait à sa fin, et le ciel au sud se couvrait de nuages noirs. D'un coup d'œil rapide vers la prairie, je vis que la mule broutait toujours. Puis, scrutant la corniche, j'aperçus de la fumée qui s'élevait au-dessus d'une caverne. Sortant de l'eau, je m'assis sur le rocher pour me sécher un instant. La pierre avait gardé la chaleur du soleil. Je me rhabillai, ramassai mes sacoches et suivis le sentier vers la corniche.

Chidéh avait mis de l'ordre dans une caverne. Elle avait installé une couche – matelas d'aiguilles de pin, couvertures et peaux de bêtes. Elle avait allumé un feu, mis de la viande à rôtir, des tortillas toutes fraîches à réchauffer dans une petite poêle, des haricots à mijoter dans une gamelle, et il y en avait une autre avec de la bouillie de maïs... Il y avait même une minuscule cafetière !

« Mais où as-tu trouvé tout ça ?

– On cache toujours des provisions ici. »

Je me rendis compte que nous étions dans cet endroit que j'avais survolé au début, dans l'avion de Spider King. Pourtant certains des ustensiles n'avaient-ils pas été volés, pendant l'attaque de Carillo et de sa troupe ? Je repensai à haute voix : « Tu as tué des soldats, là-bas ? » Je me demandai aussitôt pourquoi j'y attachais de l'importance. Étais-je en train d'essayer de « civiliser » ma nouvelle amie, qui ne voit rien d'immoral, sans doute, à écorcher ses ennemis ? Avais-je besoin d'être rassuré, de la croire incapable de commettre de tels actes, ma féroce petite guerrière ? Capable, elle l'est, bien sûr. Qu'est-ce que ça change ? Le fort élégant Carillo, instruit, bien élevé, avec son bel uniforme et ses cheveux pommadés, tuerait Chidéh sans hésiter à la première occasion, il la scalperait même pour quémander sa récompense. Ma propre race, tout comme les Mexicains, assassine les Apaches depuis des siècles. Combien de bébés indiens, par exemple, ont-ils été massacrés par nos soldats ? Seules les atrocités des rebelles sont qualifiées de crimes. Alors que celles des conquérants, qui écrivent les livres d'histoire, sont reconnues comme nécessaires, héroïques même. Pire, elles illustrent une prétendue volonté divine. Quelle différence y a-t-il, en fin de compte, entre les soi-disant civilisés et les barbares ?

« C'était Indio Juan », répéta Chidéh, sans chercher à se justifier, puisque c'était un fait.

J'ai dit : « Oui », et je m'abstins dès lors de poser ce genre de question.

Nous avons dîné à l'entrée de la caverne, en regardant la vallée et le ciel. Sans cesse illuminés par les éclairs, les nuages bleu-noir, éventrés par les crêtes, ouvraient de longs rideaux de pluie, gris et mouvants. Et le tonnerre se rapprochait, profond, violent, comme libéré des entrailles de la Terre. J'eus l'étrange sentiment que nous étions ses ultimes habitants, que tous les autres étaient morts sur une piste, récurés par les charognards ; qu'il ne restait que nous, derniers devenus premiers ; Adam et Ève dans le jardin d'Éden ; une jeune Indienne, un garçon blanc. Il suffisait de rester ici, de produire une nouvelle race d'hommes, la nôtre. Et on tâcherait de faire mieux, cette fois.

Mais, forcément, quelqu'un arriverait pour s'en prendre à nos maigres biens, à notre terre, notre foyer, et il faudrait les défendre par nous-mêmes ; ce serait à qui tuerait l'autre le premier, ça n'aurait pas de fin et toutes les guerres recommenceraient. Qu'était devenu le « premier » peuple, qui a vécu ici des millénaires plus tôt ? J'avais une fois posé la question à Mag. Selon elle, on ne savait pas très bien. Quelques éléments permettaient de penser que, peut-être à la suite de changements climatiques, leur économie et leur modèle social s'étaient effondrés, qu'ils s'étaient ensuite consumés en luttes intestines jusqu'à la destruction finale. Mais il était possible, aussi, que leurs terres aient été envahies par une race plus puissante, qu'ils aient été exterminés ou assimilés par les nouveaux arrivants.

Le ciel s'est entièrement noirci et l'averse est tombée avec le tonnerre et l'éclair. Nous sommes partis au fond de la caverne nous étendre sur la couche. Tirant une couverture sur nous, je déshabillai Chidéh et l'enlaçai, m'imprégnant de son odeur de montagnes et de pluie. L'orage apportait ses senteurs d'ozone. Nous étions bien, au chaud et au sec, tandis qu'au-dehors le déluge grondait. Toutes les trois minutes, la foudre éclairait l'intérieur.

Il n'y avait pas urgence, cette fois, et nous avons pris tout le temps d'explorer nos deux corps ; un instant timides et l'autre effrontés. Je doute que Chidéh, avant moi, ait été embrassée comme on embrasse une femme, car elle semblait ne pas savoir faire. Peut-être est-ce ainsi que tout commence, les races nouvelles y compris, avec un couple de gosses, quatre mains, deux bouches qui réapprennent l'amour, sans souvenir des carnages d'hier, sans pensée pour demain.

Nous sommes restés allongés toute la nuit, dormant quelques moments et nous réveillant amoureux, plus heureux chaque fois dans les bras l'un de l'autre. Nous avons parlé notre langue à nous, composée d'apache, d'espagnol et d'un peu d'anglais, cette langue que nous avons créée et que nous sommes les seuls à comprendre.

Levés à l'aube, ce matin, nous avons pris un nouveau bain dans la source chaude, puis allumé un petit feu pour réchauffer les restes de la veille. Inutile d'en parler : nous savons tous deux qu'il faut revenir à la *rancheria*. Cette nuit n'a existé que dans notre intimité, dans l'amour franc et le désir simple, un tout petit espace qui n'appartient qu'à nous, ignoré des frontières de la vie extérieure. Je regrette de ne pouvoir y demeurer à jamais, ou ne serait-ce qu'un petit peu plus longtemps. Mais nous ne pouvons, ni elle ni moi, nous détacher de nos races, ou peut-être pas encore. Tout est redevenu très compliqué à la lumière du jour ; nous avons des amis, une famille, ou les deux, et chacun nos responsabilités. Nos guerriers respectifs se préparent à l'affrontement, et, si nous ne pouvons rien faire pour les arrêter, nous ne pouvons pas non plus fermer les yeux.

Nous avons pris quelques provisions pour la route, et caché toute la nourriture avec le matériel de cuisine dans une niche au fond de la caverne. Nous l'avons bien obturée avec des pierres et des cailloux pour qu'aucun animal ne puisse y accéder. Il faudrait déjà savoir que ça se trouve là, d'ailleurs. Nous reviendrons peut-être ici quand tout sera terminé, sinon ce sera quelqu'un d'autre, au courant, qui s'arrêtera passer une nuit, dégagera l'éboulis, trouvera ces aliments précieux, en prendra soin et en ajoutera. Une pratique qui a longtemps été pour le Peuple synonyme de survie, m'a assuré Chidéh.

Dans quelques minutes, nous allons seller la mule et quitter cette vallée. Nous avons le pressentiment que certaines choses arrivent à leur terme et qu'il faudra repartir de rien.

28 juin 1932

Nous avons atteint la *rancheria* hier, en milieu de journée. Bien sûr, les Apaches avaient été prévenus par leurs avant-postes, et nous n'avons surpris personne. Venu à notre rencontre, un petit groupe d'enfants nous a escortés jusqu'au village. D'autres sont sortis de leurs wigwams pour nous regarder passer. J'ai vu plusieurs hommes affublés de casquettes et de manteaux de l'armée mexicaine. J'ai reconnu sur quelques-uns les habits des volontaires morts. Prises de guerre. Personne ne m'a inquiété ; pour l'instant du moins, je parais libre de naviguer impunément d'un monde à l'autre.

Comme je voulais avant tout retrouver Margaret, Chidéh m'a conduit au wigwam de l'Apache blanc. Nous n'avions pas mis pied à terre que Margaret passait déjà la tête dehors. Elle était habillée comme une vraie Apache, en mocassins, avec une blouse et une jupe aux motifs colorés, de style mexicain. Nous nous sommes regardés un bon moment sans rien dire.

J'ai fini par briser le silence : « Tu vois, je suis venu récupérer mon appareil...

– Je n'en attendais pas moins, dit-elle en souriant. C'est pour ça que j'en ai pris soin. Tu n'allais quand même pas revenir pour moi...

– Ben, non, mais j'ai ces points de suture, là. Je ne vais pas les enlever tout seul. Je suis si délicat... »

J'ai fini par descendre de la mule et j'ai pris Mag dans mes bras.

« Rien de cassé ?

– Je suis vivante, petit frère.

– Ce n'est pas ce que je t'ai demandé.

– Je suis vivante et on ne m'a pas collée dans le wigwam d'Indio Juan. Sous ces latitudes, ce n'est déjà pas mal.

– Qu'est-ce que tu as au visage ? »

Elle haussa les épaules : « Un petit désagrément, l'autre jour.

– À savoir ?

– À savoir que ça s'est arrangé, mais que j'ai dû, d'abord, accepter ma condition d'esclave. Aller chercher l'eau, ramasser le bois, ce genre de chose, quoi. Tant que je fais ce qu'on demande, on me fiche à peu près la paix.

– D'esclave ?

– De ce point de vue, ils sont exactement comme nous, Ned. Il y a des différences entre les cultures, sauf sur ce point : le sexe faible et les races opprimées servent partout d'esclaves. Voilà. » Elle lâcha un petit rire amer. « C'était la grande découverte anthropologique de la semaine.

– Où est monsieur Browning, Mag ? »

Elle évita mon regard. Puis elle hocha la tête et des larmes se formèrent dans ses yeux. « J'ai essayé, petit frère. J'ai essayé de le garder en vie.

– Je n'en doute pas, Mag. Je n'en doute pas une seconde.

– C'était un homme fort, courageux, Neddy...

– Et Joseph ?

– Joseph va bien. Je peux remercier Dieu qu'il soit là avec moi. Sans lui, je serais sûrement morte.

– On n'aurait jamais dû t'abandonner, Mag. Je le regrette. Je pensais que la *niña* veillerait sur toi.

– C'est ce qu'elle a fait. À chaque fois qu'elle a pu, Neddy. Et c'est moi qui ai décidé de rester, je te rappelle. Si on avait laissé monsieur Browning tout seul, je n'aurais plus jamais supporté de me voir dans une glace. Au moins, il avait quelqu'un près de lui, à la fin. Je lui ai peut-être apporté du réconfort. Sinon, ça va. Et pour ce qui est de la grande question qui te brûle les lèvres, et que tu es bien trop poli pour poser, eh bien, non, les sauvages ne m'ont pas violentée.

– Dieu soit loué, Mag. Où est Charley ?

– Parti ce matin avec Joseph, je ne sais pas où.

– Carillo et ses hommes ont été attaqués.

– T'inquiète, je suis au courant. Ils ont dansé toute la nuit en secouant les scalps comme des hochets. Et moi, comme une imbécile, j'étais là à vouloir mettre une tête *dessous*, savoir qui c'était dans l'expédition, quoi.

– C'est Charley qui a monté l'embuscade ?

– Non, c'est Indio Juan, évidemment. Charley évite tout contact avec les Blancs et le Mexique. Voilà ce qu'il fait depuis cinquante ans, parce qu'il veut vivre en paix. Il a compris qu'il fallait refuser toute confrontation. C'est Indio Juan qui cherche les ennuis.

– Je vais te sortir d'ici, Mag. Je te le promets. Il n'est plus question de te laisser.

– Ouais, eh bien, il faudra que tu en réfères aux autorités, frangin. Les Apaches sont assez possessifs envers leurs esclaves. C'est que le petit personnel est difficile à trouver, en ce moment.

– Carillo et la troupe vont arriver d'une façon ou d'une autre. Flowers a balisé la piste.

– Où est Albert, Ned ?

– Là-bas avec l'expédition. Il serait sûrement venu avec moi, mais j'ai filé en douce.

– Et Tolley ?

– Il a rendu son tablier, Mag. Il voulait faire ses courses pour sa rentrée à Princeton. »

Elle afficha un sourire indulgent. « Eh ouais, l'été est bien trop court. Après c'est toujours la ruée pour acheter ses classeurs.

– Avec le fiasco de Carillo, les gosses de riches ont quitté le navire comme des rats.

– On ne peut pas leur en vouloir.

– Moi, j'en veux à Tolley de nous tourner le dos comme ça. De nous abandonner, toi, moi, et même monsieur Browning, bien qu'il ne soit plus là.

– Je ne lui en veux pas, moi. Qu'est-ce que tu croyais ? Qu'il allait revenir se faire pendre au-dessus du feu ? On a comme un laissez-passer, tous les deux. Pas lui.

– C'est vrai. Mais je n'ai pas supporté sa tête de faux cul quand il m'a dit au revoir. Dis, Margaret, je te trouve fière allure.

– Un rien m'habille, n'est-ce pas ? Si mes collègues de la fac me voyaient comme ça... Mais où ai-je été élevée ? Me feras-tu l'honneur d'entrer dans mon humble wigwam ? »

Garni de peaux et de couvertures, l'intérieur était loin d'être inconfortable. Nous nous sommes assis et elle m'a tendu mon havresac. « J'ai rempli quelques pages de ton carnet, petit frère, dit-elle en souriant. Pour que tu saches bien tout ce qui s'est passé en ton absence... » Et, brusquement, elle s'est mise à pleurer, à grands sanglots qui lui secouaient les épaules et ébranlaient son corps. Je l'ai prise dans mes bras, l'ai serrée contre moi, et elle s'est détachée dès que ses larmes ont cessé. « Bon Dieu, excuse-moi, je ne sais pas ce qui m'a pris, ça m'est tombé dessus. Parce qu'en fait, tu vois, je m'en sors. J'ai dû être forte, Neddy.

– Tu es solide comme le roc, Mag. Tu n'as pas à t'excuser. Tu es bien plus forte que n'importe quel homme.

– Je craignais de ne jamais te retrouver. Je me voyais condamnée à cette vie. Je le suis peut-être, d'ailleurs. Mais j'ai appris que je peux survivre à beaucoup de choses. Tu sais ce qu'il y a de plus terrifiant pour moi, Neddy ? C'est notre capacité à endurer n'importe quoi, juste pour rester vivants. Cette foutue faculté d'adaptation. Merde, je vais bientôt avoir mon doctorat, je suis une femme et j'ai déjà travaillé. Et, au bout d'une semaine, je trouve ça presque normal de vivre avec ces gens, de leur servir d'esclave. Parce que ça pourrait être bien pire, tu sais. Ils ne me traitent pas si mal que ça... Il y a même des moments où je les remercierais, de ne pas être plus durs, de me laisser en vie. Tu comprends ce que j'essaie de te dire ?

– Je t'écoute, Mag.

– J'ai dansé avec eux sur les scalps des victimes, Neddy.

– Tu n'avais peut-être pas le choix.

– Non, c'est autre chose que ça. J'ai fini par m'identifier, je me suis prise au jeu et j'ai fêté leur victoire avec eux. Ça m'a *plu.* »

J'ai répondu sur le ton de la plaisanterie : « Dans ce cas, on ferait peut-être mieux de rester ici.

– Parce qu'on a le choix, tu crois ? dit-elle le plus sérieusement du monde. Tu me remontes le moral ou tu es vraiment naïf ? Tu as vu toi-même ce qui est arrivé aux hommes de Carillo. Tu penses que les Apaches vont attendre gentiment l'armée du Mexique, leur faire faire le tour du propriétaire et se rendre avec nous ?

– Je ne sais pas ce qui va se passer, non.

– Il va se passer qu'Indio Juan va leur tendre embuscade sur embuscade. Qu'il va massacrer tous les Mexicains, et tous les gringos, avant qu'ils mettent les pieds ici. Si tant est qu'ils arrivent à approcher. Pendant ce temps, Charley veut emmener sa bande au sud, plus loin encore dans les montagnes. Il y a d'autres *rancherias* là-bas, plus perdues, plus inaccessibles que celle-ci. Seulement ils vont m'emmener aussi, Neddy. Car jusqu'à nouvel ordre je suis leur prisonnière.

– Je suis revenu te chercher, Margaret. Je te l'avais dit. Quoi qu'il en coûte, je ne les laisserai pas faire. »

8 juillet 1932

Je suis à la *rancheria* depuis plus d'une semaine. C'est peut-être le calme qui précède la tempête, mais rien ne paraîtrait plus simple et plus tranquille. Indio Juan et sa bande ont disparu avant mon arrivée. Les éclaireurs ont fait savoir que l'expédition n'a pas bougé du camp de base ; à l'évidence, Carillo préfère prendre son temps, réfléchir à une stratégie et éviter de perdre d'autres soldats. Il est probable aussi qu'ils soient coincés par les pluies torrentielles. En ce moment de l'année, la montagne est plus dangereuse encore.

À cause des pluies, beaucoup ici ont quitté leurs wigwams, trop humides, pour se loger dans le labyrinthe des grottes et des cavernes, cachées dans la paroi au-dessus de la vallée. Nous en avons pris une, Chidéh et moi. C'est assez primitif, à côté des maisons américaines, mais il fait sec, chaud, et on y est bien. Chez les Indiens, c'est un peu le camping permanent, et je comprends ce que ça peut avoir de séduisant, surtout pour un enfant ôté au monde civilisé. Quand j'étais petit à Chicago, je lisais ces magazines sur la vie au grand air et je rêvais de nature. Si j'avais pu deviner...

Dans l'ensemble, le Peuple se montre amical avec moi, quoique sans baisser sa garde. Il est vrai que j'occupe une place un peu particulière. Ils ont l'habitude de chercher leurs épouses dans les autres tribus, même parmi d'autres races, mais voir débarquer un Œil-Blanc adulte, choisi comme « mari » par une de leurs jeunes femmes, est un fait sans précédent. Grâce aux pellicules « empruntées » à Big Wade en repassant au camp, j'ai recommencé à prendre des photos. C'est d'un grand réconfort, pour moi, et je pense avoir composé plusieurs clichés étonnants. Margaret a beau objecter, je continue à croire, comme dirait Confucius, qu'« une image vaut mille mots ». À quoi elle a trouvé le moyen de répondre : « Oui, mais Franz Kafka disait, lui, qu'il n'y a pas plus trompeur qu'une photo... »

Charley et Joseph sont réapparus deux jours après notre arrivée. Le vieil Apache est venu aussitôt me rendre visite.

« Comment va mon petit-fils ? m'a-t-il demandé.

– Albert se porte bien. Où étiez-vous ?

– J'ai montré à Charley les soldats mexicains et les Œil-Blanc de l'expédition.

– Vous êtes allés là-bas ? Pour quoi faire ?

– Je voulais qu'il voie de lui-même combien ils sont.

– Vous lui avez dit qu'il ferait mieux de se rendre ?

– Non. Je lui ai dit de repartir se cacher avec le Peuple.

– C'est ce que vous auriez dû faire, à l'époque, plutôt ?

– Il est trop tard pour moi, dit le vieil homme.

– Mais pour Charley aussi, ai-je répondu.

– Que voulez-vous qu'il fasse ? Retourner chez l'Œil-Blanc ? Ils en feraient une bête de cirque.

– Nous sommes au vingtième siècle, Joseph. Il n'y a plus de place chez l'Œil-Blanc pour les Indiens libres.

– C'est exact. » D'un geste du bras, il embrassa le paysage : « Mais ça n'est pas le monde de l'Œil-Blanc, ici.

– Vous devriez le savoir mieux que tout le monde, Joseph. L'Œil-Blanc est chez lui partout, maintenant. Même ici. »

Chidéh s'emploie à me montrer les environs. J'emporte toujours le Leica, et nous partons le plus souvent à pied sans trop nous éloigner de la *rancheria*. Ou alors nous prenons la mule. Nous essayons en tout cas de rentrer avant les pluies de l'après-midi. Sinon Chidéh semble toujours connaître une nouvelle caverne où nous réfugier, et nous y passons la nuit. Nous sommes deux gamins en balade, qui essayons de garder un peu d'innocence enfantine, et la capacité de nous émerveiller. Nous avons réussi à créer un monde à part, nous ne laissons personne s'y immiscer et l'abîmer. Ce monde ne peut exister que pour nous, de toute façon, et nous le savons bien.

Je ne crois pas aux présages et aux porte-malheur, mais les Apaches sont un peuple drôlement superstitieux. Hier, pendant une balade, nous avons vu une chose très déroutante, qui a complètement bouleversé Chidéh.

Nous marchions depuis plusieurs heures et nous avions perdu la notion du temps. En fin de matinée, les nuages avaient commencé à s'amonceler au-dessus des montagnes. Il y a eu brusquement un premier éclair, accompagné d'un lointain grondement, et nous avons compris qu'il serait impossible de rentrer avant la pluie. Comme il y en a partout, nous n'avons pas eu de mal à trouver une grotte pour nous abriter. Seulement, quantité d'animaux font comme nous, y compris les pumas et les ours, c'est pourquoi il faut soigneusement examiner les lieux. Nous emportons toujours un petit sac de peau, avec de quoi faire du feu – un bâtonnet de genévrier, de la taille d'un crayon, un morceau de bois plat coupé dans une tige de cactus, et de l'écorce ou des herbes sèches pour démarrer. Je suis beaucoup moins doué que Chidéh. En frottant le bâtonnet sur le bois, dans l'encoche, elle allume un feu en quelques minutes. Nous avons ensuite confectionné une torche dans du tissu imprégné de résine de pin. Il fallait s'accroupir pour entrer dans la grotte et, une fois à l'intérieur, nous avons pu nous relever. Il y avait au centre les restes d'un foyer, et le plafond était noir de suie. Quelqu'un était déjà passé par là. Mais, surtout, les parois étaient ornées de nombreux dessins, sans doute préhistoriques – des croquis stylisés d'oiseaux, d'hommes, d'animaux, et toute sorte de symboles, impossibles à déchiffrer. Nous en avons vu de semblables dans d'autres cavernes, même dans le canyon, près de la *rancheria*. L'endroit était parfait pour attendre la fin de l'orage et, comme nous avions aussi une couverture et des provisions, nous pouvions passer la nuit là s'il le fallait.

Chidéh ranimait un feu dans le foyer au milieu et, moi, j'ai voulu m'assurer que nous étions bien seuls. La grotte ne faisait que cinq ou six mètres de profondeur, mais il y avait au fond deux passages voûtés. J'en choisis un, rampai, et j'accédai bientôt à une chambre intérieure. En levant la torche, je distinguai une silhouette étendue par terre. J'en eus le souffle coupé. C'était, à l'évidence, une silhouette humaine, mais couverte d'un limon blanchâtre. À genoux, prudemment, je commençai à dégager cette couche épaisse et grasse, et je découvris les restes momifiés d'une femme. Elle était allongée sur le flanc, les genoux pliés. Bien que desséchée, tendue, sa peau n'était pas vraiment abîmée, et le visage était remarquablement préservé. Elle avait des cheveux de lin, ondulés, presque blancs. Ça n'était donc pas une Indienne. En continuant, je vis qu'elle tenait un bébé dans ses bras, tout petit, et parfaitement conservé lui aussi. Bizarrement, ils semblaient exprimer une grande sérénité, comme s'ils venaient de s'allonger pour la sieste.

Je restai là un moment à les regarder. Puis, dans un murmure, craignant peut-être de les sortir d'un sommeil séculaire, j'appelai Chidéh : « Viens voir, apporte mon sac et une autre torche. »

Je regrette maintenant de n'avoir pas quitté cet étrange tombeau sans rien lui révéler. J'aurais bien mieux fait de garder ça pour moi.

La torche est apparue dans le passage, puis Chidéh, qui tirait mon havresac derrière elle. Quand ses yeux se posèrent sur la dépouille et l'enfant, elle passa de l'incompréhension à l'incrédulité, et de l'incrédulité à l'horreur. Elle est allée aussitôt se blottir contre la paroi. « Qu'as-tu fait ? *¿Qué has hecho?*

– Mais rien. Qu'est-ce qui t'arrive ?

– C'est très dangereux de déranger les morts.

– J'ai dégagé un peu de poussière, c'est tout.

– Pourquoi ils sont comme ça ? Il ne devrait y avoir que les os. »

Je n'avais pas les mots pour expliquer que, dans ce limon blanchâtre, quelque chose permettait sans doute de conserver les corps. J'ai dit simplement : « Je ne sais pas.

– Tu les as déterrés et tu as laissé partir leurs fantômes. Regarde leurs sourires !

– Mais non, ça n'existe pas, les fantômes !

– Ils vont nous poursuivre maintenant », dit Chidéh. Elle était dans tous ses états. « Il ne faut pas rester ici ! »

Il tombait dehors une pluie battante.

« Écoute, je vais les recouvrir entièrement. Ils seront exactement comme je les ai trouvés. Ensuite, je bouche le passage avec des pierres. Ils ne pourront plus sortir. »

Elle regarda la femme et l'enfant. Il y avait maintenant de la compassion dans ce regard, de la tendresse, comme peut en éprouver toute femme devant une mère et son bébé. Chidéh posa la main sur son ventre. « Il est trop tard, dit-elle. Ils sont déjà sortis. »

Elle est repartie dans la première grotte, et j'ai pris quelques vues des corps, à vitesse lente, à cause du peu de lumière fourni par les torches. N'étant pas superstitieux, je n'ai pas eu un instant le sentiment de violer une sépulture ni, contrairement à Chidéh, le repos des morts. Je savais que, plus tard, en développant ces photos, je les verrais d'un autre œil ; j'y lirais la douleur d'une mère qui, pour l'éternité, serre son enfant contre elle. C'est du moins l'image que je croyais avoir faite. J'espérais que mon appareil aurait insufflé un peu de vie dans ces dépouilles.

Une fois terminé, je les ai soigneusement recouvertes. Goûtant du bout de la langue un peu de la poussière blanche restée entre mes doigts, je compris que c'était du salpêtre, c'est pourquoi les corps avaient été bien conservés. Et je fis le vœu qu'on ne les dérange plus d'un nouveau millénaire.

Avec ces averses diluviennes, nous n'eûmes d'autre choix que de rester dans la grotte. Chidéh, morose, repliée sur elle-même, n'a rien mangé, rien dit. Quand nous nous sommes couchés, elle m'a tourné le dos dans une position qui, ça m'a frappé, ressemblait à celle du cadavre avec son bébé. Un bras sur son corps, je me suis endormi en la gardant près de moi, en m'efforçant de la rassurer, de lui expliquer que les fantômes ne nous feraient rien. Pourtant, j'ai rêvé dans la nuit que je me réveillais et que, la retournant vers moi, je la trouvais desséchée comme la momie. Curieusement, je n'ai pas eu peur dans ce rêve, j'étais simplement envahi par une immense tristesse, de voir cette autre mère et son petit morts, et je les serrais contre moi en pleurant. Au matin, je n'ai rien dit, cette fois.

9 juillet 1932

Quand nous avons atteint la *rancheria* en fin de matinée, elle était plongée dans le silence et semblait presque vide. Chidéh a filé trouver une des vieilles *di-yin* pour qu'elle la lave de ce contact involontaire avec les morts. Pour qu'elle-même et l'enfant qu'elle porte n'aient pas la « maladie des fantômes », comme disent les Apaches.

Je suis allé rapporter à Margaret la découverte des corps momifiés. Charley et Joseph étaient assis devant leur wigwam. Margaret et l'épouse de Charley égrenaient le maïs sur la grosse pierre plate, le *metate*.

« Je te ferais bien la causette, petit frère, dit Mag, mais comme tu peux le constater, les femmes n'arrêtent pas de trimer ici.

– Et si tu refusais, pour voir ?

– Crois-moi, Neddy, mieux vaut s'en tenir à son travail. »

Je me tournai vers le vieil Apache : « Joseph, est-ce que Charley voudrait bien me laisser parler à Margaret, cinq minutes ? »

Ils échangèrent quelques mots et Joseph traduisit : « Charley apprécie que les Œil-Blanc soient enfin un peu plus polis. Seulement, c'est à Ishton, sa femme, qu'il faut demander, pas à lui.

– Demande à sa femme, s'il te plaît, alors ? »

Certainement dans son plus beau style, avec force circonlocutions, Joseph s'engagea avec Ishton dans un conciliabule qui sembla durer une éternité. Au terme duquel il apparut clairement que la réponse était non. Exaspérée, Margaret repoussa le *metate* et lâcha quelques mots d'apache avec un naturel étonnant. Se levant d'un air revêche, elle essuya ses mains sur sa robe et se dirigea vers moi. Ishton l'attrapa par le bras et l'apostropha comme une poule en colère. Sans hésiter, Margaret lui balança un crochet à l'oreille, et Ishton s'affala par terre.

« J'en ai déjà supporté assez, salope ! » gueula Mag qui, le poing prêt à repartir, la toisait de toute sa hauteur. « Tu entends ? L'esclave, c'est fini. Tu lèves encore la main sur moi, connasse, et je te tue, t'as compris ? »

À ma grande surprise, Charley se mit à hurler de rire. Il se tordait littéralement sur place, au comble de l'hilarité. Plus surprenant encore, son épouse ne riposta pas. Elle restait aplatie par terre comme un animal soumis.

Margaret me rejoignit en se frottant les articulations. « Putain, ça fait du bien, dit-elle. Je me demande comment j'ai fait pour me retenir aussi longtemps. » Puis, brandissant le poing à l'attention de Charley, elle lâcha une tirade en apache qui le fit s'esclaffer de plus belle.

« Qu'est-ce que tu viens de lui dire, Mag ?

– Difficile à traduire, petit frère. Pour faire simple, je lui ai expliqué que, s'il me tapait encore, je lui faisais goûter la même médecine. » Et elle s'assit près de moi avec autorité.

« Ouah, tu as un de ces uppercuts, dis donc. Qu'est-ce qui t'a pris, Mag ?

– Sais pas. Je n'admets pas d'être bafouée devant toi, je suppose. Seule, je peux arriver à jouer les esclaves, mais devant les amis, c'est autre chose. C'était la goutte et le vase a débordé.

– Tu as bien fait, dit Joseph. Ils te respecteront, maintenant. J'ai eu autrefois une prisonnière, mexicaine, qui s'appelait La Luna. C'était une femme forte, et fière. Elle non plus ne voulait pas rester esclave, elle voulait qu'on la traite comme les autres. J'ai fini par l'épouser et elle s'est fait respecter par tout le monde car elle avait le Pouvoir. Les Apaches traitent les gens comme ils le méritent.

– Pourquoi ne m'as-tu pas raconté ça quand on est arrivés, Joseph ? dit Margaret.

– Parce qu'il y a des choses qu'il faut apprendre soi-même », répondit-il.

Charley avait arrêté de se gondoler, et nous nous assîmes tous devant le wigwam. Chidéh arriva, muette comme une ombre, et s'accroupit près de moi. Une femme que je ne connaissais pas se présenta avec deux garçons, bientôt adolescents, et demanda s'ils pouvaient prendre place. J'avais remarqué le calme peu ordinaire qui s'était emparé de la *rancheria*. Les enfants étaient toujours plus nombreux que les adultes, mais ces derniers brillaient par leur absence.

Ishton prépara à manger et servit tout le monde, même Margaret. Son oreille ressemblait à un chou-fleur et saignait légèrement. Margaret s'en aperçut et se leva pour mouiller un linge. Elle revint vers Ishton et nettoya doucement l'oreille enflée, en murmurant : « *Lo siento*[1]. Je ne voulais pas taper aussi fort. » Ishton sourit, reconnaissante.

Charley prit la parole et Joseph traduisit. Un des gars d'Indio Juan, passant à la *rancheria* hier soir, avait rapporté que l'expédition s'était remise en marche. Prêt à s'abattre sur eux au moment de son choix, Indio Juan les épiait.

« J'ai vu moi-même les soldats mexicains et ceux de l'Œil-Blanc, dit Charley. Comme d'habitude, ils sont bien trop nombreux pour qu'on engage le combat. Nous laisserons notre frère Juan attaquer s'il le souhaite, et nous profiterons de ce que les soldats sont occupés avec lui pour déménager ailleurs, plus loin dans les montagnes où on ne nous trouvera pas. »

Un des jeunes garçons répondit avec une agressivité presque amusante, vu son âge : « Nous laissons Indio Juan faire la guerre à notre place et nous fuyons comme des filles. Il faudrait se battre comme des hommes, non ? »

Charley le dévisagea avant de répondre. Puis il répéta : « Se battre comme des hommes ? Tu es un enfant, pas un homme. Et ce sont des femmes qu'on a là, dit-il en les montrant d'un geste.

– Oui, tous les guerriers sont avec Juan », admit le garçon, pas assez téméraire pour défier encore Charley. Mais il trouva le courage de répliquer : « Tous les guerriers, sauf les vieillards, sauf les plus jeunes comme moi, et... et... et toi. Pourquoi notre chef ne se bat-il pas contre les soldats ? »

L'effronterie fit sourire Charley. Un sourire un peu aigre, quand même. « Parce qu'il est de mon devoir que le Peuple continue à vivre. Pour cela, je dois protéger les femmes et les enfants. Nous savons qu'il ne sert à rien d'affronter les Mexicains et l'Œil-Blanc, parce que si nous gagnons un jour une bataille, ils reviennent le lendemain en force. Ils sont comme les fourmis, il y en a toujours d'autres. Demande au vieil homme, dit Charley en montrant Joseph. Demande-lui combien il y a d'Œil-Blanc et de Mexicains sur Terre. »

Incertain, le garçon fixa Joseph. Qui expliqua :

« Il y a tant d'Œil-Blanc et de Mexicains sur Terre que, si tu les mettais l'un derrière l'autre pour les passer en revue, il te faudrait

1. « Désolée. »

marcher toute ta vie, et devenir aussi vieux que moi. Et encore tu serais mort avant d'arriver au dernier. »

Le garçon était déconcerté. Je pensai qu'il n'avait sans doute jamais vu plus de trente personnes rassemblées au même endroit. Comment pouvait-il se représenter un si grand nombre d'Œil-Blanc et de Mexicains ?

« Nous allons rassembler nos biens ce soir et nous partirons demain matin », dit Charley.

Je levai la main : « *¿Puedo hablar?* Puis-je parler ? »

Charley me regarda avec bienveillance. Hochant la tête, il répondit en apache.

« Charley trouve que le jeune homme a de bonnes manières », dit Joseph.

Je parlai donc : « L'Œil-Blanc, là-bas, ne cherche pas la guerre. Ils veulent seulement reprendre le petit Huerta. Et Margaret. Si vous les laissez partir tous les deux, personne ne vous suivra. Vous pourrez disparaître dans les montagnes, et, si vous évitez les ranches et les villages, vivre à l'écart tant qu'il vous plaira.

– Charley voudrait savoir si tu viens avec lui ? demanda Joseph. Et avec ton épouse.

– Te voilà au pied du mur, frangin, dit Margaret. Vas-tu faire le bon choix ?

– Parce qu'il y a un bon choix, Margaret ?

– Oh, tu peux leur dire, si tu veux, que tu as l'intention d'abandonner ta femme. Dans ce cas, ils te tueront avant de partir demain matin, je suppose. Ou alors tu peux aller avec eux. Mais ils ne te laisseront pas rebrousser chemin. Il faut que tu saches aussi que, là-bas dans les montagnes, tu auras peut-être du mal à trouver des films pour ton appareil, Neddy.

– C'est bien ce que je voulais dire, Mag. Il n'y a pas de bon choix.

– Le bon choix par ici, c'est d'éviter la mort. De vivre encore un jour, et encore un jour. C'est ma façon de voir. Mais regarde les choses du bon côté, si tu viens avec nous, on restera ensemble.

– Bon, dis à Charley que je reste. Mais que tu reprends ta liberté et qu'ils laissent le...

– Ne joue pas les seigneurs, coupa Margaret. Tu n'as pas les moyens de négocier, Ned.

– Charley dit que tout le monde part, trancha Joseph. Le Peuple n'est pas assez nombreux pour laisser qui que ce soit derrière. Il dit que tu prendras d'autres épouses apaches, que tu feras d'autres bébés apaches, et il approuve ton choix.

– Eh bien, tu as du pain sur la planche, petit chéri, dit Margaret. Toutes ces bouches à nourrir, bientôt...

– Je suis mort de rire, Mag.

– Justement, rappelle-toi ce que j'ai t'ai dit. Vivre encore un jour. À n'importe quel prix. »

Un bruit s'éleva alors, non loin de la *rancheria*. Le gamin à l'entrée a poussé un cri. Tout le monde a bondi. Charley s'est précipité sur sa carabine. Nous avons entendu une galopade, et vu trois cavaliers qui arrivaient dans la vallée. J'aurais du mal à oublier cette scène-là. Le premier homme à cheval a brandi un fusil et émis un cri suraigu qui ne laissait aucun doute sur son identité : « Charge-e-e-e-ez !

– Bon Dieu, Tolley, lâcha Margaret dans un souffle. Mais à quoi il joue, celui-là ?

Si, c'était bien Tolbert Phillips junior, sur un de ses poneys. Le fusil à bout de bras, il traversait la rivière en hurlant comme un forcené. Affublé, en outre, d'un ensemble en daim blanc à franges des plus grotesques, sorti tout droit du cirque ambulant de Buffalo Bill... Albert Valor galopait derrière lui sur une mule, et le troisième arrivant, fermant le cortège sur un *burro* exténué, n'était autre que Jesus.

Je m'entendis murmurer : « Non mais, il est pas bien... »

Calmement, Charley inséra une cartouche dans sa Winchester, qu'il épaula ; l'arme avait l'air d'un jouet dans ses grandes mains. Et moi de le regarder bêtement, hypnotisé, comme au milieu d'un rêve. Par bonheur, Margaret était là pour réagir. Sans le laisser tirer, elle bondit sur son dos et s'agrippa à son corps, bras et jambes. La balle partit dans le sol et il lâcha la carabine. Charley n'est plus très jeune, mais il a encore la force et l'agilité d'un puma. Mag avait beau se cramponner de toutes ses forces, il réussit à lui faire lâcher prise et à la projeter par terre. Seulement, j'avais retrouvé mes esprits, j'avais ramassé l'arme et je le tenais en joue.

Criant à tue-tête, Tolley traversa la *rancheria* et ralentit en s'apercevant qu'elle était quasiment déserte. Une vingtaine de femmes, d'enfants et de vieillards s'évanouissaient dans les arbres près de la rivière. Ils avaient commencé à courir, automatiquement, en entendant le garde donner l'alarme. Des siècles d'attaques brutales dans des centaines de villages sont gravés dans leur mémoire. Nous repérant, Tolley reprit de la vitesse et couvrit d'une traite les cinquante mètres qui nous séparaient. Il s'arrêta net devant le wigwam. Écumant, son poney caracola et s'ébroua.

« Tu t'habilles chez Buffalo Bill, Tolley ? » Je braquais toujours la Winchester sur Charley, qui gardait stoïquement le silence.

« Je viens te sortir des griffes des sauvages, et c'est comme ça que tu m'accueilles, Giles ? Ça vient de chez mon tailleur new-yorkais, si tu veux savoir, qui ne fait que du sur mesure. C'est le costume des grands jours, tu vois. » Il leva un bras : tout le long de la manche, les franges mesuraient au moins vingt-cinq centimètres. « Pas mal, quand même, non ?

– Ça s'appelle réussir son entrée, dit Margaret en riant. Arriver à pic, même. »

Je m'étonnai : « Mais que fais-tu là, Tolley ? Je te croyais rentré chez toi. Par où es-tu passé ?

– Chaque chose en son temps, vieux frère », dit-il en descendant de cheval. Il regarda autour de lui d'un air autoritaire.

Albert avait eu le temps de nous rejoindre, suivi peu après par Jesus qui, pour changer, râlait : « *Señor* Tolley, il ne faut pas me laisser à la traîne comme ça. Comment voulez-vous que je vous suive sur le petit âne ?

– Désolé, mon gars. Mais j'avais besoin de faire sensation, et on ne peut pas dire que tu sèmes la terreur sur ton *burro*. Albert, tu avais raison de dire que les Apaches se laissent impressionner par les démonstrations de courage. Je suis venu à bout de ce village tout seul et sans coup férir.

– Je suis revenu vous sauver, *Señor*, dit Jesus, tout fiérot.

– Eh bien, tu as bien joué, toi aussi. »

Nous avons soigneusement ligoté Charley, puis nous l'avons laissé devant le wigwam. La *niña* avait disparu, ainsi qu'Ishton et son bébé, sans doute en marge de la rivière où tout le village s'était précipité. Ils cachaient certainement des armes dans les fourrés, mais nous avons pensé qu'ils n'attaqueraient pas, car nous tenions leur chef.

Nous nous assîmes autour du feu éteint – Margaret, Tolley, Albert, Joseph, Jesus et moi – comme une petite armée victorieuse.

« Il ne faut pas espérer une bonne tasse de thé, je suppose, dit Tolley. Au fait, où est ce bon monsieur Browning ? Il n'a pas repris du service dans le coin, au moins ? »

Ni Margaret ni moi ne voulions annoncer la nouvelle. Mais il devait suffire de nous regarder.

« Oh, non... fit Tolley, affligé.

– Vraiment navrée, finit par dire Margaret. J'ai fait ce que j'ai pu. »

Tolley dit à voix basse : « Et moi qui ai parcouru tout ce chemin pour lui prouver que je n'étais pas une canaille comme son Cromley, pour bien montrer que Tolbert Phillips garde les siens contre vents et marées...

– Je pense que monsieur Browning le savait, dit Margaret.

– Giles, dit Tolley, tu ne m'as pas laissé le temps de réfléchir. L'autre soir en te quittant, j'ai repensé à tout ce que tu m'as dit, et j'avais la honte de ma vie. Tolbert Phillips est peut-être pédé, comme tu dis, peut-être un lâche aussi, mais il ne laisse pas tomber ses potes. C'est pourquoi, le lendemain, je n'ai pas pu me résoudre à suivre les autres. Je suis venu te dire que j'avais changé d'avis, mais tu n'étais plus là.

– Tu n'aurais rien pu faire pour monsieur Browning, l'assura Margaret. Il est mort le soir de notre arrivée ici. »

Tolley nous raconta la suite. « Quand j'ai vu que tu étais parti, Giles, j'ai bien compris ce que tu cherchais. Monsieur voulait jouer les héros, tiens ? Comme si j'allais te laisser tirer la couverture à toi... Naturellement, Albert attendait la première occasion de voler au secours de sa chérie. Et, comme tu le sais, je n'aime pas me déplacer sans petites mains, alors j'ai convaincu le gamin de nous accompagner. Il a fallu sortir le grand jeu, d'ailleurs. » Il jeta un coup d'œil à Jesus. « Avec ce que je lui ai promis, il va entretenir plusieurs maîtresses.

« Évidemment, Carillo ne délirait pas d'enthousiasme. Mais, comme son affaire part en eau de boudin, que les autres volontaires s'en allaient, il ne pouvait pas vraiment nous retenir. Quant au vénéré chef du personnel, ce cher Gatlin, ça lui était tout à fait égal ; au contraire, il semblait trop content de se débarrasser de nous.

– Comment as-tu fait pour franchir le défilé ? demandai-je, un rien impatient. Et échapper à la bande d'Indio Juan ?

– La providence, vieux frère. Ou alors on a une chance de cocu, comme tu voudras. Quand on est arrivés au lieu de l'embuscade... » Il s'interrompit. « Tu as dû voir ça toi-même, Giles. Alors, au bout d'une semaine, tu imagines... »

Il hésita un moment avant de poursuivre. « Enfin, on a filé vite fait. Et ça grimpait méchant, ensuite. Alors on s'est arrêtés pour se reposer un peu, à l'ombre de la rocaille. C'est là qu'Albert a soudain repéré les Apaches, au-dessus de nous sur la piste. Bon Dieu, heureusement qu'on était immobiles, parce qu'ils nous auraient vus. À une demi-heure près, on serait tombés nez à nez sur eux, et on aurait subi le même sort que le détachement de l'autre jour. Bien cachés dans les rochers, on les a laissés tranquillement passer. Enfin, tranquillement... On serrait des deux mains les mâchoires des chevaux, parce qu'ils étaient très près et que, au moindre hennissement... C'était les cinq minutes les plus longues de ma vie, je te le garantis.

« Ensuite, on a bien attendu deux heures avant de se remettre en marche. On pensait qu'ils auraient placé un guetteur, tout en haut du canyon, et on est restés en arrière, Jesus et moi, pendant qu'Albert escaladait jusqu'au sommet. Il semblait n'y avoir personne. On a franchi le défilé un par un. Et, miracle, sains et saufs. À l'évidence, tous les guerriers valides, à l'exception de Charley, avaient suivi Indio Juan pour casser du soldat. Ils n'imaginaient pas que trois insensés allaient tenter de revenir. Et *voilà*[1], conclut Tolley en ouvrant les bras, comment nous avons pris cette *rancheria* d'assaut.

– Comme quoi, glissa Albert avec un sourire espiègle, Tolley savait très bien qu'il n'y aurait personne, d'où la charge héroïque. »

Éclat de rire général.

« J'ai quand même fait mon petit effet, dit Tolley.

– Oui, tu as fait peur aux femmes et aux enfants, convint Margaret. Ils sont partis se réfugier sur les rives. Comme si une armée débarquait. »

J'ajoutai : « En revanche, Charley a bien failli te mettre une balle dans la tête.

– Ne me dis pas que tu m'as encore sauvé la vie, Giles. J'étais venu payer ma dette, moi.

– Non, là, je n'y suis pour rien. C'est Margaret qui t'a ressuscité, cette fois. Je crois qu'on est tous quittes.

– Ça ne change rien au problème, dit Tolley. Maintenant qu'il est notre prisonnier, le grand chef à poils roux, qu'est-ce qu'on en fait ? »

1. En français dans le texte.

C'était une bonne question. Nous posâmes les yeux sur Charley qui, ligoté par terre, n'avait pas dit un mot, pas décoché un regard.

« Si nous le livrons à Carillo, dit Albert, les Mexicains trouveront aussitôt une raison de l'exécuter.

– Pourquoi ne pas lui faire passer la frontière ? proposa Tolley. Le rendre à la civilisation ?

– Ça serait pire qu'une exécution », dit Joseph qui, jusque-là, n'avait pas ouvert la bouche. Il ne parlait plus à Charley non plus, et j'ai pensé qu'il avait peut-être du mal à choisir son camp.

« Je suis d'accord avec Joseph, dit Margaret. Qu'est-ce que tu t'imagines, Tolley ? Que tu vas l'emmener chez le barbier, lui acheter un costume, lui trouver un appartement et un job à la banque ?

– On peut peut-être le réintégrer, insista Tolley. Regarde Joseph, c'est un homme civilisé. »

Je partageais l'avis de Margaret : « Non, on ne peut pas le ramener aux États-Unis. Il ferait rapidement la une de tous les journaux : « McComas retrouvé vivant cinquante ans après. » Autant le mettre directement au zoo. Et pas question de le livrer aux Mexicains.

– Qu'est-ce que tu proposes, Giles ?

– On part avec lui et le petit Huerta, et on retrouve l'expédition. Ensuite on rend le gamin à son père, et Charley à sa liberté. Carillo aura atteint son but, Charley reviendra se cacher dans les montagnes avec sa bande, et tout le monde est content.

– Tu oublies un petit détail, mais qui pourrait avoir son importance, vieux frère...

– Oui, je sais, Indio Juan nous attend quelque part. »

Nous nous sommes installés ce soir dans les cavernes en surplomb de la vallée, et c'est là que j'écris. C'en est fini des grosses pluies, à présent. Nous sommes relativement à l'abri, des éléments bien sûr, mais aussi des femmes et des enfants qui n'ont pas quitté leur cachette. Il est possible qu'ils se soient faufilés dans la *rancheria* sans que nous nous en apercevions. Nous avons fait un feu, dîné, puis Tolley et moi avons fumé une cigarette dehors. Nous allons nous relayer cette nuit pour surveiller Charley. La *niña* ne s'est pas manifestée. Elle doit se demander quel genre de mari je suis. Voilà que son grand-père est mon prisonnier... Je n'ai pas la naïveté de croire qu'elle est de mon côté. Ou peut-être qu'en restant à l'écart, elle évite de faire un choix.

10 juillet 1932

Juste avant le lever du jour, je suis sorti sans réveiller les autres et je suis descendu prendre des photos à la *rancheria*. On aurait cru une ville fantôme. J'ai eu l'impression que les Apaches étaient venus récupérer des affaires dans la nuit, car l'endroit semblait plus vide encore que la veille. Dans mon viseur, les wigwams abandonnés avaient un air de ruines, de vestiges archéologiques, dont les habitants ne vivraient que dans l'imagination des historiens. Entre les cimes rocheuses enveloppées de brume, je regardais la vallée dessiner une longue étendue de terre, silencieuse et patiente comme le temps. C'est du moins le sentiment que m'inspirait l'aube. Je regrettai de ne pas avoir ma chambre avec moi, car le Leica ne permet pas d'embrasser l'immensité de ces paysages. Je m'étonnai que cette nature si vaste, plus grande que l'œil n'est capable de voir, ne suffise pas à loger une minuscule tribu. La civilisation n'est d'ailleurs pas loin : les pumas et les ours n'échappent pas aux chasses implacables d'un Billy Flowers ; pas plus que les Apaches évitent les militaires d'un Crook ou d'un Carillo.

Je descendis à la rivière, haute et boueuse après les pluies. Les arbres ployaient sous leurs branches d'été, et le feuillage paraissait figé dans l'aurore. Je trouvai une petite mare épargnée par le courant, posai mon appareil sur un rocher, me déshabillai et rentrai dans l'eau. Les galets étaient moussus, et l'eau tellement glacée qu'elle me coupa le souffle. Je m'enfonçai entièrement jusqu'à ce que le choc du début se transforme en engourdissement, puis j'eus mal et je ressortis. J'avais la chair de poule des pieds à la tête.

J'étais en train de me rhabiller, assis sur le rocher, lorsqu'elle apparut devant moi. Je dis bien apparaître parce que c'est le mot ; Chidéh se déplace avec une telle légèreté qu'elle donne toujours l'impression de nulle part. Mais je ne ressentis ni peur ni surprise lorsqu'elle posa sa main, doucement, sur mon épaule.

« Je t'ai attendue. Pourquoi t'es-tu enfuie ?

– Tout petits, on apprend à courir pour se mettre à l'abri quand on nous attaque.

– Enfin, tu as bien vu que c'était Tolley, c'est tout ? »

Elle sourit. « Oui.

– Pourquoi n'es-tu pas revenue ?

– Vous avez attaché mon grand-père.

– On était obligés. Écoute, Chidéh, il faut rendre le petit Heraldo. Aucun mal ne sera fait à Charley, ni à personne. Et, en ce qui nous concerne, nous, tu devrais savoir que nous sommes vos amis, maintenant.

– Oui, mais pas les soldats. Les Mexicains nous harcèlent et l'Œil-Blanc nous pourchasse. C'est pour ça que le Peuple vit caché.

– Je sais. Dès que vous aurez rendu le gamin, vous pourrez retrouver une vie tranquille. Depuis le début, ils ne veulent que ce garçon.

– Et mon grand-père sera libre ?

– Oui. Tu peux dire à tes proches de rentrer à la *rancheria*. Il faut que vous me fassiez confiance. »

Plus tard dans la matinée, nous sommes redescendus tous ensemble, avec Charley. Quelques instants après, Chidéh était là avec Heraldo Huerta, et une vieille femme, qui l'avait adopté, je pense. Très protectrice, elle ne le quittait pas d'une semelle ; il paraît très délicat, fragile, pas du tout à sa place dans cet environnement.

Les autres revenant peu à peu, la *rancheria* a repris son aspect habituel. On dirait qu'ils ne sont jamais partis. Les feux ont été rallumés et, bientôt, on sentit partout des odeurs de bois et de cuisine. Après bien des palabres, Joseph a obtenu que Charley libère le petit. Il nous a convaincus de détacher le chef, qui promettait de ne rien tenter contre nous. Et un Apache tient toujours sa parole, dit Joseph.

« Et Geronimo ? demanda Tolley. Ça n'était pas un fieffé menteur, celui-là ?

– Si. Geronimo n'avait aucun scrupule.

– Alors pourquoi ferions-nous confiance à Charley ?

– Et lui ? dit Joseph. Pourquoi vous ferait-il confiance ? »

Nous avons donc détaché le géant roux et cette simple loyauté a placé tout le monde sur le même pied, sans distinction aucune. Charley n'est plus notre prisonnier, Margaret n'est plus son esclave. Il y a du coup un sentiment d'égalité qui contribue grandement à dissiper les tensions. Margaret et Ishton, la femme du chef, semblent s'être prises d'affection l'une de l'autre, et papotent comme deux squaws (étonnants, les effets d'un coup de poing bien placé). Margaret qui, de son propre aveu, n'aime pas trop les enfants, passe la moitié de son temps à roucouler devant le bébé d'Ishton. Elle ne cesse de nous étonner, en outre, par ses dispositions pour la langue apache ; à l'aide de Chidéh, j'ai réussi à apprendre quelques mots et quelques expressions qui reviennent sans cesse dans notre curieux pidgin, mais ça n'est rien à côté de Margaret. On la prendrait presque pour une Apache.

Demain nous partons retrouver l'expédition. Nous espérons de tout notre cœur que les choses se régleront sans violence.

11 juillet 1932

Charley a décidé d'emmener toute la bande avec lui. Nous nous attendions à ce qu'il laisse les femmes et les enfants à la *rancheria*, pour les tenir à l'écart des soldats. Mais il préfère les garder avec lui. Deux femmes sont pourtant restées, trop faibles pour entreprendre le voyage. L'une d'elles est la vieille aveugle Siki, la mère adoptive de Charley, qui fut la première épouse de Joseph. Réservé comme tous les Apaches, Joseph n'avait quasiment plus parlé d'elle. J'ai rarement vu des adieux aussi peu sentimentaux. Les deux femmes sont à peine sorties de leurs wigwams. Elles ont tout de même des provisions et des réserves de bois pour le feu.

Pendant que nous préparions les bêtes, je demandai à Albert : « Je ne comprends pas. Ils vont revenir les chercher ?

– Elles sont toutes les deux trop âgées pour suivre, m'a-t-il dit. C'est la coutume apache. Les vieux, les infirmes et les malades se sacrifient pour la survie de la tribu. Chacun sait que son heure finira par arriver, alors c'est entendu.

– Comme ça, c'est tout ? dit Tolley. Ils ne se disent même pas adieu ?

– Les adieux sont une invention de l'Œil-Blanc, répondit Albert. Ils ont dit ce qu'ils avaient besoin de se dire. »

Et, sans un regard derrière lui, l'Apache blanc quitta la *rancheria*, monté sur un petit cheval gris-pommelé, qui ressemblait à un poney d'enfant sous son immense carcasse. Suivait sa bande bigarrée de femmes et de gamins sang-mêlé, certains à cheval, d'autres se hâtant à pied ; on aurait cru Gulliver à la tête des Lilliputiens. Les accompagnait sur un âne impatient le vieux Joseph Valor, avec ses longues tresses grises, sautillantes, et son visage parcheminé, raviné comme les canyons de ce pays sauvage.

Les précédant, j'ai pris quelques clichés de Charley et de son peuple. Personne en Amérique ne voudra croire qu'une telle race d'hommes puisse encore exister et, quand Big Wade me posera sa fameuse question : « C'est dans la boîte, petit ? », j'aurai envie de répondre que oui, sans aucun doute. J'appellerai cette série *Les derniers Apaches libres*.

Margaret, Albert, Tolley, Jesus et moi avons pris la queue du cortège ; parfois Chidéh venait chevaucher près de moi, parfois elle rejoignait la bande ; quand la piste le permettait, nous avons progressé de front, à deux ou trois, mais la plupart du temps nous sommes restés en file indienne, accrochés aux pentes sinueuses des gorges. Puis nous avons traversé les majestueuses forêts de sapins, longé les rives exubérantes des ruisseaux. Les pluies estivales avaient déposé des nappes de couleurs intenses qui, l'espace de quelques jours, donnaient des airs d'Écosse aux talus et aux versants desséchés de la Sierra Madre. L'herbe semblait jaillir par touffes de la rocaille elle-même.

Nous ne nous en sommes pas rendu compte tout de suite, mais Charley a emprunté un itinéraire différent. Nous campons ce soir sur un plateau élevé, près d'une cascade, et l'endroit est splendide. Le couchant, à notre arrivée, recouvrait d'un voile pourpre les sommets des montagnes. On voit le lit profond creusé par le torrent dans cette roche dure, avant de chuter sur une trentaine de mètres, le long de parois presque verticales. C'est vraiment spectaculaire. Nous sommes allés tout au bord regarder l'eau précipiter ses colonnes mobiles, puis former des rapides au fond de la gorge, d'où remonte une clameur indistincte. Faute de lumière, j'ai renoncé à descendre tout en bas, mais j'ai bien l'intention d'essayer demain matin.

Nous avons monté le camp un peu en retrait, à la lisière d'une forêt de sapins, et nous avons allumé les feux pour le dîner. Les Apaches ont formé un cercle distinct du nôtre, c'est pourquoi nous sommes allés plus tard, Tolley, Albert, Margaret et moi, parler avec Charley. Nous voulions savoir pourquoi il avait choisi ce trajet et quelle direction nous allions prendre demain.

« Il a envoyé deux garçons ce matin en éclaireurs, dit Joseph tandis que nous prenions place autour du feu. Ils ont repéré le chasseur de pumas qui mène les soldats sur l'autre piste. C'est pourquoi nous sommes passés par ici. Nous croiserons leur chemin au lieu d'aller vers eux. »

Albert a demandé : « Les garçons ont vu Indio Juan ?

– Oui, il suit l'expédition avec sa bande. Ils leur ont volé des bêtes et des provisions. Ils ont même tué deux sentinelles.

– À quel moment allons-nous les croiser ? dit Margaret.

– Ils sont à moins d'une journée de route, répondit Joseph. On les verra demain. »

Chidéh et moi nous sommes installés un peu à l'écart. Certains ont tendu des peaux ou de la toile cirée sous les arbres et les buissons. Nous préférons dormir à la belle étoile. Le ciel est dégagé, sans lune, et j'ai du mal à reconnaître les constellations dans ces masses énormes et tourbillonnantes. Nous nous contentons de les regarder, allongés sous notre couverture. Vu l'étendue de notre vocabulaire commun, nous n'allons pas nous lancer dans une conversation sur l'astronomie. Je me demande pourtant comment le Peuple interprète les étoiles, quels mythes ou quelles superstitions ils ont inventés pour expliquer tout ça. Je ne sais si Chidéh se sent comme moi petite et dérisoire ; vu la façon dont elle se colle, je dirais que l'immensité affolante de l'univers, la froide indifférence des étoiles... l'effrayent tout autant. A-t-elle le même vertige, le même creux dans l'estomac, l'impression que le ciel pourrait nous aspirer et nous engloutir comme de vulgaires poussières ?...

Une étoile filante vient de traverser l'atmosphère, laissant derrière elle un long trait de lumière et, aussitôt, plus rien. Du bout du doigt, Chidéh a redessiné sa trajectoire, jusqu'à la Terre, et alors elle a chuchoté : « Là. L'ennemi est là-bas.

– Comment ça, là-bas ?

– C'est pour ça que les étoiles tombent la nuit. Pour montrer au Peuple où se trouve l'ennemi. »

(sans date)

Et, si, l'étoile filante indiquait bien la direction de l'expédition. Nous avons quitté à l'aube le plateau et la cascade, et nous avons mené bon train toute la journée, à la limite de nos forces, sur un terrain en pente et toujours plus accidenté. En fin d'après-midi, nous avons atteint les contreforts orientaux de la Sierra Madre, qui donnent sur un vaste bassin. Alors nous les avons reconnus au loin, dans un petit nuage de poussière, progressant dans la plaine comme de minuscules soldats de plomb. Pensant aller plus vite en terrain plat, Flowers et Carillo ont préféré faire la grande boucle et gagner la *rancheria* par le sud. Ils sont sûrement loin de deviner que nous allons les intercepter.

Nous venions de les localiser quand Indio Juan et sa petite bande nous ont retrouvés. Les Apaches ont tous mis pied à terre et un débat crispé a commencé entre les deux parties. Furieux et arrogant, Juan se pavanait avec deux scalps que, disait-il, il venait de prendre aux soldats. Il s'opposa obstinément à l'idée de rendre le petit Huerta, et Charley échangea avec lui des propos houleux. Nous sommes restés à distance, en gardant le silence, en nous efforçant, surtout, d'éviter Indio Juan. Il est tellement fou et enragé qu'au moindre regard il semble prêt à vous exploser à la figure. Le moment vint où, s'approchant de Margaret, il a collé son visage contre le sien en murmurant quelque chose que nous n'avons pas compris. Empourprée, elle s'est contentée de serrer les dents. Alarmés, Albert et moi nous sommes rapprochés d'elle, et il nous a foncé dessus avec un sourire mauvais, le couteau prêt, comme s'il n'avait attendu que ça. *« Duu ghat' iida ! »*, a aussitôt ordonné Charley, menaçant. Tolley, resté à cheval, épaulait sa carabine. Il aura fallu ça pour qu'Indio Juan recule. Moqueur, il a apostrophé Charley.

« Qu'a-t-il dit ? demandai-je à Albert.

– Que Charley est une couille molle depuis qu'il fait alliance avec l'Œil-Blanc. »

Enfourchant sa monture, Indio Juan est reparti au galop par où il était venu, aussitôt suivi par ses guerriers.

Nous étions convenus que Tolley, Margaret et moi irions à la rencontre de l'expédition, que Jesus nous accompagnerait, Albert et Joseph restant avec Charley. Nous avons demandé à ce dernier si nous pouvions prendre le petit Heraldo, en gage de bonne volonté de sa part.

« Vous rapportez six bons chevaux, dit-il, et la parole du chef que, si nous rendons le garçon, les soldats quittent notre pays. Alors, et alors seulement, nous le laisserons partir. » Il ne semble pas comprendre que les Mexicains se considèrent chez eux, mais bon.

Nous avons abandonné les contreforts pour nous diriger vers la plaine qui, au crépuscule, ressemblait à une mer ondoyante. Les nuages faisaient danser leurs ombres rondes sur le désert à peine vert de l'été. Sans se rapprocher de la montagne, l'expédition avait monté son camp à découvert, ce qui, de prime abord, nous parut curieux. La raison était sans doute qu'ils pouvaient ainsi repérer quiconque approchait, depuis l'est, l'ouest, le nord ou le sud. Nous avions un drapeau blanc pour que les gardes n'aient pas de doute sur nos intentions. Le costume blanc de Tolley, avec ses longues franges, était de toute façon reconnaissable.

« C'est que vous dégainez vite, mon commandant, ai-je fait remarquer à ce dernier. Et tu n'avais pas l'air de plaisanter.

– Mon héros, ajouta Margaret.

– Eh, ce n'est pas tout de porter l'habit, dit Tolley, il faut aussi faire le moine. C'est ça qui me plaît dans la mode. De pouvoir changer de peau. Je me suis dit : "Voyons, comment réagirait ce vieux Buffalo Bill à ma place ?" Comme tu as vu, la réponse n'a pas tardé. »

Nous avons crié pour nous faire reconnaître. Les gardes nous ont identifiés et invités à continuer.

« Vous devez maintenant savoir qu'on ne réussit pas son entrée en avançant au pas, dit Tolley. Suivez-moi, les enfants ! » Il éperonna son cheval, poussa un « yi-pee » enthousiaste et partit à fond de train. Margaret, Jesus et moi avons retenu nos bêtes, laissant le héros galoper seul.

« Ah, ça l'amuse, de jouer les vedettes », dit Margaret.

Visiblement, la Grande expédition apache est partie à vau-l'eau. Les volontaires américains ne sont plus qu'une poignée, et comme la jeunesse yankee s'est fait porter pâle, il reste surtout des militaires en retraite. Terminée, l'époque des grands buffets et des bars bien garnis ; ils ont tous le teint gris et poussiéreux des vaches maigres. Le moral est au plus bas, et la peur n'a pas l'air de leur donner des ailes. Malgré un monde de précautions, non seulement Indio Juan et sa bande leur volent sans cesse des bêtes et des provisions, mais en plus trois soldats mexicains, assassinés, ont été scalpés. Les effets du harassement se lisent sur les visages. L'ennemi a pris l'apparence d'un fantôme qui agit la nuit, et vient à bout de toutes les défenses.

On nous a menés directement à la tente de Carillo où, quelques instants plus tard, Gatlin, Billy Flowers et le *señor* Huerta nous ont rejoints. Le chef de la police, pas rasé, avait l'œil cave ; l'expédition ne sera pas la plate-forme commerciale dont rêvait le grand Douglas, et Gatlin, principal architecte du projet, en sera certainement tenu responsable. Même ce paon de Carillo, jadis resplendissant dans son bel uniforme, est manifestement usé, sur les nerfs. Billy Flowers est bien le seul qui ne paraisse pas affecté. Son regard bleu n'a rien perdu de son intensité. À l'évidence, cet homme mène de longue date une vie d'épreuves et de privations. Engoncé dans son stoïcisme biblique, il semble indifférent à la tournure des événements.

Brûlé par les larmes, Fernando Huerta s'est perdu en remerciements quand nous lui avons annoncé que son fils se trouvait à proximité, sain et sauf, et que les Apaches étaient disposés à l'échanger.

« Vous m'amènerez les renégats demain matin, dit Carillo. Sans armes. Ils nous donneront le petit, et alors nous voudrons bien qu'ils se rendent sans condition.

– Ce n'est pas exactement l'arrangement souhaité, colonel, ai-je expliqué. Ils veulent six chevaux et l'assurance que vous ne les poursuivrez pas. Ils demandent aussi que les primes sur les scalps apaches soient supprimées. »

Carillo réfléchit un instant, puis répondit d'une voix sépulcrale : « Jeune homme, à ce stade des choses, croyez-vous que je vais laisser ces sauvages m'imposer leurs conditions pour la restitution du petit ?

– Oui, mon colonel. Si vous voulez le revoir, c'est ce que je crois.

– Pourquoi risquer la vie de l'enfant, dit Margaret, quand les Apaches sont prêts à l'échanger ?

– Au nom du Ciel, colonel Carillo ! s'exclama Huerta, à bout. Je vais leur donner moi-même, ces chevaux ! »

Se tournant aussitôt vers lui, Carillo jeta, cassant : « Il n'en est *pas* question, *Señor*. Dois-je vous rappeler que vous avez sollicité l'aide du *Presidente* parce que vous n'arriviez pas à retrouver votre fils tout seul ? Nous menons campagne au nom de l'État fédéral, et le gouvernement mexicain ne négocie pas avec les criminels. Les Apaches nous livrent le garçon et se rendent sans condition. Voilà *mes* exigences. »

Tolley surprit tout le monde en poussant un de ces hennissements qui lui servent de rire. « Vous avez perdu la tête, colonel ? dit-il. Au nom de quoi ils vous le livreraient, le gamin ? Et pourquoi se rendraient-ils, bon Dieu ? On dirait Custer à la Little Bighorn, le jour où il disait : “On les tient, les gars.” Ç’a été ses dernières paroles. »

Carillo s’empourpra, fou de rage : « L’argent de votre père vous permet de prendre ce ton dans votre pays, *señor* Phillips. Mais vous êtes au Mexique ici, selon le bon vouloir du *Presidente*. Vous êtes prié de me parler avec respect. Faute de quoi je vous fais passer par les armes et je vous renvoie chez vous entre quatre planches.

– Calmons-nous, calmons-nous, dit Gatlin d’un ton conciliant. Cette campagne n’a que trop duré. Nous avons perdu des hommes. Nous sommes tous fatigués et nous ne demandons qu’à rentrer chez nous. À cet effet, mon colonel, et sauf le respect que je vous dois, puis-je suggérer un compromis ? »

Il y avait une ferveur peu ordinaire dans les yeux noirs de Carillo. Il dévisagea le chef de la police. À l’évidence, Tolley avait touché la corde sensible. L’avenir du colonel dépendait peut-être du succès de l’expédition.

Gatlin poursuivit : « Ce Blanc, qui serait selon vous Charley McComas, il est là, avec les Apaches ?

– Oui, répondit Margaret. C’est leur chef. Mais ce n’est pas lui qui s’en prend à vos hommes. Celui-là, c’est Indio Juan, Charley n’y est pour rien.

– Ah, Charley, ben voyons ? releva Gatlin avec un sourire amusé. On pourrait croire que vous avez créé des liens, Margaret.

– Cet homme-là vaut mieux que vous, Leslie, dit-elle. Au moins lorsqu’il frappe une femme, il y a une raison. Ça n’est pas du sadisme, comme vous. »

Sans prêter attention à la repartie de Margaret, Gatlin développa son idée : « Mon colonel, nous avons eu chez nous plusieurs siècles de guerres indiennes. C’est le moment de se pencher sur l’histoire. Pourquoi, en dépit de nombreux efforts, George Crook n’a-t-il jamais conclu de paix durable avec les Apaches ? Parce qu’il a été loyal envers eux, qu’il leur a toujours dit la vérité, qu’il a voulu négocier en gentleman. Alors il a fallu que Sheridan relève Crook de ses fonctions, et mette Miles à sa place, pour qu’on arrive enfin à neutraliser Geronimo. Comment s’y est-il pris, Nelson Miles ? Eh bien, il a fait preuve de réalisme. Il a compris qu’il fallait les embobiner, ces sauvages, et il a menti à Geronimo. Il lui a promis que, si son peuple se rendait, on ne les mettrait pas en prison. Il a même parlé d’une réserve séparée pour les Chiricahuas. Ensuite, dès que ces chiens ont repassé la frontière américaine, il les a lourdés dans un train pour les boucler en Floride. Et terminé, les guerres indiennes.

– Où voulez-vous en venir, chef ? demanda Carillo.

– Je pense que vous avez raison de ne pas vouloir négocier, mon colonel. Mais que vous pouvez faire semblant. Dites que vous êtes d'accord, que vous leur donnez leurs chevaux en échange du petit. À la condition seulement que leur chef, le Blanc, vienne seul et sans arme. Je veux ce Charley McComas vivant. Je veux le restituer aux États-Unis. Ça nous fera deux victimes arrachées à leurs griffes – un Américain et un Mexicain. Notre mission trouve ainsi le dénouement qu'elle mérite. Et, quand le petit garçon sera à l'abri, rien ne vous empêche de poursuivre les Bronco Apaches, si tel est votre vœu et celui du *Presidente*.

– Si c'était un imbécile, dit Margaret, Charley n'aurait pas survécu cinquante ans dans ce pays. Pourquoi apporterait-il le gamin seul ? Et sans armes, par-dessus le marché ?

– Parce que vous allez le convaincre de le faire, Margaret, répondit Gatlin avec un sourire narquois. Voilà pourquoi.

– Va te faire foutre, Leslie. Je n'ai rien à voir dans ces machinations.

– Que si, Margaret, dit le chef de la police. McComas a l'air de vous faire confiance, alors vous allez vous charger de cette mission. Et avec monsieur Giles, encore. Et comme vous semblez passés du mauvais côté, l'un et l'autre, je viens d'avoir une idée qui va nous garantir votre participation. C'est le colonel qui m'y a fait penser.

– À savoir ?

– À savoir que monsieur Phillips va être mis aux arrêts, expliqua Gatlin. Si vous crachez le morceau aux Apaches, que vous ne nous ramenez pas McComas et le petit, alors sur ordre du colonel, Phillips ira droit au peloton d'exécution pour collaboration avec l'ennemi. Évidemment, en revenant aux États-Unis, je devrai expliquer la perte d'un volontaire éminent. Mais, comme le fait remarquer Carillo, nous sommes ici en territoire mexicain, donc je ne saurais être tenu responsable de rien.

– Fadaises ! lança Tolley, défiant, quoique pas si sûr de lui. On ne passe pas Tolbert Phillips junior par les armes. Mon père a des appuis à l'intérieur même de la Maison Blanche. Vous aurez un incident diplomatique sur le dos. »

En écoutant Gatlin, Carillo avait adopté une posture qui rappelait un peu celle du torero. De biais, les talons joints, la tête haute, il réfléchissait visiblement. Il garda la pose un instant encore, puis se retourna avec un sourire satisfait. « Vous avez fait des études, monsieur Phillips, et vous n'ignorez pas que les relations entre nos deux pays sont déjà marquées par toutes sortes d'incidents. » Il leva les mains, comme s'il libérait une colombe, emprisonnée dans ses doigts longs et élégants... « Il est des événements tragiques qui sont parfois inévitables. Demain matin, monsieur Giles, dit-il ensuite, s'adressant à moi sans détour, mademoiselle Hawkins et vous-même allez nous conduire aux Apaches. Vous entrerez seuls dans leur camp, munis d'un drapeau blanc. Vous leur direz que nous accédons à leurs demandes, puis vous escorterez le petit Huerta et le chef blanc jusqu'à nous, sous le prétexte que vous voudrez. Quant à monsieur Phillips, il attendra ici que vous vous soyez acquittés de votre mission. »

Un sergent nous conduisit au-dehors, et nous nous regardâmes tous trois, muets, abasourdis. Tolley brisa le silence.

« Si je ne t'avais pas écouté, Giles, dit-il, à l'heure qu'il est je serais à New York, dans ma suite au Waldorf, et ces messieurs de chez Brooks Brothers prendraient tranquillement mes mesures pour mon trousseau de rentrée. Eh non, il faut que je me fasse fusiller dans le désert du Mexique.

– Tu as bien quelque chose de neuf à te mettre pour ton exécution, chéri ? dit Mag.

– Toujours le mot pour rire, Margaret, répondit-il. HA-HA-HA...

– Ils ne te toucheront pas, Tolley, c'est du bluff, l'ai-je assuré. Ils n'oseront jamais.

– Ouais, eh bien, ne les prends pas au mot, je te prie. Ne joue pas avec ma vie. Fais ce qu'ils te demandent et ramène l'Irlandais. »

Je couche, comme d'habitude, dans la tente de la « presse », à savoir celle de Big Wade, où j'écris sous la lampe à pétrole. Dehors, un soldat monte la garde. Jackson a drôlement maigri depuis le départ de Douglas. Il a l'air en meilleure santé que jamais.

« Pas facile de trouver un gorgeon dans le coin, petit gars, m'a-t-il dit tout à l'heure. Il a fallu que je me rationne. Heureusement que Spider était là pour me caser des bouteilles dans l'avion avec la bouffe de la semaine. Parce que le tord-boyaux qu'on trouve dans les villages, ici... Et essaye de trouver un cigare correct, tiens. » Il leva le mégot éteint qu'il mâchonnait. « Regarde-moi cette saloperie.

Les Mexicains roulent de la bouse de vache dans des tiges de maïs et ils appellent ça des cigares.

– Tu as l'air mieux, Big Wade.

– Qu'est-ce qu'il fout là, le garde ? Dans quel pétrin tu t'es fourré, cette fois ? »

Je lui ai tout raconté. Il hocha la tête quand j'eus terminé : « Je ne t'avais pas dit de ne pas t'en mêler ? De faire ton boulot, c'est tout ? C'est la pellicule qui compte, mon grand.

– Eh, regarde, répondis-je en montrant mon sac. J'ai récupéré ton Leica. Et c'est *dans* la boîte. Attends un peu de voir ce qu'il y a là-dedans, Big Wade, tu vas être fier de moi.

– Si tu crois que je n'ai pas vu les rouleaux qui manquaient, l'autre jour ?

– Tu crois que Spider peut les emporter à Douglas ? J'ai des portraits de Charley McComas, c'est l'exclusivité du siècle. Tu m'aideras à rédiger l'article ? »

Il s'esclaffa. « L'exclusivité du siècle ? Dans le *Douglas Daily Dispatch* ? Tu ne voudrais pas attendre demain pour voir comment les choses vont tourner, d'abord ?

– Carillo ne fera pas exécuter Tolley, quand même ?

– Je n'en sais rien, mon gars. Je ne pense pas. Mais, comme disait l'autre, c'est le Mexique ici, tout peut arriver. Les gars n'en peuvent plus, ils sont sur les nerfs. Carillo a perdu des hommes, et chaque nuit tes copains arrivent à s'infiltrer dans le camp, à piquer de la bouffe, des chevaux, des mules, ce qu'ils veulent. Deux soldats se sont fait scalper. Ça pue la mort, c'est effrayant, il y a comme des ombres qui planent sur le camp, des vrais fantômes, on se croirait hantés.

– C'est exactement ça, Big Wade. Même quand tu es chez eux, ils vont et viennent comme des fantômes. Ils ne sont pas comme nous.

– Sans blague.

– C'est grâce à ça qu'ils ont réussi à survivre.

– Et Charley McComas ?

– Il est apache. Ça fait bizarre, parce qu'il est immense. Il a les cheveux roux, la barbe aussi, et il doit mesurer deux mètres. Tolley trouve qu'il ressemble à un flic irlandais pendant la grève des coiffeurs... Mais il est exactement comme eux. Au bout d'un moment, tu oublies que c'est un Blanc, tu n'y fais plus attention. Les autres Apaches non plus, d'ailleurs. En tout cas, il ne se rendra jamais à Carillo. Ça, j'en suis sûr, Big Wade.

– Dans ce cas, je dirais que tu es foutu, gamin. Toi ou ton pote Tolley. Si Carillo met sa menace à exécution...

– Ils ne peuvent quand même pas le descendre, nom de Dieu ! On est en 1932. Et il y aura des témoins.

– Et alors ? dit Big Wade. Tu ne vois pas que Carillo peut faire ce qui lui plaît ? Que Gatlin lui arrangera le coup de l'autre côté de la frontière ? Pour l'instant, ils cherchent à tirer leur épingle du jeu, parce que c'est un désastre, leur histoire. S'il n'arrive pas à ramener le petit Huerta, mort ou vif, ou quelques scalps apaches, Carillo est brisé. Et si Gatlin rentre à Douglas avec des yankees les pieds devant, il est terminé lui aussi. Ils ont le dos au mur, ces deux zouaves, et, au point où ils en sont, ils n'hésiteront peut-être pas à sacrifier Tolley. Si j'étais toi, petit, je trouverais un moyen de leur donner ton McComas. Comme ça, tout le monde est content et on rentre chez nous pépères.

– Tu viens avec nous, demain, Big Wade ?

– Tu crois que je vais te laisser seul aux premières loges, peut-être ? Rater l'exclusivité du siècle, comme tu dis ? Si je devais inventer un mot, j'appellerais ça plus modestement un *scoop*, garçon. De toute façon, tu seras trop occupé à sauver le peau du grand sauvage pour penser à ton caillou. Ne t'inquiète pas que Carillo et Gatlin voudront voir la scène immortalisée, quand ils auront le petit et le rouquin dans leurs mains. Tu n'es jamais tombé sur cette photo célèbre du pow-wow de George Crook avec les Apaches, quand Geronimo s'est rendu pour la première fois en 1883, dans la Sierra Madre ? Eh bien, c'est moi qui l'ai prise. Tu vois, mon gars, peut-être qu'une bonne surprise nous attend finalement. Je me sens comme du sang neuf dans les veines. Et le pied à l'étrier. Va savoir si je ne vais pas tirer ma révérence au *Douglas Dégueulasse.* Ça serait pas trop tôt. »

Demain signifie tant de choses pour tout le monde que ça en serait presque réjouissant... Tolley est suspendu à son sort, Carillo et Gatlin ont rendez-vous avec leurs carrières respectives et, à l'entendre, Big Wade aurait l'intention de faire peau neuve... Je regrette vraiment de ne pas avoir Margaret près de moi pour discuter ce soir. Je ne vois pas vraiment quel choix il me reste, sinon trahir Charley. Et la *niña*, évidemment, par la même occasion... Comment faire autrement ? Même si Carillo bluffe, je ne peux pas risquer la vie de

Tolley. Mon père m'a souvent répété que toute situation implique une solution qui lui est propre, qu'il suffit de bien réfléchir et qu'ensuite, une fois qu'on est fixé, tout se passe pour le mieux. Ouais, mais il s'est suicidé, mon père, bravo pour la solution... Ça n'était sûrement pas la chose à faire, et je commence à me rendre compte qu'il se trompait sur bien des points. Comme Margaret me l'a subtilement fait remarquer l'autre jour, parfois il n'y a pas de solution. Ou alors elle ne se révèle qu'après coup, lorsqu'il est trop tard. Pour l'instant, demain a surtout l'air d'un sac de nœuds, et de rien d'autre.

Les Carnets de Ned Giles, 1932

HUITIÈME CARNET

Après

17 novembre 1932

Albuquerque (Nouveau-Mexique)

Presque trois mois se sont écoulés depuis mon départ du Mexique. J'ai été incapable, jusqu'à aujourd'hui, de me résoudre à relater, ou même essayer, les terribles événements des derniers jours. Je rirais presque en lisant ces lignes au-dessus, non datées, bien qu'écrites en juillet je crois... La « solution » s'est révélée moins prévisible encore que je m'y attendais... D'ailleurs, révéler n'est pas le mot puisque, sur l'instant, personne n'a rien compris.

Nous avions quitté le camp à l'aube. La journée s'annonçait claire, sans vent, et les montagnes se découpaient toutes noires sur l'horizon. S'il n'y avait pas de nuages dans le ciel, on voyait tournoyer à la place ces saletés de vautours, omniprésents au Mexique, à qui nous pensions servir de charogne le soir. Malgré les sentinelles postées aux quatre points cardinaux, Indio Juan et ses renégats avaient quand même trouvé le moyen d'entrer la nuit dans le camp. Au matin, nous avions trouvé Jimmy, le jeune cow-boy, la gorge tranchée jusqu'aux oreilles et, bien sûr, privé de son scalp. Je me rappelle dans quel état de nerfs je l'ai surpris parfois, lorsqu'il était de garde, et j'imagine sa terreur devant les Apaches. Tout le monde l'aimait bien, et l'humeur générale en début de journée était maussade et vengeresse.

Voulant intimider les Apaches par une démonstration de force, Carillo avait sorti son escadron entier, laissant une douzaine de gars – soldats, cow-boys ou volontaires – garder le camp. Les militaires avaient formé de belles colonnes symétriques, solennelles, et leurs uniformes bleu et rouge paraissaient ridicules dans l'étendue poussiéreuse du désert. On n'entendait que le cliquètement métallique des étriers et des sabres, voire les gémissements secs des selles, pas encore ramollies par la chaleur et la sueur.

Nous autres civils – Gatlin, le père Huerta, Billy Flowers, Big Wade, Albert, Margaret et moi – formions une colonne séparée. Jesus était resté au camp pour veiller sur Tolley, qui était consigné et qu'on nous avait empêchés de voir avant le départ.

Avec ces oreilles hostiles si près de nous, Margaret et moi étions voués au silence, et nous n'avions pu élaborer aucun plan. Les Apaches devaient savoir que nous étions en route, et nous étions sans doute surveillés pendant que nous avancions dans le désert. Avec de bons yeux, un éclaireur pouvait identifier les six chevaux non sellés qui cheminaient entre nous et les soldats ; Charley en conclurait que le colonel mexicain acceptait l'échange. Il y avait toutefois une inconnue, en la personne d'Indio Juan, et personne ne pouvait prédire si et quand il allait lancer sur nous un de ses raids fulgurants.

Après des kilomètres de plaine sèche, parsemée de créosotiers, de cactus-raquettes et de figuiers de barbarie, nous sommes arrivés aux premières collines, ombrées de quelques cèdres et chênes rabougris. Le soleil dardait ses rayons et les montagnes avaient pris la couleur cuivrée des vieux *pennies*. D'en haut, nous apercevions le camp au loin, bien calme, et la fumée des feux du matin qui s'élevait encore en spirale.

Vers midi, nous avons atteint le périmètre dans lequel les Apaches avaient campé la veille. Après quelques palabres avec Flowers et Gatlin, Carillo a décidé d'un endroit pour le rendez-vous, une clairière près d'une forêt de pins, protégée d'un côté par une saillie rocheuse sur laquelle il posta des gardes.

« Monsieur Flowers va vous conduire jusqu'aux Apaches, dit Carillo. On vous attend ici. Vous nous ramenez le chef blanc et le petit Huerta. Dites au premier que nous lui donnons les chevaux dès qu'on aura le garçon. Que ça se passera ainsi et pas autrement. »

La question me vint naturellement aux lèvres : « Et s'il refuse ?

– Alors votre ami Phillips encourt de graves dangers, dit Carillo.

– Pourquoi Tolley devrait-il payer ? dit Margaret. Et si Charley veut bien relâcher le gamin, mais qu'il refuse de l'accompagner ?

– Vous connaissez nos conditions, dit Gatlin. On les veut tous les deux. Vous savez être très persuasive, Margaret. Je suis sûr que vous n'aurez pas de mal à convaincre McComas que nous désirons seulement le rencontrer. Pour un pow-wow, ça n'est pas le mot qu'ils utilisent ? Dites-lui que nous l'invitons à fumer le calumet et à faire un pow-wow, voilà. Qu'ensuite on lui donnera ses chevaux et qu'il pourra repartir. »

Déjà en train d'installer son matériel, Big Wade mesurait la lumière avec un photomètre. « Tu vas nous les mettre K.-O., mon gars, dit-il sans vraiment me regarder, le cigare coincé entre les dents. On compte sur toi. Tu vois, je serai à mon poste.

– C'est ça, occupe-toi de ta boîte, Big Wade. »

Dans un silence sans soleil, Flowers, Margaret et moi nous sommes enfoncés dans les sapins. Une fois de plus, comme toujours en pays apache, j'avais le sentiment indescriptible d'être épié. Je pense que Flowers et Margaret aussi.

« Qu'allez-vous faire, monsieur Flowers, quand tout cela sera terminé ? » lui demanda-t-elle. Dans le grand calme de la forêt, sa voix paraissait creuse, déplacée.

« Ce que j'ai toujours fait, mademoiselle Hawkins, répondit le chasseur. Je retournerai à mes pumas et à mes ours. On m'a fait savoir que des fermiers mormons, à Colonial Juarez, voulaient me prendre à leur service.

– Ça ne vous fatigue pas de tuer tous ces animaux ?

– Il faut bien les tuer, oui, puisque c'est l'aboutissement. Mais la chasse ne m'a jamais fatigué.

– Et vous ne vous sentez pas seul ?

– J'ai mes chiens.

– Vous n'avez pas envie, parfois, de fonder une famille ?

– J'en ai une, dit Flowers. Une femme et trois enfants. En Louisiane. Je ne les ai pas revus depuis bientôt trente ans, mais je leur envoie de l'argent.

– Pourquoi ne les voyez-vous plus ?

– J'ai dû les quitter quand la Voix m'a appelé, et depuis j'ai suivi mon chemin.

– La Voix ? Une voix vous a forcé à quitter votre famille ?

– La Voix du Seigneur, celle de Jésus-Christ, notre créateur bien-aimé.

– Dieu vous aurait demandé d'abandonner femme et enfants pour tuer des pumas toute votre vie ? C'est d'une tristesse épouvantable.

– *"Comme il est écrit, le juste vivra de foi"* », cita Flowers.

Nous étions encore loin du camp de Charley lorsqu'un des jeunes Apaches, à pied, est comme mystérieusement sorti d'un tronc. Sans dire un mot, il est reparti en trottant dans la forêt. Nous l'avons suivi et trouvé, peu après, Charley, Joseph, Albert et Chidéh. Ils nous attendaient sur leurs chevaux. Chidéh avait le petit Huerta sur le sien. Il n'y avait personne d'autre en vue, mais je devinai que le reste de la tribu n'était pas loin, cachée derrière les rochers et les arbres, invisible comme d'habitude. Chidéh me regarda timidement, puis elle sourit.

Charley et Flowers se toisaient. Ils sont tous les deux blancs, corpulents et barbus, et bizarrement, bien qu'ils soient l'un païen et l'autre bigot, ils se ressemblaient plus qu'ils ne le croyaient sans doute. Ce sont deux hommes parfaitement à l'aise dans cette nature sauvage ; ils ont un savoir-faire commun, et je crus discerner une trace de respect mutuel dans leurs yeux.

« Pourquoi y a-t-il cet Œil-Blanc avec vous ? demanda Charley. Où sont les chevaux ?

– Tu pensais qu'ils allaient te les donner avant d'avoir le petit ? dit Margaret. Il faut que tu viennes avec nous. Ils veulent te parler. Ensuite tu auras les chevaux. »

Albert la dévisageait en cherchant l'erreur.

Méfiant lui aussi, Charley poursuivit : « Pourquoi veulent-ils me parler ?

– Parce qu'ils savent qui tu es, dit-elle en soutenant son regard. Ils veulent voir Charley McComas en chair et en os. »

J'ai ajouté : « Le seul moyen d'avoir les chevaux, c'est d'aller vous-même faire l'échange. »

Charley réfléchit un instant et dit : « Bon, je leur parlerai. Chidéh me suit avec le gamin. Elle se montre ce qu'il faut pour qu'ils puissent tous le voir, mais pas plus. Une fois que j'aurai les chevaux, que je serai hors de portée de tir, elle le libérera. Si on est trahis, elle le tue. Voilà comment ça se passe. »

Je regardai Chidéh, dont j'avais maintes fois partagé l'intimité. J'essayai de percer son regard impénétrable. Serait-elle capable de tuer cet enfant, là sur son cheval, à qui elle était attachée et qu'elle tenait d'une main affectueuse ? La connaissais-je encore si mal ? Je me rendis compte que, non seulement la réponse s'imposait, mais qu'en plus je ne voulais pas l'entendre.

« Ça ne marchera jamais, dis-je sur un ton teinté de désespoir. Mag, il faut que Charley y aille avec le gosse, c'est tout. Tu as entendu ce qu'a dit Gatlin, c'est comme ça et pas autrement. »

Charley m'examina longuement, puis il fit demi-tour sur son cheval. « On garde le petit, dit-il. Tant pis pour leurs chevaux.

– Non, attends, lança Margaret. Ils feront comme tu veux. » Puis à moi, d'un ton rude : « Neddy, ferme-la, s'il te plaît. Un petit aménagement, c'est mieux que rien. Charley est d'accord pour parler et ils verront qu'il a le gosse. C'est tout ce qui compte. On joue le jeu et on ne peut pas nous demander plus. »

Nous repartîmes au lieu du rendez-vous. La brise légère qui se leva semblait chuchoter dans les branches de sombres avertissements. Flowers avait pris la tête du cortège. Margaret et moi suivions derrière. Puis il y avait Joseph, Albert, Charley et Chidéh en queue avec le gamin – ce petit garçon mince et fragile, dont l'enlèvement était à l'origine de tout, voilà qu'il nous convoquait en ce lieu, à cette heure précise. Au moins lui rentrait chez son père.

En approchant de la clairière où on nous attendait, je me demandai si mes compagnons sentaient comme moi la présence du destin, l'imminence d'événements en marche que rien ne pourrait faire reculer. De sa grosse voix d'évangéliste, Billy Flowers trouva le moyen de citer : *« "Le temps est venu, et le royaume de Dieu tout proche." »* Margaret répondit dans un souffle : « Ouais, c'est bien ce dont j'ai peur. »

Je me retournai sur ma selle pour jeter un coup d'œil vers Chidéh. Elle me sourit de nouveau, et c'était un curieux sourire, plein d'espoir, qui semblait dire : « On se revoit dès que c'est fini. »

« Mag, il faut que je te pose une question.

– Vas-y.

– Tu ne penses pas qu'elle le tuerait, le petit, quand même ?

– Je n'en sais rien, Neddy. En revanche, ils feront tout ce qu'ils jugeront nécessaire pour protéger la tribu. Ça, je le sais, il n'y aura pas d'exception à la règle. »

Nous nous sommes arrêtés à l'orée de la clairière. Fernando Huerta reconnut son fils et s'écria : « Heraldo, *mi chico, mi chico pequeño*[1] *!* » Il éperonna son cheval, mais deux soldats le retinrent et l'un d'eux s'empara des rênes.

Carillo martela brutalement : « Vous attendrez, *Señor*, qu'on ait mené cette affaire à bien. » Il nous fit signe d'approcher.

La *niña* est restée devant les arbres tandis que nous avancions à découvert. Chidéh avait toujours le bras sur l'épaule du petit, et son geste aurait eu quelque chose de fraternel si, dans sa main, il n'y avait eu le couteau que tout le monde pouvait voir. Le garçon ne semblait pas effrayé, simplement intrigué par notre manège.

D'un coup de rênes, Carillo et Gatlin se sont propulsés au milieu de la clairière, suivis par une douzaine de soldats eux aussi à cheval. Sur le côté, Big Wade avait monté sa Graflex sur son trépied pour ne rien perdre de l'instant historique.

Gatlin ouvrit la bouche, mais ce fut pour balbutier à voix basse : « Et... Et... Nom de Dieu, merde ! » Il se tourna vers nous : « Il comprend l'anglais ? »

Je répondis : « Pas beaucoup. L'espagnol un peu mieux.

– Votre nom est-il bien Charley McComas ? » demanda-t-il au chef.

Charley l'observa sans rien dire et s'adressa au colonel : « Je prends les chevaux. » Il regarda rapidement le soleil. « Vous et vos soldats restez là jusqu'à ce que l'ombre des arbres tombe sur vous. Alors, la fille libérera le garçon. » Il passa son index sur sa gorge. « Faites un seul geste avant, et elle le tue.

– Espèce de saloperie d'ordure ! hurla Gatlin avec une voix éclatante de fiel. Tu crois que tu vas dicter ta loi ? Regarde-toi, tu as trahi ta race. Et c'est là qu'on te ramène, *petit* McComas, chez les tiens. » Du coup, je me rendis compte que Gatlin haïssait plus encore Charley que n'importe quel Apache, parce que justement sa peau était blanche.

Aussitôt ce fut la débandade, tout s'est passé si vite et si confusément que, même avec le recul, il m'est difficile de reconstituer le fil des événements. Je doute de ma mémoire et de mes sensations. Certain que ça allait tourner vinaigre, Charley fit demi-tour sur son cheval en prévenant Chidéh, pendant que Carillo aboyait un ordre

1. « Mon garçon, mon petit garçon ! »

à la troupe. Au même instant, Indio Juan se précipitait hors du bois, fonçant au galop sur la *niña.* J'ai crié pour la prévenir. Des détonations retentirent sur la saillie rocheuse. Je crus que les soldats là-haut venaient de tirer mais, voyant deux gars à cheval s'affaler derrière Carillo, je compris que les guerriers d'Indio Juan avaient dû maîtriser les gardes en faction. Quant au reste de l'escadron, il rompit les rangs dans le désordre le plus complet.

Indio Juan ralentit devant Chidéh et lui arracha le petit Huerta. Il hurla, terrifié, imité par son père qui s'élança vers eux. Mais Indio Juan disparut entre les arbres avec le garçon. Trois autres soldats, fauchés, tombèrent à terre, plusieurs virent leurs montures s'effondrer sous eux, prises entre les deux feux. Nous étions, pour beaucoup, réduits à maîtriser nos chevaux comme nous pouvions, car ils étaient terrorisés. Quelques soldats essayaient de riposter, sans vraiment savoir dans quelle direction tirer.

Charley, hors d'atteinte, rejoignit Chidéh qui battait en retraite dans la forêt. Cherchant désespérément à rassembler ses troupes, Carillo continuait de lancer des ordres. Je ne savais pas de qui ou de quoi il fallait que je me protège. Mon instinct me dictait de fuir, et je ne devais pas être le seul dans ce cas. Mais j'avais l'impression d'être coincé dans un cauchemar, paralysé dans cette clairière au milieu des balles qui sifflaient, pas perdues pour tout le monde, et je faisais de mon mieux pour tenir ma mule. Voyant chevaux et cavaliers basculer autour d'elle en hurlant, elle s'était emballée. Dans ce chaos, je perdis de vue Margaret et tous mes amis.

La fusillade cessa aussi brusquement qu'elle avait commencé. Les hommes d'Indio Juan venaient de quitter la saillie. Carillo parvint à reprendre le commandement des quelques soldats vivants, et ils se lancèrent au galop à la poursuite de Charley. Hagard, je scrutai la scène, mais toujours pas de trace de Margaret. Les hommes et les chevaux blessés se contorsionnaient par terre. Le médecin de la troupe était déjà auprès de certains. J'aperçus soudain Big Wade, qui gisait à côté de sa Graflex brisée, et du trépied renversé. Abandonnant ma mule, je courus vers lui et m'agenouillai. Il était couvert de sang et de terre, mais il vivait encore.

Je gueulai au docteur de venir. « Putain, merde, Big Wade, tu es touché ? Oh, merde, merde, non ! Docteur ! » Mes yeux s'embuèrent de larmes.

« Ça va, petit, répondit Big Wade, qui souffrait affreusement. Tu vas pas te mettre à pleurnicher. Où est mon boîtier ? » Il voulut se relever, mais ne réussit qu'à s'affaler lourdement.

Je mentis : « Elle est là. Elle n'a rien, ta Graflex.

– Arrête tes conneries. Elle est foutue, un cheval l'a piétinée, tout à l'heure. Vois si tu peux sauver ce qu'il y a dedans, OK, gamin ?

– Bien sûr. Ça va aller, Big Wade, tu vas voir.

– Putain, quelle tête de nœud je fais. Je devrais le savoir, à mon âge, non ?

– Savoir quoi ?

– Ce que je t'ai expliqué, quand je t'ai mis en garde. *Ne pas prendre son appareil pour un bouclier, ne pas se croire protégé...* » Sa voix blanchit soudain, faible, distante... « Mais tu sais, petit, quand on bosse pour le *Daily Dég'lasse*, et que, pendant trois ans, il n'y a rien de mieux à se mettre sous la dent que le tribunal de commerce, on ne s'attend pas à mourir au champ d'honneur.

– Qui parle de mourir ? »

Il continua comme s'il n'avait pas entendu. « Seulement, bordel, se faire descendre par les Bronco Apaches, c'est quand même plus bandant que la cirrhose, non ? Tu l'écriras, petit, ma nécro, hein ? Brode un peu comme je t'ai appris. Tu fais de moi un héros, dis ?

– Il n'y a pas de nécro à écrire, Big Wade, tu n'es pas mort, tais-toi.

– Et, au fait, tu sais quoi ?

– Quoi ? »

Il ferma les yeux, hocha la tête et sourit. « C'est dans la boîte, mon gars. *C'est-dans-la-boîte.* » Ce fut tout. Le docteur arriva quand il lâcha son dernier souffle.

Je n'avais pas le temps de pleurer la perte de mon ami et mentor. Ça serait pour plus tard. Il fallait s'occuper des vivants, trouver Margaret et les autres. Et Chidéh. J'entendis au loin la trompe de chasse de Flowers, dont le son obsédant, curieusement rassurant, flottait au-dessus des arbres. Je supposai qu'il indiquait ainsi sa position à Carillo, et je partis en direction du signal. Je tombai bientôt sur ce qui restait de la Grande expédition apache, en loques – le colonel, Gatlin, Huerta et une poignée d'hommes. Indio Juan avait une fois de plus disparu dans la nature, avec le petit, et le père était fou de chagrin et de rage. Après trois ans d'épreuves, de sacrifices, de vaines battues dans ces montagnes, il avait été si près de le récupérer, son fils ; il l'avait vu, à portée de bras, et aussitôt on le lui avait arraché, comme pour une farce cruelle. Il hurlait sans arrêt le nom de l'enfant, alternant suppliques et insultes à l'intention d'invisibles ravisseurs.

Je suivis le groupe sur un sentier en pente qui donnait sur un plateau verdoyant. Nourrie par les pluies, l'herbe y était abondante, épaisse, les arbres et les buissons pleins de sève et de pousses nouvelles, et le feuillage jouait avec le soleil. C'était une parfaite petite oasis où, dans d'autres circonstances, on aurait aimé se prélasser. J'entendis brusquement Huerta pousser un cri de détresse, un cri déchirant qui me donna la chair de poule. Heraldo était là, quelques mètres plus bas sur le côté. Pendu à une branche, son corps frêle se balançait au bout d'une corde. Indio Juan avait préféré le tuer plutôt que l'abandonner vivant, creusant ainsi une blessure indélébile.

Tandis que les soldats détachaient le petit et entouraient le père inconsolable, je me lançai à toute vitesse sur le sentier mal dessiné, dans la direction toujours de la trompe de Flowers. Je savais qu'il était sur la piste des Apaches. J'avais couvert environ une centaine de mètres quand la *niña* se matérialisa devant moi. Sans rien dire, elle me fit signe de la suivre, à l'écart du sentier, et de monter une pente raide.

Cachés en hauteur dans une minuscule cuvette cernée par les rochers, se trouvaient Margaret, Joseph, Albert et Charley. Leurs chevaux se reposaient. Je m'écriai : « Qu'est-ce qui s'est passé, là-bas ? Je vous ai perdus. Je vous cherche partout !

– Ce qui allait se passer, on ne voulait pas le savoir, dit Margaret. Au premier coup de feu, on a suivi Charley.

– Où est le reste de la bande ?

– Dispersée. On se regroupera plus tard.

– Flowers doit les traquer. Vous entendez la trompe ? Carillo et ses hommes ne sont pas loin, d'ailleurs.

– On sait ça aussi, dit Margaret. On n'a pas beaucoup de temps et on va vite se remettre en selle. Je voulais te dire au revoir avant de partir, Neddy.

– Comment ça, *partir* ? Partir où ?

– Je pars avec eux.

– Qu'est-ce que tu racontes ?

– Je veux vivre un moment auprès de ce peuple. Je n'en aurai plus l'occasion, sinon. Et, si je ne le fais pas, je m'en voudrais pendant des années.

– T'es complètement maboule, ou quoi, Mag ? L'occasion de quoi ? De jouer les esclaves, c'est ça ?

– Je ne suis pas une esclave si je les suis de mon plein gré.

– Et Indio Juan ? Tu sais ce qu'il vient de lui faire, au petit ? »

À l'évidence, ils l'ignoraient tous.

« Il l'a pendu, le gamin. Trois cents mètres plus bas, pour que son père le voie bien.

– Bon Dieu, lâcha Margaret. Oh non...

– Carillo et les *rancheros* n'arrêteront plus, maintenant. Ils vont pourchasser nuit et jour ce qu'il reste de la tribu, ils en tueront les membres les uns après les autres, hommes, femmes, enfants, sans distinction et sans pitié.

– Il faudrait peut-être qu'ils nous trouvent, d'abord ? »

Je l'implorai : « Bon sang, Mag, c'est comme ça que tu veux vivre jusqu'à la fin de tes jours ? Avec une bande de renégats apaches, et l'armée mexicaine aux fesses ?

– Pas jusqu'à la fin de mes jours, frangin. Mais un certain temps, oui. Et je reviendrai, tu verras. Ce jour-là, je publierai mon étude anthropologique sur les Broncos, et ça sera sans précédent. Tous ces enfants de salaud des universités verront ce qu'une femme est capable de faire.

– Tu te rappelles ce qu'avait dit Charley, Mag ? Que personne ne repart vivant de chez lui.

– Je me débrouillerai. »

Je regardai Albert, et je n'eus pas besoin de poser la question ; jamais il ne quitterait Margaret ni son grand-père.

Il dut lire dans mes yeux : « J'ai promis à ma mère que je prendrais soin de Joseph », me dit-il.

Et le vieux Joseph sourit : « Mon petit-fils est persuadé qu'il faut s'occuper de moi parce que je suis un vieillard. Quoique, en réalité, c'est moi qui veille sur lui. Je dois encore lui apprendre à devenir un Apache. »

Je dis à Albert : « Tu es un homme civilisé. Tu as grandi dans la réserve. C'est fini maintenant, tu ne pourras jamais vivre la vie de ton grand-père. »

Albert sourit à son tour. « Tu n'as pas appris grand-chose, hein, Œil-Blanc ?

– Il faut y aller, dit Charley. Les soldats approchent. » Il grimpa sur son cheval.

Je me tournai vers Chidéh, croisai son regard, plongeai le mien dans ses iris noirs. Nous nous étions mutuellement sauvé la vie, nous avions partagé la même couche, nous nous étions aimés. Pourtant je dus admettre à cet instant, avec une certitude absolue, que d'elle, je ne savais rien de plus qu'en la découvrant dans sa cellule, à Bavispe. Et elle n'en savait pas davantage à mon sujet.

Je demandai à Charley : « Laissez-moi emmener Chidéh avec moi. *Permítame tomar Chidéh conmigo.* »

Il hocha la tête, c'était non et il aurait été vain de discuter.

« Il faut la quitter, Neddy, dit Margaret. Même s'il te disait oui, pourquoi voudrais-tu l'arracher au seul monde qu'elle connaît ?

– Elle porte mon enfant, Mag.

– Raison de plus, mon chéri, dit-elle. Les enfants appartiennent à la tribu de leur mère, et le Peuple a besoin de tous ses enfants.

– Pourquoi ? Pour qu'ils se fassent massacrer par les Mexicains ? »

Elle m'embrassa rapidement, sans me regarder dans les yeux, et je devinai qu'elle luttait contre les larmes.

« Comment me retrouveras-tu à ton retour, Mag ? Je n'ai pas de maison, pas d'adresse, je ne sais même pas où je serai.

– Ne t'inquiète pas, petit frère, je te retrouverai bien. Big Wade me dira où tu traînes. Dis, il n'a rien, au moins ? »

Je trouvai inutile de révéler son sort. « Ouais, ça va, oui.

– Tu lui diras au revoir pour moi ? Et à Tolley aussi ? » Presque aussi agile que les autres, elle enfourcha son cheval.

« Mais oui, bien sûr, Mag.

– Au revoir, Neddy. » Et elle fit demi-tour à la suite de la bande.

Je l'observai qui s'éloignait. « Envoie-moi des cartes postales, Mag ! » Elle rit et leva la main sans se retourner.

Il ne restait plus que la *niña* et moi. Elle me regarda d'un air hésitant, puis vit le groupe qui s'éloignait.

Je dis : « *Vete. Vete con ellos*[1].

– *¿No vienes conmigo, marido mio?*[2]

– *No puedo.* Je ne peux pas.

– *¿Porque no?*[3] »

Je dis : « *Ven conmigo*[4]. »

---

1. « Va. Va avec eux. »
2. « Tu ne viens pas avec moi, mon mari ? »
3. « Pourquoi ? »
4. « Viens avec moi. »

Nous entendîmes des détonations derrière nous ; sans doute Indio Juan qui attaquait à nouveau les soldats ; ils seraient au moins ralentis un peu.

Elle leva les yeux en direction des coups de feu et les reposa sur moi. Elle hocha tristement la tête : *« No puedo »*, dit-elle. Elle tendit la main et effleura mon bras, à peine une caresse, et pourtant je la sens encore sur ma peau. Elle murmura : *« Te quiero*[1]. » Je voulus l'imiter mais elle n'était plus là. Comme dans un rêve, avec cette légèreté qui lui appartenait, cette grâce indicible, elle sauta sur son cheval, talonna rapidement les flancs et se lança sur la pente sans un regard derrière.

Je chuchotai à mon tour : *« Te quiero. »*

Je n'avais plus qu'à retrouver Carillo et ses hommes. La bande étant partie, ma seule responsabilité était de protéger Tolley, si je le pouvais. Pour notre part, nous avions rempli notre contrat, nous avions conduit Charley à la troupe. Maintenant, si la situation avait été incontrôlable, s'ils avaient été incapables de sauver le petit Huerta, ça n'était pas notre faute. Encore moins celle de mon vieux frère.

Je me remis en selle et rebroussai chemin. Seulement je ne suis pas tombé sur Carillo, non, c'était Indio Juan qui fonçait vers moi avec deux de ses guerriers. Il m'a reconnu aussitôt et j'ai compris qu'il ne servirait à rien de fuir. Je tirai sur mes rênes et attendis. Il me vint quand même à l'esprit que je n'avais aucune arme, pas même un couteau.

Quand ils furent plus près, je m'aperçus que ses guerriers n'étaient que des gamins, que l'un des deux était gravement blessé. À moitié couché sur son cheval, il se retenait à son cou et, lorsqu'ils s'arrêtèrent, il glissa et tomba. Indio Juan l'ignora et se planta devant moi. *« Cabalgas sólo ahora, ojos blancos*[2] », dit-il avec un sourire mauvais, pendant que le gamin gémissait à ses pieds. Quittant ma monture, j'avançai vers le gosse. Il avait pris une balle dans le ventre et il saignait abondamment ; je ne pouvais rien pour lui. Descendant

1. « Je t'aime. »
2. « Te voilà tout seul, Œil-Blanc. »

lui aussi de cheval, Indio Juan me rejoignit à l'endroit où j'étais agenouillé. De toute évidence, il voulait me tuer. Il avait un fusil et je compris, en le voyant arriver tout fier, qu'il n'allait pas gaspiller une précieuse cartouche. De fait, il empoigna sa carabine par le canon pour me fracasser le crâne avec la crosse. Je me recroquevillai sur moi-même, levant un bras au-dessus de ma tête, et implorai : *« Por favor, no me mates. »* Il rit. Tiens, rien ne l'amusait plus qu'on le supplie avant de mourir. « *Duu nk' echüda,* lâcha-t-il, méprisant. *Eres débil.* Tu es une mauviette, Œil-Blanc. » Pour être franc, je n'avais plus peur. Cet homme m'inspirait trop de haine pour que je le craigne encore. Et j'aurais préféré mourir moi-même, plutôt que le savoir chez le Peuple, où il pourrait violer Margaret ou Chidéh, voire, plus ignoble encore, s'en prendre à mon enfant à naître. Ce n'était pas très courageux de ma part et ces dernières semaines m'avaient appris que je ne l'étais pas ; j'étais, au mieux, un opportun. Seulement je tenais une sale colère, motivée par l'outrage et par l'indignation ; je n'allais pas ramener monsieur Browning, ni Big Wade, ni le petit Heraldo, mais je pouvais venger les morts stupides qu'avait causées ce crétin bravache. Tout en me protégeant d'un bras, comme le parfait couard dont il s'amusait tant, je dégainai de l'autre main le couteau plein de sang que le gamin blessé avait à la ceinture, je me ruai sur Juan et lui plantai la lame dans le ventre, une fois, deux fois, trois fois, de toutes mes forces, aussi profondément que possible. Titubant, il recula à chaque nouveau coup, lâcha finalement son fusil et s'affaissa, à genoux, avant de tomber à la renverse. Alors, avant que toute vie disparaisse de ses yeux, j'empoignai ses cheveux, je tirai sur le cuir, je le pelai d'un geste et je brandis son scalp sanglant en poussant un cri de triomphe, un cri fou et terrible que j'eus du mal à croire sorti de ma propre bouche. Toujours à cheval, l'autre Apache me regardait, terrorisé, certain que j'allais lui faire subir le même sort. « Disparais, lui dis-je avec un geste de la main. *Vete.* Fous-moi le camp. » Soulagé, il sourit, talonna sa monture et fila au galop.

Je donnai le scalp d'Indio Juan au *señor* Huerta – maigre consolation, il est vrai, pour la perte d'un enfant... En sus du jeune Apache, qui rendit l'âme quelques instants plus tard, les soldats de Carillo avaient tué plusieurs hommes d'Indio Juan pendant la débandade.

Le reste de la tribu, vainement traqué par Flowers, avait disparu dans les montagnes en lui laissant, au choix, une bonne douzaine de pistes...

Les poursuites furent arrêtées et nous avons bivouaqué pour la nuit dans les contreforts. Nous avons enterré les morts et essayé de soigner les estropiés. Leurs cris, leurs gémissements ne nous ont guère permis de dormir. Nous sommes repartis au matin vers le camp de base. Le voyage nous a pris la journée entière, car il fallait soutenir les blessés.

Tolley avait été prié de quitter sa tente et, à notre arrivée, nous l'avons trouvé entre deux soldats. Comme Margaret l'avait prédit, il était impeccable, fidèle à lui-même, pour passer devant le peloton. Mais il avait fière allure, je le reconnais, dans l'uniforme de la Grande Guerre qu'avait porté son père. Quant à nous, dépenaillés, moins nombreux que la veille, nous faisions une triste procession, et le spectacle des blessés, à cheval ou dans leurs travois, laissait peu de doute sur le dénouement de notre mission.

Évidemment, je savais que Carillo ne le ferait pas exécuter. Il allait avoir suffisamment de problèmes avec son *Presidente* pour ne pas créer en plus un incident international. Cela étant, bien que Heraldo soit mort et que tout soit allé de travers, l'expédition était au moins venue à bout d'Indio Juan (grâce à qui ?). C'est lui qui avait enlevé puis assassiné le petit, c'est lui qui avait tué sa mère, c'était le plus exécré des Apaches du Mexique, et il était souvent considéré comme leur chef. Je devais apprendre plus tard qu'on avait exposé sa tête (sans scalp) sur la grand-place de Casas Grandes. Les gens seraient accourus de partout pour le voir. On ne m'a jamais donné les cent pesos de prime.

La Grande expédition apache a été officiellement dissoute quelques jours plus tard. Le colonel Carillo a tout de même demandé des renforts et des vivres à Mexico afin de rester quelques semaines encore dans la Sierra Madre, et pourchasser le reste de la tribu avec les militaires. Mais une fois de plus, rapides comme l'éclair, planqués dans les canyons, les ravins, les vallées secrètes, les Apaches semblaient avoir disparu de la face de la Terre.

Le vieux Billy Flowers a rejoint avec ses chiens la colonie américaine de Colonia Juarez, c'est des mormons, près de Casas Grandes où, moyennant finances, les *rancheros* l'ont prié de débarrasser le pays des pumas. Nous autres avons repassé la frontière avec Gatlin.

Faute d'avoir réussi à ramener McComas, le policier en chef ne pouvait l'exposer comme une bête de cirque. Toutefois sa brève rencontre avec le mythique Apache blanc sauvait en quelque sorte sa réputation, et la chambre de commerce du grand Douglas émit l'idée d'organiser une autre expédition au printemps suivant. Le petit Huerta n'étant plus là pour servir d'appât, on raconta qu'une jeune anthropologue de l'université de l'Arizona, une certaine Margaret Hawkins, bien sûr faible et sans défense, était prisonnière des Bronco Apaches. Cette version-là de l'histoire leur plaisait beaucoup. J'ai eu beau répéter que Margaret les avait suivis de son plein gré, qu'elle n'avait pas besoin d'être délivrée, rien n'y a fait.

Wade Jackson avait pratiquement fini sa pellicule avant que son appareil bascule, et j'ai réussi à sauver quelques clichés. Comme il l'avait dit dans son dernier souffle, il avait réussi à mettre ce qu'il voulait « dans la boîte » : une vue de Charley à cheval, avec Carillo et Gatlin au premier plan, avant que ça tourne mal. Le *Douglas Daily Dispatch* en a fait sa manchette la semaine suivante, sous le titre : **Charley McComas est un guerrier apache !** Achetés par les grandes agences de presse du pays, l'article que j'ai écrit, et la photographie, ont été reproduits dans presque tous les journaux. Big Wade aurait été fier de notre dernière collaboration. Grâce à celle-ci, et à mes photos de l'expédition, on m'a offert une place au *Albuquerque Journal.* Bill Curry m'a bien demandé de rester au *Daily Dispatch* mais, suivant le conseil de Big Wade, j'ai récupéré la Studebaker sur le parking de l'hôtel Gadsden et j'ai fichu le camp de *Dég'lasse.*

Et puis voilà. Je me suis réadapté, un peu ahuri, au monde des trains et des automobiles, aux villes et à l'économie de l'Œil-Blanc. La crise, que nous avions presque oubliée pendant notre séjour au Mexique, s'est encore aggravée. Mais Roosevelt vient de remporter les élections, et tout le monde espère ardemment qu'il redressera la barre.

J'ai loué une maisonnette d'adobe dans le centre d'Albuquerque, qu'on appelle le *barrio*, et je me suis installé une chambre noire dans la remise, pour développer mes travaux personnels quand le journal m'en laisse le temps. Je pars parfois en voiture, le week-end, jusqu'à la réserve des Apaches mescaleros, où je noircis de la pellicule. Comme le répétait Albert : « À la réserve, c'est toujours la crise. » Je comprends pourquoi il ne voulait pas y retourner. J'ai rendu visite à sa mère, je lui ai appris ce qu'il était devenu, lui et Joseph, et je lui ai donné plusieurs portraits d'eux. J'aime bien aller voir les Apaches là-bas, les prendre en photo, apprendre encore un peu de leur langue avec les papys qui la parlent encore. Malheureusement, ils ne sont plus très nombreux. J'ai beau être un Œil-Blanc, ils ont fini par m'accepter plus ou moins. Je leur raconte mes aventures dans la Sierra Madre. Je ne suis pas sûr qu'ils me croient vraiment, mais ils écoutent silencieusement, bien poliment, comme l'exige la coutume apache. Je leur dis que j'ai une épouse *in'deh*, et un fils ou une fille, quelque part là-bas dans les Montagnes-Bleues, qui vivent encore comme autrefois, et que j'ai l'intention de les rejoindre un jour.

Épilogue

12 janvier 2000

Albuquerque (Nouveau-Mexique)

J'ai tenu ces carnets, par intermittence, toute ma vie ; j'en ai rempli des centaines au fil des années, j'ai griffonné des milliers de pages qui finiront, après ma mort, à la décharge publique. Soixante-sept ans se sont écoulés depuis ce 17 novembre 1932, c'est une existence entière qui a défilé, bizarre comme beaucoup d'autres. Évidemment, ça ne ressemble guère à ce qu'on imagine à dix-huit ans... C'est peut-être mieux ainsi, après tout.

En réalité, je ne suis revenu dans la Sierra Madre qu'à mon retour du front européen, à la fin de la Seconde Guerre mondiale, soit plus de quinze ans plus tard. Je suis descendu en voiture à Casas Grandes, où j'ai engagé un cow-boy mormon pour me servir de guide. Nous avons passé dix jours à cheval dans les montagnes, à essayer de retrouver les anciens repaires des Apaches. Tout avait déjà changé. Dans la haute sierra, la forêt primitive de vieux sapins était en grande partie déboisée, et le pays envahi par le bétail des éleveurs, mexicains ou américains, du Sonora et du Chihuahua. C'est dire ce qu'il restait d'herbe. Les berges des rivières cristallines où j'avais pêché, jeune homme, avaient été évasées, piétinées par les vaches. Et les troncs qui bordaient autrefois ces vallées étaient maintenant charriés par les grandes crues de l'été. Je trouvai à la place des torrents violents, boueux, pierreux, et au revoir les truites. Je ne sais pas ce que j'avais espéré revoir après plus de quinze ans, mais rien ne me paraissait familier, même de loin. Et, bien sûr, il n'y avait aucune trace du Peuple, strictement aucune.

J'avais gardé le contact avec Tolley pendant quelques années, jusqu'à ce que notre correspondance s'effiloche, et finalement s'éteigne.

J'ai essayé de trouver son nom dans les annuaires à mon retour de la guerre, et j'ai appris que, à l'insistance de son père, il s'était engagé dans la marine, puis qu'il avait été tué en Afrique du Nord en 42. Je suppose que cela faisait de lui un homme aux yeux de Phillips senior.

À l'automne 33, à peu près un an après avoir quitté Margaret et Albert dans la Sierra Madre, j'ai reçu la lettre ci-dessous. Elle m'était adressée, c/o Wade Jackson, au *Douglas Daily Dispatch*, qui l'a fait suivre à mon propre journal à Albuquerque. C'était plusieurs pages de Margaret, détachées de ces petits carnets, et le tampon de la poste indiquait : Pueblo Nuevo, Durango. Elle était datée de...

> « Été 1933
>
> Cher Neddy,
>
> Je doute que cette lettre te parvienne un jour, car je ne fais guère confiance à la poste mexicaine. Seulement, j'ai pris la peine de voler de quoi acheter les timbres et je ne sais pas quand nous retrouverons un village assez grand pour disposer d'un autre bureau de poste, alors autant tenter ma chance.
>
> D'abord les mauvaises nouvelles : le vieux Joseph est mort. Il avait demandé à Charley de le ramener à la mer de Cortez, où il est né et où il a passé son enfance avec la bande de Cochise. Il s'en souvenait très bien. (Tu te rappelles cette coquille d'ormeau qu'il portait au cou, en guise d'amulette ? C'est de là qu'elle venait.) Ni Charley ni aucun de ses compagnons n'avait voyagé aussi loin à l'ouest, et, tous autant qu'ils sont, ils n'avaient jamais vu l'océan. Charley ne voulait même pas croire Joseph quand il parlait d'une mer si grande qu'on ne voyait pas la terre de l'autre côté. Charley répétait qu'il n'existait pas de cours d'eau si vaste que son cheval ne pourrait le traverser ! Quand ils sont arrivés à la mer, ils ont bien dû reconnaître que le vieil homme avait raison.
>
> Joseph nous avait annoncé dès le départ son désir de mourir à cet endroit, et c'est ce qu'il a fait. Il est parti tout seul un soir que nous campions sur les collines au-dessus de la mer, il s'est installé devant celle-ci et il a entamé son

chant mortuaire. Nous l'avons écouté la moitié de la nuit. Le matin venu, nous ne l'entendions plus, il était mort. Cet homme a mené une longue vie d'épreuves, il a connu et commis des choses vraiment terribles. Mais il a pu revenir s'éteindre à l'endroit qui l'avait vu naître, et c'est tout ce qu'il demandait. Il me manque affreusement : il m'a tant appris, et il était pour moi le lien entre le monde révolu des Apaches et l'actuel. En même temps, Joseph me rattachait à ma vie précédente. Il n'y a plus qu'Albert maintenant pour ça. Sans Joseph, je me sens plus loin encore. Sais-tu la dernière chose qu'il m'a dite, Neddy ? Eh bien, qu'il regrettait amèrement d'avoir tué tant d'enfants lorsqu'il était un jeune guerrier, qu'aucune pénitence ne suffirait à les lui faire oublier. Il m'a confié que, si l'enfer existait vraiment, comme le lui ont appris les missionnaires chrétiens de la réserve, alors c'est sûrement là qu'il irait, car aucun Dieu, selon lui, ne pardonnerait de tels crimes.

Je ne sais combien de milliers de kilomètres nous avons parcourus depuis que tu nous a quittés. À l'exception de cet unique crochet vers l'ouest, nous descendons droit au sud, par les montagnes, jusqu'au Durango. Nous évitons les villages et les villes, sauf lorsque nous avons besoin de chaparder de la nourriture, ce que nous ne faisons qu'à la nuit. Cela n'est pas une vie facile, petit frère, mais elle n'est pas foncièrement déplaisante. J'ai surtout les plus grandes difficultés à me procurer le papier et les crayons dont j'ai besoin pour noter le détail de mes recherches. Je suis obligée de les voler aux Mexicains dans les villages que nous préférerions éviter. Je suis devenue, vois-tu, assez experte en la matière. Comme j'ai la peau blanche, je peux me présenter de jour, et j'ai même tendance à faire sensation, car ces gens sont très primitifs, et en tout cas peu habitués aux touristes américaines ! Je leur dis que je suis un professeur en « expédition » (!) dans les montagnes, avec un groupe de recherches. Et j'en profite pour « pister », comme dirait ton copain Al Capone, c'est-à-dire que je cherche la papeterie (s'il y en a, car dans ces coins-là, ils sont tous plus ou moins illettrés). Ensuite, je reviens la nuit, parfois accompagnée par un ami de la bande pour faucher ce que je peux.

J'essaie de garder le détail de mes menus larcins afin de revenir un jour, quand je serai davantage en fonds, pour rembourser mes victimes. Il m'est aussi arrivé de barboter un peu d'argent, à l'occasion, pour acheter ce dont j'ai besoin dans un autre village. Ils sont pour la plupart d'une pauvreté désespérante, alors je suis chaque fois accablée de honte et de remords. J'ai donc oublié depuis bien longtemps la sacro-sainte objectivité que requiert mon métier... et je ne doute pas, à cause de ça, que les résultats de mes recherches seront discrédités par « messieurs » mes collègues, ces jaloux toujours prêts à jeter l'opprobre, avec leurs fesses bien roses calées sur les doux coussins de l'université. Je t'avouerais que, pour l'instant, c'est le cadet de mes soucis...

Passons aux bonnes nouvelles, Neddy. Au printemps dernier, deux semaines après le décès de Joseph, ta jeune épouse a donné le jour à un beau petit garçon dodu... Franchement, il te ressemble assez peu, mais ça doit quand même être ton fils... Bien que tu l'aies abandonnée, la *niña bronca* ne s'est pas remariée. Elle se raccroche à l'idée que tu reviendras un jour. Et les hommes sont peu nombreux dans la bande, alors il faudrait qu'un garçon atteigne la puberté pour qu'elle puisse réellement prendre un nouvel époux.

Tant qu'on y est – et tant pis une fois de plus pour la déontologie –, tu es devenu, vois-tu, une légende pour le Peuple. Le gamin qui a assisté aux dernières heures d'Indio Juan nous a raconté par le menu comment tu es venu à bout du sale crâneur furieux, et notamment que tu l'as scalpé avant qu'il rende l'âme ! Bravo pour la neutralité de la presse, petit frère ! Étonnant, n'est-ce pas, la vitesse à laquelle l'homme dit civilisé retrouve sa nature essentielle, une fois oubliées les contraintes de sa belle société ! Non qu'elle soit incapable de telles sauvageries. Combien de bébés indiens nos propres belligérants ont-ils massacrés ces deux derniers siècles, en conquérant le continent au nom de la civilisation ? Au moins Joseph, lui, avait reconnu ses péchés (c'est ce qu'il avait fini par comprendre, tuer un enfant est le pire de tous). Alors que nos propres chefs, ces hypocrites chrétiens, sont non seulement étrangers à la contrition, mais se congratulent de plus mutuellement, dans leurs clubs et dans leurs fumoirs, à chaque fois qu'ils apprennent que leurs soldats ont détruit un nouveau village plein de femmes et d'enfants innocents. Pour eux, nous souhaitons vraiment l'existence de l'enfer que craignait Joseph. Mais voilà que l'anthropologue renégate se met à divaguer... on finira par dire que, comme le Kurtz de Conrad, je suis devenue folle.

Alors, encore de bonnes nouvelles, petit frère : je participe moi aussi à la survie de l'espèce. Il faut d'autres générations pour remplacer les enfants morts. Comme tu le sais, je n'ai jamais spécialement aspiré à la chose, préférant materner, en quelque sorte, mes chères études, et voilà pourtant que, enceinte d'Albert, je vais aussi avoir un bébé brun... Preuve, s'il en est, que loin de vivre dans le cœur des ténèbres, c'est avant tout la lumière que je cherche. Pour dire le moins, cela ne me facilitera pas les choses le jour où je déciderai de partir, mais on verra ça en temps utile. Comme nous en avons longuement discuté, on ne s'éclipse pas de la bande de Charley. Enfin, avant ce jour, j'ai encore du travail devant moi...

Voici donc des nouvelles, Neddy, que tu ne recevras sans doute pas... Si, par miracle, elles t'arrivaient, tu ne saurais pas, en outre, où me répondre. Mais je te retrouverai quand je quitterai enfin ces montagnes, avec le manuscrit achevé de mes recherches. Je te le promets. On ira chercher Tolley, et on fêtera ça dignement, ensemble, avec valses et champagne. Entre-temps, si tu le vois, transmets mon bon souvenir à la grosse tata (c'est comme ça que disait monsieur Browning, non ?). Ce que je ne donnerai pas pour avoir des vôtres, de nouvelles...

D'ici là, petit frère, sois assuré de toute mon affection.

Margaret. »

Je n'en ai plus entendu parler. Pour autant que je sache, ni elle ni Albert Valor ne sont jamais revenus de la Sierra Madre. Pendant bien des années, j'ai parcouru les listes des librairies, en espérant trouver enfin son étude sur les Bronco Apaches, et j'ai téléphoné de temps à autre au département d'anthropologie de l'université de l'Arizona, à Tucson, au cas où elle aurait repris contact. Mais la réponse était toujours la même : « portée disparue sur ses lieux de recherches ». Ils ont fini par donner son nom à une bibliothèque, **Centre commémoratif d'anthropologie culturelle Margaret Hawkins.**

L'absence de Margaret m'a hanté toute ma vie. Combien de milliers d'heures ai-je passées à me demander ce qu'il lui était arrivé, à elle et aux autres ? Et les Bronco Apaches ? Ont-ils tous été pourchassés, décimés par les Mexicains, exterminés jusqu'au dernier comme les nombreuses espèces qui habitaient jadis ces montagnes magiques ? Combien de fois ai-je rêvé d'eux, rêvé que Margaret, la *niña bronca* et mon fils apache quittaient leurs wigwams en courant alors que les soldats s'abattaient sur leur camp, le fusil en joue, tuant tout ce qui vit comme ils sont entraînés à le faire. Dans ce rêve-là, je me tiens toujours non loin, mais je n'arrive jamais à repérer le camp, je ne peux jamais les rejoindre à temps pour les avertir ou les aider à s'enfuir. Je me réveille en sueur, plein de ces terreurs nocturnes, et des regrets et de la honte qui me poursuivront jusqu'à la tombe. J'aurais dû partir les retrouver. Je ne sais pourquoi je ne l'ai pas fait. Sans doute parce que je n'étais après tout qu'un gamin, qu'il me semblait avoir le temps. Et puis j'ai été occupé. Par ma vie, mon métier. Avec le recul, ils me paraissent l'une et l'autre avoir surtout servi à me distraire de ce lointain été. Quelle horreur d'en venir à considérer sa vie, pratiquement échue, de cette façon. Une distraction.

Mais il y a l'autre rêve qui me revient parfois, celui dans lequel le Peuple, Margaret et Chidéh sont tous bien vivants. Dans celui-ci, ils ont trouvé une vallée plus enfouie encore dans le sud de la Sierra Madre, à un endroit où l'Œil-Blanc et les Mexicains n'ont jamais mis les pieds. C'est un nid de verdure où coule une source, bouillonnant follement à la surface du sol avant de partir en ruisseau le long de la vallée. De grosses truites nagent là en abondance, et les rives au printemps feraient penser à l'Écosse. Il y a des citronniers, des orangers aux branches pleines, et toute sorte d'arbres où les oiseaux de couleur qui parlent comme les hommes caquettent en rouspétant. C'est ici que le Peuple a établi sa *rancheria.* Les wigwams sont couverts de toiles peintes aux motifs éclatants. Les femmes portent des robes d'une beauté saisissante, cousues dans des tissus troqués aux tribus voisines, aux teintes les plus vives et les plus réjouissantes. Elles ont aussi aux bras, au cou et aux chevilles des bijoux brillants et exquis. C'était autrefois ceux du trésor de Montezuma, soustrait des siècles entiers aux yeux des conquistadores, et récemment exhumé par le Peuple.

Dans ce rêve, je suis encore jeune homme et j'arpente cette vallée perdue au dos d'une grande mule blanche. Chevauchant de flanc avec moi, sur un poney de polo, se trouve mon vieil et cher ami Tolbert Phillips junior. Il porte, ne me demandez pas pourquoi, un costume et une cravate noirs. Et il y a derrière nous le gars Jesus, sur son *burro*, qui mène les ânes de Tolley, chargés de champagne français et d'autres vivres extravagants. Le Peuple tout entier vient à notre rencontre, les hommes, les femmes et les enfants, de grandes bandes de gosses excités, pendant que les femmes poussent gaiement leurs trilles. Il y a le petit Heraldo Huerta, et le petit Charley McComas, un galopin costaud, heureux, aux cheveux roux. Puis Margaret, son nourrisson au dos sur le porte-bébé, et Albert à ses côtés. Le vieux Joseph arrive en souriant, avec sa curieuse démarche de canard. Monsieur Browning le suit, plus raide et plus flegmatique que jamais. Levant son melon rond devant Tolley, il lui demande : « Puis-je me rendre utile, monsieur ?

– Eh bien, oui, si, monsieur Browning, dit Tolley. Mais où diable étiez-vous passé, vieux frère ? Je n'ai jamais pu trouver un seul valet correct après votre départ. »

Comme échappée du ciel, la *niña bronca* se laisse tomber derrière moi sur ma mule ; elle m'enveloppe de ses bras en s'esclaffant ; elle bondit de l'autre côté de la selle et pose ses jambes agiles sur les miennes. « Je savais que tu me reviendrais, mon mari. »

Puis c'est Margaret : « Dis-moi, c'est qu'on t'a attendu, frangin. Tu en as mis, un temps !

– Oui, mais je me suis perdu. Ça fait des années que j'essaye de retrouver le chemin.

– Tu n'as jamais eu trop le sens de l'orientation, Œil-Blanc, hein ? » dit Albert.

Joseph nous a rejoints. Rayonnant, il ouvre la paume de ses mains en signe universel de bienvenue.

« Je vous croyais disparu.

– Je suis revenu », répond-il simplement, ce qui, dans mon rêve, coule de source.

« Qu'est-ce qu'il y a comme enfants, ici ! » remarqué-je, car c'est une vraie mer de frimousses qui s'étend devant moi. Il y en a des Mexicains, et des Blancs, et des Apaches. « D'où viennent-ils tous ? Vous les avez enlevés ?

– Oui, dit le vieil homme, hochant la tête avec un air espiègle. J'ai fait un raid au pays de la Joie et je les ai ramenés. Il y en avait trop là-bas, il en manquait ici.

– Lequel est le mien ? Où est mon fils ? »

Le vieux Joseph sourit et embrasse d'un geste la mer de petites têtes. « Prends celui qui te plaira, dit-il. Il y en a assez pour tout le monde. »

LA *NIÑA BRONCA*

Au déclin de la Terre, l'eau commencera à s'épuiser. Les pluies cesseront de tomber et il ne restera que trois sources. L'eau sera endiguée, les gens viendront de partout et se battront pour elle. Et ils s'entre-tueront jusqu'à n'être qu'une poignée.

Dans le monde qui suivra, les Blancs seront les Indiens, et les Indiens seront blancs.

Morris Opler, « La Fin du monde »
Mythes et légendes des Apaches chiricahuas

Agenouillée, les jambes écartées, elle se cramponnait au pieu de chêne enfoncé dans la terre, pendant que Dah-tes-te, la vieille accoucheuse, lui massait l'abdomen. Elle ne dit rien, n'émit pas un son quand se présenta la tête du bébé, puis les épaules. Se dégageant entièrement du conduit, l'enfant vint au monde où la vieille femme le recueillit d'une main sûre. C'était un garçon. Plein du désir de vivre, il inspira vigoureusement. Mais il ne pleura pas.

« C'est bon signe, dit l'accoucheuse. Les bébés qui ne pleurent pas à la naissance deviennent grands et forts. »

La vieille Dah-tes-te coupa le cordon ombilical avec un bout de silex noir avant de le nouer. Elle baigna le bébé dans une eau tiède et le posa sur une peau d'animal bien douce. Elle lui frotta le corps avec un mélange de graisse et d'ocre rouge, saupoudra une pincée de pollen – dans l'ordre – à l'est, au sud, à l'ouest, au nord, puis elle leva l'enfant en plaçant sa tête pareillement aux quatre vents, pour qu'il sache toujours se situer et qu'ils le reconnaissent. Elle enveloppa le placenta et le cordon coupé dans le carré de couverture sur lequel la *niña* s'était accroupie. La vieille femme poserait plus tard le petit ballot dans les branches d'un citronnier et le sacrerait d'une prière : « Que l'enfant grandisse et vive assez vieux pour te revoir de nombreuses fois porter tes fruits. »

Les années passèrent. Le bébé de Chidéh se transforma en un garçon robuste et plein de santé. Il avait la peau brune de sa mère, mais des cheveux quand même assez clairs pour un Apache. Et il avait le blanc de l'œil très pâle, c'est pourquoi le Peuple le nomma Petit-Œil-Blanc. Chidéh finit par se remarier avec un jeune Apache, Bishi, à qui elle donna deux enfants. Avec la bande, ils vécurent paisiblement dans les replis secrets des Montagnes-Bleues, un pays si lointain et si accidenté que ni les Mexicains, ni l'Œil-Blanc ne s'y aventuraient. Jamais elle n'oublia le garçon qui avait été si tendre avec elle, le jeune Œil-Blanc qui l'avait lavée et qui lui avait donné une couverture dans la prison ; ce garçon qui l'avait sauvée et aimée. Elle narra à son fils l'histoire de son père, lui parla de cet autre monde, inconnu, dans lequel il vivait, duquel il reviendrait un jour.

Maintenant les Mexicains prétendent que la *niña bronca* – cette Indienne qu'un chasseur de pumas gringo avait traquée dans le Sonora, qu'un jour de printemps 1932 il avait ramenée à Bavispe, enchaînée comme un animal –, que la *niña bronca*, donc, était la dernière Bronco Apache de la Sierra Madre. Ils disent qu'elle était folle et sauvage, qu'elle mordait ceux qui essayaient de la toucher, et qu'alors, faute de savoir qu'en faire, on l'aurait jetée dans la prison du village. Il paraît qu'elle s'est couchée par terre, dans la position du fœtus, qu'elle a refusé de boire et de s'alimenter, et qu'elle est morte déshydratée cinq jours plus tard. Ils lui auraient donné une tombe anonyme en lisière du cimetière, de l'autre côté de la clôture puisque, évidemment, elle n'était pas chrétienne. Mais c'est ce qu'ils racontent seulement, et rien de tout cela n'est vrai. Elle se love sur le sol glacé et, toujours immobile, elle se referme sur elle-même, pour repasser en rêve la vie de son Peuple, du début jusqu'à la fin. *Daalk'ida 'aguudzaa. Cinq mille ans et deux cents générations plus tôt, tu es déjà parmi nous, à la fois homme et femme, enfant et aïeule, chasseur et mère nourricière, vêtue des peaux épaisses des mastodontes, tandis que nous glissons dans le blizzard sur les plaines gelées de Sibérie. Femme-Peinte-en-Blanc, mère de tous les Apaches.*

Note du traducteur

J'ai posé la question à Jim Fergus :

Le Nantan Lupan veut dire en apache le renard beige. Le surnom du général Crook vient de l'uniforme kaki qu'il portait. « Lupan » fait penser à « lupus », et Jim m'a confirmé que le renard et le loup avaient des points communs chez les Indiens. On se souviendra que, dans *Mille femmes blanches*, Little Wolf, le chef, était en réalité le renard, pas le petit loup.

Nous avons ici une population indienne qui quitte la Sibérie pour l'Amérique du Nord. Comment ne pas penser aux langues indo-européennes ? J'adore les langues, mais je ne suis pas spécialiste. Mais enfin, « lupan », « lupus », eh oui, l'homme est un loup pour l'homme, quelle meilleure démonstration que ce roman ?

Il y a également la Femme-Peinte-en-Blanc, « White Painted Woman », mère de tous les Apaches. Au bout d'un moment, quelque part dans ma traduction, j'ai été frappé que cette femme, selon la légende apache, ait été « peinte en blanc ». Surtout qu'il est, disons, souvent question d'Œil-Blanc dans ce roman. Jim m'a dit avoir cherché partout et, si quelqu'un connaît la culture indienne, pardon, *les* cultures indiennes, c'est bien lui. J'ai pensé à la blancheur de la neige en Sibérie, mais bon. Le blanc, dans beaucoup de civilisations, est un symbole de pureté. L'homme blanc, passons. Toujours est-il que la question reste posée. Femme-Peinte-en-Blanc, mère de tous les Apaches, oui, mais pourquoi en blanc, ironie cruelle au bénéfice du conquérant ?

J.-L. P.

normandie
roto
impression
s.a.s.
groupe maury-imprimeur

61250 Lonrai

Reproduit et achevé d'imprimer en août 2005
N° d'édition 05041 / N° d'impression 052107
Dépôt légal juin 2005
Imprimé en France

ISBN 2-7382-1992-6